MANON FARGETTON

Manon Fargetton est une romancière originaire de Saint-Malo. Elle vit en Bretagne et voyage dès qu'elle le peut. À trente-cinq ans, elle est l'autrice touche-à-tout d'une trentaine de publications, dont le thriller adolescent *Le Suivant sur la liste* (16 prix littéraires), le roman fantasy *L'Héritage des Rois-Passeurs* (Prix Imaginales), la série fantastique *Les Plieurs de Temps* (Prix Renaudot des écoliers, Prix Chronos, Prix Litteral'ouest, Prix La voix des blogs), et un texte écrit à quatre mains, *Quand vient la vague* (Prix T'M lire, Prix Dévoreurs de livre, Prix Book'tee et Talents Cultura jeunesse). En 2020, *À quoi rêvent les étoiles* reçoit le Prix Millepages et est sélectionné pour le Prix UNICEF de la littérature jeunesse. *Tout ce que dit Manon est vrai* a paru aux éditions Héloïse d'Ormesson en 2021 et est son premier roman contemporain à destination des adultes.

MANON FARGETTON

TOUT CE QUE DIT MANON EST VRAI

ROMAN

ÉDITIONS HÉLOÏSE D'ORMESSON

ISBN 978-2-266-32604-9
Dépôt légal : juin 2023

À ma famille

Ils diront tous « je ».

Ce « je », je leur emprunte, ou je leur vole, peu importe. Il est la rencontre de ce qu'ils m'ont raconté et de ce que nous avons vécu. Il est ce que tu en as fantasmé, il est ce que j'en reconstitue. Ce ne sont pas leurs voix. C'est moi qui parle à travers eux. Moi qui te parle.

J'ai tous les droits, tu sais.

Parce que cette histoire m'appartient.

Parce que tout est fictif et que rien n'est faux.

Parce que toi et moi, Manon, on a toujours su mentir vrai.

—

Il y a des moments qui traversent nos corps comme des langues de feu.

Ce soir-là, je dépose la pile de linge frais sur ton lit. Je ne monte pas les vêtements dans les chambres, d'ordinaire, ils patientent sur la table du salon jusqu'à ce que tu daignes les récupérer ou que, excédée, j'en recouvre les premières marches de l'escalier. Le message me paraît clair. Pourtant, deux fois sur trois, tu enjambes les piles et je m'agace de les voir traîner encore. Tes frères agissaient de la même façon. Depuis qu'ils sont partis faire leurs études, bien sûr, ils se débrouillent avec leur lessive. Même lorsque Tristan rentre pour le week-end, je ne plie plus son linge. Ou moins souvent, ou juste lorsque je sens qu'il va tout chiffonner dans son sac, ou quand je crains qu'il reprenne la route trop tard. Reste toi, Manon. Toi qui partiras bientôt, comme les autres. Toi qui n'es pas prête.

Mon regard balaye ton univers. Des murs blancs que tu as toi-même repeints avec une cousine un été où tu avais décidé de te débarrasser de ton papier peint enfantin, des photos punaisées sous le rectangle du Velux, une bibliothèque qui déborde, des bibelots colorés, l'armoire ancienne au miroir piqueté, une moquette rose qui n'a jamais été lessivée, ta porte recouverte de mises en garde pour qu'on ne s'aventure pas sur ton domaine, le bureau de chêne clair – petite, tu avais tellement insisté pour avoir un bureau avec ce rabat coulissant sous lequel enfermer tes secrets. Tu ne l'as jamais utilisé, ou si peu.

Je lève les yeux. Trop sage pour écrire vraiment sur les murs, tu y as agrafé du film transparent qui sert à recouvrir tes livres de classe et tu y as tracé des phrases au marqueur noir. Des citations, des extraits de poèmes, des dessins. Tes dessins. Ce talent que tu as, indéniable, presque insolent. J'aurais préféré… Parfois j'aurais préféré que tu ne l'aies pas, ou qu'il éclose plus tard, quand tu aurais été plus solide. Mais c'est là. C'est là, et d'autres le voient comme moi, mieux que moi peut-être, parce que tu n'es pas leur bébé, ils considèrent celle que tu es au présent, vierge de ce que tu as été. Quand je te regarde, tous tes âges se superposent en rémanence sur ma rétine. Ces dix-sept années de vie, et même avant, lorsque tu grandissais en moi, et même avant, lorsque le désir de toi grandissait en moi, et même avant, dans notre envie, à ton père et à moi, de mettre au monde une grande fratrie, semblable à celles à l'ombre desquelles nous avions tous les deux grandi. Quatre enfants. On avait décidé qu'on en aurait quatre. On s'est arrêtés à trois. À toi, Manon.

Ton sac de cours est posé au pied du mur. Par la fermeture éclair entrouverte, j'aperçois une enveloppe qui dépasse d'une couverture cartonnée et brillante. Une bande dessinée. Je me crispe – intuition fulgurante. Je tire sur le tissu du sac, extrais l'enveloppe. À l'intérieur, une carte postale ridicule avec une illustration d'ours enfantine et, au verso, quelques mots tracés au Bic noir.

« Toujours toujours toujours. J-92. Ton phare »

Secousse intérieure. Je me dis que je me fais des idées, que cette carte date, qu'il faut que je me calme. Rien à faire. Ma gorge se noue. J'oublie les précautions. De ton sac, je sors trois bandes dessinées, deux romans, de la peinture, un énorme paquet de Mentos au cassis. Tout est neuf, les pages adhèrent les unes aux autres, les couvertures sont sans pliure, l'emballage plastique intact. Des cadeaux. Ses cadeaux. Il t'en a déjà fait tellement, comme s'il cherchait à acheter ton affection. Il y a eu une tablette graphique, des crayons, des feutres, des bonbons, et puis des livres, des dizaines de livres.

Mon cerveau s'emballe. Ce que je viens de trouver est-il arrivé par un colis que tu as intercepté ? Mais alors pourquoi serait-ce dans ton sac ? Tu es maligne, tu aurais dissimulé ces cadeaux dans un tiroir du bureau, sous ton lit, ou au fond de ton armoire. Dans ton sac, ça signifie que tu les as transportés jusqu'ici. Que tu les as récupérés ailleurs. Je te revois lorsque tu es repassée à la maison en fin d'après-midi. Sac au dos. L'évidence m'électrise.

Il est venu.

Il est venu et tu l'as vu.

Un instant, je reste là, sonnée, à fixer les mots sur la carte. J-92. Quatre-vingt-douze jours avant ta majorité, avant que tu fasses ce que tu veux, avant que vous puissiez être ensemble. Ça me retourne le ventre, ce compte à rebours. Cette idée de lui avec toi, cette idée de vous. Agir. Je dois agir.

J'ouvre les tiroirs et les battants à la recherche d'autres preuves de sa visite. Je soulève ton matelas, épluche les romans qui s'empilent à ton chevet, feuillette tes cahiers de cours, ton agenda. Je me sens mal de cette intrusion. Mais elle est nécessaire. Je découvre des lettres dégoulinantes de mots-guimauves, d'autres cartes postales que je n'ai jamais vues… Ta chambre en est pleine. Il t'appelle « ma rose », « ma goélette », « ma petite fée », « mon elfe », signe « ton jardinier », « ton goéland », « ton Nours ». Est-ce que ça date de l'automne dernier ? Ou est-ce plus récent ? Sous ton lit, je trouve des poèmes plusieurs fois raturés. Dans l'un d'eux, une femme regarde son amant dormir et sait qu'au réveil, ils feront l'amour. Tu parles de lui, là ? Tu as fait l'amour avec lui ? Dans un tiroir de ton bureau, il y a des dessins de vous enlacés sur un lit. Réalité ? Fantasme ? J'ai envie de vomir.

À mon poignet, la montre affiche vingt et une heures trente. La pièce que tu es allée voir au théâtre avec les élèves de l'atelier d'art dramatique se termine bientôt. Tu es censée dîner avec eux puis rentrer à pied. Je ne peux pas attendre, j'ai besoin de savoir si j'ai raison, si le cauchemar de l'automne dernier recommence, si en réalité il ne s'est jamais arrêté, si j'ai simplement voulu le croire trop fort. Il me faut une preuve. Je m'installe à l'ordinateur, me connecte à cette boîte mail dont tu crois que j'ignore l'existence. J'ouvre les derniers messages. Ils datent d'hier. Vous vous y donnez rendez-vous sur le port, aujourd'hui, en début d'après-midi. Tu ne te trouvais pas, comme tu l'as prétendu, avec les membres de l'atelier théâtre pour le goûter de fin d'année. Tu étais avec lui.

Un peu plus haut, il te donne un code pour recharger ton téléphone. J'ai déjà vu des dizaines de messages semblables, mais, cette fois, la formulation m'intrigue. Je comprends soudain ce que j'ai aperçu dans ta chambre, remonte vérifier. Là, planqué entre ton vieux Walkman et tes cassettes, une boîte en carton. L'emballage d'un téléphone inconnu. Merde. Un téléphone. Il t'a acheté un deuxième téléphone pour communiquer avec toi dans mon dos.

Je fonce jusqu'à la voiture, démarre en trombe, traverse le centre-ville.

Le parking du théâtre est encore désert. J'appelle ton père, lui raconte ma découverte.

— Ils se sont revus aujourd'hui, il était à Vannes. J'ai trouvé des poèmes assez… explicites. Je pense que cette fois ils ont couché ensemble.

Silence. Soupir.

— On ne peut plus rien faire, décrète-t-il. Manon sera majeure dans trois mois. C'est trop tard, on ne peut plus les empêcher de…

— Tu ne peux pas dire ça !

— Qu'est-ce que tu veux ? On a essayé.

Il baisse les bras. Je lui en veux tellement pour ça. Il est loin, il ne se rend pas compte que moi, c'est chaque jour que je suis face à toi, chaque jour que je vais à nouveau devoir affronter la réalité de la situation, et ce ne sont pas les rares vacances que tu passes encore chez lui qui changent la donne.

Les premiers spectateurs apparaissent derrière les portes vitrées qui vomissent bientôt un flot de silhouettes. Je raccroche, énervée. Au milieu d'une meute d'adolescents, je repère un prof de français du lycée qui anime l'atelier théâtre. Ta tignasse rousse est près de lui. Je cours presque. Tu me vois venir, tu t'extrais du groupe à la hâte.

— Qu'est-ce que tu fais là ?

J'attrape ton poignet.

— Tu me suis.

Tes amis nous regardent. Le prof s'approche.

— Que se passe-t-il ?

— Je viens chercher Manon. Je la ramène.

— Les élèves devaient dîner ensemble.

— Ce sera sans elle.

Il ne discute pas davantage, hoche la tête. Il doit croire que quelqu'un est mort. S'il savait. C'est presque pire. Je te traîne jusqu'à la voiture.

— Monte !

— Pourquoi tu viens me chercher ?

— J'ai trouvé les livres et la peinture dans ton sac.

— T'as fouillé dans mes affaires ?

Tu es outrée. J'ai envie de t'étrangler. Tu le sens, te renfonces en silence dans le siège passager. Je peux presque voir tes pensées cliqueter tandis que tu affûtes tes arguments.

Un peu plus tard dans le salon, tu as tout croisé face à moi – tes bras, tes doigts, tes jambes en tailleur sur le canapé, jusqu'aux orteils au fond de tes chaussettes. Levée de boucliers. Tu es un château en état de siège prête à te défendre jusqu'au ridicule. Je n'ai plus le courage de t'affronter. Chaque bataille m'use. Il y en a eu tellement l'an dernier. Mais je n'ai pas le choix, je dois tenir, au risque de te perdre, Manon. Je te protégerai malgré toi.

— Tu m'avais juré que tu ne le voyais plus.

— J'le vois plus.

— Et les livres, ils sont arrivés dans ton sac par magie ?

— Il me les a envoyés !

Je ne peux pas te dire que j'ai lu vos mails.

— Ne me prends pas pour une conne ! Tu l'as vu aujourd'hui.

— Non.

— Il est encore là ? Il est en ville ?

Tu cèdes du terrain.

— Il… Non. Il est reparti. C'était juste cinq minutes. Il m'a donné ça et c'est tout.

— Il est venu de Paris jusqu'à Vannes pour te voir cinq minutes ?

— Bah oui.

Mais bien sûr.

— Manon…

Je dois prendre des mesures immédiates. Je me doute que tu lui as envoyé un message quand tu as été aux toilettes en arrivant à la maison, vous êtes en contact permanent. Mais il n'y en aura pas d'autres, pas aujourd'hui.

— Ton téléphone.

— Maman !

— Ton téléphone, Manon.

Si un regard pouvait tuer, je serais morte mille fois ces derniers mois. Tu me confies l'appareil à regret. J'exige :

— Le deuxième.

— Quel deuxième ?

— Celui qu'il t'a acheté. J'ai trouvé l'emballage dans ta chambre.

Tu te tais. Me fixes. La haine dans tes yeux, les larmes au bord des cils.

— Dans la poche de ma veste, murmures-tu lorsque tu comprends que je ne lâcherai pas.

On dîne en silence, face à face sous le plafonnier blafard de la cuisine. Tu jettes des coups d'œil aux téléphones posés sur le plan de travail quand tu crois que je ne te vois pas. Dès qu'on termine, tu montes t'enfermer dans ta chambre.

Je n'attends plus aucun soutien de ton père, il a été très clair. Il faut que j'enclenche des démarches légales. Une amie éducatrice a évoqué il y a quelque temps l'idée d'envoyer une lettre au procureur de la République. Un signalement. Peut-être est-il temps. Je me renseignerai demain.

Je me couche un peu moins mal. J'attrape mon roman en cours, relis la même phrase encore et encore sans qu'elle trouve son chemin en moi.

À un moment, j'entends ton pas léger sur les marches. Porte. Chasse d'eau. Tu remontes quelques minutes plus tard. J'abandonne mon livre à l'envers sur ma couette. Tu m'as tellement menti. Tu as passé ton enfance à me raconter des salades plus grosses que toi, des histoires abracadabrantes dans lesquelles tu spiralais sans fin. Tu me soutenais mordicus ta version aberrante, droit dans les yeux sans fléchir jusqu'à en pleurer de dépit, à sangloter de brûlants « C'est vrai ! C'est vrai ! ». Le visage même de l'injustice, sainte Manon sur l'échafaud, priez pour moi. Et pour rien, des bricoles.

Je t'en croyais sortie. Mais l'an dernier tu as replongé. La dissimulation, les non-dits, les mensonges, toujours avec cet aplomb désarmant qui souffle mes certitudes.

Une question s'enroule autour de moi, m'étouffe de ses anneaux.

Serai-je un jour capable de te croire à nouveau ?

Première partie

—

1

Je marche vers toi. C'est le début de l'été, tu es seule en vacances à Paris, nous avons rendez-vous. Notre premier rendez-vous. J'ai l'impression d'avoir quinze ans.

Je ne me souviens absolument pas du jour où je t'ai rencontrée. Toi, si. Tu me l'as raconté depuis, ce moment au salon du livre de Vannes où tu t'es approchée du stand pour acheter la bande dessinée que tu avais repérée, et moi, derrière la table de mes auteurs, moi qui ai discuté avec toi pendant qu'ils dédicaçaient, je me suis présenté comme l'éditeur responsable de la collection. Tu t'es renseignée le soir même, tu as trouvé mon nom, mon mail, tu m'as écrit. Avec le culot de tes seize ans, tu m'as envoyé tes dessins de recherche accompagnés d'un synopsis et d'un début de storyboard.

Tu voulais mon avis. Ton intrigue était bancale, je te l'ai dit, tout était à repenser. Tes dessins, en revanche… Une fausse simplicité dans le trait, de la vie à chaque case, un sens de la perspective, du cadrage. L'œil s'aiguise, la main s'exerce, le scénario se travaille. Mais le potentiel brut que j'avais devant moi était saisissant. Je me suis dit qu'il fallait t'aider à avancer, voir où ça mènerait.

Et puis il y avait le message qui accompagnait ces documents. Il était si plein de toi, chaque mot en équilibre sur ce fil ténu qui sépare la malice de l'insolence. Irrésistible. J'ai répondu. Je n'imaginais pas qu'à peine dix jours et une centaine de mails plus tard, nous les signerions d'un « Je t'aime » affolant. Cette fulgurance-là. C'est ce que tu provoques, ma petite fée aux cheveux de feu. L'emballement immédiat et total.

Je m'arrête devant la fontaine Saint-Michel avec un peu d'avance. Je t'y ai donné rendez-vous, comme des dizaines de personnes qui se cherchent des yeux. Mes mains moites plongent au fond des poches de mon jean. Et si tu étais déçue ? C'est insensé qu'une fille comme toi m'aime. Tu vas t'en rendre compte. Je sais que tu m'as déjà vu, mais j'étais un anonyme, à l'époque, pas un correspondant amoureux.

J'ai beau être à l'affût, tu me repères la première et tu es presque arrivée devant moi quand je te vois enfin. Le sourire que tu me lances éclipse le monde entier.

— Gérald ?

Pudiques, on se fait la bise.

— Tu as faim ?

Le quartier est atrocement touristique mais j'aime son côté kitsch et, au moins, tu as le choix de ce que nous mangerons. Nous parcourons deux fois la rue principale, dans un sens puis dans l'autre. Des serveurs nous tendent des menus dans l'espoir de nous attirer à l'intérieur. On rit de leur insistance.

Ton rire.

Maintenant qu'il a coulé dans mon oreille, je pourrais mourir de ne plus l'entendre.

— Italien, décides-tu.

Je te tiens la porte, vole une bouffée de ton odeur tandis que tu passes devant moi.

Tu engloutis ta pizza. Je mange à peine. Je te bouffe des yeux. Tu es plus belle encore qu'en photo. Tu irradies, lumière pure, presque insoutenable. Je te vois, tu sais, je devine les cicatrices, je soupçonne les gouffres, j'aperçois les ponts fragiles que tu as construits pour les enjamber. Je ne connais pas encore leur nature mais je sais leur existence. Les garçons de ton âge ne peuvent pas discerner tout ça. Ils peinent à considérer ce qui rampe sous la surface des corps, dans les creux des mots… Ils t'ennuient, tu me l'as dit. Tu m'aurais connu adolescent, tu ne m'aurais pas accordé une seconde d'attention. J'étais si mal dans ma peau ! Mais c'est aujourd'hui qu'on se trouve. La vie est bien faite, parfois.

Je pointe la petite fée en argent suspendue entre tes clavicules.

— C'est joli, ça. Ça te va bien.

— Merci.

J'évoque ton projet de bande dessinée et lance des pistes d'amélioration. Je m'en tiens à mon domaine d'expertise, à ce rôle de prof dans lequel mon assurance s'épanouit. Tu écoutes. Et puis d'un coup, tu balayes mon beau discours.

— Je crois que ce n'est pas ce que je veux faire.

— Comment ça ?

— Tu m'expliques comment écrire une bande dessinée qui ressemble à toutes celles que j'ai déjà lues. La mienne sera différente.

Tu as l'air tellement sûre de toi, sûre de ta place dans ce monde. Ton ambition naïve m'attendrit.

— Bien sûr. Mais c'est en maîtrisant les codes qu'on s'en affranchit, tu sais.

Je te parle du travail avec mes auteurs et mes illustrateurs, de la confiance absolue qui les lie à moi, de l'affection aussi. Je ne peux pas travailler avec quelqu'un qui ne me touche pas en tant que personne. Tu m'interroges sur eux, leurs personnalités, leurs processus de création. Je te raconte des anecdotes de salon du livre. Parfois, lorsque je lâche un nom, tes yeux s'écarquillent légèrement.

— Tu… lui aussi tu le connais ?

— C'est un tout petit milieu, la BD, on se connaît tous. Tu verras, toi aussi tu les rencontreras.

J'ai hâte de te les présenter. Ce sont tes héros, tu me l'as dit, tu t'es perdue des jours entiers dans leurs œuvres. Depuis que tu es petite, la bande dessinée est ton échappatoire. Tu murmures :

— Ce serait génial…

— Ce *sera* génial.

On quitte le restaurant pour marcher sur les quais de Seine. Je te dépeins, plus longuement que dans nos mails, à quoi ma vie ressemble. Mon amour pour ma femme, notre maison, la maladie qui s'est invitée dans notre quotidien l'an dernier.

— On était dans le cabinet du médecin, après tous ces examens qu'elle avait dû passer, et il nous annonce que pour ce type de lymphome, à ce stade de propagation, elle a trente pour cent de chances de rémission. Je me suis effondré. Et Viviane, tu sais ce qu'elle a répondu ? « Pour moi, docteur, ce sera cent pour cent. » Elle est comme ça, Viv… Une battante.

Je mentionne ce fils que j'ai eu avec ma première épouse et que je vois peu. On ne s'entend pas. Tu trouves ça triste. Tu évoques ta vie à Vannes, tes frères partis faire leurs études, ta mère que tu aimes mais qui t'étouffe, ton père lointain qui ne te manque pas vraiment, le lycée, et tes mille activités – dessin, surf, théâtre… Ton visage me fascine. Il est d'une mobilité folle. Tes yeux scintillent, s'étrécissent, des mimiques soulignent tes paroles, des grimaces que je ne peux m'empêcher d'imiter en miroir. C'est comme si chaque pensée affleurait sur tes traits.

Un parc accueille nos pas. On s'approprie un banc dans un coin désert. L'après-midi file trop vite. Je parle, je parle, je ne sais même pas ce que je dis. Mes bras illustrent mes propos, s'agitent dans l'air du jardin. Tu attrapes ma main. Je crois à un contact fugitif. J'ai tort. Tu la gardes, ma grosse pogne dans le cocon délicat de tes doigts. Mon cœur s'emballe. Les mots trébuchent sur mes lèvres. Sans voix, tu me laisses – ce n'est pas courant. Je n'en reviens pas. J'ai plus de trois fois ton âge, j'ai moins de grâce qu'un lamantin échoué, et c'est à moi que tu tiens la main. C'est moi que tu choisis.

— Tu es encore à Paris un moment ?

— Trois jours.

— Tu veux venir déjeuner à la maison ? Viviane a très envie de te rencontrer.

Tu hésites.

— Ça serait bizarre, non ?

— Pas du tout ! On ne se cache rien, elle et moi. Il n'y a pas de problème, je t'assure.

2

Gérald part te chercher vers onze heures à la gare de Champigny.

Des semaines qu'il me parle de toi, qu'il ne parle que de toi. Gérald ne sait pas faire les choses à moitié. Alors tu es entre nous. Pas un « entre nous » qui sépare, plutôt un « entre nous » amusé qui rapproche encore un peu plus – si c'est possible, parce que plus fusionnels que Gérald et moi, c'est difficile. On est le seul couple de ma connaissance à se dire encore Je t'aime chaque jour, comme au début.

Ma fourchette fouette la sauce de salade dans un tintement fébrile. Votre amour était virtuel. Il devient concret. Je m'occupe les mains, coupe les herbes pour le poulet rôti.

Le cliquetis familier d'une clé dans la serrure m'interrompt. Je passe à la hâte mes doigts sous l'eau tandis que vos voix résonnent dans l'escalier. Gérald te précède, les yeux étincelants. Stressé, il m'embrasse. Tu apparais derrière lui. Tu es tellement jolie. Tellement jeune. Moi, je n'ai jamais eu les deux à la fois.

Je te fais la bise, je te mets à l'aise.

— Bienvenue à la maison !

— Merci.

— Tu veux visiter ?

Tu acceptes. Je désigne les marches par lesquelles vous êtes arrivés. Les tableaux qui y sont d'ordinaire accrochés sont empilés contre un mur du salon.

— En bas, il y a notre salle vidéo. Je suis en train de repeindre la cage d'escalier.

— Tout ce qui est bricolage, déclare Gérald, c'est Viviane. Je suis trop maladroit.

— Et puis on n'a pas besoin de savoir faire les mêmes choses ! On avait un couple d'amis qui fonctionnait comme ça : ce que l'un savait faire, l'autre ne voyait pas l'intérêt de l'apprendre. Ils se répartissaient les tâches en fonction de leurs goûts et de leurs compétences.

— Ils sont morts à quelques semaines d'intervalle, précise Gérald. C'était triste et beau, cette impossibilité de l'un à vivre sans l'autre.

On te montre notre chambre ; tu repères les boîtes de médicaments sur la table de nuit.

— Je n'arrive pas à dormir sans, t'explique Gérald. Mais j'ai envie de réessayer. Tu me fais du bien.

Sourires tendres.

On passe au salon, séparé du bureau de Gérald par une double porte vitrée qu'on ne ferme jamais. Tu y entres avec lui, tu tournes sur toi-même. Je reste sur le seuil. Il te montre les bandes dessinées qu'il a éditées dans chaque collection qu'il a dirigée, les magazines auxquels il a contribué, et puis cette encyclopédie du neuvième art qu'il a coordonnée il y a quelques années.

Il est fier, heureux de t'avoir à la maison. Moi aussi, je crois. Je suis heureuse de le voir heureux.

— Mon ordinateur, dit-il en désignant l'appareil. C'est de là que je t'écris…

Il est ému. Comme cet homme me touche ! Vingt ans de relation, et il me suffit d'échanger un regard avec lui pour être attendrie par l'enfant qui s'y niche encore. Il hausse les épaules, l'air de dire « Qu'est-ce que j'y peux si Manon est aussi craquante ? ». J'éclate de rire.

— Quand vous avez commencé à échanger par mail, j'ai bien vu que Gérald était parfois un peu chose. Je lui demande pourquoi, et ce grand couillon, il me répond « Et si elle est moche ? ». Il ne se souvenait plus du tout de votre rencontre à Vannes, tu comprends.

— On voit beaucoup de monde en salon du livre, s'excuse-t-il.

— Après, il a reçu tes photos et il ne pouvait pas arrêter de les faire défiler. Il était derrière son écran, il secouait la tête, il soupirait « Elle est beeelle… ».

Gérald lève les yeux au plafond, embarrassé et ravi.

Je vais m'occuper du poulet. J'écoute vos rires, vos voix qui s'adoucissent parfois en murmures complices. Après un moment, tu viens m'aider à mettre le couvert. Gérald reste au salon.

— Ça va ? je te demande.

— Oui.

— Tant mieux. Parce que tout va bien, tu sais.

Tes yeux plongent dans les miens, bleu pluie sur châtaigne brûlée. Tu y cherches une confirmation de ce que je viens de dire. Je te souris.

— Gérald, il est incroyable. J'ai tellement de chance d'être avec lui. Je comprends que d'autres l'aiment aussi.

On se met à table. Gérald te raconte notre rencontre, quand il était mon prof de français de première. Il dirigeait déjà une collection, mais ce qu'il gagne en tant qu'éditeur free-lance n'a jamais été suffisant. Alors il enseignait dans ce lycée technique où nous travaillons à présent tous les deux.

— J'étais marié. Assez misérable dans mon mariage. Mon ex-femme était… difficile à vivre. On ne s'aimait plus depuis longtemps. Je restais pour mon fils. Et, à la rentrée, j'ai vu débarquer Viviane. La seule fille dans une classe de garçons. C'était un peu le vilain petit canard, à l'époque.

— Je n'étais pas jolie.

— Tu trouvais ton physique ingrat, tu te cachais sous des fringues trop grandes, personne ne te remarquait. Sauf moi. À chaque cours, on échangeait quelques phrases en aparté. Et un jour, je t'ai proposé de me retrouver dans la classe le midi pour interpréter ton thème astral. C'est comme ça que je t'ai séduite ! Je t'ai impressionnée…

— Pfff ! Tu parles ! Tu savais à peine ce que tu disais !

— Ça a marché quand même !

— Oui.

J'échange avec Gérald un regard caressant.

— On se cachait de tout le monde, ajoute-t-il, on se donnait des rendez-vous secrets, on pensait être super discrets ! Mais quand Viviane a quitté le lycée, que j'ai divorcé et qu'on s'est mis officiellement ensemble, tous mes collègues ont rigolé. Ils avaient compris depuis longtemps. (Il prend ma main.) Les années te vont bien. Plus elles passent et plus tu embellis. Le vilain petit canard s'est changé en cygne.

J'articule un Je t'aime silencieux. Gérald embrasse mes doigts. Tu nous regardes, curieuse. Alors j'attrape ta main à toi, et je l'embrasse comme Gérald a embrassé la mienne.

—

3

Quai de la gare de Vannes. Ton train approche. J'ai hésité à te laisser partir seule à Paris la semaine dernière. Mais à la rentrée, tu auras dix-sept ans. C'est l'âge auquel Tristan est parti à Londres quelques jours et, même si vous êtes très différents, j'ai voulu te laisser toi aussi expérimenter l'indépendance.

Le train s'arrête, se vide sur le quai déjà grouillant de monde. Scène mille fois vécue quand tu revenais de chez ton père. Lorsque, peu après notre séparation, tes frères ont décidé qu'ils ne voulaient plus aller chez lui, tu étais jeune encore, onze ou douze ans. J'ai résisté à l'idée que tu prennes le train seule. Tu l'as probablement vécu comme si je cherchais à t'empêcher de voir ton père. Lui aussi, d'ailleurs. Mais ce n'était pas ça. Je me rappelle m'être fait la réflexion que ton frère aîné, à cet âge, voyageait parfois seul, et que ça ne m'inquiétait pas. Sauf que tu n'es pas lui. Je t'imaginais commencer à bavarder avec un autre passager – tu discutais avec tout le monde – et, à l'arrivée, l'inconnu proposer de te ramener à la maison parce que j'avais quelques minutes de retard. Tu voulais tellement prouver au monde entier que tu étais grande, que tu pouvais te débrouiller. Alors quelqu'un qui aurait su flatter ce penchant-là chez toi… Tu aurais dit oui. Tu serais montée dans sa voiture. Je n'étais pas prête à prendre ce risque.

Sur le quai, tu me fais signe en tirant ton sac à roulettes. Tu portes une robe kaki que je ne connais pas. Je t'embrasse.

— Ça va, ma grande ? C'était bien ?

— Super ! J'ai été à Aquaboulevard avec Elisa et ses potes, j'ai fait du shopping avec Léonore. J'ai passé une soirée chez Pierre-Jean, aussi.

La fille de ta marraine née quinze jours après toi, la fille d'une de mes cousines, et ton plus grand cousin. Je souris. Pour toi qui as tant de mal à tisser des amitiés durables, les liens familiaux sont précieux et j'aime savoir que tu les entretiens.

— Et ton père ? Il était à Paris, non ?

— Hmm, oui. Chez Pierre-Jean.

Coup de couteau. Ton père, hébergé chez mon neveu – neveu qui n'a toujours pas répondu au message où je lui demande s'il vient à Vannes cet été. Il s'est écoulé presque dix ans depuis notre divorce, mais ton père continue à être plus proche que moi de certains membres de ma famille.

Nous marchons vers la voiture.

— Et… Gérald ? Tu l'as vu ?

— Oui. On a déjeuné ensemble.

— Où ?

— Vers Saint-Michel. Il m'a passé un roman qui va te plaire, je pense.

Je souris. On a toujours beaucoup échangé autour des livres. Les albums, lorsque tu étais petite, puis les romans. Je n'arrivais jamais à t'en procurer assez pour satisfaire ton appétit. J'avoue, je ne me suis pas vraiment mise aux bandes dessinées, même si tu m'en as fait découvrir de très belles.

Le trajet jusqu'à la maison est rapide. Avant de monter dans ta chambre, tu sors le roman en question de tes bagages. La couverture est douce, toute de bleu et blanc, rehaussée de rose. Un garçon y est représenté et, derrière lui, un cerveau composé d'engrenages. Je lis le titre. *Des fleurs pour Algernon.*

— Tu l'as lu ? demandes-tu.

— Non. C'est de la science-fiction ?

— Plus ou moins. Tu verras !

Tu disparais par l'escalier en traînant ton gros sac. Je pose le livre sur la table basse, vide le lave-vaisselle, ouvre le frigo pour décider du menu du dîner. Il reste quelques jours de calme avant que les garçons débarquent. Je liste dans ma tête tout ce que je dois faire avant leur arrivée – un trajet à la déchetterie, un autre au supermarché, le joint de la douche à changer, leurs chambres à aspirer de fond en comble pour éviter les crises d'allergies… La liste s'allonge de seconde en seconde. J'inspire un grand coup, puis je claque la porte du frigo, récupère le livre, monte dans ma chambre.

Mon lit me tend les draps. *Juste une heure*, je me dis.

J'ouvre le roman. Un ticket de métro en tombe, avec lequel je joue machinalement en entamant ma lecture.

J'ai lu à peine deux chapitres lorsque, tournant la page, mon regard accroche à nouveau le petit rectangle cartonné. Je fronce les sourcils. Ce n'est pas un ticket de métro, mais celui d'un RER ou d'un train de banlieue. Je déchiffre la destination. Champigny. Le mois dernier, tu as reçu un colis provenant de cette ville. Et dedans, il y avait des livres envoyés par Gérald.

— Manon ?

Un instant plus tard, tu te glisses par l'embrasure de ma porte.

— Oui ?

— Qu'est-ce que tu as été faire à Champigny ?

Je te montre le ticket. Tu te figes. Une culpabilité fugitive s'entortille dans ton regard. Je te devine en train d'échafauder un mensonge, y coupe court.

— Tu as été chez lui.

— Oui.

— On avait dit pas chez lui…

— Je sais. Mais il a proposé. Sa femme était là. J'ai juste été manger chez eux, et puis je suis rentrée.

Que tu mentionnes la présence de sa femme me rassure. Je soupire, secoue la tête en souriant. Je te connais comme si je t'avais faite.

— Sacré acte manqué, de laisser le ticket de RER dans ce livre !

Tu hausses les épaules, penaude. Je lève un bras, sous lequel tu viens te blottir sans te faire prier.

— La bibliothèque qu'ils ont, c'est dingue. Tu adorerais.

— Ah oui ?

— Il y a tout dedans ! Des classiques, de l'imaginaire, des BD, des romans graphiques… J'aurais pu passer des heures à l'explorer !

Ma main glisse dans tes courtes mèches. Je sens que tu veux dire quelque chose. J'attends.

— Ils m'ont… Ils louent une maison tous les ans fin juillet dans les Abers, au nord de Brest. Ils m'ont proposé de venir y passer quelques jours pour travailler tranquillement.

Je me raidis. Qu'est-ce qu'ils te veulent ? D'accord, tu as du talent, mais l'attention de cet éditeur me semble excessive. Est-ce qu'il agit comme ça avec tous les auteurs de sa collection ? Comme si tu lisais dans mes pensées, tu murmures :

— Je les aime beaucoup, tu sais.

Mes muscles se relâchent. Tu t'es trouvé une nouvelle figure paternelle. Depuis que ton père est parti, tu en as toujours cherché parmi tes profs, tes moniteurs de surf ou les amis de la famille. Ce Gérald, en ce sens, est parfait. La cinquantaine, cultivé, des intérêts communs avec toi… Je m'inquiète pour rien. J'ai déjà entendu à la radio des auteurs raconter que leur éditeur leur avait prêté une maison pour écrire, ça se fait dans ce milieu. Et puis les Abers, j'ai navigué là-bas, adolescente, sur le bateau de mon père. C'est une région que j'adore. Ils ont bon goût.

— Tu sais, insistes-tu, ça collerait pile au niveau des dates. Là, je bosse au club de voile pendant quinze jours, et après on va au festival des Vieilles Charrues avec Tristan. Ce serait entre les deux. J'aimerais vraiment y aller.

— Je vais y réfléchir. On dîne dans une heure.

— OK. Merci, mamoune.

Tu plaques un bisou sur ma joue avant de t'échapper. Je veux reprendre ma lecture quand mon portable sonne sur le buffet qui me sert de table de nuit. Je l'attrape. C'est Rodolphe, l'un de mes plus vieux amis. On ne s'est pas parlé depuis plus d'un mois. Il est la seule personne en dehors de rares membres de ma famille à s'intéresser à ce que je vis ; je m'en sens presque redevable.

Je lui raconte que tu t'es rendue chez ce Gérald en cachette et qu'il t'a invitée cet été.

— Fais attention, ce n'est pas normal qu'il en fasse autant…

— Je ne veux pas compromettre son projet de BD. Il y a une perspective de publication, c'est une chance extraordinaire, même s'il ne faut pas se précipiter.

— On s'en fout de sa BD, ce n'est pas la question.

— Écoute, je ne suis pas d'accord. C'est super qu'elle ait commencé cet album. J'espère qu'elle ira jusqu'au bout.

— Oui, Manon a tendance à laisser tomber dès que ça devient compliqué.

— Parfois. Mais pour ses dessins, c'est différent. Je ne crois pas l'avoir jamais vue renoncer ; même petite, elle s'acharnait jusqu'à en être contente. Moi, enfant, je n'écrivais que des débuts d'histoires, et je me lassais. Elle, non. Elle s'en sortait parfois par une pirouette, mais elle terminait, et puis elle pliait des feuilles pour créer ces petits albums illustrés qu'elle nous offrait, tu te souviens ?

— Oui…

— Elle est vraiment investie. Et cet éditeur a l'air de croire en son potentiel. Je suis fière d'elle.

—

Conclusion du premier rapport d'expertise psychologique de Manon par le docteur S. WIDMER, psychiatre des hôpitaux, le 15 mars 2005.

"Manon est une adolescente qui ne souffre d'aucune pathologie constituée.

Il n'y a pas de signe en faveur de fabulations ou de mythomanie. Le récit des faits est clair, cohérent et précis.

Il n'existe pas de syndrome post-traumatique chez Manon. On notera toutefois des signes non spécifiques dont Manon se souvient peu : symptomatologie à type de difficultés alimentaires, troubles des conduites avec vols et mensonges. Manon a été suivie pendant plusieurs années par rapport à cette symptomatologie.

Il y a lieu d'attacher un fort taux de crédibilité à ses déclarations."

—

De : Manon **15/07/2004 à 15:23**
À : Gérald
Objet : Solitude

Mon Gérald,
C'est fou ce qu'on vit. On se connaît depuis quelques semaines, et c'est comme si c'était depuis toujours,

alors que ceux qui me connaissent depuis toujours n'ont aucune idée de qui je suis.
Quand j'étais plus petite, mes frères et ma mère monopolisaient la parole à la maison. Ils partaient tous les trois dans de grands débats politiques, sociétaux, artistiques, scientifiques. Moi, je regardais par la fenêtre. Je ne disais rien. Parce que chaque fois que j'essayais, soit je n'arrivais pas à exprimer ma pensée, soit ils n'écoutaient pas.
J'étais la petite. J'ai pris le rôle du clown de la fratrie. Mais au fond, ce que je pense, la manière dont je vois le monde, ça ne les intéresse pas. Même maintenant que je vis seule avec maman, on parle peu. C'est comme si c'était trop tard. À force de ne pas échanger avec eux, j'ai dérivé tellement loin qu'aucun mot ne peut franchir cette distance. On fait des trucs ensemble, et c'est tout.
Quant à mon père, il ne m'a pas vue grandir.
C'est pareil au lycée. Toute ma scolarité, j'ai essayé de m'intégrer. Ça n'a jamais fonctionné. Je me suis dit que c'était ma faute, que je suis bizarre. Aujourd'hui, en cours, il y a des gens que j'aime bien mais je ne me sens proche de personne. On ne se comprend pas.
C'est comme si on n'était pas tout à fait de la même espèce. Ce n'est pas pour rien que l'héroïne de ma BD rêve d'avoir une sœur jumelle. Je crois que c'est quelque chose que j'aurais aimé moi aussi. Ça aurait comblé ce manque.
Je commençais à avoir peur que ce soit comme ça jusqu'à ma mort, et toi, d'un coup, tu débarques

au centre de ma vie, et pour la première fois j'ai l'impression d'être comprise. D'être écoutée. D'être importante. D'être aimée pour qui je suis. De ne plus devoir me cacher derrière un masque. Ça me fait me rendre compte à quel point je me sentais seule, avant toi. Je me disais que j'avais choisi cette solitude alors que j'avais juste renoncé, en fait.
Je suis heureuse de t'avoir rencontré, mon Amour...
Je t'embrasse fort.
Ta sale gosse

De : Gérald **15/07/2004 à 15:47**
À : Manon
Objet : RE : Solitude

Manon... ça me touche tellement, tout ça. Je m'y reconnais. J'ai passé une bonne partie de ma vie à me sentir seul, jusqu'à ce que je rencontre Viv. Et pourtant, même avec elle, même avec cet amour immense qu'on partage, il me manquait quelque chose. Il me manquait toi.
Plus jamais seuls, Manon. Toi et moi, on ne sera plus jamais seuls. On s'est trouvés, maintenant, on ne se lâche plus, tu m'entends ?
Je t'Aime.
Je t'Aime si fort.
Tu me donnes une force dingue. Avec ta main dans la mienne, je peux tout affronter et personne ne peut m'atteindre.
Plus jamais seuls, plus jamais peur.
Ton Gérald pour toujours

—

4

Je me gare en haut de la rue de l'église. Les rares magasins du bourg ont déjà fermé pour la soirée. Mon portable ne cesse de vibrer tandis que tu m'informes par sms de votre progression. Tes points d'exclamation se fichent dans ma poitrine, y font entrer par saccades l'air qui me manque.

Nous avons convenu que ta mère te conduirait ici, passerait la nuit, et repartirait à Vannes demain. Toi, tu restes avec Viviane et moi. Quatre jours ensemble dans ce bout du monde qui m'est si cher. Ça va être… Je n'ai même pas les mots. Ça va être tout ce que nous voulons que ce soit, ce temps nous appartient et je vais en dévorer chaque seconde. Mais pour cela, il faut que ta mère ne soupçonne pas la profondeur de notre lien. On en a discuté longuement avec Viviane ce matin. Quoi dire. Comment se comporter.

— Fais attention, m'a-t-elle prévenu, dès que tu regardes Manon, ton amour crève les yeux. Il va falloir que tu te contrôles.

Ma main serre et relâche le volant. Le contrôle n'est clairement pas mon point fort. Je vais faire de mon mieux.

Tu me préviens que vous arrivez à l'église. Je sors de la voiture, essuie mes mains sur mon pantalon, vous fais signe. Ta mère se gare juste derrière moi. Lorsque vous quittez l'habitacle, je force un sourire, salue ta mère. Je garde mes distances en te faisant la bise alors que j'ai envie de t'étreindre.

— Vous… Vous me suivez ? C'est à dix minutes.

Crétin. Arrête de bafouiller.

Nous nous mettons en route. Je vous observe dans le rétroviseur. Toi, surtout, tant que ta mère ne peut pas surprendre mon regard.

Je me gare devant la maison, indique à ta mère une place pour sa voiture. Tu sors ton sac de voyage du coffre.

— C'est joli, dit ta mère.

— D'autres amis louent la maison, là-bas. Un scénariste avec qui je travaille souvent et sa compagne.

Sa maîtresse, en réalité, ce que je me garde bien de préciser. Ta mère acquiesce. J'aimerais être dans sa tête, savoir si elle se doute de quelque chose.

Nous passons rapidement à table. Viviane a préparé en entrée une salade de pousses d'épinard et de lardons grillés au vinaigre balsamique. Ta mère la complimente. Tu me jettes parfois des œillades qui m'électrisent et m'obligent à piquer du nez dans mon assiette. J'ai l'impression d'être en plein numéro d'équilibriste.

Viviane est parfaite en hôtesse, maternelle avec toi sans en faire trop, chaleureuse avec ta mère. Elle l'interroge à propos de l'école primaire où elle enseigne. Nous pestons contre l'Éducation nationale, à laquelle nous appartenons tous les trois. Il n'y a rien de plus efficace pour créer un rapport de confiance que de haïr ensemble. Notre cher ministre de tutelle s'y prête si parfaitement que l'ambiance s'allège aussitôt.

Viviane apporte le plat principal. Mes épaules se dénouent. Ta mère est bavarde, moi aussi. Elle est née quelques années après moi. Pour la faire rire, je multiplie les références générationnelles à des chanteurs ringards que tu ne connais pas. J'en viens presque à me dire qu'on pourrait bien s'entendre, elle et moi. Après tout, c'est la femme qui a élevé la personne que tu es, elle a forcément quelques mérites. Peut-être que quand tu seras majeure, Manon, on pourra vivre notre amour au grand jour. Peut-être qu'elle l'accepterait. Cette idée me réchauffe autant que le vin.

Ta mère se lève pour aider Viviane à débarrasser les assiettes. J'échange avec toi un coup d'œil complice. Ma petite elfe… J'aime tellement te voir là, dans cette maison à laquelle je suis plus attaché que celle qui m'appartient à Champigny.

Je découpe le fondant au chocolat. Tu y plonges ta cuillère avec un plaisir si évident qu'il fait rire même ta mère. Je pense au contenu des placards. On a acheté mille douceurs sucrées. J'ai envie de te recouvrir de bonbons, de caramels au beurre salé, de chocolat au lait, de ces Mentos au cassis dégueulasses que tu adores. J'ai hâte de voir ta réaction lorsqu'on te les offrira demain.

Tout en entretenant la conversation, j'imagine les jours à venir, les restaurants où je veux t'emmener, les promenades que je veux partager avec toi, les plages secrètes que je veux te montrer. Vivement…

— On est contents de l'avoir, conclut Viviane en posant une tasse de café devant ta mère.

Celle-ci sourit. Sa confiance est gagnée, et on le sait.

Bientôt, elle montre des signes de fatigue.

— La route, s'excuse-t-elle.

— Bien sûr, acquiesce aussitôt Viviane. Gérald et moi dormons en bas. Vos chambres sont à l'étage, venez !

Nous vous laissons choisir chacune votre chambre, nous vous expliquons les caprices de la douche dans la salle de bains attenante. Je monte ta valise.

— On vous laisse vous installer, dit Viviane. Passez une bonne nuit, à demain !

— À demain, répond ta mère.

— À demain, lâches-tu en écho.

Ton regard croise le mien dans l'embrasure de la porte ; tu agites discrètement le téléphone dans ta main. Mes pensées s'enflamment. Je titube jusqu'au rez-de-chaussée, comme ivre déjà de tous les possibles qui s'ouvrent à nous.

— Ça s'est bien passé, me rassure Viviane.

— Oui. Reste demain matin, et elle sera partie.

On écoute les bruits à l'étage, le frottement de vos brosses à dents, la voix de ta mère qui te souhaite de beaux rêves, les portes qui se referment. On éteint les lumières, comme si on était nous aussi partis nous coucher. On attend.

« Tout baigne, elle vient de me dire qu'elle a passé une bonne soirée ! » m'envoies-tu. Je compose une réponse. « Si tu veux redescendre un moment, on est dans le salon. » « Attends qu'elle dorme », j'ajoute à la hâte.

Un quart d'heure plus tard, tu apparais en bas de l'escalier, si silencieuse que je n'ai pas entendu tes pas. Tu t'approches de nous dans la pénombre. J'ouvre les bras. Tu t'y installes, jambes en travers de mes cuisses, pieds sur celles de Viviane. Je te serre contre moi, mon petit feu, dans ce pyjama dont je ne parviens pas à deviner la couleur. Mon cœur cogne avec une telle force que tu dois le sentir. Nous restons là longtemps, tous les trois silencieux, et ce moment sonne comme une promesse : cette semaine sera sublime.

5

Trois jours que tu es avec nous.

Trois jours de rires, de câlins, de musique, de balades venteuses, de goélands qui planent dans le soir, de discussions passionnées, de couchers de soleil sur la mer. Tu n'es jamais de mauvaise humeur, toujours serviable, drôle, d'un tact et d'une délicatesse touchante. La tendresse que j'éprouve pour toi est comparable à celle qui m'envahit lorsque je vois mes nièces. Je ne l'avais pas anticipée. Je te le dis au petit déjeuner.

— Je savais que je n'aurais pas d'enfant quand j'ai choisi Gérald. Sa première femme en voulait, alors il y a eu son fils. Mais un seul, pour lui, c'était déjà un de trop. Il n'aurait pas dû accepter. Moi, Gérald me suffit, et j'ai mes neveux. D'autant plus qu'avec la maladie, c'est mieux de ne pas avoir eu d'enfant.

Ton visage est encore froissé de sommeil. Tu appuies un instant ta joue sur mon épaule avant de te remettre à beurrer ta tartine. Tu sais te faire aimer. Il est aisé de repousser la jalousie qui me gagne parfois en te voyant si complice avec Gérald. Tu ne sais pas comme il peut être. Je dois t'en protéger.

Tu t'es installé un coin dans la véranda, sur une petite table de bois sombre baignée de lumière. Tu y dessines tous les matins. Nous, du salon à la cuisine, on observe ta nuque élancée, le soleil d'été qui saupoudre d'or tes cheveux d'automne, la main qui remonte soutenir ton menton lorsque tu réfléchis. Rien ne peut briser ta concentration, et nous nous en gardons bien. Ce silence est beau. Une sérénité douce et dense. Sur le canapé,

Gérald lit. Je m'assieds en travers. Il caresse mes pieds. Ces mots, toujours, comme un mantra :

— Je t'aime.

— On s'aime, répond-il.

Et c'est vrai. On s'aime, lui, toi, moi, dans cette bulle qui n'appartient qu'à nous.

Durant le déjeuner, vous discutez de ta bande dessinée. De ce que j'en ai compris, elle adopte la forme d'un conte, évoquant une fille solitaire qui ne parvient pas à s'entendre avec les autres enfants. Son village est en bord de mer, et elle passe des heures à regarder les voiles qui passent au loin. Adolescente, elle ressent une sorte d'appel, comme si quelqu'un l'attendait de l'autre côté de la mer. Sa famille la prend pour une folle. Mais elle ne lâche pas son rêve. Elle apprend à naviguer, vole un bateau et s'en va. Sur la rive d'en face, à des dizaines de kilomètres de là, un garçon suit un parcours similaire et prend lui aussi la mer. Dans la tempête, ils se ratent. Lui fait naufrage, dérive sur un radeau jusqu'à un archipel habité. Elle y accoste pour réparer ses voiles. Ils passent plusieurs jours à se manquer de peu, puis se rencontrent enfin.

Vous mentionnez plusieurs rebondissements dont j'ai du mal à saisir les ressorts. En l'espace de quelques semaines, vous avez inventé votre propre jargon, tout un tas d'abréviations et de mots-clés qui font référence à des conversations passées, m'empêchant de suivre le fil de vos échanges. Ça m'est égal. Je me contente du spectacle de votre connivence.

Après manger, nous t'apprenons les pas de plusieurs danses celtiques. Tu as grandi à Vannes mais tu n'as jamais été en fest-noz, et nous avons bien l'intention de réparer dès ce soir cette lacune. Tu apprends vite. Quelques minutes te suffisent pour nous suivre. Gérald est admiratif, lui qui s'est emmêlé les pieds pendant des jours avant de maîtriser le si simple hanter-dro.

On se met en route en fin d'après-midi. Gérald conduit. Je t'épie dans le miroir du pare-soleil. Tu es perdue dans tes pensées.

Au restaurant, c'est toi qui parles. Tu nous racontes des pans de ton enfance, tes souvenirs, tes blessures, tes secrets. C'est beau, ce dévoilement, cette confiance que tu nous accordes. Nous ressortons dans la rue plus unis encore.

La musique résonne. La place sur laquelle a lieu le fest-noz est déjà en effervescence. Sur le côté de la piste, deux jeunes virevoltent et sautent comme si la pesanteur n'avait sur eux aucune prise. Ils dansent probablement ensemble depuis l'enfance. Ils sont magnifiques, dans cette évidence physique des corps libres.

Un nouveau morceau commence. Nous nous insérons dans le rang, toi au milieu, une main dans celle de Gérald et l'autre dans la mienne. Je te rappelle les pas. Entraînée dans le mouvement, tu les retrouves vite. Je nous sens forts, à t'encadrer ainsi épaule contre épaule. Nous sommes ton rempart contre les douleurs du monde.

La soirée se fait tourbillon. Je vous regarde rire, toi et Gérald. Tu t'en vas demain. Bientôt, il nous faudra rentrer à Champigny, reprendre les traitements, les rendez-vous à l'hôpital. Mais ce soir, je suis vivante. Je suis vivante avec vous, avec eux tous qui dansent sur cette place.

Je n'ai pas connu une telle légèreté depuis des mois.

6

Matin gris doux. Nous sommes assis sous la véranda. Comme souvent durant cette trop courte semaine, Viviane et moi te parlons de notre couple. On aime expliquer notre fonctionnement – peut-être parce que nous fonctionnons si bien.

— L'amour n'a pas d'âge, tu sais. Pas de règles. On les invente au fur et à mesure.

— Tout se dire, souffle Viv.

— Oui, c'est important pour nous.

Tu souris avant de lâcher :

— La transparence.

— C'est ça !

On en a tellement parlé par mail, toi et moi, de cette idée de transparence. Ne rien se cacher. Être entièrement transparents l'un pour l'autre, l'un à l'autre, est la seule manière d'apaiser les angoisses que je me traîne depuis l'enfance – mes Men In Black, comme je les appelle, M.I.B. pour les intimes. Parce que je sais que tu partages avec moi tout ce qui te traverse, mes M.I.B. n'ont plus aucun pouvoir. Nous volons haut tous les deux, hors de leur portée.

Viviane me regarde.

— Il y a eu cette fois où…

— Viviane a eu une aventure.

— Voilà. J'étais tellement mal, j'ai fini par te l'avouer.

— Ça a été dur. Mais dire les choses, tu vois, dans un couple, c'est le début de la guérison. C'est quand on se cache ce qu'on vit que la relation se gangrène.

J'attrape la main de Viviane. Je dis :

— Il y a deux ans, c'est moi qui ai rencontré quelqu'un.

— Brune, précise Viviane. Une scénariste, on t'a parlé d'elle l'autre soir au restaurant.

— Un jour, on a été dîner chez elle, et en rentrant…

— … je t'ai dit « Tu l'aimes ». Tu m'as répondu « Oui », tu étais tout penaud, tu avais peur de ma réaction. J'ai éclaté de rire. Ça crevait tellement les yeux !

— Et elle ? demandes-tu. Brune ? C'était réciproque ?

— Brune m'aime, même si rien n'est possible physiquement. Elle a vécu des choses enfant. Inceste. Elle a un rapport compliqué avec les hommes, alors notre relation reste intellectuelle.

Tu te tournes vers Viviane, étonnée.

— Mais toi, ça ne t'aurait pas dérangée que… Qu'ils…

— Non. Du moment que Gérald m'apporte ce dont j'ai besoin, ça ne m'enlève rien.

Je serre la main de Viviane un peu plus fort, ému. Tu ne commentes pas. Tu écoutes, tu absorbes, tu es éponge. Je me demande de quelle manière ce que nous vivons rejaillira dans tes œuvres futures. Déjà, ta bande dessinée est gorgée de nous. Tous les ajouts que tu as apportés à ton projet initial font écho à notre histoire, tu y as glissé nos mots doux et nos surnoms, des paysages bretons, et mille autres détails que nous seuls pouvons identifier.

Tu avances bien dans ton storyboard, je suis impressionné. J'attends de voir ce que vont donner les premiers crayonnés, mais le scénario est solide et je commence à penser que je vais la publier, cette bande dessinée, si tu parviens à aller au bout.

Midi approche. Après le déjeuner, nous te conduirons à Carhaix, où tu dois retrouver Tristan, le plus jeune de tes frères. Viviane se lève, quitte la véranda. Je n'ai pas envie que tu partes, je voudrais que tu restes avec nous, toujours toujours toujours. Je te le dis.

— Toujours toujours toujours, tu répètes dans un murmure.

À ces mots, j'ai l'impression qu'un oiseau bat des ailes dans ma poitrine. Je souris. J'ai mal. Je suis heureux, même si des questions tournent en moi. Je t'ai proposé à plusieurs reprises de nous rejoindre dans notre chambre. J'avais tellement envie de te regarder dormir, de me réveiller à tes côtés. Seulement, chaque soir, après une longue séance de câlins sur le canapé, tu as préféré regagner seule l'étage. Lorsque j'ai évoqué l'idée d'être plus intimes, tu as botté en touche.

— Pourquoi tu ne veux pas… faire l'amour avec moi ? C'est parce que tu ne l'as jamais fait ?

Tu hausses les épaules, baisse le ton.

— Oui. Mais aussi, pour moi, on fait l'amour avec une seule personne, tu vois. Et toi, c'est avec Viv.

— Elle t'a dit que ça ne la dérangerait pas.

— Moi, ça me dérangerait.

Je m'adosse à ma chaise. Est-ce que tu le penses vraiment ? C'est la première fois que je doute de ce que tu me dis. La vérité, ce doit être que tu n'as pas envie de moi.

Non. Tu me le dirais, la transparence est le socle de notre relation. C'est certainement ta jeunesse qui s'exprime, ton idéal romantique de fidélité physique.

À force de te montrer qu'il y a mille autres façons d'aimer, tu changeras d'avis.

Quand nous repartons de Carhaix après t'avoir déposée, il me semble que la route m'arrache un morceau de ventre. Et puis un message arrive. Et un autre. Ce fil de mots qui nous relie te rend à moi tout entière. Parce que tu es mienne, de tes mèches folles jusqu'au bout de tes orteils, Manon, tu es mienne dans tes envolées créatives, tes rêves éveillés, tes doutes, tes demi-sourires moqueurs, à chaque seconde de tes nuits tu es mienne. Et je suis tien sans réserve.

—

Introduction au deuxième rapport d'expertise psychologique de Manon, par le docteur V. CHALON, psychologue, le 29 septembre 2006.

“Après avoir pris connaissance des éléments de la procédure, nous sommes entrés en contact avec Manon afin de définir ensemble une date pour mener cet examen psychologique. Bien qu'elle n'ait alors manifesté aucune réticence à nous rencontrer, elle ne s'est toutefois pas présentée le jour dit, ayant selon ses dires omis notre convocation. Nous lui avons donc fixé un second rendez-vous, qu'elle n'a de nouveau pu honorer, nous informant en dernière minute qu'elle avait une autre obligation à laquelle elle ne pouvait se soustraire.

Nous avons dès lors informé le magistrat instructeur de ces difficultés afin de savoir quelle suite nous devions donner à cette mission. Il a alors été demandé de fixer un dernier rendez-vous à Manon, en insistant auprès d'elle sur la nécessité de se soumettre à cette mesure d'expertise. Nous avons en conséquence repris contact avec la plaignante, laquelle a accepté un troisième rendez-vous, en nous assurant qu'il n'y aurait cette fois aucune difficulté. C'est donc finalement le 29 septembre que nous avons reçu Manon à notre cabinet.

Exception faite des deux rendez-vous manqués, nous retiendrons que Manon s'est montrée respectueuse du cadre de l'examen. Elle a ainsi accepté de répondre à nos questions portant sur son parcours et sur les faits dont elle aurait été victime, comme elle s'est ensuite pliée de bonne grâce aux tests, en se montrant respectueuse des consignes données."

—

7

Je me range sur le trottoir bondé qui borde le rond-point central de Carhaix.

— C'est ici qu'on récupère ta frangine ? demande Florent.

— Ouais. Elle est déjà arrivée, normalement.

Je sors, te cherche du regard. Tu jaillis d'une voiture. Un grand type, visage anguleux, cheveux poivre et sel, émerge lui aussi de la banquette arrière – l'éditeur, certainement. Je me dis qu'il est étrange que personne ne se soit assis sur le siège passager. J'imagine que vous avez profité du trajet pour travailler côte à côte pendant que la femme de l'éditeur conduisait.

Je m'approche, t'embrasse.

— Ça va ?

— Nickel.

Je serre la main de l'éditeur. Il me fait une impression bizarre, fuyante. Sa femme m'adresse des sourires chaleureux auxquels je réponds poliment. Ils ne s'éternisent pas.

Les copains nous attendent à la voiture. Tu les connais tous au moins de vue – on a passé plusieurs week-ends à la maison, depuis que j'étudie à Rennes avec eux. Ils avisent le carton à dessin calé sous ton bras.

— C'est ta BD ? demande Florent. Tristan nous a dit que tu en écrivais une. Tu nous montres ?

Persuadé que tu vas refuser, j'ajoute ton sac à dos aux nôtres, empilés dans le coffre. Tu partages peu ce que tu crées. Sauf avec cet éditeur avec qui tu travailles, apparemment. Mais avec Iouen, maman ou moi, jamais. J'aimerais pourtant.

Tu lâches :

— Pour le moment, c'est juste un storyboard.

— Bah c'est pas grave, montre !

— Ah ouais, insiste Alma, je veux voir !

Tu ouvres ta pochette à contrecœur. Ils s'agglutinent autour de toi. Entre leurs têtes, j'aperçois le croquis d'une planche en noir et blanc. C'est un village aux allées habitées de corps adolescents. Les bulles de texte sont encore blanches, leur contenu est griffonné dans les marges. Tu leur montres quelques esquisses. Le regard mélancolique d'un personnage me happe. Sur une autre page, j'entrevois un navire en pleine tempête.

— C'est vachement beau !

Tu acceptes le compliment de Florent d'un hochement de tête, en profites pour refermer le carton et le ranger dans le coffre à l'abri des regards.

On trouve une place un peu plus loin dans un champ aménagé en parking. Les festivaliers armés de tentes et de sacs colorés s'engouffrent sous les banderoles. Nous les suivons.

Dans la file d'attente pour atteindre le poste de contrôle, l'ambiance est décontractée. Des sourires flottent sur les visages, des conversations se nouent avec des inconnus. Bientôt, c'est notre tour. Bracelet de tissu noué au poignet, nous marchons vers le camping. D'autres amis nous y attendent. Leurs tentes sont déjà dressées. Ils ont gardé de la place pour les nôtres, que nous montons en cercle, les ouvertures dirigées vers le centre. Des images de campements s'imposent à moi, tirés de westerns. Alma installe une bâche pour nous protéger de la pluie ou du soleil selon les caprices de la météo locale. On grignote un bout avant les premiers concerts.

— Vous avez eu les résultats ? tu demandes.

— Ça tombe demain, répond Florent. Enfin, personne ne s'inquiète pour ton frangin…

Il m'assène une bourrade que je lui retourne aussitôt. Après deux ans de prépa, nous attendons les résultats du concours pour savoir dans quelles écoles d'ingénieur nous sommes acceptés. J'en vise deux en particulier, et Florent n'a pas tort, j'ai mes chances. Mais on n'est jamais à l'abri d'une déception. Tout dépendra de mon classement.

Mon téléphone sonne. Maman.

— Allô ? Mon grand ? Tu as récupéré ta sœur ?

— Oui, on vient de monter la tente.

— Bon, elle va bien ?

— Ça a l'air.

Tu sais qu'on parle de toi. Tu m'adresses du menton une question silencieuse. Je te réponds par une grimace.

— Reggiani est mort, dit maman.

— Qui ?

— Serge Reggiani, le chanteur. Il est mort hier.

— Ah.

— Ça m'a fait un coup en entendant la nouvelle sur France Inter ce matin. C'est toute ma jeunesse. Ce que j'ai pu l'écouter, étudiante, dans ma petite chambre… Je révisais sur ses chansons. Là, je les passe en boucle, je me suis même enregistré une cassette pour la voiture. (Je souris.) Tu me passes ta sœur deux minutes ?

— Ouais. Bisous, maman.

— Bisous ! Profite bien ! Et tu me préviens quand tu as tes résultats, hein ?

Je te tends le téléphone. Tu t'éloignes un instant pour discuter, puis nous quittons la zone de camping.

Durant l'après-midi, Florent te tourne autour. Mal à l'aise, je fais semblant de ne pas remarquer. Je ne vais pas jouer au grand frère protecteur à la con, tu as le droit de faire tes expériences, que j'approuve ou non. Et puis Florent est cool. Mais ça me dérange de voir des mecs plus âgés s'intéresser à toi.

— Ça manque de rock, observe-t-il tandis qu'on passe d'une scène à l'autre. Enfin, maintenant qu'on ne peut plus écouter Noir Des', de toute façon, il n'y a plus grand chose…

— Moi, fait Julien, je les écoute encore. Ça me parle trop, ça me fait du bien, je ne vois pas pourquoi je devrais m'en priver. Séparons l'homme de l'artiste, ajoute-t-il d'un ton grandiloquent.

— Ah ouais ? ironise Alma. Comment on fait ça ? En lui coupant la bite ? Là, ils seraient séparés, l'homme et l'artiste.

— Tout de suite…

Elle ne lâche pas le morceau.

— C'est quoi qui te touche dans ses chansons ?

— Bah, les paroles. Et puis la manière de chanter de Cantat. Son désespoir, sa rage, sa colère…

— Tu vois, c'est exactement ça qui a tué Marie Trintignant. Son désespoir, sa rage, sa colère. « Séparer l'homme de l'artiste », il n'y a que des gens qui ne sont pas artistes pour dire ça. Ou alors il faut être complètement hypocrite. Parce que quand on crée, on sait bien que ce n'est pas possible de séparer, que c'est lié ! On est ce qu'on crée. T'es pas d'accord, Manon ?

Tu hausses les épaules.

— Roh, l'autre, elle a pondu deux chansons et elle se prend pour une artiste.

— Je t'emmerde, Ju. En toute amitié.

On rit. Moi, j'écoute encore Noir Désir de temps en temps. Et chaque fois, j'ai honte. Je n'arrive pas à me décider pour un camp ou pour l'autre. Mais je me sens comme orphelin depuis que l'affaire a éclaté l'été dernier, comme si on m'avait arraché une partie de mon adolescence. Je nous revois, toi et moi, assis dans ma chambre à écouter leur nouvel album, à hocher de la tête en rythme, émus. Et toutes ces soirées, bourrés entre potes, à hurler qu'on est des « hommes pressés ». Voilà, Cantat, il a tué, et en même temps, il nous a confisqué l'insouciance de nous souvenirs.

Les concerts s'enchaînent, les jours avec eux. Rokia Traoré, Texas, Bashung, Tété, Cali, Patti Smith, Émilie Simon. On s'écroule parfois sous la tente, de jour comme de nuit, pour voler quelques heures de sommeil.

Le samedi soir, nous nous approchons de la scène principale pour le concert de M. Ta taille menue te permet de jouer les poissons-pilotes à travers la foule ; tu te faufiles et nous nous engouffrons dans ton sillage jusqu'à atteindre une bonne place.

Les copains chargés de nous donner les résultats du concours nous ont appelés. Mon classement me permet de choisir l'une ou l'autre des deux écoles que je visais. Choisir. Le grand problème de ma vie. J'aurais presque préféré ne pas avoir à décider.

Le concert commence. Un pétard circule de main en main. Je passe mon tour. Toi aussi.

J'ai une vraie peur de l'addiction. Je me mets parfois des mines à l'alcool mais je n'ai jamais pris une drogue, et il est hors de question que je touche à une clope. Je sais que je serais excessif, que je ne pourrais pas m'arrêter. On en discute parfois, toi et moi. On se dit que quand on sera vieux et malades, quand on n'en aura plus rien à foutre d'être accro à quoi que ce soit, on essayera tout. Et si le cœur lâche en plein trip, eh ben… Il y a pire mort, hein ?

Étrangement, je crois que ma peur t'a protégée. Tu ne prends rien non plus. Même l'alcool, tu as toujours prétendu que tu n'aimais pas ça. Pourtant, quand Florent te tend la bouteille de vodka-orange, tu laisses quelques gorgées réchauffer ta gorge. Entre deux chansons, je te glisse :

— C'est la première fois que je te vois boire.

— C'est la première fois que je bois.

— Sérieux ?

— Ouais.

— Et alors ?

— Ça va !

Tu ris. Je passe un bras autour de tes épaules, te serre contre moi. Ce n'est pas le peu que tu as bu qui va te bourrer la gueule. Et puis si c'est le cas, tant pis, on gérera.

—

De : Gérald **◁ 25/07/2004 à 21:20**
À : Manon
Objet : Désir

Manon,
Tu dois être presque rentrée des Vieilles Charrues. J'espère que tu as profité à fond de ces trois jours, le peu que tu as partagé me dit que oui ! Ici, nous commençons à ranger. Encore deux jours et il faudra faire nos valises. Tu me manques. Le vide que tu as laissé après notre semaine fusionnelle est difficile à vivre. Je sais, je sais, tu n'avais pas toujours de réseau là-bas, ce n'est pas un reproche ! Juste… C'est dur. D'autant plus qu'une question tourne dans ma tête depuis ton départ et réveille mes Men In Black. Je ne comprends pas pourquoi tu refuses toute relation sexuelle avec moi. Je serais très triste

si la sexualité n'irriguait pas notre amour. Parce que je t'Aime de toutes les manières possibles. Je t'Aime, point. Est-ce que tu ressens du désir pour moi ? J'ai tellement envie de t'exprimer le mien, d'aller plus loin, au moins dans les mots...
Je t'Aime, mon petit elfe.
Toujours toujours toujours,
Ton Gérald

De : Manon **◁ 25/07/2004 à 21:43**
À : Gérald
Objet : RE : Désir

Mon Gérald,
On vient d'arriver ! C'était génial, oui. Je vais avoir besoin d'une bonne douche parce qu'il a plu toute la journée, et l'espace camping s'est transformé en champ de bouillasse juste au moment où on repliait les tentes... Je ne te raconte même pas l'état de mes baskets ! Ne sois pas triste. Il n'y a aucune raison de l'être. Je t'Aime, et bien sûr que je ressens du désir. Pour moi, l'amour ne peut pas être réel sans désir physique de l'autre, et le nôtre est réel, très réel. Donc il y en a forcément.
Les mots sont libres...
Je vais prendre ma douche.
Mort aux MIB !!!!!
Ton lutin à toi

De : Gérald **⊲ 25/07/2004 à 22:01**
À : Manon
Objet : RE : Désir

Manon,
MERCI ! « Les mots sont libres… » Oh, tu n'imagines pas à quel point pouvoir t'écrire ma soif de toi me rend heureux ! Enfin si, tu imagines sûrement, ha ha ! C'était ça le but fondamental de ma question, mon angoisse, j'avais tellement peur que tu n'aies pas de désir sexuel pour moi (on parle bien de désir sexuel ?), parce que je pense comme toi que l'amour ne peut pas être réel sans désir physique de l'autre, et l'horrible MIB insinuait : si elle n'a pas de désir pour moi, elle ne m'aime pas assez, etc. Tu vois, toujours les mêmes angoisses.
Et maintenant je t'imagine sous ta douche…
J'aimerais être une goutte d'eau.
Je t'embrasse fort, ma goélette boueuse !
Ton goéland lumineux

—

8

Nous sommes une trentaine, réunis chez un ami agriculteur qui exploite une grande propriété en Bretagne centre. La soirée est belle. Tréteaux et planches ont été dressés devant la maison, le verger tout proche s'est transformé en terrain de camping. Je discute avec

Rodolphe et sa femme Elsa. Tes frères, attablés plus loin, semblent en grand débat politique avec le propriétaire des lieux et le fils aîné de Rodolphe. Toi, tu restes près de moi comme quand tu étais petite. Ton assiette est propre.

— Tu ne manges pas ?

— Pas faim.

— Essaye, quand même…

Je demande à Rodolphe comment vont ses fils. Il soupire, rabat une mèche blonde pour tenter de dissimuler son crâne de plus en plus dégarni.

— Jean est fidèle à lui-même, son travail lui plaît. Luc… Il n'y a rien à dire sur Luc.

— Comment ça ?

— Il a laissé tomber une énième formation. Il fait la plonge dans un resto.

— Ce n'est pas « rien ».

— Rien serait peut-être préférable.

Je n'insiste pas. Rodolphe et son fils cadet s'ignorent ; leurs rapports ont toujours été distants et, si Luc recherche l'approbation de son père, ce qu'il entreprend ne semble jamais suffire.

Tu quittes la table et tu descends vers le barbecue que Luc est en train de ranimer. Enfin, tu te décides à avaler quelque chose !

— On arrivera samedi pour déjeuner, lance Rodolphe.

Lui et sa femme vont passer quelques jours ici avant de nous rejoindre pour le week-end du quinze août. Ils resteront une semaine à la maison, comme presque chaque été. Nous évoquons ce qu'ils souhaitent faire lorsqu'ils seront à Vannes.

Je relève la tête. Là-bas, près du barbecue, tu discutes avec Luc. J'ai du mal à vous distinguer dans le soir qui tombe. Je souris. Vous vous connaissez depuis tout petits et il y a longtemps que vous ne vous êtes pas vus. Vous devez avoir des choses à vous raconter.

Tu remontes un peu plus tard, un morceau de viande dans ton assiette.

— Ça va, ma grande ?

Tu acquiesces, entames ton dîner. La nuit a recouvert la campagne bretonne.

Le lendemain matin, nous replions notre tente, disons au revoir à tout le monde et prenons la route.

— Tu as bien discuté, hier, avec Luc.

Dans le rétroviseur, je te vois hausser les épaules. Tu lâches :

— C'est un pervers, ce mec.

— Hein ? réagit Tristan. Tu ne peux pas dire ça !

— Je dis ce que je veux.

Luc a dû essayer de te draguer. Je ne l'imagine pas très adroit dans ce genre d'entreprise et, à l'évidence, tu n'as pas répondu favorablement à ses attentes. Tristan s'indigne, défend l'honneur de Luc comme si c'était le sien. Il n'a pas la moindre idée de ce que c'est que d'être une fille de seize ans et de se faire accoster par des types plus âgés qui ont des vues sur toi. Tu te réfugies dans un mutisme boudeur. Je clos le débat :

— Tristan, si ta sœur emploie ce mot, c'est qu'elle a ses raisons.

Arrive le week-end du quinze août. Nous prenons l'apéritif dans le jardin. J'ai toujours du monde à la maison à cette période, au point qu'organiser les couchages devient un casse-tête. Cette année, c'est presque calme, en comparaison. Iouen, ton frère aîné, fait de la randonnée en Corse. Tristan repart demain en Normandie où il doit retrouver sa bande de la prépa – dont une petite amie, je le devine. Comme prévu, Rodolphe et Elsa nous ont rejoints ce midi. Un cousin est là avec ses grands enfants. Mon neveu Pierre-Jean, celui que tu as vu à Paris début juillet, vient lui aussi de débarquer pour le week-end avec femme et enfants.

— Et Manon, elle est où ? demande-t-il en ouvrant une bière.

— Elle est bénévole à son club de voile. Je ne l'ai pas vue depuis trois jours.

— Elle dort là-bas ? s'intéresse Rodolphe.

— Oui, en juillet, elle rentrait tous les soirs à Vannes, mais c'est quand même une heure de bus, ou alors il fallait que j'aille la chercher et c'est à moi que ça bouffait une heure. Du coup, elle a planté la tente dans le jardin du club. Elle se débrouille.

Mon téléphone vibre. Je lis ton message. Éclate de rire.

— Manon, je cite, « regarde le coucher de soleil avant de rentrer » !

— Avec qui ? plaisante Rodolphe.

— C'est toute la question.

— À son âge, renchérit Pierre-Jean sur le même ton, j'en ai regardé pas mal, des couchers de soleil !

Tu débarques une heure et demie plus tard. Nous nous sommes mis à table depuis un moment à la lueur des lampions. L'été a paré ton corps d'un reflet caramel. Pour une rousse à la peau si claire, tu as la chance de réussir à bronzer sans problème. Ça doit venir de ton père. Tu as l'air détendue tandis que tu salues les uns et les autres. Tu es amoureuse, j'en suis sûre.

— Alors, ce coucher de soleil ? te charrie Rodolphe.

— Joli.

Je lui emboîte le pas :

— Il était blond ou brun ?

— Hein ?

— Il était blond ou brun, ton joli coucher de soleil ?

Tu secoues la tête.

— Mais pas du tout. Vous êtes cons…

— Tu ne vas pas essayer de nous faire croire que tu étais seule.

Tu cherches du soutien dans le regard de ton frère, qui t'adresse en réponse une mimique réconfortante.

— Les gros lourds, commentes-tu à mi-voix en t'asseyant.

J'échange un coup d'œil avec Rodolphe. Chambrer ses enfants est quand même l'un des privilèges les plus jouissifs de la parentalité et je ne me prive jamais d'en user !

La fraîcheur de la nuit nous repousse à l'intérieur. Votre meute adolescente se rassemble autour de l'ordinateur. Vous vous mettez tous à rire et à chanter en faisant de drôles de mouvements. J'aperçois sur l'écran trois garçons qui dansent sur l'aile d'un avion.

— C'est quoi ?

— Visiblement, me répond Tristan, aussi hilare que dubitatif, c'est le tube de l'été, un groupe roumain, mais je suis passé à côté !

Pendant un quart d'heure, vous enchaînez les « numanumanumayé », repassant en boucle la chanson. Après ça, tu files dans ta chambre. Je discute un moment avec mes invités, puis je monte te voir. Je frappe, j'entre. Tu es sous ta couette, une bande dessinée ouverte devant toi.

— Ça va, ma grande ? (Tu acquiesces.) Tu travailles au club demain ?

— Non. J'y retourne lundi.

— D'accord.

Je m'assieds au bord de ton lit.

— Elle vient d'où, cette BD ? Tu es passée à la bibliothèque ?

— Je l'ai empruntée à un copain.

— Ton fameux coucher de soleil ?

— Maman, sérieux… Je regardais vraiment le coucher de soleil. Seule.

— Bien sûr. Bonne nuit.

Amusée, je referme la porte derrière moi.

—

25 août 2004

Gérald 05:30

Je me colle contre toi dans un demi-sommeil, mes mains courent sur ta peau, effleurent ton ventre, tes cuisses, te réveillent peu à peu. Tu te cambres, ma chérie. Je respire fort dans ton cou, lèche ta nuque, mordille le lobe de ton oreille. Lentement, ma bouche descend le long de ton dos, embrasse tes fesses. Je me glisse entre tes jambes qui s'ouvrent pour moi. Je goûte ton humidité. Tu gémis sous ma langue. J'aime tellement t'entendre, Manon.

Tu attrapes ma tête, la presse plus fort contre ton sexe. Ça me rend fou.
Ma langue accélère, tes mains se crispent, je t'entends gémir d'un plaisir qui monte, qui monte, jusqu'à te submerger... Alors je te prends dans mes bras, je te serre contre moi, ma gamine. Je sens ton cœur cogner comme le mien. Je te câline tandis qu'ils s'apaisent...

Manon 09:20
Wow... Euh... wow.

Gérald 09:22
... J'en avais tellement envie. J'espère que ça ne t'a pas choquée.

Manon 09:26
Non non, pas du tout ! Ça m'a juste surprise.

Gérald 09:27
Surprise... agréable ?

Manon 09:29
Oui

Gérald 09:30
Ouf ! Je t'avoue que j'étais un peu fébrile.

Manon 09:34
Je t'M, plus que jamais et depuis toujours.
Tendres bisous du matin, mes pas n'entraînent que mon corps, ma tête est ailleurs...

Gérald 09:35
Bonne journée, ma très chérie...

Gérald 11:59
C'était tellement beau, mon élan de désir au tout petit matin... J'étais tellement dans mes mots. Tu sais, je me fiche de ne pas te faire l'amour, je suis infiniment plus dans ma bouche, dans ma langue, dans mes doigts, que dans mon sexe. J'ai besoin de toi, mon Amour, de tout ce que tu es, y compris ton corps.

Manon 12:05
Je suis là. Bon, OK, mon corps, tu ne le sens que par intermittence ! Mais je suis là, toujours.

Gérald 12:12
Nous ne pouvons pas avoir de sexualité réelle ? Nous l'exprimons lors de nos retrouvailles par des câlins hyper sensuels et dans notre sexualité sublimée par les mots... J'aime vraiment te donner cette caresse, ce plaisir, tu sais.

Manon 12:18
Oh, je sais ! Ton texto m'a réveillée sans qu'il sonne, à 5:30 ! J'ai apprécié tes mots bien plus que tu ne peux l'imaginer, et je me suis donné du plaisir juste après avoir lu ton message. C'était doux et beau. Après, je ne me suis pas vraiment rendormie, j'ai somnolé...

Gérald 12:19
Étais-tu sur le dos ? Sur le ventre ? Sur le côté ?

Manon 12:20
Sur le dos, puis sur le ventre.

Gérald 12:22
Si tu savais comme savoir que tu t'es donné du plaisir après mon texto me suffoque de joie…

Manon 12:23
C'est pour ça que je te l'ai dit !

Gérald 12:25
Tu me raconterais ?

Manon 12:32
J'ai allumé la lumière. Je me suis regardée dans le miroir, nue. J'ai commencé à me caresser lentement… Le plaisir est monté, et je me suis étendue sur le dos pour continuer. J'imaginais t mains, t lèvres. J'ai roulé sur le ventre. Ta peau m'a emportée tout là-haut.

Gérald 12:32
…

Gérald 12:33
Merci infiniment, merci de m'avoir donné ce plaisir très sexuel, merci, ma Noune… J'en ai besoin, tu sais. J'ai tellement besoin de toi.

Manon 12:34

Je suis là. Je t'Aime de tout mon cœur, de tout mon corps, de tout mon moi.

9

L'été se termine. Il a été émaillé de virées entre potes, de fêtes chez les uns ou chez les autres, de concerts et de sport. Je n'ai pas passé beaucoup de temps à Vannes. Alors ce week-end, le dernier où nous sommes réunis avant que notre fratrie se disperse à travers la France, on enquille les planches dans ma voiture et on s'échappe tous les trois sur la presqu'île de Rhuys.

Iouen s'installe à côté de moi, toi à l'arrière, à moitié écrasée par le matos. On ouvre grand les fenêtres. Dans le rétro, je regarde ta main qui joue avec le vent. On se ressemble, toi et moi. Les mêmes cheveux roux, les mêmes yeux bleus, la même capacité à s'inventer des mondes ou à mener des conversations qui n'existent qu'en nous. Mais qui existent fort. La différence, c'est que tu les transformes en histoires et en dessins tandis que je ne sais pas quoi en faire.

Je me gare. Les nuages nous ont rendu notre terrain de jeu. Des voiles de kite se croisent dans le ciel, des planches en tous genres chevauchent les vagues qui nous appellent. Je reconnais les moniteurs du club où tu as travaillé cet été. Déjà, assise au bord du coffre, tu enfiles ta combinaison. Iouen s'abrite du vent derrière un rocher pour bouquiner. Je descends mon matériel sur le sable, jauge la force des rafales, choisis ma voile. Ton surf sous le bras, tu t'élances vers l'eau et, torse tendu, tu rames vers le large. Je te rejoins. Mon flotteur se positionne à côté de moi, je place ma voile pour qu'elle se gonfle, m'arrache à la rive. Aussitôt que je m'éloigne, la houle s'aplatit.

Sur l'eau, on est seul. Il y a beau y avoir alentour des dizaines d'autres silhouettes moulées de Néoprène, le vent qui siffle à nos oreilles nous isole plus sûrement que des murs.

Je borde ma voile pour accélérer. La planche tape la crête des vagues. Et puis, suspendu dans mon harnais, je décolle de quelques millimètres qui suffisent pour avoir l'impression de voler. Tout vibre sous mes pieds. Les rochers de la pointe se précipitent vers moi. J'empanne, reviens droit vers la plage. Je te repère de loin, petite sœur, à attendre la vague. Tu en prends une. Explosion musculaire ; tu bondis, te redresses, dévales la pente mouvante jusqu'à ce que l'écume te rattrape et te happe.

Lorsque je regagne la plage deux heures plus tard, Iouen est parti se baigner et tes cheveux sont déjà secs. Ta combinaison traîne sur le sable à côté de ta planche. Tu as enfilé mon pull par-dessus le tien.

— J'avais froid ! lances-tu en relevant le nez de ton roman.

Amusé, je rabats la capuche sur ta tête. Dans la lumière du soir qui s'engouffre sous le tissu, tu ressembles à un lutin. J'attrape une serviette, me sèche à la hâte, sors mon appareil photo du sac. Je cadre ton visage. Consciente de l'objectif braqué sur toi, tu m'offres un sourire qui replonge vite vers ta lecture.

J'immortalise Iouen qui remonte vers nous. Gêné, il grimace. Je n'insiste pas.

Le paquet de cookies tourne de main en main. Tu pianotes sur ton téléphone. Ces derniers temps, il est comme greffé à ta main. Ça m'agace.

Ce midi, tu n'as pas arrêté de disparaître aux toilettes pendant le repas. La troisième fois, j'ai demandé à maman :

— Tu crois qu'elle se fait vomir ?

— Non, on l'entendrait. Je ne pense pas que votre sœur se soit déjà fait vomir. Là… à mon avis, elle va aux toilettes pour consulter ses messages. Elle sait que je ne veux pas qu'elle sorte son téléphone à table.

La chasse d'eau a retenti. Iouen a levé les yeux au ciel. Après ça, tu es revenue et on s'est tus. Au moins, quand tu surfes, ce fichu téléphone reste sur la plage.

— Je me disais bien que c'était vous sur l'eau !

On se retourne. Un moniteur du club nous sourit, un brun aux cheveux longs et au bouc épais que je croise souvent sur les spots de planche à voile. Tu sautes sur tes pieds, lui claques la bise.

— Diego, je ne sais pas si tu connais Iouen ?

— Je ne crois pas.

Le moniteur tend une main à mon frère, puis à moi.

— Tristan, c'est ça ?

— C'est ça.

— Tu as passé un beau jibe tout à l'heure. J'ai applaudi depuis le Zodiac mais t'étais sûrement trop loin pour m'entendre !

Tu remontes avec Diego en direction du club. Je ne peux pas m'empêcher de me demander s'il est ce coucher de soleil à propos duquel maman plaisantait il y a quinze jours.

10

La saison s'achève. Je retourne demain étudier à Biarritz, alors je suis heureux d'avoir l'occasion de te dire une deuxième fois au revoir avant mon départ. Nous traversons la rue et pénétrons dans le jardin du club. Une maison se dresse au milieu du terrain, mon camp de base cet été. Je logeais sous les combles, avec les autres moniteurs. À mesure des semaines, tout le monde a un peu couché avec tout le monde. C'était joyeux, sans conséquence.

Sur la droite, le long du grillage, des dizaines de planches de surf, de planches à voile, de mâts et de matériel en tout genre sont rangés sous un abri. Des combinaisons pendues à un portant métallique dégouttent sur l'herbe. Mon regard dérive malgré moi vers l'arrière de la maison où ta tente se dressait encore la semaine dernière. Je me suis surpris plusieurs fois ce mois-ci à avoir envie de me lever le matin au moins autant pour aller sur l'eau que parce que tu serais dans les parages. Nos petits déjeuners au soleil, ton visage chiffonné du matin et ta tignasse savamment décoiffée vont me manquer. Ton storyboard aussi. C'était hyper touchant de suivre l'avancement de ton projet. Au printemps, avec les copains du club, on était tes lecteurs-test ; tu nous racontais le scénario encore et encore pour le peaufiner, tu nous montrais tes esquisses des personnages. Tu ne fais plus trop ça depuis que tu as un éditeur, j'imagine que c'est son rôle, mais tu as continué à partager tes croquis avec moi et à me demander mon avis sur le découpage des planches. C'était cool.

— Tu as oublié une serviette dans la salle de bains. Je te l'ai mise de côté.

— Merci.

Tu la récupères, la poses sur ton épaule. Tu murmures :

— Ça fait bizarre.

— Quoi ?

— Que ce soit terminé. Quand je vais revenir ici en septembre, il n'y aura plus que Laurent. Ça va faire vide.

Laurent, c'est mon boss, le gérant du club, qui habite un peu plus loin sur la presqu'île.

— Tu parles, tu n'en auras rien à faire de qui est là ou non, tu seras sur ta planche.

— C'est pas faux ! N'empêche…

— Ouais.

Pour la centième fois, je me répète que, même si tu étais intéressée par moi, tu es trop jeune. Les autres moniteurs se sont fichus de ma gueule tout l'été – forcément, ils sont en couple avec des filles ou des garçons de leur âge, eux, ou célibataires et fiers de l'être. Malgré cette sensation douce-amère d'inachevé, c'est mieux comme ça.

Ton frère aîné te fait signe.

— Manon ? On y va ?

— J'arrive !

Tu m'embrasses sur les deux joues. Un instant, ton corps se colle au mien dans la lumière dorée de la fin d'après-midi et je te serre dans mes bras. Tu recules d'un pas.

— Tu fais signe quand tu repasses dans le coin ?

— Yep ! Bonne rentrée, miss.

— À toi aussi.

Je te suis des yeux tandis que tu rejoins Iouen. Tu m'adresses un dernier salut de la main avant de disparaître. Laura s'arrête à côté de moi, me tend un sourire gourmand.

— Alors ?

— Alors rien. Qu'est-ce que tu voudrais qu'il se passe ? Elle a seize ans.

— Presque dix-sept…

— Laura ?

— Oui ?

— Arrête ça.

Le soir, en me couchant, je sors d'une poche de mon sac à dos le poème que tu m'as écrit. Il parle de l'appel des vagues, de leur puissance sous nos pieds, d'une connexion à une réalité plus vaste que nous. Tu me l'as offert le mois dernier comme si ce n'était pas grand-chose, à peine une éclaboussure jaillie de ton cerveau et trois coups de pinceau pour lui créer un écrin de couleurs.

On ne m'avait jamais écrit de poème.

Deuxième partie

—

1

Jour de rentrée. Des bises claquent dans l'air de septembre. Je m'étonne :

— Tu as recoupé tes cheveux ?

Tu acquiesces, sourire aux lèvres. Je me retiens de te dire que de loin, tu as l'air d'un mec. Un roux, en plus, et qui boucle. Ça craint. Heureusement que tes traits sont fins. Si j'avais tes yeux bleus et tes sublimes cheveux – tu as été folle de les couper –, je serais la reine de ce lycée. Toi… tu es juste toi. Ton maquillage se limite au mascara, tu ne vas pas à la salle de sport, tu ne caches pas les rares boutons qui se mêlent à tes taches de rousseur ni les veines bleutées qui creusent tes cernes. Ce n'est pas que tu t'en fous. Tu ne sais pas comment faire, tu n'as jamais appris. Quand on voit ta mère, en même temps…

Dans la cour, on s'arrête toutes les deux secondes pour dire bonjour. Et puis on trace. Les garçons nous regardent passer dans les couloirs. J'entends :

— Laisse tomber. Elles, c'est mort.

Ça m'énerve.

Je ne suis hors de portée de personne.

Enfin, certains n'ont aucune chance, mais même ceux qui l'auraient, je leur fais peur. Les mecs aiment les filles gentilles qui rigolent à leurs blagues, pas celles qui ont du répondant.

Genre, toi, tu leur plais. Et pourtant, ils n'osent pas t'approcher non plus.

J'ai interrogé des potes, ça m'intriguait. J'ai eu droit à un silence embarrassé. Et puis :

— Ben, c'est qu'elle a ce truc.

— Ouais, ce truc.

— Mais de quoi vous parlez ?

— Parfois, Manon, elle te regarde et…

— Ouais, grave.

— Elle te regarde et tu as l'impression qu'elle lit dans tes pensées.

— Elle est…

— Elle est quoi, putain ?

— Intimidante.

Tu es intimidante. C'est tout ce que j'ai réussi à leur arracher.

Il y a bien eu Victor, en seconde, pour qui j'ai servi d'intermédiaire. Ça m'a fait rire de te voir ne pas oser glisser la main sous son tee-shirt. Tu es tellement gamine, parfois. Une petite fille sage. Tu ne fumes pas, ne bois pas, ne tires jamais sur un joint, n'as jamais fait l'amour. Tu n'as pas vraiment de style vestimentaire, pas de goûts musicaux affirmés. Pour ça comme pour les garçons, tu m'imites. Ça m'amuse.

Ça n'a pas duré, avec Victor. Il t'a quittée au bout de trois semaines.

Tu as évoqué d'autres copains, dont un avec qui tu aurais dormi sans qu'il ne se passe rien. Je ne les ai jamais rencontrés. C'est probablement du mytho.

Et puis l'an dernier, tu es sortie quelques mois avec Théo, un mec du BTS électronique. Il a une chouette énergie. Et un chouette cul. Tu ne l'as pas fait avec lui non plus.

Marine s'arrête près de nous. Comme l'an dernier, on est dans la même classe – terminale S option bio.

— Vous avez passé un bon été ?

— Super, je réponds. Plage, bronzette, tranquille. On est partis en Crète.

— Super, tu réponds. J'ai commencé ma BD. Je travaille avec un éditeur.

On te dévisage, Marine et moi.

— Tu ne l'avais pas déjà commencée ?

— Si, un peu. J'ai repris à zéro.

— Comment ça, tu travailles avec un éditeur ?

— C'est le mec à qui tu envoyais des mails en juin ?

— Ouais.

— Il va la publier, ta BD ?

— Possible. Pour l'instant, il m'aide, c'est tout.

D'un coup, j'ai l'impression d'être engluée sur la ligne de départ alors que tu traces loin devant. Je déteste cette sensation.

Je lâche :

— Bah c'est bien, je suis contente pour toi.

Tu souris. J'ai envie d'enfoncer mes ongles dans tes lèvres pour t'arracher ce sourire.

—

De : Manon **⊲ 12/09/2004 à 20:44**
À : Gérald
Objet : Storyboard

Voici le storyboard des cinq dernières planches. En arrivant enfin à la rencontre entre mon héroïne et le garçon, j'ai eu envie de développer davantage ce personnage. Ils sont liés. Elle entend son appel depuis l'enfance, au point d'apprendre à naviguer et de voler un bateau pour aller à sa rencontre. Mais qu'en est-il de lui ? Est-ce qu'il a conscience de leur lien ? Est-ce qu'il l'attend ?
Je vais bosser ma bio.
À très vite !!!

De : Gérald **⊲ 12/09/2004 à 21:12**
À : Manon
Objet : RE : Storyboard

J'aime beaucoup comme tu refuses de mettre en scène le premier contact entre eux. On l'anticipe depuis le début, et tu le suggères sans le montrer, hors cadre, comme si ta caméra intérieure leur accordait l'intimité et la pudeur dont ils ont besoin. C'est très beau. Très juste aussi, puisqu'on reste sur leur désir, on se fait notre propre film. En revanche, pour les dernières cases, il va falloir que tu précises à quoi ressemble l'île, les habitations…
Je comprends tout à fait ton envie de parler aussi de sa vie à lui. Ta BD est une rêverie poétique désirante,

la recherche de l'âme sœur dans le vaste monde.
Avoir le côté pile ET le côté face de ce désir serait fort, en effet. Entremêler leurs voix en attendant d'entremêler leurs vies (et leurs corps ?).
Ça n'en fera pas une BD classique à 46 planches, mais on peut se permettre ce genre d'écart dans la collection, je l'ai déjà fait avec certains auteurs.
Et puis ça te ressemble bien, de bousculer les codes !
L'idéal serait d'ajouter un cahier complet, donc 16 pages (ou un peu moins, on se débrouillera à la compo). Ne t'encombre pas la tête avec ça pour le moment, reprends ton storyboard du début en insérant ce que tu veux. La création prime sur les contraintes matérielles. Les séquences du garçon pourraient s'intercaler entre la sixième et la septième planche, par exemple, et après la dix-huitième… ?
As-tu déjà des idées ? Sais-tu ce qui va, de son côté, précéder cette rencontre ?
J'aime tellement observer de quelle manière tu avances, ma belle rose, comment ton projet se précise, s'enrichit… Et j'aime tellement t'y aider.
Ton jardinier ébloui

De : Manon ◁ **12/09/2004 à 22:25**
À : Gérald
Objet : RE : Storyboard

Eh ben je m'en doutais, quand je suis remontée bosser ma bio, je n'ai pas pu m'empêcher de prendre une feuille et un crayon pour noter tout ce qui me

passait par la tête ! Ce n'est pas du tout organisé, juste quelques idées et quelques dessins griffonnés. Le scan est en pièce jointe !
Voilà, je ne sais pas pourquoi je t'envoie tout ça, pourquoi j'en ai eu besoin à ce point. Si, je sais, l'envie de partager.

De : Gérald **⊲ 12/09/2004 à 22:31**
À : Manon
Objet : RE : Storyboard

Aïe, si je te perturbe dans tes révisions, je vais me faire tuer par ta mère, moi ! Ha ha !
Je suis profondément ému de regarder ces esquisses, les prémisses de cette nouvelle histoire dans l'histoire. Bien sûr, je ne commente pas, je laisse tout ça grandir en toi. Juste un mot pour te dire de ne pas oublier l'environnement de ton personnage.
Ton besoin de partager me touche tellement, cette envie de créer sous mes yeux, dans mes mains, contre mon cœur, me permettre de partager ton désir frémissant, ton amour des dessins et des mots, le maelström de tes émotions, la sensualité de cet instant… Merci. J'ai un immense sourire, si tu me voyais. JE T'AIME, MANON ! Toujours toujours toujours, ma tendre rose aux pétales frissonnants de beauté.
Ton Gérald à toi pour la vie

J'essaye de te comprendre, et j'y parviens parfois, mais les années ont flouté le souvenir de ce qui est ton présent. Tes émotions se dérobent quand je tente de les saisir. Alors c'est eux tous que je fais parler, même si je me cache derrière chaque mot. C'est bien ce qui me perturbe, d'ailleurs. Je me cache. Pour te comprendre, Manon, pour te dire en entier, je dois lâcher les masques et prendre la parole. Moi. Celle que tu es devenue. Celle qui était déjà là, en germe, quand tu te débattais avec la fin de ton adolescence.

Tu l'aimes. Tu crois l'aimer. Il est celui qui a comblé le vide, qui a offert l'écoute, celui qui a remarqué ton talent et t'a extraite du troupeau adolescent. Il t'offre un temps et une attention illimités. Il te dit qu'il t'aime et tu l'aimes de t'aimer. Grâce à lui, il n'y a plus d'impossible, tu voles au-dessus des obstacles avec la confiance dingue dont il te gave. Ça doit être ça, l'amour. Quelqu'un qui se glisse dans le vide et prend toute la place.

Tu l'admires, aussi. Il travaille avec les auteurs qui t'ont aidée à grandir. Il sait te guider, il t'apprend beaucoup, il dissout tes doutes, il te considère comme une professionnelle. Tu n'es pas une professionnelle. Tu ne sais pas ce que c'est. Le seul modèle que tu as dans ce milieu littéraire, c'est lui, lui qui *est* le professionnel, lui qui ne se comporte pas comme tel, mais comment le saurais-tu ? Parce que notre mère te l'assènera bientôt ? Quelle ado écoute sa mère ? Elle ne sait pas, elle n'y connaît rien, à l'édition, à la création, elle ne peut pas comprendre.

Et puis surtout, tu n'as pas le temps de penser que ce n'est peut-être pas tout à fait de l'amour : toujours un nouveau message arrive, venant à nouveau combler le vide qui commençait à regagner du terrain. Tu n'as pas le temps de penser et tu n'en as plus la place. Parce que c'est dans ce vide que l'on pense. Grâce à ce vide. Cela, tu ne le sais pas encore. Le vide t'effraye, il faut le remplir, alors tu le remplis de lui. Tu n'acceptes pas tout. Mais tu acceptes trop.

2

— On t'enlève !

Tu ris, balances ton sac sur la banquette arrière, t'y engouffres. J'ai envie de te serrer contre moi. Mais comme lorsque nous sommes venus te voir il y a quinze jours, tu ne me laisseras pas t'enlacer aussi près de ton lycée ; tu surveillais déjà les environs en nous faisant la bise. Viviane démarre. Je glisse une main en arrière, serre ton genou. La distance est difficile à vivre. On a beau s'appeler chaque jour quand tu marches entre chez toi et le lycée, échanger des dizaines de messages, ça ne compense pas la présence physique. Alors ces week-ends à Vannes, c'est ma respiration, une longue goulée de toi avant de replonger dans le reste de ma vie.

— On passe chez toi, alors ?

— Oui. À cette heure-là il n'y aura personne.

J'adore l'idée de découvrir où tu vis. Je serre un peu plus ton genou. Je remarque que tu t'es enfoncée dans la banquette, ta tête dépasse à peine.

— Ça va ?

— Oui oui. C'est juste que Vannes, c'est petit. Et ma mère connaît pas mal de monde. Je préfère éviter d'être vue.

— Bien sûr.

Ça me blesse, même si je comprends. J'ai envie de hurler que je t'aime et que tu m'aimes en retour, j'ai envie que tout le monde sache la beauté de ce qu'on vit. Bientôt. Tu as dix-sept ans demain. Un an à attendre, qu'est-ce que c'est à l'échelle d'une vie ? Pas grand-chose. À l'échelle d'un jeune amour, presque l'éternité. Je pense à toi mille fois par jour. Tout m'y ramène. Mon travail d'éditeur, les plaisanteries de mes élèves, les feuilles des arbres qui jaunissent et que tu ramasseras bientôt pour les glisser entre les pages de tes livres, les nuages que j'imagine filer vers toi. Dès que je vis quelque chose, j'ai envie de t'en faire part, même l'infime. Surtout l'infime. Cette place que tu t'es creusée dans ma vie ne cesse de m'émerveiller. Tu es la goélette qui file sur la mer, je suis le goéland qui joue dans tes cordages.

On se gare dans ta rue. Tu déverrouilles la porte, nous fais traverser un garage encombré de vélos, de planches et de combinaisons de plongée. Moi qui n'ai jamais été sportif, j'ai l'impression d'entrer dans un autre monde. Le salon est plus familier, avec sa cheminée et ses bibliothèques qui débordent. Tu nous entraînes dans ta chambre à l'étage. J'éclate de rire en lisant sur ta porte les messages que tu as punaisés. « Port du casque obligatoire », « Frappez si vous y tenez vraiment », « Le monde va vers le chaos, ma chambre aussi », « Attention, OVNIS ! », « Demi-tour, n'y pense même pas », « Vous entrez dans la chambre d'une jeune fille studieuse, ordonnée, organisée… », « Arrête de rester là à lire mes conneries, t'as pas mieux à faire ??? » C'est tellement toi !

À l'intérieur, un cocon. J'absorbe tout ce que mon regard attrape, chaque détail de ton intimité. Tu mets de la musique. Tu dis :

— Ma chanson préférée de Renaud. Écoutez les paroles !

Nous écoutons. Je reconnais les premiers vers de « C'est quand qu'on va où ». Je souris. J'ouvre les bras, tu t'y niches, et Viviane nous étreint tandis que Renaud déroule sa rage d'enfant. *Ils veulent me gaver comme une oie avec des matières indigestes. J'aurai oublié tout ça quand j'aurai appris tout le reste.* Lorsque la chanson se termine, on reste un instant serrés tous les trois, puis on échange des regards qui me transpercent le cœur.

— Il faut qu'on y aille, murmures-tu.

— OK.

Viviane et moi avons de nouveau pris une chambre pour le week-end dans ce Campanile en périphérie de la ville où nous commençons à avoir nos habitudes. Mais lors de nos visites précédentes, nous nous étions contentés de promenades en extérieur et de restaurants. Se réfugier tous les trois dans un espace rien que pour nous me comble.

Viviane a disposé des cadeaux sur le lit avant de partir. Quand elle ouvre la porte de la chambre, j'observe ta réaction, ce sourire lumineux qui t'est si naturel. Je souffle :

— Je me demande pour qui c'est…

— Moi aussi, réponds-tu sur le même ton.

— Bon anniversaire ! C'est de notre part à tous les deux. Je n'ai pas pu attendre demain.

Tu t'assieds au bord du grand lit. Tu n'es pas de ces personnes qui sont gênées par les cadeaux ou minaudent. Tu les acceptes avec simplicité. Ça me ravit – j'aime tellement te couvrir d'attentions. Dans les paquets, tu trouves quelques livres que j'ai sélectionnés avec soin, un ours en peluche « parce que tu m'appelles mon Nours », des CD, le DVD de *La Féline* dont je te parle depuis des semaines.

— Oh cool, je voulais grave le voir !

— Je te connais un peu, quand même…

— Un peu beaucoup.

On échange un sourire doux.

La plus grosse pochette contient une tablette graphique. Tu écarquilles les yeux.

— Waouh… Merci !

J'ai apporté exprès mon ordinateur portable. Je te propose d'installer le logiciel pour que tu essayes ta tablette. Viviane part dans la salle de bains. Je te regarde tester mille fonctionnalités dont j'ignorais l'existence.

— Ce sera parfait, quand tu en seras à appliquer des couleurs sur tes planches. Tu me donneras tes originaux, je les scannerai, et à partir de là, tu pourras terminer en numérique.

— Je t'ai dit que je voulais rester sur du noir et blanc. Peut-être juste une couleur pour ombrer, du bleu, ou un jaune sable.

— Ça s'appelle de la bichromie.

— Ouais, voilà. Je vais faire des essais.

Un phare surgit sur l'écran, rayé de rouge et blanc. Son faisceau perce une nuit piquetée d'étoiles.

— C'est toi, dis-tu.

— Le phare ?

— Mon phare. Celui qui montre le chemin.

J'en ai la gorge nouée. Tu n'es pas avare en déclarations virtuelles, mais de vive voix, c'est plus rare. Je t'entraîne vers le lit, te serre fort dans mes bras. Je caresse ton ventre par-dessus ton tee-shirt. Tu me laisses faire. J'ai envie de tellement plus. Si tu savais, Manon. Si tu voulais…

— Je t'ai pris ça, aussi.

Je te tends trois cartes. Des recharges pour ton téléphone. À force de m'envoyer des sms, tu consommes chaque mois ton forfait en quelques jours.

Viviane réapparaît. Tu te redresses, tu t'écartes légèrement. Je souris à Viv qui s'installe avec nous. On discute un moment du lycée, de tes cours de théâtre.

— Vous avez faim ? demande Viviane. (Tu acquiesces.) On a deux solutions ! Soit on va au resto, soit…

— … on reste ici et on mange le pique-nique qu'on a préparé ! je termine. Ton anniversaire, ton choix.

— Pique-nique ! tranches-tu.

J'avoue, c'est ce que j'espérais. Je n'ai aucune envie de quitter cette chambre. Nous déployons un plaid au milieu du lit, qui se garnit d'un taboulé, de pain, de pâté, de charcuterie et de fromage. Tu dévores avec appétit. Pour le dessert, Viviane apporte un gâteau au chocolat crépitant de bougies. Leur lumière rebondit dans tes yeux, drape ton visage de douceur. Nous recomptons ensemble. Quinze, seize, dix-sept… Lorsque tu les souffles, je sors deux nouveaux paquets de sous le lit.

— Encore ?!

— Encore, je confirme comme une excuse.

Le premier contient des boucles d'oreille en argent et turquoise. Je demande :

— Tu sais ce que c'est ?

— Des attrape-rêves ?

— C'est ça.

Tu les glisses à tes lobes, avant de découvrir au fond de la pochette un bracelet de cheville assorti que tu enfiles. Tu tâtes le dernier paquet.

— Un autre livre ? devines-tu.

— Ouvre.

— Oh…

Jonathan Livingston le goéland, une version illustrée de photographies sublimes. Tu les parcours, émue.

— J'adore…

— Je savais que tu aimais ce livre.

— Merci ! Vous êtes fous !

Tu embrasses ma joue, puis celle de Viviane. Dehors, la nuit est tombée. Je tire les rideaux, mets de la musique.

— Au fait, tu… tu dors ici, c'est bon ?

— C'est bon.

Tu dors ici. À partir de cet instant, aucune autre idée ne peut s'imposer en moi. Tu dors ici, dans cette chambre, dans ce lit, avec moi. Avec nous. J'en tremble. Lorsque je me brosse les dents avec Viviane, elle s'amuse tendrement de ma fébrilité.

— Dis-moi que tu n'as pas prévu de dormir nu.

J'hésite. Elle éclate de rire, chuchote :

— Gérald, elle n'a jamais été avec un homme ! Le dernier qu'elle a vu nu, ça doit être son père lorsqu'elle était petite ! Tee-shirt et pantalon de pyjama. Tu en as pris ?

— Moui.

— Mets-les.

Je me change. On te laisse la place. Je sors un troisième oreiller, j'éteins la lumière principale, m'installe au milieu du lit. Il n'est pas si grand, ce qui m'arrange.

— Il faut qu'elle dorme, dit Viviane.

— Je sais, je sais.

Elle semble vouloir ajouter quelque chose. Je la fais taire d'un sourire. J'ai mis ce fichu pyjama. Je connais les limites. Je ne les dépasserai pas.

Tu reviens. Viviane regagne la salle de bains pour prendre ses médicaments et enfiler son pyjama. Un caleçon long moule tes jambes, tes cuisses. J'ai le cœur fiévreux et le corps impatient. Je soulève la couette, ouvre un bras. Tu t'installes dans mon étreinte. Je te sens qui frissonne.

— Je suis un radiateur, dis-je en frottant ton bras pour te réchauffer.

Tu ris. Tu niches un peu plus ton visage dans mon cou.

— Tu… tu veux éteindre ? Tu es fatiguée ?

— Oui.

On éteint de notre côté. Je laisse la veilleuse pour Vivianc. Tu roules sur ton flanc, replies les jambes. Je me colle à l'odeur de ton shampoing. Tes fesses trouvent leur place contre mes hanches. Je t'attire encore plus près, t'enlace tout entière, m'enroule autour de toi.

Sage.

Rester sage.

J'ai du mal à respirer. Mon souffle s'accélère malgré moi. J'embrasse ta nuque, ton cou. Je ne peux pas m'en empêcher. Dans le secret de l'obscurité, sous le couvert de la couette, tout semble possible. Ma main trouve ton ventre. Je remonte ton tee-shirt, millimètre par millimètre. La couture passe sous mes doigts. Et puis. Ta peau. Décharge électrique. Je m'immobilise de peur que tu t'échappes. Tu ne bouges pas. Ton bras replié sur ta poitrine me laisse le champ libre. Je pose ma main à plat sur ton ventre nu. Il palpite comme un petit animal.

Mes lèvres brûlantes parcourent chaque centimètre carré de peau à leur portée. Je lèche ton oreille, suce ton lobe. Tu te dégages. Je me rabats sur ton cou, que je goûte à grands coups de langue.

Je bande contre toi. Est-ce que tu le sens ? Je n'avais plus bandé depuis mille ans avant de te rencontrer.

Prudemment, j'écarte les doigts. Mon pouce frôle la naissance de tes seins. Tu abaisses ton bras comme une barrière. Je redescends. Je te respire, je te dévore. Je me frotte discrètement contre tes fesses. Sais-tu ce que je fais ? Est-ce que tu aimes ça ? Du petit doigt, je cherche l'élastique de ton caleçon, puis celui de ta culotte. Je m'introduis dessous. En sentant les poils de ton pubis, je ne peux retenir un gémissement étouffé.

Tu attrapes mon poignet, le tire vers le haut. Retour à la case départ. Ton ventre. Ton ventre, Manon… Je souffle :

— Tu peux me caresser aussi, tu sais.

Tu ne réponds pas. Je remonte vers tes seins. Comme tout à l'heure, tu ne me laisses pas les atteindre. Torture.

À un moment, tu t'écartes franchement, te retournes. Je tente un baiser sur ton front. Ta joue. Tes lèvres sont si proches.

— Je veux dormir.

— D'accord. D'accord, bonne nuit.

Je te laisse tranquille. De l'autre côté du lit, Viviane bouge à son tour. Je te regarde, tes paupières fines, ton nez adorable, tes sourcils en bataille.

Je m'assoupis.

Me réveille.

Tu t'es tournée. Je me glisse à nouveau contre toi, reprends notre jeu dans un demi-sommeil délicieux. Je perds toute notion du temps. Chaque fois que mes doigts effleurent tes poils, je m'immobilise, pour te montrer que je n'irai pas plus loin. Mais j'y vais. Si lentement que, parfois, tu ne repousses ma main sur ton ventre que lorsque je parviens à la limite de ton sexe.

Bientôt, trop tôt, le jour rampe derrière les rideaux. Viviane s'assied.

— Bonjour.

— Bonjour.

— Bien dormi ?

— Oui.

On échange un regard tendre, qui s'incline vers toi. Tu émerges, te frottes les paupières.

— C'est l'heure ?

— Tu peux traîner un peu. Bon anniversaire pour de vrai…

— Merci.

Tu t'étires. Refermes les yeux. Viviane va prendre sa douche. Je me rallonge dans ta chaleur, embrasse ton cou, le lèche. Tu secoues la tête.

— Tu n'aimes pas ?

Tu grimaces.

— Bof.

— Excuse-moi. Tu aurais dû me le dire.

L'idée que tu n'aies pas aimé ce que je t'ai fait me chagrine. Quel abruti. Évidemment que tu n'as pas envie d'avoir une grosse limace baveuse collée dans le cou. Mais tu ne me dis rien, aussi. Je ne peux pas deviner…

Tu dois sentir que je m'en veux, parce que tu lâches :

— C'est pas grave.

Et tu attrapes ma main à l'aveugle.

— Si on veut avoir le temps de petit-déjeuner, annonce Viviane en revenant, il va falloir se mettre en mouvement. Il y a une serviette pour toi, Manon. Tu veux prendre une douche ?

Je n'en prendrai pas. Je veux conserver ton odeur.

Tu quittes les draps. Dans la salle de bains, j'entends la voix de Viviane.

— Il ne t'a pas laissée dormir ? Il me faisait ça aussi au début.

Vous riez ensemble. Nous sortons déjeuner dans un café. Le moment de te reconduire chez toi approche. Je l'anticipe, je n'arrive plus à profiter pleinement, même si je sais que nous nous verrons à nouveau cet après-midi, sur la presqu'île de Rhuys.

Dans la voiture qui nous ramène vers le centre de Vannes, je lance :

— Tu sais, ce serait bien que tu viennes à Quai des Bulles.

— Le salon de BD ? À Saint-Malo ?

— Tu connais ?

— J'y suis allée l'an dernier. C'est fin octobre, non ?

— C'est ça. J'aimerais te présenter des gens là-bas. Et puis c'est beau, Saint-Malo ! On pourrait se balader sur la grande plage. Et si on te prend une chambre à côté de la nôtre, ce sera parfait pour passer des moments tranquilles…

Ton regard dérive sur le tableau de bord, sérieux.

— Carrément. Il faudra que je voie avec ma mère.

—

Extrait de l'audition de Gérald DUPRAT-MOREAU entendu par la capitaine de police Corinne VICTOR, 20 janvier 2006.

QUESTION : Lors de l'une de vos visites à Vannes, avez-vous passé une nuit à l'hôtel avec votre femme et Manon ?
RÉPONSE : Oui.
QUESTION : Comment s'est déroulée cette nuit ?
RÉPONSE : On a discuté. Puis on a dormi. Moi et ma femme sur le lit double, Manon, sur un petit matelas qu'on a tiré de sous le lit. Elle est restée habillée.

QUESTION : Avez-vous eu des rapports sexuels avec Manon ?
RÉPONSE : Non.
QUESTION : Avez-vous touché intimement Manon ?
RÉPONSE : Non.
QUESTION : Pourquoi ne l'avez-vous pas ramenée chez elle ce soir-là ?
RÉPONSE : Il était tard.
QUESTION : Sa mère ne s'est pas inquiétée de son absence ?
RÉPONSE : Manon lui avait dit qu'elle dormait chez une copine.
QUESTION : Et ce n'était pas prévu à l'avance ? Il était déjà tard quand elle a prévenu sa mère qu'elle ne dormirait pas chez elle ?
RÉPONSE : Il me semble.
QUESTION : Réfléchissez mieux.
RÉPONSE : Mais qu'est-ce que vous voulez que je vous dise à la fin ? La mère de Manon est complètement folle ! Il ne s'est rien passé avec Manon, je ne l'ai même jamais embrassée !

3

En sortant de la pharmacie ce samedi matin, j'aperçois ta copine Alicia qui marche dans ma direction. Je te cherche des yeux. Tu n'es pas avec elle.

— Bonjour. Manon est déjà rentrée ?

Alicia bloque un instant.

— Euh… Oui.

— Vous avez bien travaillé ?

Elle lâche un petit « Oui oui » et s'échappe avec un sourire d'excuse. Je reste interdite, mon sac plastique à la main, à me repasser mentalement le film de ces deux dernières minutes. Où es-tu ? Où as-tu dormi ? Pas chez Alicia, à l'évidence.

Je sors mon téléphone, relis ton message. « On n'a pas terminé le dossier, je peux rester dormir chez Alicia ? » Tu l'as envoyé à vingt heures hier. Je me suis presque étonnée que tu me demandes l'autorisation alors que tu as généralement tendance à te contenter de me « prévenir ».

Je presse le pas vers la maison. Des bras invisibles compriment ma poitrine. La porte est verrouillée. Je monte à l'étage, t'appelle, vérifie le jardin. Personne.

Je me dis que tu as menti pour passer la nuit avec un garçon. C'est de ton âge, après tout. J'arrive presque à me calmer.

Tu arrives une demi-heure plus tard.

— Tu étais où ?

— Chez Alicia.

— Tu en viens, là ?

— Ouais. Son père a fait des muffins pour le petit déj, c'était trop bon.

— Tu te fous de moi ? J'ai croisé Alicia, et bizarrement, elle ne m'a parlé ni de muffins ni de votre soirée !

Tu me regardes. Ton visage, un masque.

— Tu étais où ?

— Chez Alicia.

— Je viens de la croiser, Manon ! Arrête !

— Qu'est-ce qu'elle t'a dit ? J'ai vraiment dormi chez elle.

— Et ce matin ?

— Je me baladais.

— Seule ?

— Oui.

— Où ?

— Sur le port. J'ai marché le long du bassin. J'avais besoin de réfléchir à ma BD.

— Pourquoi tu m'as menti ?

— Pour ne pas que tu t'inquiètes. Tu n'aimes pas quand je suis seule, tu me fais toujours remarquer qu'à mon âge Iouen et Tristan ne quittaient jamais leur bande de copains. Eh ben je ne suis pas comme eux, c'est tout. J'aime être seule.

Je comprends le besoin de solitude, je le ressens souvent, même si c'est vrai que tes amitiés jetables m'inquiètent depuis longtemps. Enfant, tu as eu un nombre incroyable de « meilleures amies à la vie à la mort » qui disparaissaient après un mois ou deux. Je ne saurais dire exactement ce qui, dans ta manière de réagir ce matin, m'alarme à ce point.

— Manon, qu'est-ce qui se passe ?

Tu lèves les yeux au ciel.

— Rien. T'es parano, maman. J'ai juste été marcher. Putain, super, l'anniversaire…

Tu files à l'étage. Je te suis.

— Manon ! Stop ! (Tu te retournes au milieu des marches.) Tu sais que je veux savoir où tu es. S'il t'arrivait quoi que ce soit… Tu as peut-être dix-sept ans, mais je reste ta mère. Je veux savoir. C'est une question de sécurité.

— OK.

Tu attends un bref instant, comme pour me dire « C'est bon, tu as fini ? », puis tu tournes les talons. La porte de ta chambre se referme dans ton dos.

Quand je t'appelle pour manger, tu déboules avec un grand sourire. Pour toi, la page de notre accrochage est tournée, et je me dis que, peut-être, je me fais des idées.

Le père d'une copine te conduit à votre cours de surf sur la presqu'île de Rhuys. Tu rentres en fin d'après-midi, t'isoles pour faire tes devoirs. Un samedi classique.

Pendant la soirée, tu te montres adorable. On fête ton anniversaire toutes les deux. J'ai préparé ton repas préféré : saumon fumé, lasagnes et gâteau au chocolat.

— Tu as eu des nouvelles de ton père ?

— Oui, il m'a mis un message. Iouen et Tristan aussi.

On dégomme un paquet de bonbons en regardant une série policière à la télé. Tu te glisses contre moi sous le plaid, ton rire à fleur d'oreille. Mais il y a en moi une pulsation qui refuse l'apaisement. C'est trop. Tu en fais trop. Que me caches-tu, Manon ?

J'aurais aimé profiter de ce moment.

J'aurais aimé avoir profité de ce moment – je me dis ça pendant la nuit.

Parce que avant, alors que tu es partie te coucher et que je suis seule dans le salon, j'allume l'ordinateur familial et je me connecte à ta messagerie électronique. J'ai besoin d'en avoir le cœur net. Tu n'as pas changé de mot de passe depuis que nous l'avons créé ensemble il y a des années. D'abord, ça me rassure – si tu voulais dissimuler des échanges, tu l'aurais modifié. Mais très vite, je me rends compte que ce n'est que négligence de ta part. Tu n'as pas imaginé que je pourrais fouiller ta messagerie, ou tu as oublié que je connais ton mot de passe.

Les mails de ton éditeur s'alignent sur l'écran. Il y en a tellement… Je tique en lisant vos mots doux. Ils sont mièvres au possible, j'ai presque du mal à croire qu'un quinquagénaire les a écrits. Les plus récents datent de jeudi soir, ils évoquent ton anniversaire et un point de rendez-vous près de ton lycée, « le même que la dernière fois ». L'inquiétude cristallise mon ventre. Vous vous êtes vus. À plusieurs reprises.

Une phrase me saute à la figure. « Viviane aussi a hâte de te voir. » La surprise me cloue sur place. Sa femme est au courant ? Comment peut-elle accepter, comment peut-elle cautionner, rentrer dans ce jeu ? C'est quoi, ce couple qui utilise ma fille ? Des histoires sordides me viennent, des affaires judiciaires dans lesquelles des femmes offrent des enfants sur un plateau à leur mari pédophile. Alors certes, tu n'as pas huit ans. Mais si ça se trouve, ce couple utilise des jeunes filles pour des délires sexuels.

Je remonte dans le temps, tombe sur un texte dans lequel ce Gérald explique par le menu tout ce qu'il aimerait te faire. Est-ce que vous avez déjà été jusque-là ? Est-ce que c'est arrivé la nuit dernière ?

Atterrée, je découvre qu'ils sont venus te voir en secret à la fin de l'été et mi-septembre, en plus de ce week-end. Ton éditeur parle du plaisir qu'il a à te regarder surfer. Il est là. Ils sont là. Cette idée porte en elle une menace sourde qui me paralyse. J'imagine cet homme sur la plage de ton club de voile, cette après-midi, ses jumelles autour du cou. Et demain, as-tu prévu de les voir ?

Je tente de retrouver les messages les plus anciens. Je devine que je n'ai pas accès à la moitié de vos échanges et, déjà, leur nombre est effarant.

À présent que mes yeux sont dessillés, les trois derniers mois se creusent d'ombres nouvelles. Des rafales de colère cinglent mes pensées. Ah, vous vous êtes bien foutus de ma gueule dans le Finistère, avec votre petit numéro de séduction !

Je lis vos messages en diagonale. Parmi ceux qui ont suivi ton séjour avec eux, des passages m'alarment plus encore. Ton éditeur évoque un traumatisme ancien, il s'insurge à propos des hommes qui sont tous des « gros dégueulasses » au point qu'il prétend « détester en être un », il te promet de te protéger. « Je suis là à présent. Plus jamais seuls ! »

Je cherche d'autres traces de ce prétendu traumatisme, ne trouve que de vagues allusions. De quoi s'agit-il ? Du divorce et de l'absence de ton père, dont vous discutez énormément ? Tu l'as mal vécu, tu as vu un psy pendant des années, mais le qualifier de traumatisme me semble excessif. Tout est tellement mélangé dans vos messages, vous établissez des liens qui m'échappent. Et puis, cette confidence que tu lui aurais faite, il s'en sert pour appuyer un discours qui me hérisse : « Tes parents ne peuvent pas comprendre, il n'y a que moi qui te comprenne vraiment, et je suis là pour toi à présent, toujours, notre amour nous protège. » La manipulation est grossière. Tu sembles gober tout cru ses paroles, les validant de « Je sais bien », de « Je suis là aussi », de « Toi et moi on est plus forts que tout ».

Fébrile, j'imprime le plus de mails possible en espérant que le bruit ne te réveille pas.

Le lendemain matin, je tournc en rond dans la maison. Je n'ai pas dormi de la nuit. J'imaginais ton éditeur là, quelque part en ville, à attendre de te voir avant de repartir à Paris. Tu ne le rejoindras pas aujourd'hui, c'est hors de question.

Cette histoire de traumatisme ancien me ronge. Je ne peux aborder la question sans avouer que j'ai fouillé ta boîte mail, or tu changerais immédiatement ton mot de passe et je perdrais cette précieuse fenêtre sur votre relation. Il faut que j'attende un indice et que je m'y engouffre. D'ici là, mettre fin à cette histoire malsaine.

Je ne veux pas pour autant anéantir ton projet de BD. Écrire et dessiner ne peut que te faire du bien. Tu en as besoin. J'ai peur de tout briser.

Il est neuf heures trente lorsque tu émerges. Tu m'embrasses, verses du jus d'orange dans un verre.

— Je sais que tu as revu ton éditeur.

Tu te figes.

— Quoi ? Mais pas du tout.

— Il était là ce week-end.

— Maman, tu te fais des films !

Tu es parfaitement réveillée, à présent. Parce que je sais que j'ai raison, j'aperçois la peur au creux de ta colère. Cette fois, tu ne t'en sortiras pas avec un mensonge.

— Tu veux vraiment que j'aille trouver Alicia et que je la confronte pour savoir si tu étais bien chez elle ? Tu penses qu'elle te couvrira combien de temps ? Je parie sur deux minutes. Je l'appelle ?

Tu me fixes d'un regard violent.

— Tu as dormi avec lui ?

— Non, j'ai…

— Arrête ! Arrête de me mentir ! Ça va trop loin, Manon ! Où est-ce que tu étais cette nuit ?

— À… On a fêté mon anniversaire à l'hôtel. Et après, il était tard et… Je suis restée dormir. Sa femme était là.

— Cesse de brandir la présence de sa femme comme une garantie morale ! Ça ne change rien. C'est presque pire, qu'elle cautionne. C'est glauque !

Tu te lèves d'un bond, le tabouret métallique tombe sur le carrelage.

— Tu ne comprends rien ! Tu ne comprends pas ce qui nous lie !

— Tu as raison, je ne comprends pas.

— On s'aime, c'est tout.

— Un homme de cinquante-six ans ne peut pas aimer une fille de dix-sept ans d'un amour sain.

— Qu'est-ce que tu en sais ? Sérieux ! Tu ne sais rien du tout ! C'est beau, ce qu'on vit.

— Je ne sais rien du tout, très bien, mais je suis encore celle qui prend les décisions te concernant.

— Quelles… Quelles décisions ?

— J'ai peur pour toi.

Tu redresses le tabouret, te rassieds, me dévisages.

— Il n'y a pas de raison d'avoir peur, je te jure.

— Tu as dormi avec eux ?

— Non, j'ai… Il y avait un petit lit sous le grand, en tiroir. C'est là que j'ai dormi, tout habillée.

Tu peux me dire ce que tu veux, j'aurai du mal à te croire. Après les mails que j'ai lus…

— Vous avez couché ensemble ?

— Non ! Jamais de la vie !

C'est ce que j'ai senti dans vos échanges. Je ne pense pas, en effet, que vous ayez eu des relations sexuelles. Mais je suis persuadée qu'il en a envie et qu'il va faire pression sur toi jusqu'à ce que tu cèdes. Je passe une main sur mon visage. Dans ma tête, une voix répète en boucle *Ils sont encore là, ils sont à Vannes, ils sont encore là*... Je m'efforce de rester calme.

— Il est hors de question que tu les revoies, ma grande.

— Putain ! Maman !

— Tu restes à la maison aujourd'hui. Et tu me donnes ton portable.

— Non, y a pas moyen !

— Ce n'est pas une négociation !

4

Gérald est de bonne humeur, ce matin, il chantonne d'un bout à l'autre de la chambre d'hôtel en faisant sa valise. J'aime le voir si détendu. C'est rare. Au programme de la journée, déjeuner en amoureux, puis nous te retrouvons pour une balade avant de faire route vers Paris.

Je suis fatiguée. J'ai à peine fermé l'œil la nuit précédente. Depuis l'autre bout du lit, les respirations de Gérald et vos mouvements n'ont cessé de me réveiller. Et puis les pensées serpentaient dans ma tête. Je n'arrêtais pas de me demander si, sans le rempart de ma présence, vous auriez fait l'amour. Et de me demander ce qu'il se passait vraiment, là, à quelques centimètres de moi. Je n'ai pas dormi parce qu'il ne fallait pas que je dorme. Garde-fou. Voilà ce que j'ai été pour vous deux. Et cette nuit, ce sont les nausées qui ont empêché mon repos.

Le téléphone de Gérald bipe, de cette petite clochette qui ne cesse de carillonner ces derniers mois. Gérald se fige. Fronce les sourcils.

— Qu'est-ce qui se passe ?

Il me montre ton message. « N'appelle pas, n'envoie pas de textos. Ma mère sait que tu es à Vannes. Silence radio. »

— Merde.

Il tourne dans la pièce d'un pas nerveux, gémit :

— Si sa mère a lu ce que je lui ai envoyé tout à l'heure, ça craint.

— Qu'est-ce que tu lui as envoyé tout à l'heure ?

— C'était… Hum.

— Ah.

Quand son anxiété prend le dessus, elle enferme Gérald dans une boucle dont il est incapable de sortir. Je me place sur sa trajectoire, le serre dans mes bras. Il me repousse.

— Sa mère est juste au courant qu'on est venus, ce n'est pas si grave, non ?

— Je ne sais pas. Tant que je ne peux pas parler à Manon, je ne sais pas.

— Bon, de toute manière, il faut qu'on rende la chambre.

Je dépose les clés à la réception pendant que Gérald charge les valises dans la voiture. Je conduis – il n'est pas en état. Nous trouvons un café ouvert sur le port, nous nous asseyons en terrasse.

Vers onze heure trente, un nouveau message nous parvient.

« Je ne vais pas pouvoir sortir aujourd'hui. Désolée. N'écris pas. »

— Mais enfin, s'emporte Gérald, c'est quand même fou ! Elle la séquestre !

Je le vois commencer à répondre. Je l'en empêche.

— Manon a forcément de bonnes raisons pour te dire de ne pas écrire. Sa mère doit surveiller son téléphone. Tu vas envenimer les choses.

Nous attendons des nouvelles. Rongé par l'inquiétude, Gérald ne tient pas en place. Nous commandons à manger, touchons à peine nos assiettes. Vers treize heures, tu nous répètes que tu ne pourras pas quitter ton domicile. Gérald te le reproche, perdu qu'il est dans sa peine. Ta réponse est comme un coup de fouet adouci d'une caresse.

« C'est pas comme si on ne s'était pas vus ! Évidemment que j'aurais aimé vous dire au revoir, mais là c'est pas possible. Ne gâche pas ce week-end pour une heure qu'on ne passe pas ensemble… »

Gérald me la lit les larmes aux yeux. Il s'apaise un peu, t'assure qu'il t'aime, que ça va aller.

« Je vais discuter avec ma mère, elle va se calmer. J'ai confiance en elle. »

— Pas moi, murmure-t-il. Pas moi du tout.

Il te demande ce qu'elle sait. « Qu'on s'est vus pour mon anniversaire et que j'ai dormi à l'hôtel avec vous. » Gérald bondit, enfouit son visage dans ses mains.

— Mais elle est folle de lui avoir dit ça !

— Gérald, calme-toi. Ne t'énerve pas sur Manon, tu sais comme tu peux être…

— Ne t'en mêle pas !

— Bien sûr que je m'en mêle. Je suis là. J'ai passé cette nuit avec vous. Quelles que soient les conséquences, j'y suis mêlée…

— C'est vrai. Excuse-moi. Merde, merde, merde !

Agité, il fait quelques pas, s'appuie à la rambarde métallique de la terrasse. Je le rejoins et pose une main sur son dos.

— Rentrons à Paris, d'accord ? Ça ne sert à rien d'attendre ici. De toute façon, on la revoit dans une petite semaine.

5

Quand ta mère m'appelle ce dimanche-là, je suis avec ma compagne et son fils. Il fait encore doux en ce début d'automne inondé de soleil. Des voisins sont attablés avec nous dans la cour commune. Nous jouons aux cartes. J'hésite à quitter la partie pour décrocher – n'importe qui d'autre, j'aurais laissé la messagerie l'accueillir, mais mon ex-femme ne m'appelle jamais. Mon ex-femme ne veut avoir aucun contact avec moi. Je pose mes cartes, m'éloigne, décroche.

— Pascale ? Ça va ?

— Excuse-moi de te déranger.

— Qu'est-ce qui se passe ?

— Manon t'a parlé de l'éditeur avec qui elle travaille sur une bande dessinée ?

— On en a discuté cet été, oui.

— Il est venu la voir en secret à Vannes. Vendredi soir, elle m'a dit qu'elle dormait chez une amie, alors qu'elle a passé la nuit à l'hôtel avec lui et sa femme.

Je prends quelques secondes pour absorber la nouvelle. Des images fusent. Vous avez été ensemble dans une chambre d'hôtel. Qu'avez-vous fait dans cette chambre d'hôtel ? Il est vieux, ce mec, non ?

— Et sa *femme* ? je répète.

— Apparemment. Elle a l'air au courant de tout. Elle est malade, un lymphome. C'est malsain au possible.

— Putain… Tu penses qu'ils ont eu des relations sexuelles ?

— A priori pas. J'ai été sur la boîte mail de Manon. Ils échangent un nombre de messages hallucinant, ça va très loin, c'est carrément porno par moments, une sexualisation inappropriée vu son âge et celui de Manon. Mais je ne crois pas qu'ils l'aient fait.

— Bon.

— Les mots ont aussi une réalité, cela dit.

— Oui, mais bon.

— Oui.

— Qu'est-ce qu'on fait ? (Silence à l'autre bout de la ligne.) Manon n'est plus une petite fille, seulement, là, il profite de sa position de professionnel qui l'a prise sous son aile. C'est de l'ordre de l'abus.

— Et il a un fonctionnement tordu. Il l'idéalise, lui dit qu'elle le sauve, qu'elle est son miracle. Et puis d'un coup, il vrille, lui reproche de ne pas l'aimer assez, de le rendre triste, de réveiller ses angoisses, et elle doit en faire des caisses pour le rassurer. Ils répètent cette phrase encore et encore, « plus jamais seuls ». C'est exactement le fonctionnement des sectes. « Avec nous, tu ne seras plus jamais seule, et hors de notre relation, point de salut. » Tout ça mélangé aux messages à propos de l'écriture de cette BD. Ils amalgament ce projet et leur amour. C'est…

J'écoute. Pascale a souvent tendance à dramatiser. Elle abuse un peu avec cette histoire de secte. La nuit à l'hôtel, en revanche, elle ne l'a pas inventée.

— Tu dis que tu as imprimé leurs mails ?

— Quelques-uns. Il y en avait une telle quantité…

— Tu peux me les envoyer ?

— Bien sûr.

De l'autre côté de la cour, ma compagne m'interroge du regard. Je lui fais signe de continuer la partie de cartes sans moi.

— Il y a autre chose, dit Pascale.

Je la sens hésitante.

— Quoi ?

— Dans certains mails, ils évoquent un traumatisme que Manon aurait vécu il y a longtemps. Ils ne sont jamais précis. J'ai pensé au divorce, mais j'ai l'impression que ce n'est pas ça.

— Traumatisme… de nature sexuelle ?

— Peut-être. Je n'espère pas. Je peux difficilement en avoir le cœur net tant qu'elle n'aborde pas d'elle-même le sujet. Je ne veux pas qu'elle sache que j'ai été sur sa messagerie, elle modifierait son mot de passe.

— C'est vrai. Merde.

— Et il va falloir que je fasse gaffe où je range ce que j'imprime. Je retrouve régulièrement mon bureau en bazar. Manon fouille.

J'ai l'impression étrange qu'on ne parle pas de la même personne, que la Manon de Pascale n'est pas celle que je connais.

— Vraiment ? Qu'est-ce qu'elle cherche ?

— Tu n'as jamais exploré les affaires de tes parents ?

— Non…

— Moi, si. Et plutôt deux fois qu'une. Je ne sais pas ce que Manon cherche – je ne suis pas sûre qu'elle le sache elle-même –, mais elle cherche.

6

— C'est pervers, lâche Rodolphe.

— Complètement.

— Typique. La phase de séduction où tu idéalises l'objet – ici, Manon –, puis la phase de culpabilisation où tu le détruis.

Que Rodolphe abonde dans mon sens me fait du bien. Ton père minimise. Je crois que, même si je lui ai envoyé certains mails, il ne se rend pas compte à quel point tu es sous la coupe de cet homme.

— Il y a un tel déséquilibre dans leurs désirs ! C'est effrayant. Je me pose la question de porter plainte… Il est son éditeur, est-ce que ça constitue un lien de subordination ? C'est un adulte ayant autorité, ou du moins en position de lui offrir un contrat d'édition.

— Ce que je ferais à ta place, dans un premier temps, c'est d'aller au commissariat déposer une main courante afin qu'il y ait une trace et pour lui faire peur. Je doute que cet homme soit très courageux. Si ça se trouve, il voudra éviter les ennuis et ça suffira à ce qu'il mette fin à leur relation.

Je n'y crois pas. Courageux ou non, c'est un manipulateur. Le ton puéril de vos échanges amoureux le prouve : il adopte une posture adolescente pour te séduire. Il se met à ce qu'il pense être ton niveau – et peut-être a-t-il raison puisque, malgré tes facilités à échanger avec les adultes et à manier des concepts intellectuels, tu lui réponds sur le même ton. Il n'abandonnera pas sa proie si facilement. Mais j'aime l'idée de faire une première démarche officielle, j'ai besoin que ce Gérald comprenne qu'il a face à lui des parents qui ne te lâcheront pas.

Je rapporte à Rodolphe les allusions au traumatisme que tu aurais subi par le passé. Je l'entends inspirer longuement, dubitatif.

— Écoute, ça doit être de l'ordre du fantasme, des trucs d'ados. Manon aime jouer avec la réalité, raconter des histoires. Il n'y a probablement aucun traumatisme vécu.

— Peut-être.

J'ignore pourquoi, mais je soupçonne qu'il a tort. Intime conviction.

Je repense à ces signes qui m'avaient alertée lorsque tu étais enfant. Ces passages aux toilettes pendant les repas où, après avoir rempli ta bouche comme un rongeur, tu recrachais la nourriture qui disparaissait avec la chasse d'eau. La réponse de cette amie qui surveillait la cantine de ton école primaire, à qui j'avais demandé de vérifier si tu mangeais le midi : « Manon mange, mais je vais arrêter de la surveiller parce que dès qu'elle voit qu'un adulte la regarde, elle repose sa fourchette. » Et puis les mensonges à répétition, les vols jusque dans les chambres de tes frères…

J'ai tout mis sur le compte du divorce et, avant ça, sur les difficultés dans ma relation avec ton père. Ma foutue éducation catholique a pris le dessus. C'était moi la coupable, forcément, moi et l'échec désespérant de ce mariage que j'avais trop longtemps essayé de sauver.

Je t'entends rentrer du lycée et mets fin à la conversation avec Rodolphe.

Tu es montée droit dans ta chambre. Je t'y trouve en train d'engloutir une tablette de chocolat en pianotant sur le téléphone que je t'ai rendu ce matin.

— Ça a été, le lycée ?

— Le DS de maths était tendu. On l'a tous foiré, je te préviens.

Je retiens un sourire. J'ai beau te répéter que les résultats des autres n'excusent pas tes propres plantages, tu tentes chaque fois de les amoindrir en invoquant une moyenne de classe faible. Ce n'est pas parce que tes camarades sont médiocres que ça te donne le droit de faire moins d'efforts.

Tu as choisi les sciences, comme tes frères. La question s'est à peine posée puisqu'à ton entrée en seconde, tu voulais devenir vétérinaire.

Depuis, tes envies fluctuent. Prépa bio, école d'art, études d'éducatrice spécialisée… Tu es une généraliste. Bonne élève, tu n'excelles ou n'échoues dans aucune matière, t'intéresses à tout, digères le monde et ceux qui t'entourent pour les recréer sous une forme ou une autre.

Au fil des années, tu as fait de la danse, de la natation, des claquettes, de l'équitation, du surf, de la planche à voile, du théâtre, parfois tout ça en même temps sans que je comprenne comment ton planning pouvait contenir autant d'activités. Et te voilà en terminale, à jongler entre le lycée, le surf, l'élaboration de ta bande dessinée, l'atelier théâtre, et cette histoire avec ton éditeur qui t'envahit complètement.

Je m'assieds au bord de ton lit.

— On va établir des règles, Manon. Chaque matin, tu me diras exactement ton programme de la journée. Et quand tu as un imprévu, envoie-moi un sms, d'accord ?

Surveiller sans interdire, je marche sur un fil. Il me semble important que tu aies ta vie d'adolescente et que tu voies tes copains.

— Donc tu me laisses mon téléphone ?

— Je ne vais pas te le confisquer de manière permanente, tu trouverais de toute façon le moyen de communiquer avec Gérald. Mais il y aura des moments sans, et le soir, quand tu te couches, ton téléphone restera dans la cuisine, éteint. Je ne veux pas que tu l'aies dans la chambre ; tu as besoin de dormir.

Tu secoues la tête, atterrée. Je m'attendais à ce que tu résistes davantage.

— Tu comprends pourquoi je prends ces décisions ?

— Tu imagines que je suis victime du grand méchant Gérald, tu crois agir pour mon bien, et rien de ce que je dis ne peut te faire changer d'avis, donc bon.

— Tu as clairement besoin de prendre du recul. Si ton Gérald ne le comprend pas, s'il te le reproche, c'est qu'il se comporte vraiment comme un gamin de cinq ans à qui on retire son jouet.

Une nouvelle barre de chocolat glisse entre tes lèvres. Je t'en vole une.

— Il veut que j'aille à Quai des Bulles.

— Le festival de BD ? À Saint-Malo ?

— Oui, il doit me présenter des gens, là-bas. C'est important.

Je soupire. Te *présenter des gens* ? Qu'est-ce que ça signifie ?

— Il a prévu que tu dormes avec lui, j'imagine ? C'est hors de question !

— Pas du tout ! Il voulait me prendre une chambre d'hôtel.

— C'est non, Manon. Si tu dois y aller, ce sera avec moi, on fera l'aller-retour dans la journée.

— Ça va être nul, comme ça ! Il va me présenter des professionnels, je ne peux pas traîner ma mère derrière moi ! Et puis le festival dure trois jours !

— Je pense que tous comprendront qu'une jeune fille mineure vienne accompagnée. C'est à prendre ou à laisser. Si tu veux vraiment y aller, ce sera une seule journée, avec moi.

Tu te tasses sous ta couette, boudeuse. Je me lève. Te souffle :

— Je t'aime.

— Je sais. Mais tu fais chier.

—

Extrait de procès-verbal, déposition de Iouen BRUYÈRE, frère aîné de la victime, entendu par Cécile SIMONNET, capitaine de police en fonction à la Brigade de Protection des Mineurs de PARIS, le 15 mai 2006.

QUESTION : Comment pouvez-vous décrire votre sœur ? Son caractère, sa façon d'être ?
RÉPONSE : Extérieurement, elle est assez fofolle, enfin, surtout quand elle était plus petite. Maintenant, je la vois moins. Elle attache de l'importance à sa façon de se coiffer ou de s'habiller. Quand j'étais encore à Vannes, elle était souvent dans sa chambre, comme une adolescente. Elle ne se confiait pas énormément à moi. En même temps, je ne me confie pas à elle non plus. On s'entend bien, on fait des choses ensemble, mais on ne se confie pas l'un à l'autre.
QUESTION : A-t-elle une tendance à l'affabulation ?
RÉPONSE : Les événements récents m'amènent à dire « oui », mais elle ne m'a jamais parlé de choses qui se sont avérées fausses. Quand je parle des événements récents, je fais référence à son histoire avec son éditeur.

7

Toute la classe attend que le prof de sport arrive devant le gymnase du lycée. Tu as les traits tirés, depuis quelques jours.

— Ça va ? T'as l'air crevée.

— C'est rien, juste ma mère qui me saoule.

— Pourquoi ?

— Tu sais, ma BD. Elle psychote par rapport à mon éditeur. Elle s'imagine des trucs, genre qu'on est amoureux, qu'on fait l'amour…

— Et c'est le cas ? demande Marine.

— Mais trop pas ! Elle hallucine ! Il a cinquante-six ans, quoi.

Une grimace de dégoût m'échappe, que tu imites en écho.

— Et puis toi, tu l'as jamais fait, en plus.

— Bah ouais.

J'échange un regard entendu avec Marine. On parle souvent de sexe, elle et moi, quand tu n'es pas là.

— C'est devenu invivable à la maison. Elle me flique en permanence.

— C'est ouf qu'elle réagisse comme ça.

Mes parents sont tellement cools comparés à ta mère. Je sors quand je veux avec qui je veux. On est presque adultes, merde !

On se change. Alors que je cours sur la piste du stade avec Marine, tu traînes derrière nous. Tu fais pas mal de sport, mais courir, tu détestes. À un moment, tu nous rattrapes.

— Vous les avez entendus ?

Tu pointes du menton trois mecs plus âgés qui viennent de nous dépasser.

— Non ? Quoi ?

— Ils mataient vos culs, et il y en a un qui a dit : « Ça, ça motive à accélérer ! »

Tu as l'air à la fois amusée et outrée. Moi, je suis flattée. Marine aussi, même si elle est un peu ronde et que je doute qu'ils aient dit ça pour elle. On accélère pour rattraper les trois mecs, et on les dépasse à nouveau.

Le jeu avec eux dure toute la séance. Lorsqu'on retourne aux vestiaires pour se changer, ils nous adressent de grands sourires.

Les deux heures d'histoire qui suivent sont pénibles. La prof nous distribue le sujet d'une courte interro pour laquelle j'ai révisé ce midi. Le silence s'installe. Tu triches, pour changer – ta mère te met la pression et t'engueule dès que tu plantes une interro. Tu as glissé des antisèches dans tes manches, dans ta trousse. Je te vois les consulter du coin de l'œil. Ça m'agace. Tu as souvent de meilleures notes que moi, de meilleures notes que tout le monde, et les profs t'adorent. Qu'est-ce qu'elles valent, tes notes ? Parfois, j'aimerais que tu te fasses épingler. Aux épreuves du bac, au moins, tu ne prendras pas ce risque. Alors, on verra bien.

La prof ramasse les copies, écrit le titre de la séquence au tableau, entame un long monologue. J'écoute Eminem en douce, le fil passé dans la manche de mon pull, l'oreille dissimulée au creux de ma main. Sérieux, nous coller deux heures d'histoire un vendredi après-midi après le sport, ça relève de la torture. Heureusement que ce n'est qu'une semaine sur deux, parce que tout le monde dort. Pas toi. Ton téléphone dissimulé dans l'ombre d'une poche, tu ne cesses d'écrire des messages. Ton visage se crispe. Je murmure :

— Tu vas te faire choper…

— Ça va, elle voit rien, cette prof.

— T'écris à qui ?

— Un pote.

—

1er octobre 2004

Gérald 16:12

Qu'est-ce que je fais pour le Campanile de demain ? On vient quand même, on essaye de voler un moment ensemble à ta geôlière ?

Manon 17:02

Je t dit de pas venir. C juste pas possible. Ma mère surveille où je suis et ac qui.

Gérald 17:04

J'espérais encore. Je suis anéanti, Manon. Je ne peux pas m'arrêter de pleurer.

Manon 17:04

Ne pleure pas. Ça va aller.

Gérald 17:06

Comment ça pourrait aller ? Tu t'écrases devant ta mère. Tu es incapable d'aller contre sa volonté. Je découvre un aspect de toi qui me fait très mal.

Manon 17:07
Si tu viens et qu'L nous surprend, ça sera pire.
Je m'écrase pas.

Gérald 17:08
Ce n'est pas si compliqué de lui expliquer.
Si elle t'aime, elle veut ton bonheur, et tu as besoin de moi.

Manon 17:12
Tu la connais pas, tu c pas comment elle est.

Gérald 17:14
Et je n'ai pas du tout envie de la connaître !
C'est toi que j'aime, pas elle. Elle, je m'en fous.
Les mères castratrices, j'ai donné, merci bien.

Manon 17:14
Ma mère n'a rien à voir avec la tienne.

Gérald 17:16
Je parlais de mon ex-femme. Elles se ressemblent bien plus que tu ne le crois. Tu ne veux juste pas regarder le problème en face.
Ta mère veut te contrôler.

Gérald 17:16
J'ai envie de te voir. Ça me tue.

Manon 17:19
Moi aussi j'ai envie de te voir. Mais stp, sois patient. Tu as l'attitude d'un gosse de 5 ans à qui on enlève son jouet. On est capables d'attendre 15 jours, non ?

Gérald 17:20
C'est dégueulasse de dire ça ! Je ne te reconnais plus !

Manon 17:21
Je suis en cours. On se maile après. Je t'M, tjr tjr tjr.

Gérald 17:22
J'avais tellement besoin de te voir, de te serrer contre moi, après ce qui s'est passé le week-end dernier.

Manon 17:22
Bientôt.

Gérald 17:23
Ah bon ? Quand ? Parce que là je ne vois plus devant nous qu'un horizon bouché.

Manon 17:25
Fais-moi confiance. À tout. Je t'M à vie.

Gérald 17:27
Je t'Aime aussi, plus que tout. Et j'ai confiance en toi. Mais tu es tellement aveugle quand il

s'agit de ta famille... Elle te traite comme si tu avais 10 ans.

De : Manon **◁ 01/10/2004 à 18:35**
À : Gérald
Objet : Patience

Mon Nours,
Je ne vais pas pouvoir rester longtemps à l'ordinateur. J'ai prétexté des recherches pour le lycée. Ma mère n'arrête pas de passer derrière moi et de jeter des coups d'œil à l'écran.
Je n'ai plus dix ans, elle le sait aussi bien que nous, mais il vaut mieux laisser la situation se tasser. Vous aviez prévu de revenir dans quinze jours, je préfère qu'on attende cette date-là. Ce serait trop risqué que vous veniez demain. Je sais qu'elle en a parlé à des amis à Vannes, pour qu'ils soient vigilants et qu'ils la préviennent s'ils me voient avec quelqu'un qui te ressemble. Imagine-toi un instant à sa place, je comprends qu'elle s'inquiète. Vu de l'extérieur, elle ne peut pas concevoir la force de notre relation, ni à quel point tu me fais du bien. Elle dit que j'ai besoin de prendre du recul, de dormir mieux, de travailler pour les cours.
Elle sait bien qu'on continue à discuter et elle n'essaye pas de m'en empêcher, même si elle trouve que nos échanges font obstacle à ma concentration – elle n'a pas tort pour ce qui concerne le lycée. Peut-être que, dans quelque temps, tu pourrais venir à la maison discuter avec elle ? Ou au moins au

téléphone ? Elle voudrait bien. Ça apaiserait sûrement les choses.
Je dois laisser l'ordinateur. Je reviendrai après manger.
Ton elfe qui t'aime à vie

De : Gérald **◁ 01/10/2004 à 19:03**
À : Manon
Objet : RE : Patience

Laisser la situation se tasser ? La laisser pourrir, oui, c'est ce que veut ta mère !
Elle est pire que la Gestapo, ma parole ! Elle a parlé de nous à des gens ? Elle leur a raconté quoi ? Ça ne te gêne pas qu'elle étale ta vie privée, la mienne, celle de Viv ? Qu'elle la déforme, qu'elle nous salisse ?
Je ne tiens pas en place, ça me rend fou.

De : Manon **◁ 01/10/2004 à 22:20**
À : Gérald
Objet : RE : Patience

Arrête de diaboliser ma mère ! Ce n'est pas la tienne. Elle croit faire ce qui est le mieux pour moi, même si elle se trompe.
Tu dis depuis des mois que tu as confiance en moi, mais ce n'est pas vrai. Au moindre coup de vent, tu t'emportes. Relis-toi. Est-ce que c'est le message de quelqu'un qui a confiance en moi ? Ce sont tes Men In Black qui parlent. Dès qu'il s'agit de famille, ils se

réveillent, ils t'enferment dans une vision du monde où tu es incapable de voir le moindre élément positif.
Je monte dans ma chambre. Je ne vais pas tarder à devoir éteindre mon portable aussi.
À demain…
Je t'Aime, tu le sais.
Je t'Aime.

De : Gérald **⊲ 01/10/2004 à 22:32**
À : Manon
Objet : RE : Patience

Je t'Aime à vie, ma Manon, contre vents et marées.
Ta remarque me blesse. Parce que j'ai confiance en toi, oui, totalement. Mais je hurle de te voir si faible face à ta mère. C'est comme si tu n'avais plus de volonté propre. Ça me fait très peur, ça me serre le cœur.

De : Gérald **⊲ 02/10/2004 à 01:45**
À : Manon
Objet : Bad trip

Impossible de dormir.
J'ai une impression de gâchis dans la gorge. Ce qui devait être un samedi merveilleux s'est transformé en journée sinistre. Vont suivre quinze jours du même style pour déboucher sur un week-end incertain.
Je suis désolé, il n'est pas question qu'on mange, dorme, ou quoi que ce soit chez toi. Je ne vais pas chez les parents de Viviane, ce n'est pas pour aller

chez ta mère. Vaut mieux pas qu'elle me téléphone, j'ai trop mal.
Demain matin, je décommande le Campanile. Faut aussi que je décommande ta chambre à Saint-Malo et que je dise que la nôtre n'est plus une chambre à trois mais à deux. Tout s'écroule. Les larmes me reviennent. On se faisait une joie de te voir à Vannes entre deux séances à l'hôpital. Là, Viv dort dans la pièce du bas. Elle fait chambre à part. Je la comprends. Alors que je frappais très nerveusement mes touches, elle est venue plusieurs fois me demander comment j'allais, si je ne te faisais pas de mal, si je ne te faisais pas trop de reproches.
Or, quand je suis dans cet état, il faut me foutre la paix, elle le sait, bon sang ! Et elle revenait, et elle s'incrustait, et je ne pouvais plus t'écrire, alors je l'ai foutue dehors et j'ai claqué la porte du bureau.
Je n'ai plus goût à la vie. Je croyais renaître avec toi, et je retombe encore plus bas. Tu n'y es pour rien. J'ai des rêves qui sont trop grands pour moi, ou plus exactement je n'en suis pas maître. Mon attitude n'a rien à voir avec un gosse de cinq ans à qui on enlève son jouet. C'est l'attitude de quelqu'un qui a entraperçu le soleil et qui replonge dans le froid et le brouillard. Je suis fatigué, Manon, très fatigué d'essayer de grappiller des miettes de lumière. Je te livre sans fard toute ma détresse parce que je ne vois plus rien autour de moi que la grisaille. Je regarde ma valise, la musique que j'avais préparée, les films, tout ça c'est fini, jamais ta mère n'acceptera que tu ailles dans une chambre d'hôtel avec nous. Tu sais,

je me fiche de savoir qui est responsable de quoi. Je constate, c'est tout. Ce bonheur qui s'envole… J'ai mal aux yeux, mal à la tête. Je m'accroche à l'ordi comme si c'était toi. Je ne sais pas quand je te reverrai, ton sourire, tes yeux, ta tête sur mes genoux, nos câlins, nos caresses. Tout ça, disparu. Bad trip. Et on s'est engueulés à la place. C'est à gerber.
Tu sais, même si ta mère se doutait qu'on venait, jamais elle n'aurait pu savoir qu'on avait dormi ensemble si tu ne l'avais pas dit. Maintenant, je vais vivre dans l'incertitude. On se voit, on ne se voit pas ? Ça dépendra de ta mère. Où ? Ça dépendra de ta mère… J'éteins l'ordi, je vais encore déraper.
Je vais essayer de dormir un peu.
Je t'Aime.
Ton Gérald

De : Gérald **⊲ 02/10/2004 à 09:00**
À : Manon
Objet : Triste samedi

Manon,
Il y a quelque chose qui tourne dans ma tête depuis nos échanges de mails hier soir. Ce mot est terrible. Mais comment faire, il me ronge. De toute façon il doit sortir, c'est ça la transparence. C'est le mot : trahison.
J'ai l'impression qu'hier soir tu m'as abandonné ; pas dans ton cœur (je ne remets surtout pas en cause ton amour), mais dans les actes. Dès que je m'oppose à ta mère, tu te ranges de son côté. Et ce qui m'a le

plus fait mal, c'est que non seulement tu n'es pas capable de te dresser contre elle, mais que, en plus, tu la défends. Tu as parfaitement intégré son mode de pensée. Ce sera toujours ainsi tant qu'elle et moi serons en désaccord.
Tu peux dire que je suis enfermé dans ma vision du monde. Je le reconnais et j'essaye d'en sortir. Mais c'est pratique pour esquiver le débat. À force de faire mes mea culpa, de reconnaître que j'ai des névroses, j'ai l'impression de me voir opposer ce genre d'argument chaque fois qu'on n'est pas d'accord. « C'est ta vision du monde, Gérald, et tu sais que tu as des problèmes. » Oui, je suis au courant, merci. Ça ne signifie pas que j'ai toujours tort pour autant, il ne faudrait pas tomber dans l'excès inverse.
Ta mère est intouchable, j'ai compris. Parce que c'est ta mère. Même quand tu la hais, même quand elle te fait mal, même quand elle détruit la personne que tu aimes, c'est ta mère et elle a tous les droits jusqu'à tes dix-huit ans.
Manon, je t'Aime telle que tu es, avec cette partie de toi qui me fait souffrir et que je vais tenter d'apprivoiser sans amertume. Ça ne change rien à mes sentiments, sinon que cela va alimenter mes MIB.
Ma vie est un désastre : ni joies familiales, ni amis, ni passions fortes. C'est ma faute, c'est moi qui l'ai bâtie ainsi. Sans parler de mes angoisses.
Mes rares raisons de vivre :
– Viv (dont la vie est menacée)
– La collection que je dirige (le flou absolu et de sérieuses inquiétudes avec la nouvelle direction)

– L'amour que j'éprouve pour Brune (impossible de compter sur elle, tout entière engluée dans ses problèmes)
– Et toi qui es mon soleil, qui m'apprends à voler, à me redécouvrir, à redécouvrir Viv. Sans toi, je suis perdu. Je t'ai déjà dit plusieurs fois que je te vis comme un miracle.
Finalement, ce n'est pas ta mère qui m'a fait très mal. C'est toi en étant ta mère.
Plus que jamais je t'Aime et je suis là.
Et plus que jamais j'ai besoin de toi.
Ton Gérald pour la vie, ton goéland crashé, ton jardinier impatient, ton Nours perdu.

8

Mon pied rebondit nerveusement sur le plancher tandis que je compose le numéro.

— École de voile des Govelins, bonjour.

— Bonjour. Est-ce que Manon est là ? J'ai besoin de lui parler, c'est urgent.

— Euh… Je crois qu'elle n'est pas encore à l'eau, je vais aller voir. C'est de la part de qui ?

— Gérald.

— Un instant.

Plusieurs minutes s'écoulent. Je tourne en rond dans mon bureau, jusqu'à ce que je perçoive un mouvement de l'autre côté de la ligne.

— Allô ?

— Manon, enfin !

Tu chuchotes :

— Tu es fou de m'appeler ici !

— Et il fallait que je t'appelle où ? Tu n'as pas ton téléphone ! Je te joins comment ?

— Tu ne me joins pas. C'est tout sauf prudent, là !

— Je m'en fous d'être prudent. Tu ne peux pas me laisser dans cet état et ne plus répondre ni à ton téléphone, ni à mes mails, ni à rien ! Tu es horrible de me faire ça ! Tu les as lus au moins ?

— J'ai lu. Je devais partir, je n'ai pas eu le temps de répondre.

— PAS LE TEMPS ?

— Je ne voulais pas te répondre en cinq secondes.

— Tu aurais pu te mettre à l'ordinateur plus tôt ce matin, peut-être…

— Bah non, justement, je ne pouvais pas. Arrête de m'accuser. Je fais ce que je peux.

— Tu parles ! Ta mère est en train de gagner, Manon. Tu es faible, tu es pitoyable. Je me sens tellement impuissant !

— Tu dis n'importe quoi…

Mon poing s'écrase contre la bibliothèque.

— Je dis la vérité, tu ne veux pas la voir, c'est tout ! Et qu'est-ce qu'on va faire pour le salon de Saint-Malo ? Je te préviens, hors de question que tu viennes avec elle, elle n'a pas sa place là-bas !

— Écoute, je ne peux pas te parler, il y a des gens.

— Qu'est-ce qu'on va faire ? Ne plus se voir du tout ? C'est ça ?

— Mais arrête de me crier dessus !

Je gémis. Je ne contrôle plus rien.

— Pardon. Je t'aime.

— Je dois raccrocher. On se parle plus tard.

Je tremble. Jusqu'à la fin de l'après-midi, les voix se déchaînent dans ma tête, mes angoisses me dévorent. Et puis un mail arrive. Et un deuxième.

Tu es rentrée chez toi, tu réponds point par point à chaque phrase envoyée cette nuit et ce matin. Je lis. Tu me dis que le soleil est toujours là, même quand les nuages le cachent. Tu m'expliques à nouveau ton quotidien avec ta mère depuis que tes frères sont partis faire leurs études, tu me parles de sa dépression d'après le divorce, de ces heures entières où tu savais qu'elle pleurait dans sa chambre. Alors même quand elle abuse, tu n'es pas prête à tout. Tu n'as pas envie de la ramener à cet endroit-là. Tu fais des compromis, tu prends en compte ses fragilités comme tu prends en compte les miennes.

Pour autant, tu ne vois pas cette attitude comme une trahison envers moi. Tu ne laisses pas ta mère se mettre entre nous sans réagir. Juste, tu as parfois besoin de temps pour la gérer. Parce qu'elle est aussi bornée que toi, tu tiens ça d'elle. Mieux vaut accéder à ses demandes jusqu'à ce qu'elle se calme.

Tu me rassures, m'assures de ton amour dont je ne doute pas, me jures que tu fais tout ce qui est en ton pouvoir pour arranger la situation et pour que nous puissions nous voir bientôt. Tu répètes que tu as besoin de moi, qu'il est hors de question que tu me perdes et que tu retombes dans cette solitude qui était la tienne avant de me connaître, que rien ni personne ne nous empêchera de nous aimer. Tes mots sont des clés qui déverrouillent mes peurs. J'essaye d'y croire. J'ai besoin d'y croire. Peu à peu, les smileys que tu glisses dans tes messages m'arrachent des sourires. Ma tempête intérieure s'apaise.

Viviane m'apporte une assiette dans mon bureau. Je n'arrive pas à me déconnecter pour dîner avec elle. Même lorsque tu dois quitter l'ordinateur, je relis tes messages encore et encore. J'en pleure de soulagement.

Vers minuit, je titube jusqu'à mon lit, m'endors comme une pierre.

Comme chaque fois que je ne prends pas de somnifère, je me réveille au milieu de la nuit. Je me lève le plus doucement possible pour ne pas déranger Viviane, me glisse dans la cuisine sans allumer la lumière. Je m'assieds. Je reste là des heures, immobile.

Viviane entre avec le jour, emmitouflée dans une robe de chambre. Ma décision est prise.

— Je vais appeler sa mère.

— Tu es sûr ?

— Il n'y a pas d'autre moyen. Manon essaye de la rassurer mais elle n'y parvient pas toute seule. Et puis, c'est sa mère qui veut me parler, ça montre ma bonne volonté, non ?

Viviane m'observe. J'aimerais la protéger de la tourmente, elle n'a pas besoin de ça en ce moment. Elle demande :

— Tu vas réussir à rester calme ?

— Je vais faire de mon mieux.

— Tu veux que je sois là ?

— Non. Non, je préfère être seul.

Elle pose deux cafés sur la table, s'assied en face de moi.

— Mieux vaut préparer ce que tu vas lui dire. Vas-y, imagine. Imagine que je suis elle.

— Je n'ai pas du tout envie d'imaginer que tu es elle.

— Gérald…

— D'accord. D'accord.

9

Nous attendons ensemble l'appel de Gérald, qui t'a prévenue par sms qu'il essayerait de me joindre en fin de matinée. Mon téléphone sonne. Assise sur le canapé, genoux sous le menton, tu me fixes avec une intensité qui ressemble à un avertissement. Je décroche.

— Allô ?

— Bonjour, madame.

— Bonjour.

— Vous vouliez que nous discutions, je crois.

— En effet. Ça me semble nécessaire.

— Très bien.

Ton éditeur est sur la défensive, il termine chaque phrase comme si c'était la dernière de cette conversation que nous n'avons pas encore entamée. Je dois le faire parler. L'amener à se dévoiler.

— Pouvez-vous m'expliquer quelle est votre relation avec Manon ?

— C'est une relation basée sur l'écriture et la création. Je l'aide à avancer dans sa bande dessinée, avec l'intention de la publier. Ma femme et moi avons beaucoup d'affection pour elle.

— Vous me dites que votre relation est basée sur l'écriture et la création. Or vous venez la voir à Vannes en cachette de ses parents. Quel est le lien avec l'écriture ? Vous faites quoi avec Manon ?

— Ce que nous faisons ? Nous discutons, nous travaillons sur son album, nous nous promenons, nous écoutons de la musique… Vous savez très bien que nous nous aimons.

— Ah, c'est une relation d'amour, donc ?

— Tout à fait.

— Qu'entendez-vous par là ?

— Comment ça ? J'aime Manon. Cette relation nous fait du bien, à elle comme à moi.

— Vous attendez de Manon qu'elle vous fasse du bien ?

— Que… Qu'est-ce que vous insinuez ?

— Je n'insinue rien. Je pose des questions, j'essaye de comprendre.

— Notre amour est tout à fait pur.

Je repense à une plaisanterie de Rodolphe lorsque je lui ai parlé des mails que j'ai lus, de ces surnoms ridicules dont vous vous affublez. « Le goéland, c'est un charognard et, s'il suit la goélette, c'est pour bouffer les charognes… » Je ne crois pas un instant à cette pureté. Qu'est-ce que ça veut dire, d'ailleurs ?

— Que s'est-il passé le week-end de son anniversaire ?

— Elle vous a raconté.

— J'aimerais l'entendre de votre bouche.

— Nous l'avons récupérée après ses cours et nous avons fêté son anniversaire.

— Où ?

— À notre hôtel. Il était tard, et nous avons trouvé plus simple qu'elle dorme là.

— Et qu'est-ce que vous en pensez ?

— Comment ça ?

— Vous avez emmené une adolescente dormir à l'hôtel en cachette de ses parents. Qu'est-ce que vous en pensez ?

— Elle a déjà été dormir chez un petit copain.

— Oui, mais ça ne s'est jamais fait dans la dissimulation. Elle a dormi avec vous cette nuit-là ?

— Non, bien sûr que non ! Il y avait un autre lit sous le grand, elle y a dormi, habillée.

Sa voix monte dans les aigus. Je reste calme, parle doucement.

— Vous me dites que votre relation est pure, mais vous obligez Manon à mentir à ses parents. Vous ne trouvez pas ça contradictoire ?

— Pas à présent que je vous ai au téléphone, non ! Vous n'auriez jamais autorisé Manon à nous voir. Il est clair que vous ne pouvez pas comprendre notre amour !

— J'essaye, je vous assure. Mais ce que vous décrivez, c'est de la rétention de petite fille… Vous utilisez Manon pour satisfaire vos propres besoins.

— Votre attitude est odieuse ! Manon n'est plus une petite fille ! De toute façon, vous ne connaissez rien à l'amour puisque vous vous êtes fait plaquée ! Vous n'êtes qu'une bonne femme frustrée et jalouse !

Je retiens un rire. Il pense être blessant, il est grotesque. Appuyer là où on sait que ça fait mal, c'est le propre des adolescents, mais les adolescents sont encore immatures. Un homme de cinquante-six ans devrait avoir appris depuis longtemps à contrôler ces penchants.

J'évoque l'envahissement mental que provoquent ses messages incessants. Il monte tellement dans les tours qu'il n'entend pas mes craintes. Je sors alors une arme que j'ai affûtée ce matin en préparant cet appel.

— Écoutez, je vois que c'est difficile d'en parler entre nous, seriez-vous prêt à en discuter avec un tiers ? Puisque vous me dites que mon attitude est odieuse, nous pourrions faire appel à un médiateur officiel ? Ça faciliterait l'échange.

— C'est ridicule ! C'est absolument ridicule !

Il fulmine. Il crie, m'insulte, hors de contrôle. S'il ne se sentait pas coupable, il accepterait cette proposition mais, bien sûr, il sait que ce n'est pas dans son intérêt, car n'importe quelle personne extérieure le mettrait face à ses responsabilités d'adulte et abonderait dans mon sens.

— Vous savez, je peux aller très loin pour protéger ma fille.

— C'était à l'époque qu'il fallait la protéger, pas maintenant ! Moi, je la protège ! Vous, vous n'avez pas su !

Mon cœur manque un battement. Est-ce qu'il vient vraiment de lâcher ça ? Je m'engouffre dans la brèche.

— Par rapport au divorce, vous voulez dire ? Manon l'a mal vécu, mais elle a ensuite été suivie. C'est à son père et moi qu'un juge a confié sa protection, pas à vous.

— Non, assène-t-il d'un ton presque triomphal, ce n'est pas de ça que je veux parler.

J'avais encore un doute. À présent, je sais. Je sais, Manon. J'essaye de ne pas regarder dans ta direction. Je souffle :

— Quoi alors ?

— Adieu, madame.

Je fixe le combiné, interloquée. « Adieu madame » ? Mais dans quel monde vit cet homme ? Dans quel siècle ? Dans quel film ?

Tu es recroquevillée sur le canapé, furieuse.

— Il m'a raccroché au nez.

— Tu m'étonnes.

— Je suis restée très calme, ma puce, tu as bien vu. C'est lui qui s'est énervé et qui m'a insultée.

— Tu n'arrêtais pas de l'accuser de trucs dégueulasses !

Tu te lèves, t'apprêtes à sortir en trombe du salon. Viol, attouchements. Les mots fusent dans ma tête. Chaque fois que je me retrouve à enseigner à une nouvelle classe, je considère les élèves avec les statistiques en têtes. Trois à cinq d'entre eux sont concernés. Je les regarde et je me demande lesquels. Jamais je n'avais imaginé que ce serait l'un de mes enfants.

— Manon, attends. Il a dit quelque chose. Quelque chose dont nous devons parler, qui te serait arrivé il y a longtemps.

— Tu sais très bien.

— Je sais très bien ? De quoi tu parles ?

— Tu crois vraiment que je vais te raconter après ça ?

— Je ne te demande pas de me raconter. Assieds-toi s'il te plaît. (Tu restes debout, obstinée.) Réponds-moi juste par oui ou non, d'accord ? C'était des attouchements sexuels ?

Tu acquiesces.

— Un viol ?

Tu hésites. Hausses les épaules.

— C'était qui ? Dis-moi juste ça. Un de tes frères ?

— Non !

— Ton père ?

— Putain ! Non.

Ouf.

— Il fallait que je demande, ma chérie.

Je propose un à un tous les noms qui ont traversé mon esprit ces derniers jours – des cousins, des oncles, des amis de la famille. Chaque fois, ton visage balance de droite à gauche ou tes yeux roulent vers le plafond pour bien me faire comprendre à quel point mon hypothèse est absurde.

— Rodolphe ?

Tu fais signe que non. Tu as réfléchi pourtant, davantage que pour toutes les autres propositions.

— Luc ?

Tu me regardes. Tu hoches la tête.

— C'est Luc ?

Tu confirmes. Puis tu me contournes et tu grimpes les marches quatre à quatre jusqu'à ta chambre. Je prends une longue inspiration, passe les mains sur mon visage.

Luc.

Le plus jeune fils de Rodolphe.

—

3 octobre 2004

Gérald 10:45

Ça aurait difficilement pu se passer plus mal. Elle est horrible. J'ai très peur pour nous. Je te maile.

De : Gérald ◁ **03/10/2004 à 11:00**
À : Manon
Objet : Capable de tout

Manon,
Il vaudrait mieux que tu supprimes nos mails et nos sms pour qu'il n'y ait plus de traces. Ne garde que ce qui concerne ta BD.
Ta mère m'a menacé, elle m'a dit qu'elle pouvait aller « très loin » pour protéger sa fille. Je l'en crois capable. D'autant plus qu'elle a déjà des contacts dans les organismes sociaux de par son métier.
Sa demande de médiateur officiel est vicelarde. Vue à travers les yeux de ces gens-là, notre relation est cataloguée, avec toutes les conséquences que tu peux imaginer. Et l'expression « nuit à l'hôtel » est une bombe. Je viens d'en discuter avec Viviane, qui stresse à fond et cette fois à juste titre. Je te rappelle qu'elle est complice. Et qu'elle est fonctionnaire.
Il suffit que ta mère porte plainte pour qu'on perde notre boulot. Étant enseignants, on est face à des jeunes, et au moindre soupçon tu es mis de côté. Viv n'a pas besoin de stresser dans son état ! Le moral est

essentiel dans le combat contre la maladie… Ta mère a dans les mains un potentiel de nuisance à ne pas sous-estimer, je t'assure. Je la pense capable de tout.

De : Manon **◁ 03/10/2004 à 11:38**
À : Gérald
Objet : RE : Capable de tout

Maman est sortie faire une course.
Oui, il vaut mieux que je supprime nos conversations. Je comprends tes craintes par rapport à vos carrières. On va éviter d'en arriver là. Maman t'a menacé de faire appel à ce médiateur sous le coup de la colère. Je ne sous-estime rien, je pense savoir à peu près de quoi elle est capable. Mais je n'en suis plus sûre et c'est ça qui m'inquiète.
Je n'ai jamais dit « nuit à l'hôtel », ces mots-là viennent d'elle. J'ai un repas de famille ce midi.
À tout à l'heure. Fais un bisou à Viv de ma part.
Doux baisers de ta rose qui t'Aime

De : Gérald **◁ 03/10/2004 à 11:52**
À : Manon
Objet : RE : Capable de tout

Mince, je ne sais plus si c'est elle ou moi qui ai prononcé les mots « nuit à l'hôtel », mais j'ai parlé de dormir tout habillés, j'ai précisé qu'il y avait un deuxième lit (c'est vrai, sous le grand) et que c'était plus pratique que de t'avoir ramenée à la maison.

J'ai transmis à Viv ton bisou. Elle a l'estomac noué. Elle m'a dit quelque chose du style « Alors, qui c'est qui avait raison ? ». Je n'ai pu que reconnaître que c'était elle. Tu penses savoir de quoi ta mère est capable, mais tu t'aveugles, la louve est capable de tout. Sois très vigilante. Viv et moi, on commence à jouer gros et à baliser. De plus, je l'ai eue au téléphone et elle est effrayante… Sa manière de m'embobiner et de me faire sortir de mes gonds m'a glacé. C'est une pro. Et très dangereuse, car toute pénétrée de sa mission de te « protéger », sûre absolue de son bon droit et persuadée d'avoir dialogué.
De mon côté, la seule chose que je regrette, c'est de m'être mis en colère. J'ai énormément crié, je l'ai traitée de conne, et je lui ai claqué le téléphone au nez ; je n'en pouvais plus de ses propos venimeux et de sa volonté de nuire. Si jamais elle veut que je lui présente mes excuses, je le ferai.
Bon repas de famille.
À tout à l'heure, ma petite fée.
Je t'Aime.
Ton Gérald

Tristan 18:30

Maman m'a raconté ce qui s'est passé ces derniers jours. Je dois dire que ces nouvelles ont réveillé une certaine inquiétude en moi. Si tu veux m'en parler, tu connais mon adresse mail (ne te sens pas obligée).
Tu peux aussi m'appeler. Réfléchis bien à tes choix avant de t'engager sur une piste éventuellement glissante. Je t'embrasse et je tiens à toi.

Troisième partie

—

1

— C'est hors de question.

Ces dames de la nouvelle direction me fixent. Durant toute la réunion, elles ont tourné autour du pot, jusqu'à lâcher enfin le morceau. Elles veulent être dans la boucle de mon travail avec les auteurs, pouvoir lire les différentes versions et que je les mette en copie des mails.

Et puis quoi encore ? Bonjour l'ingérence… J'enfonce le clou.

— Le travail que je mène avec mes auteurs ne regarde personne, ils ont confiance en *moi*, en *mon* regard, et je ne tolérerai aucune intrusion.

Zaza, l'éditrice avec qui je bosse depuis le début de la collection, tente d'arrondir les angles. C'est son rôle, bien sûr, et je dois dire qu'après le coup de fil avec ta mère je suis content qu'elle soit là. Je ne me fais plus confiance en ce qui concerne la maîtrise de mes émotions. Mon vernis social craque, ces derniers temps, comme si j'étais mû par un sentiment d'urgence, que je n'avais plus envie de me plier à certaines contingences sociales. Seulement, ce message-là, j'ai besoin qu'il passe.

Personne. Ne. S'immisce. Dans. Ma. Relation. Avec. Mes. Auteurs.

Vu leurs tronches, je crois qu'elles ont compris.

Je quitte les locaux de la maison d'édition avec Zaza et nous débriefons autour d'un déjeuner. La réunion s'est pas mal déroulée. Néanmoins, je sens cette nouvelle direction en embuscade. Des fouille-merde avides de contrôle. Zaza est d'accord avec moi, bien qu'elle soit évidemment plus mesurée face à ses supérieures.

Nous évoquons les albums en cours de conception, dont le tien.

— Il va falloir que je me renseigne pour les contrats établis au nom d'une mineure, observe-t-elle.

— Non. On va attendre ses dix-huit ans pour signer.

Tes dix-huit ans. Hier, tu as fait le ménage dans tes mails. Il te reste à trier les éléments envoyés, mais tu as supprimé la plupart de nos échanges. Tu m'as écrit juste après. Tu étais en larmes. Je t'ai promis que, pour ta majorité, je t'offrirais le double de tout ce que nous nous sommes dit ces derniers mois.

J-356. Notre amour est plus fort que les contraintes, les coups durs et les tempêtes, car il nous est vital, littéralement. On ne peut pas vivre l'un sans l'autre. Sentir notre détermination me fait un bien immense.

Quand je rentre à la maison, je découvre tes mails. Ta mère utilise partout le même mot de passe, tu as donc été explorer sa messagerie et tu m'as transféré ce qu'elle a envoyé à ton frère aîné hier. Ce que je lis me fait froid dans le dos. Elle interprète les événements à sa manière et ça n'a plus rien à voir avec la vérité. Lorsqu'elle aborde la présence de Viviane à l'hôtel avec nous, je me sens blêmir. Ma main se fige sur la souris.

« Elle est au courant, cautionne la dissimulation, semble approuver cette relation pétrie de manipulation entre son mari et Manon… S'attaquer aux jeunes filles est une habitude pour cet homme : sa femme était l'une de ses élèves, qu'il a séduite alors qu'elle était encore lycéenne. Elle est atteinte d'un lymphome, je ne sais pas à quel stade (lorsque je les ai rencontrés cet été dans le Finistère, elle sortait d'une première phase de traitement). J'ignore quel est l'impact de sa maladie sur son consentement. C'est presque comme si elle voyait en Manon une remplaçante au cas où elle mourrait. C'est vraiment glauque. »

Toi, une *remplaçante* au cas où Viv mourrait ? C'est dégueulasse de dire ça. Ta mère voit le mal partout ou quoi ? Que Viv m'encourage à t'aimer est sublime, et elle t'aime aussi. Mais bien sûr, ça la dépasse !

Tu vas écrire à ton père et à tes frères pour leur donner ta version de notre histoire. Je te conseille d'être très prudente, de rester dans le flou, voire même de nier, en particulier pour la nuit à l'hôtel. Tout ce que tu avoueras risque de se retourner contre nous. Je suis encore sous le choc de ma discussion avec ta mère au téléphone. Et dire que je pensais qu'un peu de volonté suffirait pour emporter le morceau !

L'atmosphère chez toi est carrément étouffante. Je songe au rendez-vous que ta mère t'a pris avec un psy – je déteste les psys, ils font souvent plus de mal que de bien. Si tu t'en tiens à la version officielle que nous avons établie, il devrait te laisser tranquille. Ce que je déteste cette pression que tu subis ! Pour la première fois, je me dis que si on ne doit plus se voir jusqu'à ta majorité, eh bien, nous ne nous verrons plus. Tu me manqueras atrocement. Mais ça t'épargnera ce stress.

En suis-je vraiment capable ? Supporter ton absence pendant un an ?

— Ça va ? demande Viviane en se glissant dans la pièce.

— Oui. Viv… Je suis désolé pour vendredi soir, quand je t'ai virée du bureau. J'étais dans un état…

Elle s'appuie dans l'encadrement de la porte.

— Je sais. J'ai fait exprès de te provoquer.

— Comment ça ?

— Je te connais. Lorsque tu es furieux, tu es capable de lancer des phrases… assassines. Des choses que tu regrettes ensuite.

Je me lève.

— Je n'étais pas *furieux*, j'étais juste angoissé !

— Moi, ce que je voyais, c'était que tu tremblais, que tu tapais super fort sur les touches comme si tu allais détruire ton clavier. Quand tu es dans cet état, tu peux faire très mal. Je suis bien placée pour le savoir…

Ça, je l'admets volontiers.

— Donc je suis venue plein de fois dans ton bureau, poursuit-elle, parce que j'essayais de détourner ta colère sur moi. Pour protéger Manon. J'imaginais que tu… (Ses yeux se remplissent de larmes.) Je préférais encore que tu me retournes une gifle plutôt que tu continues à lui écrire des trucs atroces.

Je la prends dans mes bras. Je murmure :

— Toi, mais toi… Tu es incroyable…

Je suis touché de son aveu. Elle t'aime tant qu'elle veut te protéger de mes emportements. C'est tout Viv, ça.

Je me remets aussitôt à l'ordinateur pour te raconter. En terminant mon message, je relis les derniers mots. Il n'y a quasiment pas de sensualité. Je déteste sentir que je m'autocensure. Je t'en fais part.

En retour, tu te blottis contre moi, tu évoques des caresses. Un sourire déploie mes lèvres. J'ai encore du mal à écrire les mots, à me laisser aller. Ça va venir.

Et ça vient, en effet. Tandis que mes doigts courent sur le clavier, j'imagine ton ventre bombé par les abdos du surf. Ta peau si chaude, veloutée. Ma main remonte le long de tes côtes, vient caresser ton sein, se courbe pour qu'il se niche au creux de ma paume.

Ma respiration accélère.

—

De : Manon **⊲ 04/10/2004 à 21:40**
À : Papa
Objet : Ma version des faits

Coucou, papa,
Maman t'a appelé hier et j'imagine très bien ce qu'elle a pu te dire. En résumé, elle pense que Gérald est un grand méchant pervers et que je suis une pauvre petite victime naïve sous son emprise. C'est ça ? Bien sûr que c'est ça, même si elle ne me l'a pas dit en ces termes.
Gérald a eu tort de s'énerver au téléphone et il le regrette. Mais tu connais maman : dès qu'elle est en désaccord avec quelque chose (et surtout dès

que ça heurte sa « morale »), elle en fait tout un foin. Elle retourne ce que tu dis contre toi jusqu'à te faire tourner en bourrique… Alors quand en plus ça concerne ses enfants, ça prend des proportions gigantesques.
Pendant une demi-heure, maman a essayé de démontrer à Gérald que son attitude était ignoble, l'accusant je cite « d'envahissement », de « rétention de petite fille », et de « m'utiliser pour satisfaire ses propres besoins » !!!
C'est du délire !
Selon elle, un homme de cinquante-six ans ne peut pas aimer une fille de dix-sept.
Pourquoi ? Parce qu'il a cinquante-six ans. Point.
Pas une fois elle n'a cherché à savoir ce que je ressens vraiment, ce que cet amour m'apporte, ce que je retire de cette relation ! Je suis niée parce que je suis censée être une « victime ». C'est pour ton bien, mon enfant, tu me remercieras plus tard ! Tu parles, mais pour qui elle se prend de juger ce qui est bien ou non ?
Tu as eu sa version des faits (incomplète, j'imagine), je vais te donner la mienne.
J'ai vu Gérald et sa femme Viviane à Auray, en revenant de vacances. Crêperies, balades, longues discussions à propos de ma BD et de la vie en général, tout ça en extérieur.
Ils sont ensuite venus il y a un mois, il ne s'est rien passé de plus que la fois précédente.
Et enfin, ils sont revenus il y a quinze jours. On a fêté mon anniv (oui, dans une chambre d'hôtel, mais où aller d'autre). Gâteau, bougies, cadeaux,

discussions, musique… On n'a pas vu passer l'heure. Comme il était super tard, on a sorti un deuxième lit (de sous le grand), et j'ai dormi là, en jean et tee-shirt.
Après, je ne nie pas qu'il y a eu des contacts.
Ce que maman appelle « caresses », moi je l'appelle « câlins ». C'est-à-dire des gestes de tendresse : se tenir la main, toucher les cheveux, se blottir contre l'épaule… Rien de vraiment sexuel, tu le vois !!!
Tu sais, jamais il n'y aura de relations intimes. Gérald le sait et l'accepte. C'est un homme bien, contrairement à ce que peut en dire maman, et il me respecte.
Appelle-le, papa. Plus j'y réfléchis, plus je pense que vous vous entendriez. Et même si ça s'annonce plutôt mal, j'y crois encore. C'est toi qui m'as dit cet été que l'âme n'a pas d'âge. Mais maman est en train de tout détruire, aidée par toi, Iouen et Tristan (sans parler de toute une armada de psys), puisqu'elle semble tous vous avoir mis dans sa poche…
Je ne vous demande pas de me comprendre. Oui, j'aime un homme de cinquante-six ans, d'un amour quasi platonique. Et j'aime sa femme comme une sœur. Quoi que vous en pensiez, quoi que vous fassiez, cet amour existe. Tout ce que je vous demande, c'est de ne pas me juger. Je ne suis pas une petite fille naïve, encore moins une victime.
J'ai confiance en toi, papa. Appelle-le, ou va le voir, tu passes souvent par Paris.
Tu te rappelles quand tu nous lisais *Jonathan Livingston le goéland* chez toi ? Un chapitre par soir à moi et Tristan ? J'avais adoré ces moments tous les

trois… Gérald me l'a offert pour mon anniversaire, j'ai pleuré en le relisant.
Bisous, papoune, à très vite !
Manon

De : Pascale **⊲ 04/10/2004 à 22:53**
À : Antoine
Objet : Manon

Antoine,
Manon ne veut rien me dire concernant Luc. Elle m'assure qu'elle te racontera à toi en premier, ce que je comprends vu comme nos rapports sont tendus ces derniers jours. Pour autant, je continue à lui poser des questions, je ne veux pas qu'elle imagine que je n'accorde pas d'importance à cette affaire. Je ne la laisserai pas retomber dans le silence.
Je voulais t'informer que je lui ai pris un rendez-vous mercredi matin avec un psy du service de consultations pour adolescents de l'hôpital, afin qu'elle puisse évoquer tout ça avec quelqu'un d'extérieur.
N'hésite pas à me rappeler pour en discuter, plutôt sur l'heure de midi lorsque Manon n'est pas dans les parages.
Je te souhaite une bonne journée,
Pascale

—

2

Au matin, je t'entends t'activer dans ta chambre pendant un moment avant de descendre. Tu récupères ton téléphone sur le plan de travail de la cuisine et tu te sers un jus d'orange. Je m'assieds en face de toi. Tu ne vas pas jusqu'à lire devant moi les messages que Gérald t'a laissés durant la nuit. Tu fais seulement tourner l'appareil dans ta main, comme pour me narguer. Je soupire.

— Je sais que tu ne voudras pas me croire mais, bientôt, il va jouer sur ta culpabilité. Il va dire que tu l'as déçu. C'est de cette manière que fonctionnent les manipulateurs.

Tu ris, un rire bref et moqueur qui me transperce. Puis tu te concentres sur ton jus d'orange comme si je n'existais pas.

Depuis ma discussion téléphonique avec Gérald, je t'appelle « le mur du silence ». Tu ne me parles plus, tu ne réponds que par des moues, des regards noirs et des yeux qui roulent vers le plafond quand tu me juges pathétique – environ cinquante fois par jour.

Je murmure :

— De toute façon, tu pars du principe que tout ce que je dis est faux.

— Bah comme ça on est deux, assènes-tu du tac au tac.

Tu te lèves, attrapes ton sac de cours, et tu pars au lycée en claquant la porte.

C'est dur. Tu es tellement dure. Tu t'es enfermée avec lui dans une forteresse où je ne peux plus t'atteindre. Alors je cherche de l'aide ailleurs. Quand je t'ai annoncé ton rendez-vous de cet après-midi, tu as grogné que les psys, tu avais déjà donné – tu en as vu un pendant quatre ans à la suite du divorce. Tant pis, je ne te laisse pas le choix, tu iras. Et cette idée me soulage un peu. Car tu ne peux plus rien faire sans avoir un cordon qui te relie à Gérald. Portable, ordinateur… Il est partout dans ton quotidien. Il a tout envahi, un filtre permanent devant tes yeux, et jusqu'au cœur même de ta pensée. Tu ne peux être libre ni dans ta création ni dans ta vie.

Tu rentres déjeuner, ne décroches pas un mot. Je n'essaye pas de lancer une conversation. Je sais que tu vas pouvoir parler à quelqu'un, c'est tout ce qui compte.

Après manger, tu te rends à pied au cabinet du psy. Je tourne dans la maison, incapable de me concentrer sur une tâche ménagère ou mes évaluations à corriger, encore plus incapable de ne rien faire. Quand tu rentres une heure plus tard, tu sembles détendue.

— Ça s'est passé comment ?

— Très bien. Il est super sympa.

— Vous avez fixé un nouveau rendez-vous ?

— Non. Je ne vais pas le revoir, on a convenu ensemble que ce n'était pas nécessaire.

Ascenseur émotionnel. Ma gorge se noue devant ton sourire satisfait. Je tente de faire bonne figure, m'échappe vers ma chambre. Je m'effondre à peine la porte refermée. J'ai rencontré ce psy lundi, je ne lui ai rien dit du fond de l'histoire, c'était à toi de le faire. J'espérais si fort que tu allais t'ouvrir à quelqu'un. À quelqu'un d'autre que Gérald. Mais tu as embobiné ce psy comme tu embobines tout le monde. Qu'il n'y ait pas de suivi est logique – on ne met pas en route un travail thérapeutique s'il n'y a pas une demande du patient. Je m'accorde quelques larmes, le temps de digérer cet échec.

Ce soir-là, tu appelles ton père. Je tente d'écouter en douce. Je ne comprends pas les mots que tu prononces, mais j'entends dans ta voix des sourires qui m'effrayent. A-t-il saisi la gravité de la situation, pour que tu sois si heureuse de discuter avec lui ? Si je ne peux pas compter sur l'aide d'un psy et que je ne peux pas non plus compter sur le soutien de ton père, j'ignore ce que je vais faire.

Je me sens tellement seule face à cette histoire.

—

De : Manon ◁ **06/10/2004 à 22:29**
À : Gérald
Objet : Papa

Mon amour,
J'ai eu mon père au téléphone, on a beaucoup discuté et… IL ME CROIT !!!
Je ne lui ai exposé que notre version officielle. Il a écouté tout ce que j'avais à dire et m'a posé plein de questions. Il me croit, je dirais même qu'il me comprend, et en tout cas il accepte notre relation.
Je ne lui ai fait qu'un mensonge parce que je voyais bien que ça ne passerait pas : je lui ai dit que je n'avais pas de désir sexuel pour toi. Absurde, mais de toute façon, il vaut mieux qu'il pense ça !

Sinon, dans les points négatifs te concernant, il a souligné deux éléments qu'il ne pouvait pas accepter :
Qu'un adulte insulte la mère de celle qu'il Aime.
Qu'un adulte (ou plutôt deux puisque Viv était là) incite une adolescente à découcher sans que ses parents soient au courant, même en tout bien tout honneur (ce sont ses mots !). Il lui paraît inadmissible que des adultes responsables fassent ça à des parents.
Mis à part ces deux « points noirs », que du bonheur de pouvoir dire que je t'Aime, que tu m'Aimes, qu'il n'y a aucune manipulation, que je ne suis ni naïve ni victime, que tu n'es pas, mais alors pas du tout un pervers. Et qu'on me croie et me comprenne !!!
À la fin, comme on en avait parlé toi et moi, je lui ai dit que si je devais ne pas te revoir avant mes dix-huit ans, je le ferais. Et il m'a répondu que je ne te verrais pas à Vannes, mais que si lui était là ça ne poserait pas de problème !!! Bref, QUE DU BONHEUR !!!!!!
J'ai l'impression que le soleil revient après la tempête !
Ta Pitchoune à toi à vie

De : Gérald **◁ 06/10/2004 à 22:38**
À : Manon
Objet : MERCI

Ton père qui te croit !!!!!!!!!!! Quel soulagement !!!
Enfin quelqu'un qui t'écoute, qui te fait confiance et qui cherche à comprendre ce que tu retires de cette

relation. Merci, Manon, merci, monsieur… Qu'est-ce que ça fait du bien, mon Dieu, qu'est-ce que ça fait du bien !!!
Absurde, oui, car quand on Aime comme nous, il y a forcément du désir sexuel. Après, je suis de ton avis. Mieux vaut qu'il l'ignore. Pour mon attitude au téléphone avec ta mère, je suis inexcusable. J'ai été odieux. J'ai manqué de sang-froid. J'ai parfaitement conscience que j'ai aggravé la situation. Mais si tu savais à quel point c'était insoutenable ! Impossible d'argumenter, ce que je disais était sans cesse retourné contre moi, contre nous, notre Amour était bafoué, je me suis senti traîné dans la fange, et toi aussi tu étais insultée puisque tu m'Aimais. Alors j'ai pété les plombs comme jamais. Je m'en veux vraiment, et c'est pour cela que je t'ai dit de demander pardon à ta mère pour moi. En revanche, je ne veux plus discuter avec elle. Je ne supporterais pas qu'elle salisse à nouveau notre Amour. C'est très bien qu'il ait dit « en tout bien tout honneur ». Cela montre qu'il a compris notre essence.
Concernant l'hôtel, en revanche, je ne sais pas si la nuit est plus grave que la soirée ou l'après-midi… Dormir ensemble, c'est tellement beau. « Découcher » ne me semble pas le terme adéquat. Et aussi, comment demander une autorisation qu'on n'obtiendra jamais ? Je reconnais une maladresse. Pas vraiment une faute. Quoi qu'il en soit : oui, que du bonheur ! Enfin, nous ne sommes pas pris pour un monstre et une gourde, mais comme deux êtres qui s'Aiment. Ton père est un grand monsieur. Et ça montre à quel point il t'aime dans le respect

de toi-même. J'ai l'impression de renaître ! J'avais tellement mal de voir notre Amour si pur piétiné, de voir Viv, si belle, anéantie… Je suis content de l'avoir tenue à l'écart ces dernières 48 h. Maintenant, je vais pouvoir lui rapporter la réaction de ton père et ça va contribuer à la rassurer.
Ton Nours à toi à vie

De : Antoine **⊲ 06/10/2004 à 23:26**
À : Pascale
Objet : RE : Manon

Pascale,
J'ai eu Manon longuement au téléphone.
Elle semble très amoureuse. La différence d'âge en amour ne me choque pas. En revanche, d'autres éléments méritent notre vigilance. Il est pour le moins déconcertant, surtout dans le contexte sociétal actuel, de voir des adultes inviter une ado mineure à dormir dans leur chambre d'hôtel, même en tout bien tout honneur. Manon me soutient qu'elle a dormi sur un matelas séparé, et habillée. Soit. Enfin, dans tous les cas, cela relève de l'irresponsabilité ou de l'inconscience, les deux me paraissant difficilement excusables pour des adultes qui se permettent par ailleurs de juger, voire d'insulter les autres.
D'ailleurs, son attitude envers toi au téléphone est injustifiable. Quelqu'un qui insulte une femme de cette façon est un misogyne. Ce Gérald montre par certaines réactions des tendances réac/facho/pleutre,

comme quand, confronté à la réalité de ses actes, il te raccroche au nez. C'est de l'ordre de la fuite.
Manon m'assure ne pas avoir de désir sexuel pour cet homme. Qu'en est-il de son désir à lui ?
Dans cette affaire, nous n'en sommes à mon avis pas à un seuil qui justifierait une quelconque violence, mais mieux vaudrait pour Gérald qu'aucun indice ne me fasse plus jamais penser qu'il œuvre guidé par autre chose qu'un amour « platonique » pour Manon.
Je parlerai avec elle de Luc pendant les vacances de la Toussaint.
Bonne fin de soirée,
Antoine

—

3

Avoir ton père à nos côtés change tout ! Déjà, ça fait un bien fou que quelqu'un cesse de pointer sur moi un doigt accusateur. Mais surtout, tu as besoin de te sentir soutenue par ta famille. C'est viscéral, chez toi. À présent, tu as parmi tes proches quelqu'un qui comprend et approuve notre relation. Quelqu'un de pondéré sur qui nous pouvons nous appuyer pour modérer jusqu'à ta majorité l'odieux comportement de ta mère.

Avant de te coucher, tu me racontes ses inepties de ce matin, comme quoi je vais bientôt te dire que tu me déçois. Je bondis sur mon siège. Comment pourrais-tu me décevoir ? COMMENT ? C'est moi qui ai peur de te décevoir avec ma trouille, qui ai honte de parfois te mettre la pression. De toute façon, je t'aime comme tu es. Je serai toujours là tant que tu voudras de moi. Je ne veux que ton bonheur. Pour toi, je suis capable de tous les sacrifices, car je touche du doigt ce qu'est notre « jamais seuls ». Je sens physiquement notre amour qui m'enveloppe, cette chaleur dans mon cœur. Il n'y a rien de plus précieux.

Le lendemain, j'ai peu de nouvelles de toi. Je t'imagine au lycée. Dans le mien, évidemment, parce que c'est celui que je connais. J'aurais tant aimé être ton prof ! Une élève telle que toi, ça doit être un vrai bonheur…

En fin d'après-midi, tu me transfères un mail que ton père a envoyé à ta mère après votre conversation. La douche froide est terrible. On n'est pas sortis de l'auberge. Je le relis plusieurs fois, tendu, avant de te répondre.

Ton père est un peu plus ouvert que ta mère, ce qui n'est pas très difficile, mais c'est tout. Il y a beaucoup de menace dans ses propos, et peu de compréhension. Tu m'as donné une version idyllique de son point de vue – la version à laquelle tu aimerais croire.

Blessé, je me renferme dans ma coquille. Et lorsque tu m'assures que tu as confiance en ton père, j'explose. Il n'a pas du tout saisi notre essence. De quel droit me traite-t-il de réac ? De facho ? De pleutre ? À l'hôtel, tu n'as couché avec personne. Tu as juste dormi ailleurs. Il se vautre dans les conventions petites-bourgeoises et les « ça ne se fait pas ».

Et puis… Misogyne ? Moi ? Il est con. Vraiment con. Je te méprise, peut-être ? Je méprise Viviane ? Non.

Seulement, je refuse l'aspect sacralisé de la mère à qui on ne peut pas dire son fait. Une mère, ça a tous les droits ? Et on ne peut rien lui répondre ? Ça, oui, c'est une réaction terriblement phallocratique. La mère est une sainte et elle a toujours raison. Merci, j'ai donné avec la mère de mon ex-femme. Et avec mon ex-femme elle-même.

Ta réaction me parvient par sms un instant plus tard.

« Il est hors de question que je te laisse insulter mon père. »

À quel moment je l'ai insulté ? C'est lui qui m'insulte.

« Tu l'as traité de con. »

J'hallucine. Tu le défends après ce qu'il dit de moi ?

« Tu es en train d'apprendre à tes dépens que je ne permets à personne de critiquer mon père, surtout pas à quelqu'un qui ne le connaît pas. Ma mère l'a suffisamment fait, à tort, depuis des années. »

Impression de me prendre un énième coup de couteau et, cette fois, c'est toi qui tiens le manche. Tu es injuste. Tu me fais payer ce que ta mère a dit sur ton père après leur séparation. Il m'insulte de manière dégueulasse et méprisante alors que lui non plus ne me connaît pas, et tu ne trouves rien à y redire ? Ta mère me donne des leçons d'amour, je lui fais remarquer qu'elle n'est pas la mieux placée pour en parler, et je suis un misogyne ? Un idiot, oui, de m'être laissé emporter. La réaction de ton père est stupide. Sur quoi se base-t-il ? Sur mon énervement face à ta mère, avec tout ce qu'elle disait de nous ? J'ose critiquer ton père et tu m'assassines. Je ne comprends pas la violence de ta réaction.

La tristesse prend bientôt le pas sur la colère. Je m'excuse par message. À force d'échanges, tu parviens à m'apaiser. J'avale un antidépresseur, un somnifère. Je m'endors comme une masse.

Les jours suivants, je n'arrête pas de repenser au mail de ton père.

Il a bien compris que nous avons passé à l'hôtel une nuit « en tout bien tout honneur ». Pourtant, l'essentiel à ses yeux, c'est l'apparence : deux adultes ont passé une nuit avec une adolescente dans une chambre d'hôtel. Les journaux sont pleins de faits divers de personnes qui se sont suicidées parce qu'on les avait faussement accusées en se basant sur les apparences… Et parce que ton père se croit du bon côté de la morale, il s'octroie tous les droits, y compris celui de me menacer. C'est ma vie professionnelle qui est en jeu. Juste parce que je t'aime. C'est hallucinant.

Je bous, Manon.

Je ne supporte plus cette situation paralysante qui nous met des bâtons dans les roues et me fait culpabiliser – on fait quelque chose de mal puisqu'on nous empêche de nous voir.

Ton père voudrait s'assurer que notre amour est platonique. Il n'y a rien de platonique entre nous, ni dans nos cœurs, ni à l'intérieur des limites que tu as posées. Nous avons un tel besoin de notre relation physique. Nous regarder les yeux brillants, nous sourire, nous toucher, nous blottir au chaud, nous caresser, tendres, fébriles, à l'extrême-limite de l'interdit, frissonner ensemble, avoir la chair de poule tant le désir nous saisit.

Ce qui me tue, c'est la stupidité, la méchanceté des raisons qui nous tiennent éloignés. Quel mal faisons-nous ? Aucun ! Ces semaines qui passent sans qu'on puisse se voir, on ne les rattrapera jamais. Un irrémédiable gâchis à cause de ceux qui, confits de bien-pensance, veulent voir le mal partout.

J'enfourche à nouveau mes obsessions.

J'ai besoin de toi, Manon.

—

Extrait de l'audition d'Elsa ESTIENNE, mère de Luc ESTIENNE, entendue par Cécile SIMONNET, capitaine de police en fonction à la Brigade de Protection des Mineurs de PARIS, le 6 mars 2006.

QUESTION : Comment pourriez-vous décrire Manon ?

RÉPONSE : Une jolie jeune fille. Elle est plutôt expansive. Peut-être un peu manipulatrice.

QUESTION : Était-elle provocante dans ses tenues vestimentaires ?

RÉPONSE : Cela restait du domaine du raisonnable.

QUESTION : Que pensez-vous des accusations qui sont portées contre Luc ?

RÉPONSE : Je ne comprends pas bien. Il y a quelque temps, madame Cousin était très fière de dire qu'il y avait un monsieur qui correspondait avec Manon pour écrire une bande dessinée ; mon mari l'a mise en garde contre cet homme. Manifestement, il y avait un désaccord dans la façon d'envisager cette relation.

—
4

Comme chaque samedi, tu passes l'après-midi à surfer sur la presqu'île de Rhuys. Je profite de ton absence pour éplucher ta messagerie. Je découvre que tu fais de même avec la mienne. Les mauvaises habitudes informatiques sont visiblement héréditaires. L'indiscrétion aussi. Je ravale ma culpabilité. Je n'ai pas le choix, c'est mon seul moyen de savoir ce qui se passe entre toi et Gérald.

J'espérais trouver des références à ce que t'a fait Luc, des indices. Ce n'est pas le cas. J'aimerais tellement que tu me parles, Manon. Savoir qu'il s'est passé quelque chose sans avoir connaissance des détails est une véritable torture mentale. Mon cerveau imagine le pire. Tu en es consciente. Te taire est ta manière de me punir. De m'opposer à Gérald ? Ou de ne pas avoir vu à l'époque ? Les deux, probablement.

Tu as « fait le ménage », comme tu dis, alors j'imprime les éléments envoyés qui sont encore au complet. Je reste atterrée par la mièvrerie de vos échanges, mais Gérald lâche parfois des énormités telles que je me demande comment tu peux les avaler. En tant qu'adulte, c'est insupportable à lire. Mais à dix-sept ans… c'est une parfaite illusion d'amour et de complicité.

Je m'attarde sur ce qu'il dit de sa femme. Elle est soumise à sa volonté au point de se persuader qu'elle t'aime. Entre elle et la fameuse Brune que tu as évoquée, une scénariste avec qui ton Gérald travaille et dont il se prétend amoureux – « C'est compliqué », m'as-tu dit –, cet homme sait manœuvrer.

J'informe ton père depuis ma messagerie de l'Éducation nationale dont tu ne connais pas l'existence. Je lui rapporte que vous parlez d'une version officielle des événements, sur laquelle vous vous êtes mis d'accord. Il y a donc bien une version officieuse. Je lui envoie aussi une copie des mails où tu assures Gérald de ton désir sexuel pour lui.

En rentrant en fin d'après-midi les cheveux bouclés de sel, tu te fais miel. Tu restes avec moi au lieu de monter t'enfermer dans ta chambre. Je me doute que tu as une idée derrière la tête, je ne suis pas dupe. Mais je profite à plein de cette embellie que je devine passagère.

Tu te lances juste avant de passer à table.

— On ne peut vraiment pas aller deux jours à Quai des Bulles ?

— Non, Manon.

— Il y a une conférence dessinée le dimanche matin qui m'intéresse vachement…

— On peut aller à Saint-Malo le dimanche au lieu du samedi, si tu préfères.

— Ah bah non ! Le samedi je dois rencontrer des gens, c'est prévu et tout. Elle a l'air trop bien, cette conf. C'est sur la création de mondes imaginaires et d'univers visuels.

J'hésite. Gérald est ta seule source d'information sur la bande dessinée, ton seul formateur. Tout ce qui peut te décoller de lui, ne serait-ce qu'un peu, est bon à prendre. Et puis, malgré les sourires enjôleurs que tu me sers, une lueur m'inquiète dans ton regard. Comme un « avec ou sans toi, j'irai les deux jours ». Je t'imagine t'enfuir, sauter dans un train direction Saint-Malo. Que se passerait-il alors ? Tu reviendrais ? Tu fuguerais pour de bon ? Gérald et sa femme te soutiendraient sans réserve. Ton éditeur serait trop heureux d'être débarrassé de moi.

— Je vais voir, dis-je.

Après manger, je passe un coup de fil à une amie qui vit en bord de Rance, à quelques kilomètres de Saint-Malo. Elle accepte de nous loger le samedi soir de Quai des Bulles. Je t'annonce la nouvelle et tu sautes dans mes bras.

— Merci ! Merci, merci, merci !

Deux jours au lieu d'un. Deux jours à ne pas te quitter d'une semelle. Ce salon est dans trois semaines et j'aimerais qu'il n'arrive jamais. Je n'ai aucune envie de voir Gérald. Mais je ne veux pas nuire à ta carrière, à ce rêve qui pousse en toi, à ce talent que tu possèdes.

—

12 octobre 2004

Gérald 18:02

Tu ne m'as pas répondu pour le week-end de Quai des Bulles. Ta mère vient toujours ? Si oui, train ou voiture ? Si oui, je fais quoi pour la chambre que je t'ai réservée (a priori c'est une single) ?

Manon 18:09

Si, je t répondu. Elle sera là et on fait le trajet en voiture. Décommande la chambre… J'ai réussi à la convaincre de venir les 2 jours, mais on dort chez la personne dont je t parlé.

Gérald 18:10
Ah ouais, d'accord... ça c'est de la mère-poule... Ben tu ne vas pas être beaucoup à Quai des Bulles.

Manon 18:15
Je comprends que les conditions dans lesquelles je viens à Saint-Malo te fassent chier, mais moi aussi. Je fais ce que je peux. Le ton avec lequel tu me parles ne me plaît pas du tout. J'ai l'impression que tu m'agresses...

Gérald 18:18
Je suis impardonnable. Je suis con et odieux. Injuste. Avoir mal n'est pas une excuse. C'est parti tout seul. Pardonne-moi... Ce week-end avec ta mère dans les parages m'inquiète.

Manon 18:27
Je sais pourquoi tu as réagi comme ça, mais ne me mets pas dans le même sac que mes parents, stp. Je suis de ton côté. Je t'M, tjr tjr tjr.

Gérald 18:28
Bien sûr que tu es de mon côté. Excuse-moi.

Gérald 19:05
On n'essaye pas de se voir avant ?

Gérald 19:05
Ce week-end ?

Manon 19:12
J'ai 5 DS la semaine prochaine, il faut que je bosse. Désolée.

Gérald 19:16
OK

—

5

Nous t'attendons devant le palais du Grand-Large, où se déroule le festival de bande dessinée. C'est un immense vaisseau de pierre juché entre le front de mer et les bassins du port, à quelques dizaines de mètres des remparts de Saint-Malo. Viviane attrape ma main. J'embrasse la sienne. Je n'arrive pas à lui sourire. Je guette ta silhouette de fée, sachant que celle de ta mère ne sera pas loin. Si elle s'en prend à moi ce week-end comme lorsque je l'ai eue au téléphone, je ne serai peut-être pas capable de me contrôler. Heureusement que Viv sera à mes côtés.

Fébrile, je fais quelques pas.

Une bande d'amis passe devant nous. Auteurs, illustrateurs, éditeurs, journalistes spécialisés…

— Vous venez ? demande l'un d'eux.

— On attend une illustratrice.

— Mignonne ?

— Très, souffle Viv sur le ton de la confidence avant d'éclater de rire.

Ils disparaissent à l'intérieur. Je consulte mon téléphone. Pas de message. Tu n'es nulle part. Le ciel bleu m'irrite.

Soudain, je t'aperçois. Je me redresse. Ton manteau à la main, tu portes ton pull vert moulant et un de ces jeans dans les plis duquel tu caches les jambes adorables que tu m'as avoué détester. Un large bandeau discipline tes mèches rousses, complétant ce tableau charmant.

Mon regard dérive vers ta mère qui observe les environs d'un air méfiant. Elle ne nous a pas encore vus. Toi, si. Ton sourire explose au creux de ma poitrine. Tu es là, Manon, ma gamine, ma sale gosse. Enfin. Après tout ce que nous avons traversé ces dernières semaines… Je fais un effort pour contrôler mon expression tandis que tu t'approches. Tu t'arrêtes juste devant moi, tends ta joue vers la mienne. Velours. Ton odeur. Oh, ton odeur ! Tu es là. Je me redresse, étourdi.

Ta mère, restée à un bon mètre de nous, se contente d'un « bonjour » un peu sec. Elle serre si fort son sac sous son bras que, l'espace d'une seconde, je me demande si elle ne me tient pas en joue avec un pistolet dissimulé à l'intérieur.

— Vous avez fait bonne route ? lui demande Viviane.

— Oui, oui.

Je sors vos pass, te les confie. Ce que j'ai pris pour un bandeau est en réalité un tissu plaqué sur ta tête et noué à l'arrière. Il est si serré que ça te dégage parfaitement le visage. Je souffle :

— Ça te va bien !

— C'est parce que je laisse repousser mes cheveux. Ça ne ressemble à rien, là !

— On entre ?

Viviane attrape mon bras, m'entraîne vers les grandes portes. Tu marches à côté de moi, ton chaperon de mère collé à tes pas. À cet instant, je me fiche de sa présence. Nous sommes sur mon domaine, dans mon univers, peuplé de personnes qui ne croiront pas ses horreurs. J'ai prévenu mes amis qu'elle était folle. Et puis elle n'osera pas se répandre. Ici, je suis chez moi. Elle ne peut pas m'atteindre.

—

6

Un groupe discute en plein milieu du hall. Certains se retournent vers nous, font signe à ton éditeur et à sa femme.

— Voici Manon, lance Gérald, dont je publierai bientôt la première BD.

— Oh, super ! s'exclame un homme aux longs cheveux ondulés. Félicitations, mademoiselle.

— Tu écris et tu dessines ? s'intéresse un autre.

— Bien sûr, répond Gérald à ta place.

Je me crispe. Tu es capable de parler pour toi-même.

La seule femme du groupe se tourne vers moi.

— Patricia, enchantée. Et vous êtes ?

— La mère. Manon est mineure, je l'accompagne.

— Eh ben, Gérald, je ne savais pas que tu recrutais tes auteurs au berceau ! On va faire attention à ne pas se faire accuser de pédophilie !

Patricia a parlé très fort. Dans le hall, tout le monde s'esclaffe. Je ris jaune. Un rictus déforme le visage de

Gérald, qui s'empresse de dévier la conversation. Cette Patricia a tout de suite compris de quoi il retournait. Son trait d'humour, qui n'a rien d'anodin, me rassure un peu.

Je t'entends demander :

— Lui, c'est qui ?

— Sylvain, répond Gérald. Il a créé une maison d'édition récemment, mais avant ça, on collaborait à un magazine. Il est marrant, tu vas voir. Sylvain ?

Un trentenaire s'avance, yeux mobiles, visage émacié, cheveux bruns grisonnant sur les tempes. Gérald te présente. Le trentenaire te dit bonjour, croise mon regard. Il marque aussitôt un léger mouvement de recul. Il me sourit, pourtant, un sourire bref, presque automatique, avant de s'éloigner de quelques pas.

Voilà. Écartez-vous.

Laissez ma fille tranquille.

Au cours de la matinée, Gérald et Viviane te traînent de stand en exposition, d'exposition en table ronde. Je reste sur le qui-vive. Nous croisons toutes les cinq minutes l'une de ses connaissances auprès de qui il t'introduit avec force compliments – une large majorité d'hommes, entre trente et soixante ans. Gérald t'exhibe tel un animal de foire. Il dégouline de fierté.

Ça me rappelle ton institutrice de grande section, une femme toujours habillée de blanc, coiffée d'un chignon-choucroute assorti. Elle te mettait sur un piédestal. Ça m'exaspérait.

Un soir, les parents d'élèves ont été invités dans la classe pour une surprise. Une chanson. Tu étais soliste. Lorsque tu chantais, le reste des élèves, assis autour de toi, te regardaient comme si tu étais une princesse.

Je me rappelle avoir été gênée, presque choquée. Ton instit aurait pu au moins choisir cinq ou six solistes, un par strophe. Mais non. Et plus la chanson avançait, plus je me recroquevillais. À la place des autres parents, j'aurais été furieuse. Je l'étais aussi. Aucun enfant n'a besoin d'être mis en avant de la sorte.

Tu n'as pas compris, à l'époque, pourquoi je n'avais pas été éblouie par ta prestation. D'ailleurs, cette année-là, tu m'as sorti plusieurs fois que je n'étais quand même pas aussi bien que ton institutrice et que je ne t'admirais pas assez !

Bref. Gérald se comporte de la même manière, dithyrambique, cajoleur, onctueux. Il se perd en superlatifs. À l'écouter, tu es la huitième merveille du monde. Et j'ai beau t'aimer très fort, soyons honnêtes, c'est exagéré.

Enfin, une femme nous aborde. Bien en chair, entre trente et quarante ans, sourire extra-large. Je me crispe en entendant Gérald te la présenter. Brune. La scénariste dont il prétend être amoureux. Elle semble mal à l'aise et s'éclipse bientôt.

— Tu as de la chance d'être tombée sur lui, t'affirme un homme, c'est un super éditeur !

Gérald bombe le torse. Je serre les dents.

Midi approche lorsqu'une longue brune entièrement vêtue de bleu pétrole s'arrête à côté de Gérald et de toi. Ton visage s'illumine. Je comprends qu'il s'agit de Claudine. Ce matin dans la voiture, tu n'as pas arrêté de parler d'elle, de ses bandes dessinées. Tu étais excitée de la rencontrer. J'ai lu dans sa biographie qu'elle est comme moi mère de trois enfants. Je me dis que, peut-être, elle comprendra mon inquiétude.

— Je suis la mère de Manon.

— Oh ! Bonjour ! Vous devez être très fière de votre fille.

Je serre sa main. Est-ce que je suis fière de toi ? Ces derniers temps, je ne sais plus. Je profite de l'irruption de trois inconnus pour prendre Claudine à part.

— Vous savez, la relation que Manon entretient avec votre éditeur me préoccupe.

— Avec Gérald ?

— Oui. C'est… envahissant. Ils s'écrivent énormément. Manon nous ment, dissimule beaucoup.

Durant plusieurs minutes, Claudine m'écoute, acquiesce. Il me semble que le courant passe entre nous, comme un pacte tacite. Elle va veiller sur toi. Être une marraine officieuse. Puis tu surgis devant nous. D'un regard, tu me reproches ce conciliabule.

— Ils disent que je peux manger avec eux et Claudine au restaurant des auteurs !

— Nous avons notre pique-nique.

— Oh, j'aimerais beaucoup déjeuner avec Manon, proteste Claudine, nous avons à peine eu le temps de discuter. Peut-être pouvez-vous venir aussi ?

Elle se retourne vers Gérald.

— Je n'ai qu'un ticket repas supplémentaire, tranche-t-il.

— Ah…

Ton visage suppliant me fait face. La déception se lit sur celui de Claudine. Je n'ai pas envie d'empêcher cette rencontre. Vous devinez que je vais céder car tu souris avec espoir, et Claudine lance :

— Je vais prendre soin d'elle.

Je vous regarde partir tous les quatre en direction de l'étage où se trouve le restaurant, les cheveux gris de Gérald surplombant votre petit groupe. Et dire que je m'étais juré de ne pas te lâcher d'une semelle. À peine deux heures de salon, et je fais déjà des compromis. Furieuse, j'ai l'impression que vous vous êtes joués de moi. Mais tu n'es pas seule avec Gérald et Viviane. Tu vas dans un restaurant où il y aura du monde. Et Claudine est avec toi.

Je me raccroche à cette idée en sortant un sandwich de mon sac à dos.

7

Le restaurant des auteurs est une salle lumineuse semée de tables rondes d'une dizaine de places. En plus de Gérald, Claudine et toi, trois auteurs et un journaliste se sont joints à nous. Je pose la main sur le bras de Gérald. Il est aux anges de t'avoir à Saint-Malo et, dans cette échappée sans ta mère, je le sens se détendre.

— Dis donc, me glisse-t-il, la blague de Pat ce matin… J'ai failli m'étouffer ! Pile ce qu'il ne fallait pas dire !

J'acquiesce en écarquillant les yeux. On en rit, mais sur le moment, on s'est sentis mal.

— Elle n'en rate pas une, je lâche.

Patricia aime la provoc et s'exprime sans filtre. Généralement, c'est drôle. Ce matin, c'était juste gênant.

Gérald se retourne vers le journaliste, qui l'interroge sur sa collection.

— Tu sais, c'est ma famille, ma famille choisie. Je ne travaille qu'avec des amis, des gens que j'aime. Entre un auteur et son éditeur, c'est une sorte de mariage – non consommé, bien sûr !

Le journaliste rit.

Tu es en grande conversation avec Claudine. Elle te signe les albums que tu as apportés. Vous parlez écriture, scénario… Elle te conseille de t'inventer une signature, de ne pas utiliser en dédicace celle avec laquelle tu signes contrats et chèques. Tu lui racontes que toi et tes frères connaissez par cœur certaines de ses œuvres. C'est beau, cette transmission. L'une des rares femmes de sa génération à avoir fait de la BD face à l'avant-garde de la prochaine génération. J'aime être témoin de ce moment. Ce petit monde dans lequel nous te guidons sera le tien. Est déjà le tien.

Gérald part faire la queue au buffet des desserts. Tout en discutant de mon côté avec un auteur, j'entends Claudine te dire :

— Ça a l'air compliqué avec ta maman.

Je tends l'oreille. Tu soupires.

— Oui, elle se fait facilement des films.

— C'est bien ce que je me disais.

Lorsque nous quittons la salle, je préviens Gérald.

— Heureusement qu'on avait briefé Claudine hier. La mère de Manon lui a parlé. Claudine ne l'a pas crue.

— Merde. Oui, heureusement.

Durant l'après-midi, je me charge de ta mère. Je discute avec elle, me débrouille pour qu'elle n'ait pas d'occasion de recommencer ce qu'elle a tenté avec

Claudine. Je détourne dès que possible son attention de Gérald et de toi pour vous offrir des instants d'intimité.

Vers seize heures, je m'éclipse. Je suis épuisée. Je retourne à l'hôtel, m'écroule sur le lit. M'endors aussitôt.

Lorsque Gérald me réveille, la nuit tombe déjà.

— Ça a été, la fin d'aprèm ?

— Oui. Oui, c'était merveilleux.

— Elles sont parties ?

— Chez l'amie de sa mère.

Son sourire vacille, son regard clair s'embrume. Je le connais par cœur. Le bonheur de cette journée ne compense pas tout à fait ton absence ce soir, Manon. Tu aurais dû être là, dîner avec nous, dormir dans notre chambre. Et peut-être que, cette fois, éreintée par la journée, je ne serais pas parvenue à rester éveillée.

Je prends la main de Gérald, la serre.

— Je t'aime.

— Je t'aime aussi.

8

Dimanche matin, lorsque la conférence à laquelle tu voulais assister – d'un niveau très moyen – se termine, nous prétendons avoir besoin de travailler un moment sur ta bande dessinée. Nous trouvons un recoin calme derrière une grande plante verte. Assise sur un fauteuil, Viviane discute avec ta mère. Toi et moi, on s'installe sur la moquette. J'ouvre mon ordinateur portable sur la table basse, affiche le crayonné d'une nouvelle planche. Tu me l'as envoyé il y a quinze jours et nous l'avons déjà abondamment commenté. En pilote automatique, je répète ce que tu sais déjà – un dialogue qui sonne faux, un bras à redresser, un arrière-plan à préciser. Je guette ta mère. Viviane s'est débrouillée pour qu'elle nous tourne presque le dos. Tu me souffles :

— Il faut que je te fasse écouter un truc.

Tu me tends les écouteurs de ton lecteur mp3. Je les enfile. Le brouhaha du salon s'atténue. Et puis, soudain, quelques notes de guitare caressent mes oreilles, bientôt suivies par la voix un peu éraillée d'un chanteur inconnu. J'écoute la chanson. C'est une histoire d'amour et de liberté. Le refrain arrive. Mon ventre fait un bond lorsque ton prénom résonne à mes oreilles. Ton prénom. Manon. Les mots du chanteur me retournent le cœur. Ils auraient pu être écrits pour toi. C'est dingue. Nos regards s'ancrent l'un à l'autre. Autour de nous, tout bouge, des inconnus circulent, ta mère et Viviane parlent, les lumières éclatent en blancs et ors étincelants. Mais plus rien n'existe. Rien que nous, et cette chanson. Nul besoin de parler, c'est comme si nos cerveaux étaient en connexion directe. Des larmes me montent.

Quand la musique s'interrompt, je te rends tes écouteurs. Ta mère s'est décalée pour nous voir et je sens ses coups d'œil suspicieux. Je reprends mes commentaires sur ton storyboard durant quelques minutes. Je serais incapable de répéter ce que je te dis tellement l'important est ailleurs, juste là, dans ta jambe appuyée contre la mienne.

En fin de matinée, au bar du salon, j'aperçois Christian. Scénariste et universitaire, il est l'un des piliers de la bande dessinée française. On a pas mal bourlingué ensemble.

— Viens, je vais te le présenter. C'est un vieux de la vieille, mais un bien !

Christian est en pleine conversation à propos de la réélection de Georges Bush et des conséquences que ça risque d'avoir sur la guerre en Irak. J'attends quelques secondes, m'engouffre dans un blanc, te présente. Il te claque la bise.

— Tu dessines ET tu écris, fait-il en haussant ses sourcils broussailleux. Tu m'en vois désolé.

Tu as un sourire amusé.

— Désolé ? répètes-tu.

— J'imagine que la plupart des gens te félicitent, développe Christian, ravi que tu aies mordu à son hameçon. Or quand on se met à écrire si jeune, souvent, c'est qu'on a déjà vécu. Et des trucs pas simples. Alors, je suis désolé.

Il est fort, Christian. Il a mis en plein dans le mille.

— Peut-être, réponds-tu. Mais ne soyez pas désolé. Si je n'avais pas vécu ce que j'ai vécu, je ne serais pas moi.

Je souris. Du Manon tout craché. Je me fais happer par deux dessinateurs et la suite de votre conversation m'échappe.

Lorsque je me retourne vers Christian, tu n'es plus là. Tu as rejoint un petit groupe où se trouve aussi Viviane. Tu es en pleine discussion avec Sylvain. Il te fait rire. Je suis heureux de constater à quel point tu trouves ta place dans cet univers que j'aime plus que tout.

Quelques mètres plus loin, ta mère te surveille depuis la banquette où elle s'est assise. Je la vois se lever, marcher vers toi. Tu me fais signe, articules « à tout à l'heure ». Vous disparaissez pour déjeuner.

Pincement au cœur. Je sais que l'après-midi sera court. Ta mère ne souhaite pas que vous rentriez tard, mais je la soupçonne surtout de préférer abréger ce week-end. Elle n'a pas pu manquer de remarquer notre complicité, notre proximité.

Tant mieux.

Qu'elle soit témoin de notre amour.

Qu'elle regarde en face la beauté de ce qu'elle veut détruire.

—

Extrait du deuxième rapport d'expertise psychologique de Manon, par le docteur V. Chalon, psychologue, le 29 septembre 2006.

"Après avoir marqué une courte pause, Manon nous a également informé, sur un ton hésitant : 'Sinon, en parallèle à ça, j'ai vécu une histoire très compliquée... Avec un homme bien plus âgé que moi, puisqu'il avait cinquante-six ans.' Une révélation qu'elle s'est empressée de compléter en observant : 'Une histoire intellectuelle, absolument pas sexuelle, mais quand j'y repense, c'est bizarre. Quelque part je me dis que c'était encore un gamin. Que c'est encore un gamin, même...' Souhaitant mieux cerner le sens à donner à cette relation, nous avons interrogé Manon sur ce que lui avait apporté cet homme, ou ce qu'elle avait pu rechercher chez lui. C'est en quelques mots, et toujours avec le même embarras, qu'elle nous a confié : 'Je crois qu'il m'apportait de l'assurance, une sorte de confiance en moi. Une certaine forme de reconnaissance aussi, puisque c'était flatteur d'être admirée par un homme de cet âge-là. Maintenant je me dis que c'était un peu naïf.'"

9

Dès que tu t'éloignes avec ta mère, Gérald nous rejoint.

— Merci de t'occuper d'elle comme ça, Sylvain, me chuchote-t-il.

C'est ce qu'il m'a demandé hier, en même temps. « Tu peux lui présenter les gens qui comptent ? Essaye de la protéger un peu, tu sais comment ils sont, dans le milieu... » Je sais. Provocateurs, dragueurs, facilement graveleux, environ treize ans d'âge mental quand une fille est dans les parages. Avec moi, tu ne risques rien. La drague m'est étrangère, et une enfant, même jolie, ne trouvera jamais le chemin de mon lit. C'est bien la raison pour laquelle Gérald s'est adressé à moi. Mais tu es capable de te défendre seule face à leurs tentatives grossières, et je commence à me demander s'il ne m'a pas confié cette mission pour une autre raison. Je réponds à Gérald d'un simple hochement de tête. Il se détourne aussitôt vers un copain, part dans une longue tirade sur les droits d'auteur en bande dessinée. Il parle fort, occupe l'espace. L'autre l'écoute, poli, alors qu'il maîtrise au moins autant le sujet, si ce n'est plus, et que Gérald enchaîne les lieux communs.

— J'ai tellement de chance d'être avec un homme comme lui, me glisse Viviane. Il est tellement intelligent.

Comment ne peut-elle pas voir que Gérald n'est qu'esbroufe ? Que, derrière ses effets de manche et sa culture générale, il y a une intelligence franchement limitée ? Bien avant d'avoir créé notre maison d'édition, on l'avait sollicité pour écrire des articles destinés au magazine qu'on publiait à l'époque. Il avait été hyper condescendant, « Je vais vous expliquer la vie, mes petits, et je vais vous apprendre la bande dessinée ». Mais c'était niveau première année de fac, et encore. Il avait pondu quelques articles. Il les rendait en retard et utilisait ses convictions anticapitalistes comme excuse ; notre magazine était édité par un grand groupe, alors, forcément, on était des vendus et lui le rebelle qui renâclait à se fourvoyer. Donc il était en retard. Bonjour la logique. Je n'acceptais pas son point de vue. Dans ce magazine, on écrivait ce qu'on voulait, on défendait la bande dessinée… Gérald, c'est le combat de sa vie, la BD. On lui offrait un espace pour la défendre, et il boudait comme un môme ? Il fallait nous dire non dès le départ, si ça chatouillait son extrême-gauche. Il a fini par claquer la porte.

— J'ai tellement de chance, répète Viviane.

Je lui souris. Cette femme est si transparente que j'ai parfois du mal à me souvenir de son prénom. Elle n'existe que par Gérald. Comme si elle n'avait pas de pensée propre. Elle boit ses paroles, et c'est lui qu'on a l'impression d'entendre dès qu'elle s'exprime. Effarant, un tel effacement.

Je m'échappe dès que je peux, file déjeuner à l'intérieur des remparts avec mes associés et nos auteurs.

Quand nous revenons, je t'aperçois en haut de la pente qui mène au palais du Grand-Large. Pour une fois, tu es seule, assise sur la rambarde métallique, le nez baissé vers un bouquin. Je te surveille du coin de l'œil en finissant ma clope.

Ce qui me touche d'abord chez les gens, c'est leur sourire. Quelqu'un qui ne sourit pas n'a pas de réelle existence pour moi. Et hier, ton sourire m'a transpercé. Large, beau, sincère. Brisé. J'en avais déjà vu de semblables, et j'ai eu du mal à déglutir, soudain. Je me suis demandé quelle était ton histoire. Puis mes yeux ont croisé ceux de ta mère. Si un bulldozer avait un regard, ce serait celui-là. Ça a confirmé mon intuition.

Alors j'ai observé. Depuis deux jours, j'observe. La manière dont Gérald se comporte avec toi, comme il te touche en permanence, ton bras, ton épaule, ta jambe, comme il se penche vers toi, t'englobe presque. Te dévore. Un putain de vampire. Ta mère a raison de se méfier.

Pourquoi m'a-t-il demandé de te protéger ? Je deviens caution de quoi, là, en fait ? Pourquoi il me mettrait dans cette situation ? Alors que je connais sa femme ? Il se fout de ma gueule ?

Tiens, d'ailleurs, Gérald et Viviane s'approchent de toi. Il ne s'écoule pas une minute avant que ses doigts effleurent les tiens mine de rien.

— Je vous rejoins, dis-je aux autres.

Je remonte à votre hauteur, m'adresse à Gérald.

— Je peux te parler un instant ?

— Bien sûr.

Nous nous éloignons. Je suis furieux. Je n'en laisse rien paraître, même si ma colère doit en partie m'échapper.

— Je ne comprends pas à quoi tu joues avec Manon.

— Comment ça ?

— Tu m'as chargé de m'occuper d'elle, de la protéger, et quand je vous vois ensemble…

Ses épaules remontent de deux centimètres, les ridules autour de sa bouche se creusent.

— Quand tu nous vois ensemble quoi ?

— Je me demande si ce n'est pas de toi que je devrais la protéger.

— Mais enfin… Pas du tout ! Qu'est-ce que tu racontes ?

Il s'offusque, s'énerve, n'arrive même plus à articuler tant il est déstabilisé.

— C'est ridicule, bafouille-t-il. Tu ne sais pas de quoi tu parles !

— D'accord. De quoi je parle ?

— Pfff…

Il tourne les talons. Il croit s'en aller en grand seigneur, mais c'est en roquet contrarié qu'il m'apparaît.

À quelques pas, tu me souris. Tu n'as rien vu de notre échange, à peine dois-tu constater que Gérald est revenu un peu plus rouge et silencieux. Je hoche la tête dans ta direction et rentre dans le bâtiment.

Une heure plus tard, tu me retrouves.

— Je pars, annonces-tu. Je voulais te dire au revoir.

— J'espère que tu as passé un bon premier salon.

— Oui, c'était super ! Tout le monde était très sympa.

— Tant mieux.

Ah, l'attrait de la nouveauté… Un jour, tu découvriras la vraie nature de ce petit monde où les gens sont « très sympas » par devant et langue de pute par derrière.

— Vous rentrez en voiture ? je demande.

— Et c'est moi qui conduis. Conduite accompagnée.

— D'accord. Fais attention, alors.

Tu as une manière étrange de modifier ton centre de gravité pour te rapprocher de moi. Ça m'amuse. Mais je comprends que tu me testes et, dès que tu fais mine d'entrer dans ma sphère personnelle, je me déplace.

Tu lâches :

— Salut, alors.

— Si jamais tu passes par Paris, rends-nous visite. Nos bureaux sont dans une ancienne usine. Tu es la bienvenue. Il y a un flipper, du Coca au frigo… Tu bois du Coca ?

— Je suis plus jus de fruits.

— Jus de fruits. OK. Il y en aura aussi, j'y veillerai.

— C'est gentil.

— Prends soin de toi, d'accord ? Et si un jour tu as besoin de parler, de n'importe quoi, n'hésite pas. Les portes de notre maison d'édition te seront toujours ouvertes.

Des fossettes perforent tes joues. Tu te penches pour me faire la bise. J'enfonce mes mains dans mes poches.

— Rentre bien, dis-je avant de m'éloigner.

— Toi aussi.

Oui. Rentrer. Reprendre le cours de ma vie. Oublier le plaisir inattendu de ta présence.

—

Extrait de l'audition de Monsieur Rodolphe ESTIENNE, père de Luc ESTIENNE, entendu par Cécile SIMONNET, capitaine de police en fonction à la Brigade de Protection des Mineurs de PARIS, le 6 mars 2006.

QUESTION : Avez-vous compris le motif de votre convocation dans nos locaux ?
RÉPONSE : Non, mais vous allez me le rappeler.
- - - Expliquons à monsieur ESTIENNE les accusations portées à l'encontre de son fils. - - -
QUESTION : Que pensez-vous de ces accusations ?
RÉPONSE : Je ne les comprends pas. Les enfants n'ont jamais été seuls et sont toujours restés sous l'observation de leurs parents. Ils n'ont jamais été livrés à eux-mêmes, c'est pour cela que je suis complètement abasourdi par ces faits. Je ne vois pas comment ceux-ci ont pu avoir lieu sans que personne ne les surprenne.
QUESTION : Aviez-vous remarqué un comportement qui aurait pu éveiller vos soupçons ?
RÉPONSE : Il y a un comportement très particulier de séductrice de la part de Manon, qui sait en jouer. Luc et Manon se connaissent depuis tout petits. Je n'ai jamais rien remarqué, pas de comportement de proximité. Je n'ai jamais remarqué non plus que Manon repoussait mon fils. Bien au contraire, elle l'attirait. Par ailleurs, lorsque

Manon avait dix-sept ans, sa mère m'a longuement sollicité à propos d'une problématique que Manon avait avec un homme d'une cinquantaine d'années.

10

Nous filons sur la quatre-voies. Tu conduis bien. De vous trois, tu es celle qui conduira le mieux.

En quittant Saint-Malo, je t'ai demandé si tu étais contente de ton week-end. Tu l'étais. Depuis, plus un mot. Tu enfonces la cassette qui dépasse de l'autoradio. Ça tombe au beau milieu d'une chanson de Reggiani. *Cessez de rire, charmante Elvire, deux loups sont entrés dans Paris*... Tu montes le son assez fort pour être sûre que nous ne discuterons pas.

Je me repasse en boucle ces deux jours. Je t'ai laissé plus d'espace que ce que j'avais prévu. Mais je ne pouvais pas être en permanence collée à tes baskets. Je ne suis ni flic ni garde du corps.

En début d'après-midi, la situation me pesait tellement que j'ai même été me promener seule sur la plage un moment. J'avais besoin de souffler.

Je sais bien que tu étais là en tant que professionnelle en devenir. Cependant, te voir te pavaner devant auteurs et éditeurs alors que ta bande dessinée est inachevée m'a mise mal à l'aise. Aucun contrat n'a été signé. Rien de tangible n'existe. Même si tu y travailles, cet ouvrage demeure virtuel, et il se peut qu'il le reste. J'ai peur que tu sois déçue.

Nous passons un grand pont au-dessus de la Rance. J'observe les bateaux au mouillage le long du fleuve. Plus nous nous éloignons de Gérald, mieux je respire.

—

De Manon à Manon | Février 2021

Il te faut te détacher d'elle.

Avant cette histoire, même si vous vous opposiez, la vie coulait sans trop de heurts. Vous étiez fusionnelles. Mais pour devenir toi-même, il te faut t'affirmer. Il te faut rompre, trancher. Il te faut Gérald.

Tu as choisi tout ce qu'elle exècre – la manipulation, l'infantilisation, la dissimulation – et tout ce qui la séduit – la dimension intellectuelle, la création, les livres, l'enseignement, la rébellion contre l'ordre établi – réunis en un seul homme. Un cheval de Troie. Une bombe qu'elle n'a pas tout de suite identifiée comme telle et dont l'onde de choc dévaste votre relation.

Ce choix n'était pas conscient, bien sûr, ce n'est qu'avec des années de recul que je l'analyserai ainsi. Toi, tu as dix-sept ans et tu lui démontres avec un plaisir non dissimulé qu'elle ne te connaît pas. Alors qu'évidemment elle te connaît mieux que personne. Et que tu veux rompre sans rompre, trancher sans trancher. Sans cesse tu oscilles. Tu l'attaques et tu la défends. Tu la laisses approcher et tu la repousses. Tu n'analyses rien. Tu n'en as pas le temps, trop occupée que tu es à te débattre dans le désordre que tu as généré.

Pour la punir de t'aimer si bien, tu joues une autre carte. Le camouflet ultime : te confier à ton père plutôt qu'à elle.

Quatrième partie

—

1

Tu es arrivée hier pour les vacances, on vient de rouler pendant quatre heures et on s'est garés là, sur le parking de la résidence où vivent mes parents. J'ai coupé le moteur. Derrière le pare-brise, la nuit est presque tombée. Tu aurais pu choisir un autre jour, un autre moment. Mais c'est maintenant. Tu me racontes. Toi, ma petite dernière, ma fille, la seule de mes trois enfants à avoir toujours insisté pour me voir malgré la distance que j'ai creusée entre nous, tu me confies en quelques phrases hachées ces moments où Luc avait la main dans ta culotte d'enfant. J'écoute. L'idée que ça ait pu t'arriver me révolte. Me remue. M'attriste. Je m'accroche malgré moi au volant.

Luc. Il a quoi… Cinq, six ans de plus que toi ? C'est un jeune adulte à présent. J'en ai le souvenir d'un garçon un peu paumé, plutôt la fibre manuelle – en ça, on se ressemblait. Ni beau ni laid. Quelconque. Assez effacé, aussi, rejeté dans l'ombre de son père. Lui, Rodolphe, je n'ai jamais pu l'encadrer. Il me snobait parce que je n'ai pas fait d'études. Et le petit jeu de séduction qu'il entretenait avec ta mère m'agaçait, c'est vrai.

Mon ventre se noue un peu plus quand tu précises qu'il y avait des gens autour de vous lorsque Luc agissait. Tes frères, souvent, les yeux vissés à l'écran de l'ordinateur sur lequel vous jouiez. Les adultes, aussi, en bas, avec vue sur cette grande mezzanine où vous passiez entre enfants et adolescents le plus clair de nos séjours chez ces amis de ta mère.

Tu conclus d'un simple :

— Voilà.

— Personne n'a jamais rien vu ?

— Apparemment, fais-tu avec un haussement d'épaules.

Tu n'as pas l'air d'y croire.

— Je peux t'assurer que moi, je n'ai rien vu. J'aurais réagi. Ta mère aussi.

Tu me sers une moue dubitative. Pourtant, je sais que j'aurais réagi sans minimiser. Ma première petite amie, celle avec qui j'étais quand j'ai rencontré ta mère, avait subi des viols répétés de la part de son frère, et ça l'avait bien bousillée. On était mômes quand elle m'a raconté tout ça, j'avais dix-sept ans – ton âge. Ça m'a marqué. À partir du moment où tu es née, j'ai toujours été vigilant à ce qu'il n'y ait rien d'ambigu entre toi et tes frères. Mais c'est venu d'ailleurs. C'est venu de l'extérieur et je n'ai rien vu.

— Tu te souviens de moments où ça s'est passé et durant lesquels j'étais là ?

— T'étais forcément dans les parages les premières fois, quand j'étais vraiment petite, mais je n'ai pas de souvenir précis. Je me souviens surtout d'après votre séparation.

Ça me soulage un peu.

— Tu dis que ça a commencé quand ?

— Je sais plus. J'étais gamine.

— Et ça s'est arrêté comment ?

— J'ai gardé mes distances. Il n'a plus cherché à… Enfin, ça s'est arrêté. J'étais en quatrième, je crois.

— Donc il avait dans les dix-huit, dix-neuf ans ? Il devait être moins chez ses parents, aussi.

— Oui, sûrement.

— D'accord. Merci de me faire confiance.

— C'est plus facile avec toi. Rodolphe, c'est l'ami de maman, pas le tien. Et tu n'étais pas là… Et puis toi, tu m'écoutes, au moins.

On s'est toujours bien entendus. On a cette complicité que j'adore, une sensibilité commune et une certaine foi en l'avenir.

— Il va quand même falloir que tu racontes tout ça à ta mère.

— Je sais. En rentrant.

Je n'aborde pas la question de ton éditeur. Pas tout de suite.

On loge chez l'une de mes sœurs qui habite juste à côté de chez mes parents. Trois de tes cousines, les plus âgées, sont parties faire leurs études. J'investis l'une des chambres. Toi, tu t'installes avec la cousine numéro quatre.

Avant de dîner, j'envoie un message à ta mère. « Elle m'a raconté. Il s'agit en effet d'attouchements. Elle est d'accord pour en parler avec toi quand elle rentrera. »

Nous passons la journée du lendemain dans ma famille. J'ai plaisir à revoir mes parents. Nous ne sommes pas proches, sans être lointains. J'ai été le petit dernier non désiré d'une fratrie déjà nombreuse, une bouche de plus à nourrir quand les ressources étaient maigres. J'ai dû séduire mon monde. Et dès que j'ai pu, je suis parti construire ma vie. Je n'ai jamais rien demandé à personne – et sûrement pas à mes parents qui possédaient si peu.

Il y a trois ans, ils ont quitté la maison de famille à la campagne où nous nous retrouvions chaque été. Ils ne se sentaient plus d'y vivre et il devenait dangereux de laisser mon père conduire. Ici, ils sont près de ma sœur, peuvent faire leurs courses à pied. Il y a un ascenseur et une douche médicalisée. C'est plus simple. Surtout depuis que mon père s'est cassé le col du fémur.

Ils ont apporté quelques meubles de l'ancienne maison. Très peu. Une table ronde que j'ai toujours connue dans un petit salon que ma mère appelait son boudoir. Un canapé décati et le fauteuil préféré de mon père. Une étagère pleine de bibelots. Et ce miroir-soleil de mon enfance.

Je te regarde passer les doigts sur la collection d'œufs de ma mère. Ta longue robe bleue fait ressortir tes yeux et tranche avec ta rousseur. On a aussi ça en commun, toi et moi. On apprécie ce qui est beau, on s'en entoure, et se présenter sous notre meilleur jour est une forme de politesse que nous cultivons.

J'arrive à convaincre mes parents d'effectuer une balade digestive. Nous longeons le fleuve. C'est la première fois que je vois mon père en fauteuil roulant. Il a toujours eu un corps à la limite de la maigreur.

Mais cette fragilité est nouvelle. Et en même temps, lui d'ordinaire si ronchon, je le sens détendu. Il accepte enfin de se laisser vivre. Il prend ce qui vient, sourit parfois à des souvenirs qu'il est le seul à contempler, ferme les yeux pour goûter le vent sur son visage. Mon petit père… Je sais qu'à son âge un col du fémur cassé est une blessure dont on ne se remet pas. Pourtant, elle l'a forcé à ralentir, à déposer la colère rentrée qui ne le quittait jamais. Cette délivrance est belle à voir. Je ne me suis jamais senti si proche de lui.

Tu marches avec nous. Je suis heureux de constater que ton téléphone reste rangé. Je sais que nous devons parler de ton éditeur. Je repousse l'échéance. J'ai envie de profiter du moment.

C'est lorsque nous rentrons chez moi que nous abordons le sujet. Il nous reste deux jours avant que je te remette au train vendredi soir. Tu me racontes encore et encore cet amour qui te lie à Gérald. Tu m'assures que tu ne ressens pas de désir pour lui et qu'il est très clair entre vous que vous n'aurez pas de relations sexuelles.

J'essaye de me mettre deux secondes à la place du bonhomme.

Tu es belle. Tu le sais, je crois, on te le répète depuis l'enfance. Mais ce n'est pas seulement ça. Tu es la vie même. Un sourire-soleil qui éclabousse tout. As-tu conscience du désir que tu peux générer ? De la frustration que cette situation peut engendrer ? Et si ça devenait intenable ? Et s'il basculait ? La semaine dernière, j'ai demandé à un ami policier de vérifier, en off, si ton éditeur était inscrit au fichier des délinquants sexuels. Ce n'est pas le cas. Seulement, c'est un homme f, il l'a montré au téléphone avec ta mère. J'ai ur toi.

J'essaye de te faire comprendre qu'échanger des messages de nature sexuelle ne peut qu'accentuer sa frustration. Qu'il ne met pas la même chose que toi derrière vos étreintes et vos caresses. Peu à peu, je sens que mes arguments portent.

Au détour d'une phrase, je comprends que vous avez prévu de vous voir bientôt. Je questionne, je creuse, j'insiste. Tu finis par avouer. Gérald et sa femme doivent descendre à Vannes dimanche et rester jusqu'au mardi. Je préviens ta mère qui s'affole à distance.

Jeudi soir, nous sommes assis à la minuscule table de ma minuscule cuisine. Ma compagne est déjà couchée. Son fils aussi, qui dort dans le salon puisque tu occupes sa chambre lorsque tu viens chez nous. Je sors une feuille blanche, un stylo.

— On va signer un contrat, toi et moi. D'abord, on va récapituler ce qui s'est passé.

Tu es réticente. Tu acceptes néanmoins. Nous élaborons ensemble ce récit. Phrase après phrase, nous retraçons ta rencontre avec Gérald et tout ce qui en a découlé.

Souvent, tu te braques.

— Je n'écris pas ça.

— Tu l'écris, Manon.

— Bah je le signerai pas, ton truc.

Je ne relève pas.

Nous continuons de rédiger le document.

—

Le 4 novembre 2004

J'ai rencontré Gérald Duprat-Moreau au salon du livre de Vannes en mai dernier. Il y accompagnait ses auteurs. C'est un homme de cinquante-six ans et j'en ai dix-sept.

Début juin, je lui ai adressé un mail pour contacter une autrice de sa collection, mais aussi pour lui parler du scénario de bande dessinée sur lequel je travaillais. Après quelques messages concernant ce projet, nous avons fini par échanger sur la vie en général et par nous apprécier.

Comme je projetais un voyage à Paris, nous avons décidé de nous rencontrer. Nous nous sommes d'abord vus dans un restaurant et, deux jours plus tard, il m'a proposé de venir manger chez lui.

Depuis, nous échangeons quotidiennement de nombreux mails et sms, tant sur l'aspect « création » de ma bande dessinée que sur l'amour que nous nous portons.

Je l'ai revu en juillet sur son lieu de vacances dans les Abers, pendant quatre jours, juste avant le festival des Vieilles Charrues. C'est à l'occasion de nos échanges durant ce séjour que j'ai compris qu'au-delà de l'aide qu'il m'apportait pour la BD et de notre affection mutuelle, l'amour qu'il me portait était aussi de nature sexuelle. Je lui ai exprimé clairement qu'il n'y aurait jamais d'actes ou de gestes sexuels entre nous.

Début août, il est venu à Vannes pour me voir accompagné de Viviane, sa femme. Nous avons longuement discuté, été au restaurant, etc.

Durant le mois qui a suivi, il m'a reparlé dans ses mails de son désir sexuel à mon endroit. Je n'ai pas su ni osé lui dire que, de mon côté, il n'y en avait pas. À cette période, ça ne me déplaisait pas qu'il éprouve du désir sexuel pour moi. J'avais et j'ai moi-même une attirance physique mais non sexuelle, qui me faisait lui écrire que j'avais envie de me blottir dans ses bras.

En septembre, il est venu deux fois à Vannes avec Viviane. La deuxième fois, ils m'ont invitée pour fêter mon anniversaire dans leur chambre d'hôtel. Alors que j'avais dit à ma mère que j'étais chez une copine, ils m'ont proposé de dormir dans leur chambre. Jusqu'à minuit, nous avons discuté tous les trois. J'étais dans ses bras et il me caressait. Sa femme me tenait la main.

Nous sommes fin octobre et, dans ses mails, Gérald continue à exprimer son désir pour moi, ce qui me gêne. Gérald est un homme marié et je ne veux pas avoir de rapport sexuel avec lui. Aujourd'hui, je veux qu'il arrête de m'écrire des messages de cette nature. Afin qu'il n'y ait plus aucune ambiguïté possible, je renonce à contrecœur au fait qu'il me prenne dorénavant dans ses bras, car je sais que lui et moi ne mettons pas le même désir derrière ce geste.

Afin de clarifier la situation, je vais écrire un mail à Gérald, le 6 novembre, lui précisant que je n'éprouve pas de désir sexuel envers lui, et lui demandant d'arrêter toute expression verbale ou écrite de son désir sexuel me concernant.

Pour qu'il n'y ait plus aucune ambiguïté, je lui demanderai par ailleurs de ne plus chercher à m'enlacer. Afin de faciliter cette démarche, je préfère qu'on ne se voie plus physiquement, sauf en public et avec l'accord de mes parents.

Tout cela est bien ce que je veux faire et ce que je vais faire.

(Original du courrier remis ce jour à mon père.)

—

2

Tes yeux ont viré au gris orage. Tu poses le stylo sur la table.

— Je ne vais pas signer ça.

— Si. Tu n'iras pas te coucher avant.

— Tu ne peux pas forcer quelqu'un à signer un contrat.

— Il ne s'agit pas de te forcer. Juste de se mettre d'accord.

— C'est débile. Tu me forces. Même si je signe, ça n'a aucune valeur.

— Je ne t'oblige à rien.

— Mais je ne peux pas aller me coucher sans signer.

— En effet.

— Donc tu m'obliges.

Tu t'obstines. Moi aussi. J'ai l'habitude des négociations et je sais que je vais gagner celle-là. Il est près de minuit. Tu es fatiguée. Et surtout, tu n'as pas envie de t'opposer à moi. Tu t'opposes déjà tellement à ta mère, tu ne peux pas te battre sur tous les fronts.

— Manon, ce texte regroupe tout ce dont nous avons parlé ces derniers jours et que tu as admis. C'est ce que tu penses, non ? Tu n'as pas de désir sexuel pour Gérald ?

Tu fixes la table entre nous.

— Ouais, non.

— Et continuer à le voir seul à seul ou à le prendre dans tes bras serait encourager son désir à lui, tu comprends ça ?

Tu ne réponds pas. Du bout de l'index, tu récoltes des miettes de pain sur la table. Tu cherches à gagner du temps sans comprendre que tu en perds.

Je bois une gorgée de café. Ton regard creuse la nuit à travers les lames des stores. Une brume aussi compacte que notre silence dessine les faisceaux des lampadaires sur le trottoir désert.

Ça dure longtemps. Vingt minutes, peut-être trente. Je n'argumente plus. J'attends. On sait tous les deux que j'ai gagné.

Dernière tentative avant capitulation :

— Même si je signe, ça ne vaut rien.

Je pousse le stylo vers toi. Tu griffonnes ton nom, tu te lèves. Tu t'en vas.

— Tu as signé, Manon, dis-je au moment où tu passes la porte de la cuisine. On écrira le mail à Gérald demain.

— *Je* l'écrirai.

— Oui, bien sûr. Je vérifierai juste que tu as rempli ta part du contrat. Bonne nuit.

Tu vas te coucher. Je reste seul un moment. Je laisse redescendre la tension.

J'attrape la feuille où s'étale ton écriture, parcours les lignes, satisfait. Je t'ai amenée exactement là où je le souhaitais.

Le lendemain matin, tu n'es pas encore levée lorsque j'appelle ta mère. Elle s'inquiétait de ne pas avoir de nouvelles, me dit-elle. Je lui lis la lettre que nous avons rédigée hier soir.

— Bon, lâche-t-elle d'un ton perplexe. C'est quand même un peu de la manipulation…

— Je sais. Mais c'est pour la bonne cause.

Elle a un rire qui ressemble à du soulagement.

— Et concernant Luc ? C'est à elle de me raconter mais, je veux dire… quand tu parlais d'attouchements… ?

— Visiblement, il lui a caressé la poitrine et le sexe à plusieurs reprises.

— D'accord. D'accord. (Elle s'accorde un bref silence.) Je crois que ce serait bien si tu venais à Vannes. Il va falloir discuter de tout ça avec elle. Et porter plainte. Elle est mineure, c'est nous qui devrons signer la plainte. Je t'héberge, bien sûr.

Porter plainte ? Vraiment ? Je retiens un soupir. Me rendre à Vannes ne m'arrange pas, j'ai d'autres choses de prévues ce week-end.

— Je travaille mardi.

— Le commissariat est ouvert lundi. J'ai déjà parlé à mon inspectrice pour prendre ma journée. On peut y aller le matin et tu rentres après ?

Je sens que je n'ai pas le choix, et ce sera peut-être plus facile pour toi de raconter à ta mère ce que tu as vécu si je suis présent.

— Tu veux vraiment qu'on entame une procédure ?

— On en discutera avec Manon. C'est nécessaire, je crois. On est responsables d'elle. À partir du moment où on est au courant, on doit entamer une démarche légale.

C'est comme quand un prof repère un comportement ou des signes préoccupants chez un de ses élèves, il est tenu de faire un signalement. Et puis c'est important de lui montrer ce que c'est que des adultes qui la respectent et la protègent vraiment, non ?

— Oui. Oui, c'est sûr. Je vois ça, je te tiens au courant.

À quinze heures, nos sacs dans le coffre de la voiture, nous partons direction Vannes.

—

De : Manon ◁ **06/11/2004 à 00:16**
À : Gérald
Objet : Transparence

Mon Gérald,
Je suis rentrée il y a environ une heure trente, mon séjour chez papa s'est bien passé, beaucoup de discussions.
J'ai lu tes mails, merci pour le feuilleton ! Quant au dernier que tu m'as envoyé (« bonsoir, toi que j'Aime »), il m'a troublée, parce que j'ai effectivement des choses à te dire. Au nom de notre transparence, je ne peux plus faire semblant. J'ai peur, si tu savais comme j'ai peur…
Bon. Je me jette à l'eau.
Notre histoire est magnifique et j'aimerais évidemment la préserver. Je t'ai déjà dit plusieurs fois qu'il n'y aurait ni gestes ni actes sexuels entre nous. Ça a toujours été clair. Cependant, il y a une chose que je n'ai jamais osé ou su t'avouer, c'est

que, même si je ressens un désir physique (envie de me blottir, envie qu'on se serre fort), je n'éprouve pas de désir sexuel pour toi. Te laisser croire le contraire serait à la fois hypocrite et injuste. Ce serait indigne de notre Amour. J'ai déjà repoussé cet aveu trop longtemps, je me doute que tu vas avoir du mal à me croire et à accepter cette réalité. Tu sais très bien que les mots, contrairement aux pensées, sont déjà un début d'acte. Aussi, je te demande d'arrêter de m'écrire des messages dans lesquels tu manifestes ton désir sexuel. J'ai pris conscience que, si je te laissais encore l'exprimer, je ne te respectais pas, te laissant espérer, en dépit des limites que j'ai fixées, que ces actes seraient un jour possibles.
Alors, pourquoi t'ai-je laissé m'écrire ces messages ? Pourquoi les ai-je même encouragés par moments ? J'ai déjà commencé à y répondre plus haut : parce que je n'osais pas aborder le sujet. Et puis par peur de te blesser, de te faire mal (oui, je sais, c'est absurde, parce que aujourd'hui je te fais encore plus mal que si je te l'avais dit plus tôt. J'en suis désolée et j'espère que tu pourras me le pardonner). Aussi, je l'avoue, c'était valorisant pour moi (encore cette foutue envie de plaire).
Mais lorsque tu me prends dans tes bras, tu n'y mets pas le même désir que moi de simplement être ensemble. Alors (putain que c'est dur), bien que ça me déchire le cœur de te dire ça parce que ça va infiniment me manquer, je ne veux plus que tu fasses ce geste. Nous revivrons peut-être plus tard une relation physique, lorsque je serai certaine que ton désir est véritablement éteint.

Cette aprèm, je suis revenue à Vannes en voiture avec papa. Il sera là dimanche, avec nous.
Pour l'instant, je ne veux plus qu'on se voie en privé. Je sais que le seul moyen pour que ton désir parte, c'est de mettre entre nous de la distance physique. Si tu restes à Vannes lundi et mardi comme prévu, je te demande de ne pas chercher à me voir ces deux jours : ce sera pour moi un premier signe que tu prends en compte ma demande, voire que tu la comprends.
Je t'Aime, mon Gérald, à vie. Je suis ton elfe, ton phare, ta rose, pour toujours. Tu m'as dit la semaine dernière « C'est toi qui décides. Je suis là et je t'Aime. Quoi que tu fasses, tu le sais, j'accepte TOUT de toi. Il faut que tu l'ancres vraiment très fort dans ton cœur, que tu n'aies pas d'inquiétude ». Oh que si, j'ai des inquiétudes ! Immenses, même. Mais ne remets pas en cause cette décision que j'ai prise, même si elle te paraît injuste, même si elle te fait mal. Et je te précise que c'est bien ce que JE pense, ce que JE VEUX FAIRE et ce que JE VAIS FAIRE. Mon père m'a juste aidée à exprimer clairement ce décalage et à choisir de mettre en cohérence mes actes avec ce que je ressens. Je veux que tu respectes ma décision, c'est-à-dire que tu me respectes.
Je tiens à toi, tellement, tu le sais. Je suis là et je t'Aime, si tu le souhaites encore (moi aussi je respecte tes décisions). Et j'ai besoin de toi, physiquement aussi, mais j'y renonce pour un temps parce que ce n'est pas possible d'avoir une relation saine, transparente, avec ce poids-là. Je n'ai pas le

droit de te laisser t'enfermer dans des fantasmes qui n'ont pas lieu d'être.
Appuyer sur le bouton « envoyer » est dur.
Je te demande de m'Aimer comme je suis. Ce n'est pas un abandon de ma part, j'essaye au contraire de préserver et de faire grandir ce qui est beau dans notre relation.
Là-haut, tout là-haut, mon goéland. Plus jamais seuls, plus jamais peur.
Ta Manon, toujours toujours toujours
P.-S. J'ai battu le record, je crois, plus de deux heures pour rédiger un mail…

De : Gérald **06/11/2004 à 01:10**
À : Manon
Objet : Anéanti

On annule Vannes. Je suis anéanti. Je ne crois plus en rien.
Je t'Aime

De : Manon **06/11/2004 à 01:19**
À : Gérald
Objet : RE : Anéanti

Si c'est ce que tu désires vraiment, on annule…
Je t'Aime à vie et je respecte tes choix, même si j'aurais aimé te voir. Malgré tout.

De : Gérald ◁ **06/11/2004 à 01:20**
À : Manon
Objet : RE : Anéanti

À quoi bon monter ? Pour voir ton père ?
Le remercier ?

De : Manon ◁ **06/11/2004 à 01:26**
À : Gérald
Objet : RE : Anéanti

Je te l'ai dit, c'est MA décision, pas celle de mon père. J'ai l'impression que quand tu dis « le remercier », tu remets ça en cause, lui faisant porter la responsabilité de cette décision qui te blesse.
Pourquoi venir ? Pour me voir, mon Amour. Mais si tu ne veux pas me voir autrement qu'en privé, c'est que tu n'acceptes pas encore ma décision.
Je comprends. Il va falloir du temps… Si tu viens pour être encore plus malheureux, ça ne sert effectivement pas à grand-chose.
Je t'Aime et je suis là.

De : Gérald ◁ **06/11/2004 à 01:30**
À : Manon
Objet : RE : Anéanti

Tu es là, ah bon ?
Je ne te crois pas quand tu dis que c'est ta décision.
Tu t'es fait manipuler en beauté. La responsabilité est

en effet la tienne. Mais tu n'as pas de caractère ni de lucidité quand il s'agit de ta famille, et surtout de ton père.
Il y a voir et voir. Là, venir à Vannes ne servirait à rien et me ferait trop mal.
C'est vrai, je n'accepte pas ta décision. C'est un immense gâchis. Il va falloir du temps ? Le temps de devenir un gentil copain ?

De : Manon **◁ 06/11/2004 à 01:35**
À : Gérald
Objet : RE : Anéanti

Je comprends ta réaction, je l'avais prévue d'ailleurs. Bien sûr que non, je ne veux pas que tu deviennes un « gentil copain ».
Je t'Aime et je suis là, toujours, quoi que tu en penses.

De : Gérald **◁ 06/11/2004 à 01:47**
À : Manon
Objet : RE : Anéanti

Bien sûr que si. Un gentil copain aseptisé, les crocs limés, qui te fera juste des bisous, qui t'enverra un ou deux mails par jour, et textotera quand il y pense. Quelle déliquescence… Tu t'aveugles complètement. Ton père – à l'inverse de ta mère – sait te retourner. Tu es très manipulable. Finalement, tu n'es qu'une gosse qui croit avoir des idées de grande, et ton père t'a fait rentrer dans le moule. Tu m'Aimes et tu es là ? Ce sont des mots et ils sont désormais sujets à caution. Jusqu'à la prochaine discussion avec ton père. Tu n'es plus fiable. Tu viens de tout ruiner, chapeau. Ton père peut être content. Tu te rends compte à quel point tu m'as menti ?

De : Manon **◁ 06/11/2004 à 01:48**
À : Gérald
Objet : RE : Anéanti

Oui, je m'en rends compte et je sais que tu m'en veux. C'est totalement légitime. Je t'Aime.

De : Gérald **◁ 06/11/2004 à 01:50**
À : Manon
Objet : RE : Anéanti

Je m'en fiche que ce soit légitime. Je suis anéanti, dégoûté de tout. Tu n'as cessé de me mentir alors qu'on n'avait à la bouche que la transparence. C'est lamentable, c'est petit, c'est à vomir. Tu n'es pas à la hauteur de tes rêves.

De : Manon **◁ 06/11/2004 à 02:01**
À : Gérald
Objet : RE : Anéanti

Tu dis des conneries. Je te laisse avec ta colère et je vais me coucher.

Je t'Aime, quoi que tu en penses, tu es mon Gérald à vie. Première étoile à droite, si tu veux m'y retrouver.
Ta Noune Pan pour toujours

De : Gérald **◁ 06/11/2004 à 02:02**
À : Manon
Objet : RE : Anéanti

Ça, je m'y attendais, c'est ta réaction de fuite habituelle.
Non, je ne veux pas t'y retrouver.
Pour être encore trahi ?
Bonsoir.

Gérald 06:30
Dis-moi que ton père t'a forcée à écrire ce mail. Ce n'est pas toi. Ce n'est juste pas toi.

Manon 07:45
Personne ne m'a forcée. C'est ce que je pense et ce que je veux.

Gérald 07:48
Tu parles comme un robot. Il t'a complètement reprogrammée.

Manon 07:49
Je t'assure qu'il ne m'a forcée à rien.

Gérald 07:51
Je ne te crois pas, Manon. Je ne crois pas un mot de ce mail. Et cet ersatz d'amour que tu me proposes ne m'intéresse pas.

Manon 07:55
Ta réaction me fait mal parce qu'elle signifie que lorsque l'enjeu sexuel tombe, tu ne vois plus rien d'intéressant dans notre relation.

—

3

— Déjà, il faut lui supprimer le téléphone. Je réprime un roulement d'yeux vers le plafond.

Devant son café du matin, Antoine a toutes les solutions. Et, pour une fois qu'il fait son job de père, je n'ai pas envie de le rabrouer.

C'est bien qu'il soit venu. Tu as besoin de tes deux parents en face de toi, présents. Iouen et Tristan n'ont plus eu cette chance après notre séparation. Antoine a été le grand absent de leur adolescence. En pleine phase d'opposition, ils ont vite refusé d'aller chez lui, où vous n'aviez pas vraiment de place. Votre père n'a pas répondu les rares fois où je l'ai appelé à l'aide.

Toi, tu avais neuf ans. Tu t'es accrochée à ton père. Tu étais prête à tout lui pardonner. Peut-être un peu trop. Enfin, quoi qu'il en soit, ni toi ni lui n'avez rompu ce lien. Et aujourd'hui, il est là, il essaye d'aider. *Appuyez-vous sur lui*, m'a dit mon psy. J'essaye.

Seulement, les « y a qu'à faut qu'on » simplistes, moi, je déteste.

— Ce sera intenable de lui confisquer sur la durée. Elle a dix-sept ans.

— Au moins quelques jours. Posons des règles.

— Je pose déjà des règles, tu sais, je ne t'ai pas attendu pour ça. J'ai interdit le portable dans sa chambre la nuit.

— Et il est où, là, son téléphone ?

Je regarde le plan de travail. Hier, quand vous êtes arrivés, tu m'as raconté ce que t'a fait Luc sans rentrer dans les détails, puis tu t'es mise à l'ordinateur avec ton père. Vous avez passé plusieurs heures à rédiger ensemble le premier mail, et tu étais dans un tel état après tes échanges avec Gérald que je n'ai pas vérifié ton téléphone. Prise en défaut, je me renfrogne.

— Si ce mec est à Vannes et que Manon a son téléphone, insiste-t-il, elle risque de filer pour le voir.

Que Gérald soit peut-être à proximité me crispe. Pour autant, je ne pense pas que tu quitterais la maison en douce pour le rejoindre. Je te connais. Si tu cultives la dissimulation, tu ne désobéis pas aussi frontalement. Et là, tu sais qu'on s'en rendrait compte. Qu'il y aurait des conséquences. C'est ça : tu ne désobéis que lorsque tu penses échapper aux conséquences.

Je consulte l'horloge de la cuisine.

Huit heures.

J'hésite à te réveiller, mais tu t'es couchée tard et je préfère élaborer le plan de bataille avec ton père avant que tu déboules. J'y ai réfléchi toute la nuit.

— Si on va déposer plainte après-demain, on devrait d'abord rédiger un document qui récapitule tout ce dont Manon se souvient. Elle t'a parlé de scènes précises ?

— Pas précises, non. Elle m'a dit que ça se déroulait lors de séjours chez Luc et quand ils venaient à Vannes l'été.

J'essaye de convoquer des images. Mon amitié avec Rodolphe remonte à avant ta naissance. Nos familles se voyaient deux à quatre fois par an. Chez eux à Noël et chez nous l'été, au minimum. Quand nous étions là-bas, tu dormais juste en face de la chambre de Luc. Mon cerveau s'emballe. J'ai hâte que tu poses des mots sur tout ça, que tes souvenirs brident mon imagination.

Tu descends avant neuf heures. Tu traverses la cuisine en nous saluant à peine, t'enfermes dans la salle de bains. Je sors le jus d'orange du frigo et pose un verre à côté. Je sais que tu ne prendras rien d'autre, ce qui ne m'empêche pas de te proposer une tartine quand tu t'attables. Tu secoues la tête, verses ton jus d'orange.

— Je t'accompagne tout à l'heure pour voir Gérald ? demande Antoine.

— Ils ne viennent pas, annonces-tu.

Je me redresse.

— Il t'a dit ça ?

— Oui.

— Bon.

Un problème en moins. Pour quelques jours. J'accueille ce répit avec soulagement.

— Il y a plusieurs choses dont nous devons discuter, annonce ton père.

Je propose de passer au salon. Nous gagnons la pièce voisine, tu te laisses tomber sur un pouf, ton père et moi nous installons côte à côte sur le canapé. Nous échangeons un bref regard. Je me lance.

— Où est ton téléphone ?

— Là-haut.

— Je crois que tu as besoin de prendre un peu de recul, ma grande. J'aimerais que tu ailles le chercher et que tu nous le confies pour la journée. Ensuite, on verra. D'accord ?

Tu fais la gueule. Tu ne protestes pas. Quelques minutes plus tard, le téléphone éteint atterrit sur la table.

— Tu comprends pourquoi on le garde ? insiste ton père.

Tu as obéi sans discuter, j'aurais préféré qu'on passe à autre chose. Qu'est-ce que tu en as à faire, du pourquoi ? Ce que tu vois, toi, c'est que tu n'as plus de téléphone et ça te fout en rogne. Normal. Tu opines pourtant.

— Concernant Luc, ta mère voudrait que nous allions porter plainte ensemble lundi. Qu'en penses-tu ?

Ben voyons. Décharger la responsabilité sur moi, ne surtout pas faire front commun. Je dissimule mon agacement. Tu répètes :

— Porter plainte ?

— À partir du moment où nous sommes au courant, ton père et moi, de ce que tu as vécu, nous *devons* entamer une démarche légale.

Que tu considères que tu n'es pas une victime dans ton histoire avec Gérald, je peux l'entendre, même si je pense que tu as tort. Concernant les attouchements de Luc, en revanche, tu es une victime, c'est important pour toi que ce soit dit, non seulement par nous, mais par l'état, par la justice. Légalement, tu *es une victime*.

— C’est parce qu’il y a un jugement qu’on peut se reconstruire, tu sais.

Tu esquives mes arguments comme s’ils étaient des fléchettes. Tu te tournes d’un côté, de l’autre, tu te tasses sur le pouf. Tu n’as aucune envie d’aller au commissariat.

— J’ai cours, lundi.

— J’appellerai le lycée. Parmi les cousines de Luc, il y a des filles de ton âge. Ne rien dire, ce serait les mettre elles aussi en danger.

Je sens que ce dernier argument porte. J’insiste :

— Tu penses qu’il a fait ça aussi à d’autres filles ?

— Je ne sais pas. Possible.

— Peut-être que d’autres victimes parleront durant l’enquête. Mais pour ça, il faut qu’on agisse. Tu es mineure, je précise. C’est nous qui porterons plainte en ton nom.

Ton front se plisse.

— Non, dis-tu.

— Non ?

— Je veux signer moi-même cette plainte.

— Ce n’est pas possible, tranche aussitôt Antoine.

Je tempère.

— Ça n’est envisageable que si tu es majeure.

— Alors je vais attendre mes dix-huit ans. Je veux porter plainte seule. Que ce soit mon nom, ma signature.

Antoine s’agace.

— Manon, on ne va pas attendre un an !

— Je comprends, ma puce. Ce que nous pouvons peut-être faire, c’est nous contenter d’une main courante. Nous en discuterons avec les policiers après-demain.

Mais comme ça, nous faisons une démarche, et tu pourras porter plainte seule à ta majorité.

Je t'explique ce qu'est une main courante – une simple déclaration à la police pour qu'il y ait une trace dans leurs registres. Je mesure l'ironie de la situation. Rodolphe, le premier, a évoqué cette possibilité dont j'ignorais l'existence lorsque je me suis inquiétée de ta relation avec Gérald.

L'idée te convient. Ton père y adhère – lui aussi, au fond, est réticent à déclencher la machine judiciaire. Nous te demandons de verbaliser tout ce dont tu te souviens pour rédiger le document qui accompagnera la main courante.

Durant plus d'une heure, tu racontes. Je prends des notes. Je me raccroche au stylo, à la clarté des tirets qui organisent tes paroles sur la feuille. Les faits, juste les faits. Ne pas penser à tout ce que tes mots brassent de culpabilité dans mon ventre. J'essaye de remettre de l'ordre dans les fragments de tes souvenirs, de dégager une chronologie.

Tu étais tellement petite quand ça a commencé. De cette période, tout est flou, se dérobe. Tu racles quelques images dont tu n'es pas certaine. La suite est plus nette, avec des fulgurances d'une précision impitoyable.

Je pose la question qui me hante :

— Pourquoi n'as-tu rien dit, à l'époque ?

— J'avais l'âge que j'avais... Et puis il y avait du monde autour qui aurait pu voir. Je me disais : il n'y a pas de problème puisque personne ne dit rien. Ça me paraissait normal. Vous n'avez vraiment rien vu ?

— Non, bien sûr que non.

Tu situes il y a environ cinq ans la dernière fois qu'il t'a touchée. C'est à peu près le moment où j'ai pris mes distances avec Rodolphe. Il pensait que je vous protégeais trop, que je vous couvais. À plusieurs reprises, il a agi avec vous d'une manière qui ne me convenait pas. Nous avons cessé de dormir systématiquement chez lui lorsque nous nous rendions à Paris. Et même alors, Luc, devenu adulte, était plus rarement présent.

Mais un souvenir récent s'impose à moi. La fête de cet été. Vous êtes restés un long moment tous les deux à l'écart près du barbecue.

Je te demande de quoi vous parliez ce soir-là.

— On n'a pas parlé beaucoup. Justement. À un moment, j'ai sorti : « Putain, ça fait des années que j'attends une occasion comme celle-là, et j'arrive pas à sortir un mot ! » Il a répondu qu'il ne voyait pas de quoi je voulais parler. Je lui ai dit qu'il se foutait de ma gueule. Je l'ai traité de pauvre merde. Au bout d'un moment, il a rejoint les autres. Et j'ai pris un bout de viande sur le barbecue. J'avais rien mangé de la soirée.

Je couche ce dialogue sur le papier.

Le lendemain de cette fête, quand on est partis en voiture, je me rappelle avoir évoqué Luc et votre discussion à l'écart. Tu t'es braquée, tu t'es embrouillée avec Tristan parce que tu traitais Luc de pervers.

Tu n'as rien dit d'autre.

Même alors, tu n'as rien dit d'autre.

—

Extrait de procès-verbal, déposition de Tristan BRUYÈRE, deuxième frère de la victime, entendu par Cécile SIMONNET, capitaine de police en fonction à la Brigade de Protection des Mineurs de PARIS, le 11 mai 2006.

QUESTION : Combien d'années d'écart avez-vous avec Manon ?
RÉPONSE : Trois ans.
QUESTION : Étiez-vous proches ou complices ?
RÉPONSE : Durant l'adolescence, non, on se disputait tout le temps et pour n'importe quoi. Plus tard, vers la fin de l'adolescence, on s'est très bien entendus jusqu'à maintenant. On ne se voit pas souvent mais on est assez proches.
QUESTION : Est-ce que Manon s'est confiée à vous sur les problèmes qu'elle a rencontrés avec le comportement de Luc ESTIENNE à son égard ?
RÉPONSE : Non. Même depuis que ça a été dit. On a à peine évoqué le sujet ensemble. Notamment une fois, mais je lui ai plus parlé par rapport à son histoire avec Gérald DUPRAT-MOREAU. Je lui avais dit que je n'étais pas d'accord. À ce moment-là, on a brièvement évoqué le problème de Luc.
QUESTION : Luc vous parlait-il de ses aventures amoureuses ?
RÉPONSE : Non, pas du tout. Je ne lui aurais jamais posé ce genre de question.

QUESTION : Avez-vous pu constater ou imaginer que Luc ait pu avoir des sentiments amoureux pour Manon ?
RÉPONSE : Le constater, non. L'imaginer, oui. Dans leur famille, les sentiments, ce n'est pas quelque chose dont on parle beaucoup.
QUESTION : Pensez-vous que Manon ait pu être amoureuse de Luc ?
RÉPONSE : Je ne sais pas. Vu qu'elle est tombée amoureuse de son éditeur qui est beaucoup plus âgé qu'elle. Ma petite sœur est très secrète et il se peut qu'elle ait gardé des choses pour elle. Mais de mon côté, je n'ai rien constaté du tout. Et Manon ne m'a jamais rien confessé.

—

4

Pour une fois, maman ne se perd pas en détails. Elle dit quoi. Elle dit qui. Évoque à peine comment.
— Tristan ?
— Oui ?
— Manon sait que je t'ai raconté. Quand tu viendras la semaine prochaine, n'hésite pas à lui en parler. Il ne faut pas en faire à nouveau un secret. C'est important.
— D'accord.
— Ah, Iouen me rappelle. Bisous, mon grand.
Je raccroche, sonné. Je me remémore les souvenirs de vacances liés à Luc. Je n'ai jamais eu de sensation

bizarre vous concernant. Comme quoi il se passerait quelque chose. Jamais.

Le seul moment où j'ai ressenti un malaise, c'était lors d'une grande fête à la campagne, comme celle de cet été. Au même endroit, d'ailleurs. On était toute une bande de pré-ados et d'ados. Les parents discutaient entre eux. On avait fait le jeu de la bouteille. C'est la première fois que j'ai embrassé une fille, alors je m'en souviens bien. Et puis tu as fait tourner la bouteille et elle s'est arrêtée sur Luc. Vous vous êtes embrassés sur la bouche. Ça m'a fait bizarre, tu étais petite, huit ou neuf ans, tu n'aurais pas dû être intégrée à ce jeu.

Est-ce que ça a commencé après ? Est-ce que ce bisou a été le début de quelque chose ?

Je me lève, marche jusqu'à la fenêtre de mon studio.

Luc, à l'époque, il m'impressionnait. Il avait quelques années de plus que moi. Difficile de trouver des caractères plus opposés. J'étais un bon élève, sage, pas très mature.

Une fois, j'avais douze ou treize ans, il m'a raconté que, un samedi matin, il avait cours mais qu'il n'y avait pas été. C'était inimaginable, pour moi. Il m'expliquait que ses potes remplissaient la feuille d'émargement pour lui. J'étais fasciné. Je lui ai posé plein de questions, il était réticent à répondre. Je crois qu'il vivait mal ses difficultés scolaires. Je ne suis pas sûr qu'il était très bien dans sa peau.

Vu son père, en même temps… Un personnage. Grandiloquent, bizarre, avec des principes rigides appliqués sans aucune sensibilité.

Gamin, je me disais que c'était normal. Et puis, peu à peu, j'ai réalisé que non.

Rodolphe a toujours pensé que maman était trop laxiste avec nous. Un jour, en vacances à la maison, il m'avait obligé à ranger ma chambre. Bon, c'était un peu le bordel, d'accord, mais son attitude de petit chef satisfait… Insupportable.

Plus tard, ado, j'étais allé faire de la planche à voile. Maman m'avait déposé et devait revenir me chercher. Je n'avais pas bien déjeuné le matin, il faisait froid, la mer était démontée et je me suis senti mal, je suis sorti de l'eau. Je n'avais pas de portable, à l'époque. J'étais juste en combinaison, sans change, je grelottais. Je suis rentré dans un café pour appeler maman, et c'est Rodolphe qui a décroché. Je lui ai expliqué la situation en lui demandant de dire à maman de venir me chercher.

J'ai attendu une heure. L'heure qui était prévue, ou presque.

Maman est arrivée. Quand elle m'a vu, elle était catastrophée, j'étais en hypothermie, les lèvres bleues, je claquais des dents. Tout ça parce que Rodolphe avait pris la décision de ne pas la prévenir, considérant que je pouvais bien attendre et qu'il fallait que je m'endurcisse. C'était une leçon de vie, quoi. Il nous a juste mis devant le fait accompli.

À la maison, je me suis foutu sous une douche brûlante, et après, sous ma couette. Maman a sacrément engueulé Rodolphe. Il n'y a rien eu de grave, au final, mais en y repensant… De quel droit ? De quel droit il a fait ça, sérieusement ?

Son attitude avec nous, c'était l'application d'un principe, « les enfants ont besoin d'être cadrés », et ça justifiait de faire des trucs complètement dangereux. Dire qu'il est directeur d'école…

Elsa, sa femme, est plus empathique. Lunaire, un peu perchée, gentille. Attentive. J'en ai une image très maternante. J'imagine qu'au quotidien, c'est surtout elle qui a pris soin de Luc et de son frère.

La lumière des lampadaires lèche le bus qui passe en contrebas dans la rue. J'essaye de détendre ma mâchoire sans y parvenir.

Est-ce que Luc te faisait ça dans sa chambre ? J'y dormais, quand on était chez eux. Je n'ai absolument rien vu. Je ne comprends pas comment on a pu ne rien voir.

J'ai envie d'appeler Iouen pour en parler. Ne trouve pas le courage.

—

5

Je suis dans l'escalier qui mène à mon minuscule studio lorsque mon téléphone sonne. Maman. Elle veut sûrement me parler de toi, Manon. Toi qui t'offres le luxe d'une crise d'adolescence à laquelle je n'ai pas eu droit. J'ai lu ton mail à propos de ton éditeur. J'ai lu ceux de maman. Je n'ai pas répondu. Je suis loin de vous et ça me convient très bien. Si je décroche, j'en ai pour une heure. Mon téléphone regagne ma poche.

J'ai compris assez tôt qu'il faudrait que je m'éloigne. Juste après la séparation de nos parents, en fait. J'avais treize ans. Papa embrassait sa nouvelle vie de célibataire séducteur et refusait d'être un père. Maman allait mal et me confiait sa peine. Je devais vous protéger de sa dépression, toi et Tristan. Toi, surtout, encore petite. C'est vite devenu pesant. Alors j'ai tracé ma route. Dans ma tête, d'abord. J'écoutais maman lorsqu'elle s'épanchait mais j'étais ailleurs. Je ne me laissais plus atteindre. Dès que possible, j'ai aussi mis de la distance physique entre nous. Je suis parti à Rennes pour mes deux premières années d'études. Et puis l'an dernier, j'ai choisi une école à l'autre bout de la France.

En atteignant mon palier, je me fige. La pièce dans laquelle j'habite est coincée entre trois greniers, sous les combles d'un immeuble bourgeois de centre-ville. Sur le palier poussiéreux, ma porte est entrouverte. J'avance. Pousse le battant à la serrure fracturée. Le sol du studio est jonché de vêtements et du contenu des tiroirs renversés.

— Putain… Putain !

Ça m'est déjà arrivé l'hiver dernier, les cambrioleurs avaient emporté mes rares possessions à la valeur toute relative : une chaîne en or, une médaille… Ils avaient si peu trouvé à se mettre sous la dent que – de dépit, j'imagine – ils avaient aussi pris le four micro-ondes et mon sac de randonnée, ce qui m'avait vraiment énervé parce que j'en avais besoin. En revanche, ils avaient raté mon ordinateur portable, refermé sur ma table au milieu d'une pile de pochettes cartonnées. Pas cette fois. J'ai laissé l'ordinateur sur le lit ce matin et il n'y est plus. Je pense aux projets scolaires que je n'ai pas sauvegardés. Quel con !

Je passe à l'action. Je suis rodé, à présent. J'appelle la police pour qu'ils constatent l'effraction, je mets mon propriétaire au courant, puis j'envoie un message à Valentine. « J'arrive », répond-elle aussitôt. Ça me soulage de la savoir bientôt entre ces quatre murs qui ne sont plus vraiment les miens depuis que des étrangers se sont autorisés à fouiller mon intimité.

Valentine. Elle est une année au-dessus de moi, dans la même école. Tous les deux enfants de divorcés, nous n'avons pas d'illusions sur les relations amoureuses. Le « pour toujours », on n'y croit pas. Mais on a envie de construire quelque chose ensemble. C'est la première fois que j'ai cette envie-là avec quelqu'un. On partage le même pragmatisme, un bon sens qui nous guide à travers l'existence. Toi, Manon, tu dirais que je suis « terre à terre » et, dans ta bouche, ça sonnerait comme un jugement négatif. C'est facile d'être insouciante quand on a été protégée de tout.

Je m'assieds, balaye la chambrette du regard. Elle ne fait même pas les neuf mètres carrés réglementaires. Il y a un canapé convertible, une douche dans l'angle, un grand placard. C'est à peu près tout. L'avantage, c'est que ma bourse et les APL couvrent largement mon loyer. Pour le reste, je fais gaffe. Je ne me plains pas, je sais que, d'ici deux ans, mon salaire me permettra de m'offrir tout ce dont j'aurai besoin et même plus. En attendant, je fais avec. Mais bordel, deux cambriolages en un an et demi, lorsqu'on n'a déjà rien, ça fait beaucoup !

Je jette un coup d'œil à mon téléphone.

Quand ça m'est arrivé l'an dernier, c'est maman que j'ai appelée en premier, et elle est venue le week-end suivant. Ça m'avait fait du bien. Là, je n'ai pas besoin de son aide, mais je crois que, pour une fois, j'ai envie de l'entendre.

Elle décroche juste avant que je bascule sur sa messagerie.

— Bonjour, mon grand ! Comment vas-tu ?

— Bah, je me suis fait cambrioler.

— Encore ? s'étrangle-t-elle

— Ouais. Ils ont pris l'ordi.

— C'est pas vrai… C'est pas vrai…

— Il n'y avait plus que ça, en même temps.

— Tu as appelé la police ?

— Oui, ils vont venir.

— L'assurance devrait te rembourser l'ordinateur, tu as encore la facture ? Tu as le numéro de la MAIF ?

— J'ai tout.

— Oh là là, mon grand… Deux fois… Je suis vraiment désolée. Comment tu te sens ?

— Ça va. Ça va.

Je reconnais les pas de Valentine dans le couloir. Elle apparaît à la porte, observe les lieux avec cette colère calme qu'elle affiche toujours face aux injustices. Je désigne le téléphone, esquisse une mimique d'excuse qu'elle balaye d'un haussement d'épaules. Elle s'installe à côté de moi, pose un bisou sur ma joue, m'enlace.

Maman monologue dans mon oreille. Ça y est, c'est déjà de toi qu'elle parle, comme si le cambriolage était derrière nous alors que je suis assis au milieu de mon appartement retourné.

— Tu te souviens de ce que je t'ai écrit concernant Manon ? Ce qui m'inquiétait dans les échanges avec son éditeur, quand ils évoquaient un traumatisme ? Elle a bien vécu des attouchements. Il s'agit de Luc, le fils de Rodolphe.

— Ah.

— Ton père est revenu avec elle. Là, il vient de l'accompagner au surf. On ira au commissariat lundi.

— OK.

La nouvelle me laisse sans réaction. Comme un petit animal que j'examinerais sans savoir comment interagir avec lui. Enfant, j'étais à mille lieues d'imaginer que ce genre de choses pouvait arriver. Même le divorce, je ne l'ai pas vu venir, alors ça ? Ça n'appartenait pas à mon univers.

Luc, je le connais, on a passé pas mal de vacances avec sa famille. Ça ne fait pas de lui un ami. C'est juste un garçon de mon âge que j'ai vu grandir. Mais toi… Toi, tu es ma petite sœur. Ma petite chieuse que je ne peux m'empêcher d'aimer malgré l'agacement que tu provoques souvent en moi.

Tu n'as peut-être pas été protégée de tout, finalement.

Et puis je réalise :

— Papa dort à la maison ?

— Hmm. Oui.

— OK.

C'est bien la première fois depuis leur séparation qu'elle l'autorise à mettre un orteil dans cette maison qu'elle a achetée sans lui, cette maison de l'après.

— Je te laisse, maman. Valentine est arrivée et je crois que j'entends les flics dans l'escalier.

— Bon. Je suis contente que tu ne sois pas tout seul. Tu me tiens au courant pour l'assurance ? Je pense fort à toi. Courage, mon grand…

— Ouais. Toi aussi. À bientôt.

—

De : Gérald **⊲ 06/11/2004 à 08:27**
À : Manon
Objet : Désir sexuel

Bonjour, Manon,
Ton dernier sms m'écœure. Tu es odieuse d'écrire ça. Comment peux-tu réduire au sexe ce que je pense de notre relation ? Le désir sexuel en est une simple composante. Elle n'est pas la plus importante, et de loin !!! C'est surtout la portée symbolique de la sexualité qui me bouleverse : une communication totale qui se passe de mots. J'ai aussi la crainte que, si ce désir n'est pas ressenti par l'autre, ce soit de l'amour platonique, et dans platonique, il y a « plat ». Le véritable Amour est indissociable du désir sexuel. C'est même toi qui me le dis (voir fichier joint, j'ai répertorié tous nos échanges dans lesquels tu m'assures de ton désir et dans lesquels tu me le prouves). Je t'ai aussi transféré trois mails.
Je t'envoie ce florilège pour que tu te replonges dans le contexte de notre relation que tu sembles, au retour de chez ton père, avoir tout à fait oublié. Ça commence le 25 juillet. Tu relis attentivement, et après tu reviens sur le net pour me dire les yeux dans les yeux, la main dans la main et cœur à cœur que tout ça, c'était du pipeau.
Je cite ton mail « Transparence » (j'adore ton sens de l'humour) : « Il y a une chose que je n'ai jamais osé ou su t'avouer, c'est que, même si je ressens un désir physique (envie de me blottir, envie qu'on se serre fort), je n'éprouve pas de désir sexuel pour

toi. » Pas de désir sexuel ? Donc tu me mens depuis le 25 juillet ? Chapeau, tu as bien intégré tes cours de théâtre, tu possèdes à fond l'art du mensonge. Et tu te rends compte qu'oser te revendiquer de la transparence, aussi bien dans le titre de ce mail que dans nos échanges depuis des mois, c'est… c'est… dégueulasse.
J'avais réussi à ne pas pleurer, j'étais très calme en écrivant, mais là je m'écroule. Ma vision du monde est réduite à un chaos de forces obscures.
POURQUOI M'AS-TU MAILÉ LE 2 JUIN SI C'ÉTAIT POUR ME FAIRE ÇA ? J'avais confiance en toi…
Tu étais mon rayon de soleil, l'espoir de voler enfin un peu.
Tu m'as tué, Manon, de la pire façon qui soit.

De : Gérald **⊲ 06/11/2004 à 09:47**
À : Manon
Objet : État d'esprit

Je voudrais te confier mon état d'esprit :
Je t'Aime, Manon, et je suis là. Je ne peux pas vivre sans toi, et toi, je ne pense pas que tu puisses vivre sans moi non plus. Il faut essayer de sauver notre relation. Cela ne va pas être facile car tu as renié tout ce qui en faisait la beauté : la transparence, la sublimation de notre (je dis bien NOTRE) désir sexuel, la confiance, la protection… Tu as tout foulé au pied. Nous étions en train de créer quelque chose d'unique, de magnifique, de pur, de hors norme, dans lequel nous pouvions être chacun entièrement soi dans le

regard de l'autre. « Pour moi on est libre quand on accepte de faire vivre toutes les facettes qu'on a en nous. » C'est toi qui m'as dit ça. J'ai accepté, sur tes conseils, de faire vivre la facette « désir sexuel ». On avait trouvé une voie pour l'explorer dans le désir de chacun, simplement en la disant, en l'assumant. Voilà le résultat.
Cette position que tu m'imposes n'est pas la tienne. Elle porte la signature de ton père, jusque dans les mots qui ne sont pas les tiens ! Souviens-toi. Son problème était qu'il ne comprenait pas notre désir de nous voir (physique, donc) et le tien était de savoir comment lui expliquer ça sans évoquer notre désir sexuel. Fastoche : il t'a démontré que tu n'avais pas de désir sexuel pour moi. Et toi, tu t'es laissé convaincre, au mépris de ton cœur, au mépris de tout ce que nous nous sommes confié et avons vécu. Il est beaucoup plus habile que ta mère, il a réussi là où elle te braquait : pour te prouver que je te respecte et que je te protège, il faut que j'accepte de ne plus te voir en privé. Quelle subtile dialectique ! Et si je refuse de venir à Vannes comme prévu, ça veut dire que je n'ai que le sexuel en tête, comme tu me l'as asséné par texto.
Il n'a pas mis en cohérence tes actes avec ce que tu ressens et ce que tu veux. Il les a mis en cohérence avec ce que lui veut. Et comme tu es très forte pour réécrire, pour t'aveugler, la boucle est bouclée. Par ailleurs, tu essayes d'éviter tout débat, tu m'enjoins de ne pas « discuter ta décision ». C'est du diktat, car tu n'es pas sûre de toi, au fond.

Tu es perdue, Manon, et tu refuses l'éclairage de mon phare. Dans combien de temps te diras-tu que tu as fait une connerie ?
Ton Gérald qui t'Aime malgré toi

De : Gérald **⊲ 06/11/2004 à 12:22**
À : Manon
Objet : RE : Transparence

Manon,
Il m'a fallu plusieurs heures pour répondre à ton mail d'hier soir. Notre histoire est ce que nous en avons fait. Elle a été magnifique tant que tes parents ne s'en sont pas mêlés. Maintenant, elle est pitoyable. Tu n'as pas la carrure de tes rêves, désolé d'enfoncer le clou.
Tu m'as poussé à t'exprimer mon désir parce que tu n'OSAIS PAS m'avouer que ça te dérangeait ? N'importe quoi. Tu as toujours su dire ce que tu voulais. Tu as clairement indiqué qu'on ne ferait jamais l'amour – ce qui me faisait souffrir, tu le sais. Et pour quelqu'un qui n'osait pas, tu y prenais un sacré plaisir et tu en redemandais !
Redis-moi dans les yeux que tu n'as jamais eu de désir sexuel pour moi. Tu n'en as jamais eu ? Tu n'en as pas ? Tu m'aimes comme un grand frère ou je ne sais quelle connerie de ce genre ? Alors c'est qu'il n'y a pas eu d'Amour avec un grand A. De ta part, bien sûr. De la mienne, je peux garder la tête haute. C'est toi qui saccages tout.
Avec tristesse, je découvre que ta mère avait raison : tu es une gamine, au sens où tu n'assumes pas la

responsabilité de tes actes, tu as joué dans une cour qui était trop grande pour toi, tu es dans la passion-Kleenex.
Être dans mes bras va « infiniment te manquer » ?
Ne t'en fais pas. Tu t'en remettras dans les bras de quelqu'un que tes parents accepteront.
« Nous revivrons peut-être plus tard une relation physique, lorsque je serai certaine que ton désir est véritablement éteint. » Plus tard, oui, quand les poules auront des dents. Ou après tes dix-huit ans ?
Vu qu'il n'y a plus de transparence entre nous, je peux tranquillement te dire « Mon désir est éteint. On reprend nos câlins, chef ? ». C'est pitoyable, tout ça. Et le pire, c'est que tu y crois.
Ne plus te prendre dans mes bras ?
Oui chef bien chef.
Ne plus se voir en privé ?
Oui chef bien chef.
Ne plus t'écrire mon désir ?
Oui chef bien chef. Tu me disais que je pouvais écrire : j'écrivais. Tu me dis maintenant que je n'en ai plus le droit, je n'écris plus. Bête et discipliné, le Gérald.
Mais ce n'est pas parce que tu m'interdiras de l'écrire que je n'en rêverai pas pour autant. C'est toi-même qui m'as dit que les rêves étaient libres et que le réel ne l'était pas.
Je ne viendrai pas à Vannes. Comme ça, ça accréditera la thèse de ton père, comme quoi je ne pensais qu'au cul de sa fille, et ça te rassurera. « Oui, mon petit papa, tu avais raison, heureusement que tu m'as ouvert les yeux. »
Je ne comprends ni ne respecte ta demande de ne pas chercher à te voir. C'est une vraie connerie. Tu es

une grande spécialiste du déni, c'est ce qui te permet de fonctionner. Il a fallu que j'arrive pour mettre à jour le « traumatisme » d'enfance, tu te rends compte ?!!! Et quand ta famille est en jeu, à plus forte raison ton père que tu idolâtres, l'aveuglement est total. Tu fais ton propre malheur en souriant (le mien, je ne t'en parle même pas). Je ne viens pas à Vannes, point. Tu penses ce que tu veux, tes parents pensent ce qu'ils veulent, je n'en ai plus rien à foutre. Oui, je te respecte, mais apparemment je suis le seul. C'est PARCE QUE je te respecte que je conteste ta décision. En revanche, j'obéis, oui chef bien chef. Et puis arrête d'employer le mot respect alors que tu me mens depuis trois mois, et gravement. Tu parles d'un mot que tu ne connais pas. Tu ne te respectes pas toi-même en te bornant à adopter le point de vue étriqué de ton père. Tu es sous la coupe de tes parents. Tu te conduis comme une petite fille de huit ans. Tu affirmes que cette décision n'est pas un abandon de ta part. Oh que si. Tu as choisi de me jeter pour préserver ta quiétude familiale. Tu as pulvérisé notre transparence. Assume. Je ne te crois pas une seule seconde quand tu dis que c'est ce que tu VEUX faire. Hélas, quand tu dis que c'est ce que tu VAS faire, là, je te crois. T'es trop conne. Notre relation était saine. C'est toi qui la rends malsaine maintenant que ton père a vissé cette idée dans ta tête. Je t'Aime comme tu es, et je ne dis pas que tu m'as déçu, tu vois. Tu écris que tu espères que je vais te pardonner. Ça n'a rien à voir avec le pardon. Je t'Aime et je n'ai rien à te pardonner. Mais toi,

tu es vraiment à côté de la plaque. Je préférerais que tu mettes une minuscule à « aimer ».
Je suis là, toujours.
C'est toi qui vois.
Tu peux compter sur moi, à vie, mais moi je ne peux pas compter sur toi.

De : Gérald ◁ **06/11/2004 à 13:13**
À : Manon
Objet : Tu ne peux pas imaginer

Tu ne peux pas imaginer tout ce que j'avais investi en toi, Manon. L'espoir, toute la beauté du monde, le changement, la transparence. J'étais prêt à tous les sacrifices, j'ai cru en toi, j'étais entre tes mains, mais tu n'es qu'une petite fille obéissante, désolé, je ne l'avais pas compris.
Je t'attends, à vie, quand tu auras grandi…
Essaye de venir avant que je meure, physiquement ou psychiquement.
Ton Gérald

De : Viviane ◁ **06/11/2004 à 16:46**
À : Manon
Objet : Comment est Gérald

Salut, Manon,
Gérald est en lambeaux.
Le goéland s'est fracassé contre la falaise à cause d'un « mensonge » auquel tu crois dur comme fer.

Ça a détruit votre équilibre précaire, ça a détruit la transparence, ce concept si fondamental dans votre fonctionnement qui vous permettait de vous comprendre. Ce concept qui, avec toi, pour la première fois, permettait à Gérald de ne plus être esclave de ses angoisses. Il ne cherchait plus de preuve pour avoir moins peur, mais il prenait ses Men In Black à revers en disant : c'est Manon (elle est bien, elle a une magnifique âme) donc c'est bien. Alors ne t'étonne pas si Gérald est brisé. Car avec cette transparence par terre, toute votre relation est à reconstruire, et il ne sait pas si vous y arriverez, ni même si tu en auras envie. Pour lui, son désir de retrouver le bien-être que lui procure votre Amour (avec ou sans sexualité, même fantasmée, car je sais que vous ne l'avez pas vécue physiquement) est une évidence, bien que dans l'immédiat il soit perdu, bien qu'il ait peur, bien qu'il soit terrassé par tout ce qui vient de se passer.
Bisous tendres pour te consoler.
Viviane

De : Gérald **◁ 06/11/2004 à 18:23**
À : Manon
Objet : Pourquoi ?

Manon,
Je n'en peux plus, c'est crise de larmes sur crise de larmes. Viv essaye désespérément de me consoler, mais la seule chose qui se passe, c'est qu'elle pleure à son tour.

Ton mail, c'est le début de la fin de notre Amour. Je ne sais pas pourquoi tu en as décidé ainsi, je croyais qu'on était si bien, blottis l'un contre l'autre. Ben non, j'ai dû rater un épisode… J'ai envie de vomir… Même toi tu penses qu'on faisait quelque chose de mal. Notre Amour, au fil des mois, va devenir amour, puis amitié, puis je ne sais pas… la complicité et la tendresse se fossiliseront. Je ne comprends pas comment tu as pu en arriver là. Comment ton père a-t-il pu te convaincre ? Tes sentiments pour moi étaient si peu profonds qu'il a réussi à les balayer d'un coup d'éponge ?
Je me sens si seul, j'ai si peur. C'est pire que tout parce que tu m'avais fait miroiter ce « Jamais seuls », j'y croyais, mes peurs s'évanouissaient, ma vision du monde évoluait, je commençais à être en accord avec moi-même, tu réussissais par ta présence, par la force de ton Amour, à me faire changer. Et puis voilà qu'en un seul mail, tu détruis tout ce que nous avons construit ; c'est cruel, tu m'as entrebâillé la porte du paradis et tu m'as dit « C'est beau ? Eh bien ce n'est pas pour toi ». Car c'était le paradis, Manon, avec toi.
Il n'y aura plus d'« effet Manon ».
Pourquoi ? Pourquoi me renvoyer dans le froid ?
Je t'Aime.
Je ne veux pas que notre Amour s'arrête, je ne veux pas.
Pourquoi éteins-tu ton phare ?
Je suis dans le noir, mon Amour, je t'en supplie, rallume-toi, je veux vivre…
Ton port d'attache qui guette l'horizon, ton phare qui t'appelle, ton adulte irresponsable et inconscient.

Cinquième partie

—

1

Ce lundi matin-là, Francis frappe à la porte du bureau des enquêteurs et passe sa tête joufflue dans l'entrebâillement. Anne et moi, on l'interroge du regard.

— Il y a… euh, à l'accueil… J'ai des parents et leur fille. Ils voulaient déposer une main courante, alors j'ai commencé à la prendre mais, enfin, ils disent que c'est une histoire de, euh, attouchements. J'ai pensé…

Il est gentil, Francis, mais ce n'est pas la finesse incarnée. Il a au moins l'intelligence de comprendre immédiatement ce qui n'est pas de son ressort.

— Fais-les entrer, je m'en occupe.

— Tu veux que je m'en aille ? propose Anne.

Anne est en stage dans le service depuis six mois. Je lui fais signe de ne pas bouger. Avoir une femme dans la pièce me paraît judicieux.

Vous entrez. Ton père, d'abord, qui serre ma main, puis toi et ta mère. Ton regard est fuyant. Celui de ta mère, fébrile. Je m'attendais à ce que tu sois plus jeune.

Quand Francis a dit « des parents et leur fille », c'est la mienne que j'ai imaginée.

Je me présente :

— Brigadier-chef Stéphane Delaporte. Asseyez-vous, je vous en prie.

Le bureau est étroit. Anne apporte une troisième chaise pour ton père et s'installe à côté de moi. Vous vous entassez de l'autre côté de la table.

— Pouvez-vous m'expliquer ce qui vous amène ?

Vous obtempérez. Tes parents s'expriment à tour de rôle, complètent ce qu'a exposé l'autre, rectifient, précisent. Ils me tendent le document qu'ils ont rédigé. Des mots me sautent aux yeux tandis que je le parcours. « Main sur les seins », « main dans la culotte de Manon pour atteindre le sexe », « introduisait un ou deux doigts dans son vagin », « ça durait chaque fois trois quarts d'heure ou une heure », « c'est la première fois que j'ai tenté de lui résister, je lui ai dit *Arrête*, il a continué ».

— Pourquoi une main courante ? Une plainte serait plus indiquée.

— Manon veut attendre d'être majeure pour signer la plainte elle-même.

— Quel âge avez-vous ?

— Dix-sept. Je viens de les avoir.

C'est la première fois que j'entends ta voix. Tu ne sembles pas intimidée.

— On souhaitait faire une démarche dès maintenant, explique ta mère, puisqu'on sait, vous voyez ? On ne pouvait pas en rester à…

Je vois.

Je demande à tes parents de sortir un moment. Anne les accompagne dans le couloir et revient. Tu me regardes, l'air de te demander à quelle sauce tu vas être mangée, sans être vraiment inquiète pour autant.

— Vous êtes en quelle classe ?

— Terminale.

— Ça se passe bien au lycée ?

— Ça va. Je suis bonne élève.

— Et en dehors ?

— Ça va aussi.

— Vous me confirmez tout ce qui est écrit sur le document rédigé par vos parents ?

— Oui. Après, je ne me souviens pas de tout. Surtout le début. C'est loin. J'étais petite. Et je crois que… enfin, j'ai oublié plein de trucs de mon enfance. Je crois que j'ai *voulu* oublier.

Tu laisses passer quelques secondes, et tu ajoutes :

— La plainte, c'est important pour moi de le faire seule. En mon nom. Je ne veux pas que ce soit mes parents qui signent. Ils n'ont rien vu. Ils auraient dû voir. Je veux le faire seule.

À ce moment-là, je me dis que je vais accepter. C'est un choix réfléchi de ta part, pas un caprice, pas une esquive. Je fais signe à Anne d'aller chercher tes parents qui reprennent leur place.

Je relis le document. M'arrête sur une phrase. « Manon nous dit s'être confiée au mois d'août à Monsieur Gérald Duprat-Moreau, 56 ans, directeur d'une collection de bande dessinée. Celui-ci ne nous a pas informés. »

— Ce… Gérald Duprat-Moreau ?

Tes parents se mettent à parler en même temps, s'interrompent, se jettent un coup d'œil.

Finalement, c'est ton père qui résume en quelques mots ton lien avec lui. Je reste de marbre, même si, intérieurement, je plante un petit drapeau rouge. Et ce petit drapeau supplémentaire pèse sur ma décision.

— Écoutez, je ne peux pas en rester à une main courante, les faits sont trop graves.

Un silence embêté accueille ma déclaration. Toi, tu croises les bras, comme un défi. Tu m'en veux. Tu en veux au monde entier, mais à cet instant, le monde entier, c'est moi.

— Peut-être… tente ta mère. Si elle entamait un travail de psychothérapie ? Est-ce que ça permettrait de temporiser jusqu'à sa majorité ? Ainsi, il y aurait déjà… quelque chose. Manon tient vraiment à signer sa plainte seule.

Le regard que tu glisses vers ta mère est éloquent. Son idée ne te réjouit pas. Et c'est peut-être ce qui me convainc.

— Vous connaissez un psychothérapeute ?

— Il y a le docteur Rivage, du service pour adolescents de l'hôpital de Vannes. Manon l'a vu il y a quinze jours. Il était disposé à entamer un travail si elle le désirait.

— Je ne le désirais pas, souffles-tu, ironique.

Je retiens un sourire.

— Et maintenant, Manon, y seriez-vous disposée ? Si vous vous engagez à ce suivi, je veux bien garder cette main courante sous le coude pendant quelques mois et la transmettre au procureur juste avant vos dix-huit ans. Sinon, je me dois de la transmettre dès maintenant.

Du bout des lèvres, tu lâches :

— Ouais, OK.

— OK, alors.

Nous rédigeons la main courante, que j'imprime pour signature. Les deux exemplaires circulent de ton père à ta mère. Celle-ci me tend les documents.

— Nous pensions écrire à Luc pour le prévenir. Et il va falloir que j'en discute avec son père, nous sommes amis depuis longtemps.

— Attention, madame. À présent, c'est chacun pour soi. Chacun pour son enfant.

— Bien sûr, bien sûr.

— Surtout, dites-en le moins possible. Tout ce que vous direz, ils risquent de l'utiliser pour préparer leur défense.

— D'accord. Oui, d'accord.

Ton père acquiesce. Ta mère s'accroche à mon regard comme à une bouée de sauvetage. Je vois bien qu'ils ne réalisent pas encore. Qu'ils rationalisent, qu'ils jugulent leurs émotions, qu'ils sont un peu perdus face à un monde judiciaire qu'ils ne connaissent pas. Je ne peux pas vous laisser partir sans qu'ils prennent la mesure de ce que tu as vécu.

— Lorsque Manon portera plainte, ce ne sera pas seulement pour attouchements sexuels. Ce sera aussi pour viol. Techniquement, dès lors qu'il y a une pénétration, avec quoi que ce soit, même un objet ou, dans le cas présent, des doigts, il s'agit d'un viol.

Le terme vous secoue tous les trois différemment. Ton visage se durcit ; un pli songeur apparaît entre les sourcils de ton père ; ta mère se fige un instant avant de prendre une longue inspiration qu'elle laisse s'échapper en hochant la tête.

— Oui, dit-elle seulement.

Elle plie avec soin votre copie de la main courante et la range dans son sac à main. En prenant congé, je lui demande de me faire parvenir dès que possible une preuve de ta prise en charge par le docteur Rivage.

— Bien sûr. Merci, merci beaucoup.

— Nous nous reverrons donc dans quelques mois, mademoiselle, dis-je en te serrant la main.

Cette fois, pas d'ironie ni de fuite. Tu redresses le menton, me regardes droit dans les yeux.

— Tout à fait.

— Très bien. Bonne fin de journée.

—

De Manon à Manon | Juillet 2020

Viol.

Lorsque le policier prononce ce mot, ni toi ni tes proches ne l'ont encore employé, Manon. Tu as « vécu des trucs », « subi des attouchements ». Mais des viols ? Jamais tu n'aurais posé ce mot-là. Tu en as, comme beaucoup d'adolescents et trop d'adultes, l'image d'un inconnu dans un parking, de tournantes dans des caves ou de père qui rentre dans une chambre au milieu de la nuit. Tu as les voix de victimes dans ta tête, qui répètent qu'elles se sentent salies – ces victimes qui ne peuvent s'empêcher de prendre une douche sitôt rentrées chez elles et qui ressentent de la honte comme si elles étaient responsables de ce qui leur est arrivé. Un bouquet de clichés que tu as intégré à travers des films, des livres, des témoignages.

Sauf que tu n'as pas honte.

Et que tu ne te sens pas salie.

À peine ces agressions t'ont-elles poussée à te demander si ton sexe était normal, si Luc avait cassé quelque chose en toi durant l'enfance, si tu pourrais un jour devenir mère. Ça ne te semble pas suffisant. Des viols auraient dû jeter en toi une ombre immense, destructrice. Alors tu noircis tes carnets de dessins et de textes dans lesquels tu surjoues la honte, dans lesquels tu explores la souillure, dans lesquels tu te projettes parmi ce chœur de victimes. Seulement, elles ne sont pas toi. Tu ne ressens toujours pas ce que tu es censée ressentir. Tu n'es pas une victime conforme.

Face à une justice auprès de laquelle les victimes non conformes passent mal, tu as trois atouts. Le premier, c'est que tu es blanche, éduquée et jolie. La victime idéale, dans une société qui s'est organisée depuis des siècles pour protéger les gens qui te ressemblent. Le deuxième, c'est que la personne que tu accuses n'a aucune existence médiatique, aucun statut social protégé. Il n'est ni homme politique, ni policier, ni militaire, ni religieux, ni artiste, ni médecin, ni présentateur télé, ni intellectuel, ni journaliste, ni juge, ni sportif de haut niveau, ni grand patron, ni riche. Il ne possède pas d'appuis capables d'étouffer l'affaire. Il vit même légèrement à la marge de la société – mauvais élève, oiseau nocturne, de ceux qui dérangent même lorsqu'ils sont innocents. Bref, l'accusé parfait. Sa mise en cause n'écorche la conscience de personne.

Ton dernier atout, c'est que tu es très jeune. Tu ne te « rends pas encore compte », tu n'as « pas encore pris conscience de ce que tu as vécu », tu as « opéré un clivage efficace qui t'a permis de te construire ». C'est cela qu'ils se disent, qu'ils te diront, tous ces officiels avec ou sans uniforme que tu rencontreras en cours de procédure.

Ils n'ont pas entièrement tort. Et ils n'ont pas raison non plus.

Nous allons prendre la mesure de notre gouffre peu à peu, année après année, amour après amour.

Mais toi, moi, et toutes celles que nous avons été entre temps, à aucun moment nous ne nous sentirons salies.

Et nous n'aurons jamais honte.

—

2

Lorsque nous rentrons du commissariat, tu montes droit dans ta chambre. Perdue dans mes pensées, j'ouvre le frigo, sors de quoi improviser un déjeuner.

— Je peux aider ? propose Antoine.

Je lui désigne la salade, qu'il prépare et lave en gâchant beaucoup trop d'eau.

C'est étrange de le voir se comporter comme si lui et moi étions encore une famille. Désagréable, si je suis honnête. Je n'aime pas l'avoir dans mes pattes. D'autant moins qu'il agit partout comme s'il était chez lui, et s'il y a bien un endroit au monde qui n'est pas chez lui, c'est cette maison. Le voir laver de la salade dans ma cuisine m'horripile.

Je me répète que c'est bien qu'il soit venu et qu'il sera parti ce soir. Je me contiens.

— Il était pas mal, ce flic, non ?

— Oui.

Clair, attentif, concerné. Et puis il a compris à demi-mot le problème de l'affaire Gérald, sans en faire tout un plat devant toi, qui te serais braquée. J'ai surtout aimé comme il a saisi la balle au bond quand j'ai évoqué une psychothérapie en attendant que tu portes plainte. Il en a aussitôt perçu l'intérêt. Contrairement à ton père.

À présent, comme tu me l'as dit dans la voiture, tu n'as plus vraiment le choix de suivre cette thérapie. La contrainte ne vient plus de moi, mais de la police. Tu vas revoir Rivage. Et ça me soulage à un point que tu ne devines sûrement pas.

Enfin, tu vas avoir un espace de parole détaché de moi. Enfin, je peux me décharger d'une partie de ce que j'assume depuis des semaines. Enfin, quelqu'un d'autre va m'aider à te protéger. Quelqu'un de neutre, d'extérieur. Ça devenait vital.

On déjeune tous les trois dans un silence relatif. Ton père fait la conversation. Tu me lances un sourire tendre. L'atmosphère s'est détendue au cours du week-end, et plus encore depuis le dépôt de la main courante. J'ai envie de croire qu'on est sur la bonne voie.

Évidemment, sitôt ton yaourt englouti, tu remontes te terrer dans ton antre d'ado. Antoine et moi, on se colle aux courriers. Celui au docteur Rivage est le plus simple. Tellement simple que je le rédige presque seule, bien qu'on le signe à deux.

Ton père relit des échanges mails que tu as eus avec Gérald. Il secoue la tête.

— Parfois, je me demande qui manipule l'autre.

— Ce n'est pas la question. Peut-être qu'elle le manipule aussi. La différence, c'est que c'est une adolescente, et lui, un homme mûr. Il devrait détecter ses tentatives de manipulation, ne pas entrer dans son jeu, garder ses distances. C'est comme cela qu'un adulte responsable est censé réagir.

— Oui. Oui, évidemment.

Nous rédigeons un courrier destiné au directeur de la maison d'édition pour laquelle travaille Gérald Duprat-Moreau. Il paraît essentiel à ton père qu'ils sachent ce qui se passe et, ne connaissant pas le milieu de l'édition, nous avons besoin qu'ils répondent à certaines questions.

Pour la lettre à Luc, nous débattons davantage. On rature, on froisse les feuilles, on reformule. En dire le moins possible, c'est ce qu'a conseillé le flic. Il est près de seize heures lorsqu'on termine. La lettre fait quatre phrases. C'est suffisant.

Je sais que Luc vit chez ses parents en ce moment, et que Rodolphe et Elsa partent quelques jours en vacances. Il sera donc seul dans leur maison de Saint-Germain lorsqu'il recevra le recommandé.

— Pour Rodolphe, je te laisse faire, hein ? vérifie Antoine.

Je soupire.

— Oui. Je vais attendre de recevoir l'accusé de réception. Que Luc ait la possibilité d'en parler le premier à ses parents.

— D'accord.

— Je suis sûre que Rodolphe va réagir par téléphone. Je n'ai aucune envie de lui répondre…

— Ne lui réponds pas. Un courrier suffit.

— Non, je ne peux pas lui faire ça. Ce n'est pas lui le coupable.

Antoine laisse échapper un « humpf » dubitatif. Et il a un peu raison. Rodolphe a élevé Luc. Ou plutôt, Rodolphe a laissé Luc grandir à côté de lui en lui accordant autant d'affection qu'un arbre en aurait pour une mauvaise herbe. Mais je ne peux tout de même pas lui faire porter la responsabilité de ces attouchements.

Viols, je me reprends intérieurement. Ces viols.

— Je lui répondrai une fois. Pas deux. Je vais rester très vague dans le courrier et si, lorsqu'il m'appelle, son fils ne lui a rien dit, j'indiquerai juste qu'il s'agit de Luc. Rien de plus.

Ton père opine, comme s'il trouvait cette décision raisonnable.

— Bon, dit-il. Qu'est-ce qu'on fait par rapport à Gérald ?

—

Vannes, le 8 novembre 2004

À Monsieur Rivage
Centre de consultation pour
adolescents de l'hôpital de Vannes

Face aux événements auxquels Manon se trouve confrontée actuellement et dont les documents joints sont un des éléments (ceux que Manon nous a autorisés à vous communiquer), il est indispensable et urgent pour nous d'agir pour la protéger. Nous ne pouvons le faire sans l'assurance qu'elle sera aidée et qu'un travail se mettra en place. Nous souhaitons qu'elle puisse le faire avec vous. Elle accepte de vous rencontrer à nouveau, tout en disant qu'elle n'a pas vraiment le choix.

Pouvons-nous vous appeler pour fixer un rendez-vous ?

Avec tous nos remerciements,

Antoine Bruyère et Pascale Cousin

—

Vannes, le 8 novembre 2004

À Monsieur Paul Jeansaint
directeur des éditions Le Singe Vert.

Notre fille Manon, âgée de dix-sept ans, a pris contact avec M. Gérald Duprat-Moreau lors du dernier salon du livre de Vannes. Ayant entrepris l'écriture et l'illustration d'une bande dessinée, elle lui a demandé conseil.

Manon s'est fortement investie, tant dans la réalisation de cet ouvrage que dans la relation avec M. Duprat-Moreau, qui a largement dépassé le cadre de l'écriture (déplacements à Vannes avec sa femme afin de rencontrer Manon à notre insu ; nuit à l'hôtel ; messages sms et mails incessants ; envoi de recharges téléphoniques…). Nous nous posons la question de la place de la bande dessinée qu'elle écrit. En tant que parents, cela nous inquiète fortement et nous cherchons à protéger notre fille.

C'est pourquoi nous voudrions un certain nombre de renseignements :

1) Quand et comment se passe la signature d'un contrat pour l'édition d'un livre ? Monsieur Duprat-Moreau a avancé une date pour la parution (printemps 2006) et une somme (environ 3 000 euros). Manon est mineure et ne peut pas être considérée comme une professionnelle. Nous l'encourageons dans son entreprise et nous souhaitons que son livre soit protégé mais, vu son jeune âge, il nous semble prématuré de faire miroiter de telles perspectives sans aucune garantie.

2) Comment se fait le recrutement des auteurs ? Quelle est la fonction du responsable d'une collection ? Quelle déontologie s'applique, en particulier lorsqu'il s'agit de travailler avec une adolescente ? La relation que M. Duprat-Moreau entretient avec notre fille et la fonction pédagogique d'accompagnement d'une jeune illustratrice sont-elles compatibles ? Qui est garant de l'éthique attachée à la fonction de responsable d'une collection ?

Vous pouvez nous contacter par courrier ou par téléphone. Un rendez-vous sur Paris est envisageable avec le père de Manon. Nous ne doutons pas qu'une maison d'édition dont certains ouvrages s'adressent aux adolescents, consciente de sa responsabilité, saura comprendre notre inquiétude de parents.

Dans l'attente de votre réponse, recevez, monsieur le directeur, l'assurance de nos sentiments distingués.

Antoine Bruyère et Pascale Cousin

—

Vannes, le 8 novembre 2004

Luc,

À la suite des révélations de Manon à propos des actes que tu as portés sur son corps, nous avons été obligés de déposer, ce jour, une main courante au commissariat de Vannes. C'est un premier pas pour permettre à Manon de se reconstruire.

Nous avertissons par ailleurs tes parents de la nécessité de mettre de la distance entre nos deux familles.

Nous tenions à t'informer de cette démarche.

Pascale Cousin et Antoine Bruyère

—

3

— Avant que je m'en aille, on va établir des règles. Quand il n'y en a pas, la tentation de rencontrer Gérald en secret est trop forte, tu en as convenu.

Tu m'observes, méfiante. Ta mère croise les jambes à côté de moi.

Je lance :

— On veut savoir où tu es à tout moment. On a bien vu ces dernières semaines qu'on ne pouvait pas te faire confiance, et la confiance, lorsqu'elle est brisée, il faut du temps pour la réparer. Il va falloir que tu nous montres que tu en es digne. Tu comprends ? Donc, à partir de maintenant, tu rentres directement à la maison après ton dernier cours. Et pour tes activités, c'est pareil.

— Je peux pas voir mes potes ?

— Tu les vois au lycée et pendant les activités. En dehors, pas pour le moment, non.

— Génial.

— Concernant l'ordinateur, c'est ta mère qui décidera quand tu peux y aller ou non.

— J'en ai besoin pour bosser sur ma BD !

— On va s'organiser, intervient Pascale.

Tu soupires.

— Et le portable, jusqu'à nouvel ordre, c'est maman qui le garde.

— Sérieux ? Non mais putain ! Y en a marre, là !

Tu as bondi, le visage en avant comme une boxeuse.

— Manon, tu te calmes, tu baisses d'un ton.

— Attends, proteste Pascale, tu ne voudrais pas en plus qu'elle soit contente ? Elle a le droit de s'énerver.

Je jauge mon ex-femme, estomaqué. On s'était mis d'accord pour faire front commun, une parentalité unie, pour une fois. C'est raté.

— Quoi ? insiste-t-elle. On restreint ses déplacements, on surveille ses communications, on lui supprime le téléphone ET on la bâillonne ? Laissons-la s'exprimer, même si c'est en criant.

Soit. Crions tous, c'est vrai que c'est le meilleur moyen de communiquer ! Je repousse mon agacement, vous écoute parlementer. Ta mère te promet de « reconsidérer la situation au jour le jour ».

— Tu n'as plus aucune concentration pour rien, ma grande, je le vois bien.

J'ajoute :

— Et puis c'est l'année de ton bac.

— Je l'aurai, mon bac.

— Oui, approuve Pascale avec fierté. La question est plutôt de savoir avec quelle mention tu l'auras.

Tu jettes un coup d'œil amusé à ta mère. Vous faites bloc. J'ai presque l'impression d'être l'ennemi. Étrange à quel point tu te comportes différemment lorsqu'on n'est que tous les deux. Tu es capable de la critiquer avec une violence acérée. Et là, elle est soudain ta meilleure amie. Est-ce parce que tu sens qu'il est plus facile de la manipuler que moi ? De la prendre par les sentiments ?

Et c'est pareil la concernant. Seule à seul, on peut discuter et se mettre d'accord. Dès qu'on est avec toi, Pascale remet tout en question. Pourquoi m'a-t-elle demandé de venir, franchement ? À quoi ça sert, si c'est pour ne pas accepter mon arbitrage ?

Tu remontes t'enfermer dans ta chambre.

— Je vais prendre un petit kawa avant de partir.

Pascale m'accompagne dans la cuisine, me laisse me servir.

— Ça va être difficile à tenir au quotidien, observe-t-elle.

— Il ne faut pas que tu lâches. Les règles sont posées, il n'y a plus qu'à les maintenir.

— « Plus qu'à », ironise-t-elle. Je ne peux pas être constamment en train de la surveiller. Je travaille. Et même le reste du temps, je ne vais pas devenir sa geôlière, c'est ridicule. Je suis sa mère.

Je ne commente pas. Quoi que je dise, j'aurai tort.

Je monte te dire au revoir dans ta chambre. Tu n'y es pas.

— Grenier ! lances-tu.

Un escalier métallique en colimaçon m'entraîne jusqu'à une pièce mansardée à côté de la chambre de Iouen. Tu m'expliques que, depuis son départ, tu as annexé les lieux. Tu y fais tes devoirs et, surtout, tu y dessines. J'observe les croquis qui parsèment la vaste planche sur tréteaux qui te sert de bureau. J'ai vu le début du storyboard de ta bande dessinée parce que ta mère l'a exigé il y a quelques semaines, mais c'est à peu près tout. Ton trait a tellement évolué depuis l'époque où, petite, tu m'offrais des dessins que je faisais semblant d'admirer. Je n'ai plus besoin de faire semblant. Visages et regards me cueillent. Ils exigent mon attention.

— Il y aura de la couleur ?

— Très peu.

J'avise un tabouret pliant dans un coin, m'y installe.

— Tu sais, je comprends que toutes ces interdictions te mettent en colère. Tu as un deuil à faire. Celui de ta relation avec Gérald – telle qu'elle était, du moins. Tu as déjà entendu parler des étapes du deuil ? (Tu esquisses une petite moue.) C'est une psychiatre qui a théorisé ces étapes, il me semble. Elle dit que, pour chaque deuil, on passe par une phase de déni, on ne veut pas y croire. Et puis on regarde la situation en face, et vient la colère, avec de la culpabilité, parfois. Après, il y a une phase de marchandage.

— Comment ça ?

— Eh ben… on tente de négocier. Par exemple, une personne malade va essayer de marchander avec ses médecins pour qu'ils la maintiennent en vie jusqu'à un événement important. Ou, dans le cas d'une rupture, ça peut être le moment où l'un revient vers son ex pour tenter de se remettre ensemble à telle ou telle condition, tu vois ? Tu es en plein dedans, je crois. La colère et la négociation.

— Hmm.

— Ensuite, elle parle de dépression. De tristesse. Et enfin, d'acceptation, qui vient lorsque la personne a réorganisé sa vie en prenant en compte sa perte. Ce n'est pas si simple, évidemment, on peut passer par ces phases dans un autre ordre, elles sont plus ou moins longues selon la personne et la situation… Je t'enverrai un article qui en parle, je l'ai découpé l'autre jour.

— Si tu veux. Tu pars, là ?

— Oui, j'ai de la route.

— OK.

— Je sais que ta relation avec ta mère n'est pas évidente. Tu peux toujours m'appeler, hein ?

Pour toute réponse, tu m'offres un sourire qui manque de sincérité. On se lève. Je te serre contre moi. Tandis que j'embrasse tes cheveux, mon regard dérive sur tes dessins éparpillés. Ils me sont aussi intimes qu'inconnus.

Il y a tant de toi que j'ignore.

4

— Viens, dit Viviane d'une voix douce. Assieds-toi, ça fait quatre heures que tu marches de long en large…

— Je ne peux pas rester immobile. Je ne peux pas.

Ton silence me rend fou, Manon. Je relis pour la centième fois ton message de ce midi. « On a été au commissariat déposer une main courante. J'ai pas mon téléphone. J'essaye de te mailer tout à l'heure. Je t'M. »

Le commissariat. Je t'ai envoyé une salve de sms pour savoir de quoi il retournait. Ils sont restés sans réponse. Pourtant, tu me l'as bien envoyé, ce texto, tu as trouvé le moyen d'accéder à ton téléphone en cachette. Tu pourrais recommencer, juste quelques mots pour me rassurer, bordel !

Je gémis :

— Qu'est-ce qu'ils ont été faire au commissariat ?

Je ne veux pas inquiéter Viviane outre mesure, mais c'est impossible, l'angoisse déborde. On a émis des hypothèses, décortiqué la situation.

— Ça doit être par rapport à ce qu'elle a vécu enfant, répète Viviane.

Elle feint une assurance qu'elle ne possède pas. Tu as tout raconté à ton père quand tu étais chez lui. À aucun moment tu ne m'as parlé de dépôt de main courante ou je ne sais quoi impliquant la police. Or ton père est capable de te retourner le cerveau en l'espace de quelques jours. Ton dernier mail en est une preuve supplémentaire. Je t'ai mise devant une contradiction criante, alors tu tords les mots et les idées pour qu'ils épousent la vision qu'a ton père de notre relation. Tu t'oublies complètement. Il pourrait te convaincre de n'importe quoi. Il te dit saute, tu sautes. C'est pathétique. Mais c'est une réalité avec laquelle je dois composer.

Et si tes parents avaient déposé cette main courante contre moi et Viviane ? Et si… Je n'ai plus confiance. En rien. Mon cerveau est en roue libre. J'en ai conscience, sans être en capacité d'interrompre le mécanisme. J'imagine une convocation par la police, une garde à vue, une enquête. Je nous imagine, Viviane et moi, virés de l'Éducation nationale. Viviane, si jeune encore, malade, mise au placard par précaution. Et la collection que je dirige ? C'est ma vie, la bande dessinée ! Ce genre d'accusation peut faire d'énormes dégâts. Tout ça à cause de cul-serrés drapés dans leur bien-pensance de merde !

— Et je dois faire cours demain… Je ne suis pas en état…

— Peut-être que ça te fera du bien de te concentrer sur autre chose ?

— Je suis obsessionnel ! Je ne PEUX PAS me concentrer sur autre chose, tu le sais, enfin ! Tu me connais !

— Ne me crie pas dessus.

— Pardon, pardon. Oh, Viv, pardon…

J'éclate à nouveau en sanglots. Je me réfugie dans les bras de Viviane.

— Comment est-ce qu'elle peut… Manon… Comment est-ce qu'elle peut me faire… tout ça ?

Viviane embrasse mon front, masse mon cuir chevelu. Je m'abandonne un instant à ses caresses, épuisé. Et puis je me dégage, me relève, reprends les allers-retours du bureau au salon.

C'est le lendemain midi que j'ai enfin de tes nouvelles. Je viens de rentrer de mes cours, que j'ai assurés dans un état second. Je m'assieds à mon bureau et le « ding » caractéristique retentit. Je ne connais pas cette adresse mail mais je comprends aussitôt que c'est toi. J'ouvre. Tu m'écris de l'ordinateur du CDI. Tu dois dissimuler ton écran pour que la documentaliste ne voie pas que tu es sur une messagerie. Tu soupçonnes tes parents d'avoir fouillé tes mails. Tu n'en es pas certaine, ce sont juste des détails qu'ils ont mentionnés et dont ils semblaient très sûrs. Trop sûrs. Ça ne m'étonne pas, ils n'ont aucun respect pour ton intimité. Heureusement que tu avais fait le ménage…

Tu as donc créé une nouvelle adresse mail dont ils ignorent l'existence. Pour tout ce qui concerne la bande dessinée, on garde l'autre afin de ne pas éveiller leurs soupçons par un arrêt brutal de notre correspondance, tout en gardant bien à l'esprit qu'ils liront peut-être. Cette adresse-ci est pour tout le reste.

« Pour tout le reste. »

Ces simples mots m'arrachent un frisson.

Je m'empresse de te répondre à cette nouvelle adresse, pose la question qui me brûle les doigts. La main courante, c'était pour Luc ?

« Oui. Ils voulaient porter plainte. Moi je préfère attendre. »

Soulagement intense.

Tu me dis que tu devrais récupérer ton téléphone à un moment. Tu ignores quand. Comme si on pouvait nous empêcher de communiquer ! C'est débile. Une euphorie timide pétille dans ma poitrine. Tu es là, de l'autre côté de l'écran, libérée de tes parents. Tout redevient possible. Bien sûr, il y a tant à démêler, à réparer. Mais il me semble enfin que le mur devant lequel je me trouvais depuis samedi s'effrite, m'offrant une trouée de lumière et d'horizon. Cette messagerie est un espace qui n'appartient qu'à nous. Un espace que tu as créé *pour* nous.

Tu ne peux pas rester longtemps, tu as un atelier ce midi. Bientôt, écris-tu, bientôt nous reprendrons nos échanges. Je murmure ton prénom, juste pour le plaisir de le sentir s'enrouler dans ma bouche.

Manon, ma Manon…

—

Extrait de procès-verbal, déposition de Tristan BRUYÈRE, deuxième frère de la victime, entendu par Cécile SIMONNET, capitaine de police en fonction à la Brigade de Protection des Mineurs de PARIS, le 11 mai 2006.

QUESTION : Comment pourriez-vous décrire le climat familial qui ressortait dans la famille ESTIENNE ?
RÉPONSE : C'est difficile à dire. C'était une famille assez différente de la nôtre. Nous, on a tendance à se disputer pour des détails, alors que chez eux, il y avait plutôt des silences éloquents. J'ai toujours trouvé chez les ESTIENNE une certaine théâtralité dans leur manière de parler. On ne savait pas exactement ce qu'ils pensaient. Ce qui pouvait rassembler nos familles, c'était le côté intello. Ce sont des gens qui aiment la culture, comme nous. On passait beaucoup de temps à table et on parlait théâtre, cinéma, musée…

5

Un mardi d'automne, je suis seul à la maison lorsque je reçois le recommandé de Pascale et d'Antoine. Je l'ouvre dans ma chambre, cette chambre d'ado que j'ai retrouvée depuis que je me suis séparé de Sonia au début de l'été. Je replie le courrier aussitôt lu et l'enfouis dans la poche intérieure de ma veste en jean.

Je l'oublie là. Je fuis la maison de mes parents, je squatte chez Annabelle, collègue et copine – enfin je crois, disons qu'on couche ensemble depuis quelques semaines. J'enchaîne les services au restaurant, m'écroule sous la couette d'Annabelle, ouvre à peine un œil lorsqu'elle se lève quelques heures plus tard, dors le plus clair de la journée, me réveille juste à temps pour travailler.

Mais jeudi, alors que je traverse Paris et sa banlieue pour rentrer chez mes parents à Saint-Germain, la lettre brûle contre ma poitrine. Je la relis en prenant soin de dissimuler son contenu aux autres passagers du train. Des images affluent, des sensations. Ton corps assis sur le mien, Manon. Mes gestes clandestins. Une boule m'obstrue la gorge. *Nous avertissons par ailleurs tes parents*. J'inspire un grand coup.

En arrivant, j'embrasse ma mère.

— Ton père ne va pas tarder.

Et en effet, j'ai à peine déposé mon sac à l'étage que sa voix me parvient. Je m'apprête à descendre le voir et je me retrouve un instant figé sur le seuil de ma chambre à regarder la porte d'en face. Je la pousse. Elle donne sur une pièce minuscule, un placard que nous avons toujours appelé « le grenier ». Tu dormais là quand tu venais. Il y avait à peine la place pour ton matelas et, au niveau de ton oreiller, une étagère pleine de bandes dessinées que tu dévorais. Je referme précipitamment la porte, m'engouffre dans l'escalier.

Je trouve mon père au salon.

— Bonjour.

— Bonjour, mon fils. Tu vas bien ?

— Hmm. Je peux te parler en privé ?

Il me dévisage.

— Allons dans mon bureau.

Je le suis. Enfants, moi et mon frère aîné étions tenus éloignés de cette grande pièce aux boiseries sombres. Elle était le domaine exclusif de mon père. Je ne m'y suis jamais senti à mon aise, peut-être parce que j'y étais convoqué uniquement pour me faire engueuler et avoir des discussions sur mon avenir – ou sur mon absence d'avenir. Je ne suis pas à ma place dans ce genre d'endroit. Travailler en silence derrière un bureau est ma définition de l'enfer. Je m'assieds pourtant en face de mon père. Je retourne la lettre entre mes mains. J'annonce :

— Ça concerne Manon.

— Manon ? répète-t-il.

Je lui tends le courrier. Je vois ses yeux faire de rapides allers-retours, comme s'il relisait certaines phrases.

— Les « actes que tu as portés sur son corps » ? articule-t-il. Sais-tu à quoi Pascale fait référence ?

— Oui, je crois.

— C'est quoi, ces « actes » ?

— Des… attouchements.

Il me regarde. Je baisse les yeux.

— C'était quand ?

— Ici, à Noël.

Il me rend la lettre, se renfonce dans son grand fauteuil ergonomique matelassé de cuir, expire bruyamment.

— Alors, tranche-t-il, si cette affaire a des suites pénales, il faudra assumer. Tu auras mon soutien.

J'acquiesce. Ces simples phrases ont à la fois rapproché et éloigné l'épée de Damoclès que tes parents ont brandie au-dessus de ma tête. Rapproché, car je ne peux plus me défiler. Éloigné, car si tu vas au procès, Manon, mon père sera à mes côtés.

— Merci, dis-je avant de quitter le bureau.

Nous n'aborderons plus le sujet.

6

L'accusé de réception du courrier recommandé que nous avons envoyé à Luc est dans ma boîte aux lettres. Je fixe un instant le récépissé. J'ai du mal à démêler ce que je ressens, mais ce qui prime est une forme d'urgence. Il y a quatre jours que j'accumule les brouillons raturés. Je dois poster ma lettre à Rodolphe, il est temps.

Je m'assieds à la petite table qui me sert de bureau, j'extrais les brouillons d'un tiroir. Les relis.

Mes pensées dérivent vers le coup de fil que j'ai reçu ce midi. C'était ton psy qui me rappelait à la suite de mon message. Pas le docteur Rivage que tu verras à partir de la semaine prochaine, mais le thérapeute qui t'a suivie durant des années après le divorce. Je lui ai résumé la situation.

— Manon m'assure qu'elle ne vous en a jamais parlé.

— Non, en effet, elle n'a pas abordé ce sujet ni rien laissé entendre qui aurait pu m'alerter.

Il me paraît dingue qu'à aucun moment ce ne soit sorti.

— Si vous aviez été au courant, est-ce que vous me l'auriez dit ? ai-je demandé.

— J'aurais amené Manon à vous en parler

J'ai aimé cette réponse – enfin une réaction d'adulte sain : entendre ta parole, puis te guider vers une libération de celle-ci à la fois dans l'espace familial et l'espace judiciaire.

Ton éditeur, au contraire, s'est servi de cette révélation pour te manipuler, te convaincre qu'il était le seul à te comprendre et te détacher de tes parents qui n'ont rien vu. « C'est notre amour qui te protège, plus rien ne t'atteindra. » Tu parles. Et toi, tu plonges, Manon. Bien sûr que tu plonges, tu es tellement jeune, tu as tellement besoin d'être aimée, cette soif-là qui te faisait répéter Je t'aime encore et encore, petite, au point que ça m'inquiétait presque. Tout le monde me disait « Mais arrête, elle est géniale, ta gamine, n'importe quelle maman voudrait que son enfant lui dise Je t'aime comme ça ». Et moi, je ne pouvais pas m'empêcher de songer que la fréquence de ces déclarations cachait quelque chose, une peur, une souffrance. J'ai écouté mon entourage. J'ai fait taire mon intuition. Pourtant, j'avais raison. Pourquoi est-ce que je m'écrase toujours ?

Aimer, être aimée, admirer, être admirée, idéaliser, être idéalisée, tu mélanges tout. Tu réécris la réalité, tu l'enjolives. L'image que Gérald a de toi te flatte, alors ça devient de l'amour. Ce n'est pas de l'amour. Ce n'est pas cela, être aimée. Et j'ai beau m'être fait plaquer, comme Gérald l'a si délicatement souligné, je sais ce qu'est l'amour. Je l'ai aimé, ton père, et d'autres avant lui.

Et Iouen, et Tristan, et toi, je vous aime.

Ces mots-là ne signifient pas « je te veux pour moi seule » ou « toi et moi contre le monde entier ». Ces mots-là signifient « je veux que tu sois toi-même, je veux que tu sois respectée, je veux que tu te dresses face à la vie, solide, en accord avec tes désirs et tes valeurs, je veux que tu réalises tes rêves sans perdre de vue qui tu es, je veux que tu traces le chemin que tu auras choisi et je ne serai pas loin ». Mais dans ta relation à Gérald, tu ne choisis rien. C'est l'illusion d'un choix. Il ne veut pas que tu sois toi-même ; il veut que tu le sauves. Il ne veut pas que tu sois libre ; il veut que tu aies besoin de lui. Il prétend l'inverse, bien sûr. Et, dans son délire, je suis la louve qui veux te garder pour moi seule, te protéger de dangers imaginaires. Eh bien soit. J'accepte de passer pour la méchante. Ce n'est pas grave, en regard d'une vraie liberté à conquérir pour le reste de ta vie.

Tristan est rentré pour le week-end prolongé, et tu l'aides à choisir de nouveaux pulls. Lorsque je vous entends rentrer, je n'ai inscrit que la date en haut de ma feuille blanche. Tu montes dans ta chambre. Je t'y rejoins.

— Ça va ?

— Ouais. Quand est-ce que je vais récupérer mon portable ?

Je retiens un soupir. Ton père a dicté les sanctions et c'est à moi de les appliquer. Mais elles sont intenables, je ne peux pas être en guerre permanente contre toi. Je dois lâcher du lest.

— Je te le rends pour la soirée. Je le récupère quand tu iras au lit.

Un sourire radieux fend ton visage.

Avant de me coucher, je rédige enfin pour Rodolphe un courrier qui me satisfait parce qu'il ne dévoile rien des faits. Il m'appellera, c'est certain. Il faudra couper court à la discussion.

Ma nuit est poinçonnée d'insomnie. Au matin, je traverse la rue vers la boîte aux lettres jaune vif qui se dresse sur le trottoir. Je viens à peine de lâcher la lettre dans la fente que mon portable sonne. Le nom de Rodolphe s'inscrit sur l'écran. L'adrénaline irrigue mes veines. Pur hasard ? Ou bien Luc lui a-t-il déjà parlé ?

Je regarde l'appareil vrombir dans ma main sans réussir à décrocher. Je préfère qu'il reçoive d'abord mon courrier, c'est trop tôt, je ne suis pas prête.

Je laisse l'appareil basculer sur la messagerie. Avec un peu de chance, les quelques mots qu'il y prononcera m'aideront à définir une stratégie…

Il raccroche sans laisser de message.

—

Vannes, le 11 novembre 2004

Rodolphe,

Je sais tout ce que je dois à notre amitié, et à ton soutien depuis de nombreuses années. Aujourd'hui, les difficultés de Manon prennent un sens nouveau.

Cela n'a rien à voir avec les questions d'édition de sa bande dessinée, ni avec toi directement. Ma confiance te reste acquise, mais je ne peux cependant pas, à ce jour, te donner les explications que tu serais en droit d'attendre.

Pour mieux aider Manon, je suis dans la nécessité de te demander de mettre de la distance entre nos deux familles.

Je suis désolée. Crois bien que j'aurais préféré mille fois ne pas avoir à t'écrire cette lettre.

Affectueusement,

Pascale

7

— Gérald ?

— Paul, comment vas-tu ?

— Merveilleusement. Mais qu'est-ce que tu as fichu avec la petite Manon ? On a les parents sur le dos !

Sueur froide.

— Comment ça ?

— Ils m'ont écrit. Ils parlent de visites secrètes à Vannes et d'une… nuit à l'hôtel ?

Mais putain ! Ils n'ont aucune limite, ces gens ? Ils se croient autorisés à piétiner ma vie ? Je nie en bloc.

— La mère est complètement tarée. Elle voit le mal partout, elle s'est fait un film.

— Je me doute, oui.

— Attends, pourquoi c'est toi qui as reçu ce courrier ?

— Elle a dû trouver mon nom sur le site internet. Je ne suis plus président du Singe, mais j'y figure encore comme directeur de la publication. Au bureau, ils m'ont fait suivre sans ouvrir.

Je manque d'éclater de rire. Tes parents ont contacté la mauvaise personne. Paul Jeansaint, c'est un pirate, le mouton noir d'une famille de la haute, quelqu'un capable de penser en dehors des cases. Et surtout, Paul est un copain de longue date.

C'est lui qui m'a proposé de créer la collection, il y a cinq ans. À l'époque, le contrat entre nous était clair : liberté totale, je serais seul à décider de ce que je publierais, je n'aurais à soumettre mes choix à personne.

Sauf que l'an dernier, Paul a vendu la boîte à un grand groupe. Et même s'il a toujours un pied dans l'affaire, la nouvelle direction a une philosophie très différente. Je n'ose imaginer ce qu'il se serait passé si ta mère s'était adressée à ces connards de réacs bien-pensants…

— Tu sais, me prévient-il, si ses parents veulent faire chier, ils vont faire chier. Ce genre d'accusation peut détruire une carrière. Il faut que j'en parle à l'équipe parce qu'ils risquent de revenir à la charge et on pourrait les croire. Je dirai le minimum.

— C'est obligé ?

— Il vaut mieux, non ? Imagine si, n'ayant aucune réponse de ma part, les parents de ta Manon piochent un autre nom dans l'organigramme de la maison et envoient la même lettre ?

Je soupire. Je n'ai pas besoin de ça. La directrice m'a déjà dans le pif.

— T'as raison.

— En attendant, sois discret. Je ne voudrais pas que ça te retombe dessus.

— Discret de quoi ? Je n'ai rien fait, bon Dieu ! Je travaille avec Manon, elle est douée, je l'ai aidée à structurer sa BD et j'accompagne l'avancée du projet, c'est tout !

— OK, OK. On va te protéger, ne t'en fais pas. Tu as toute ma confiance.

—

8

Je passe le week-end prolongé à la maison. Iouen fait de la randonnée avec des amis – on se verra à Noël. Toi, tu es là, tu es toujours là. Tes années lycée doivent être bien différentes de celles que j'ai vécues avec un frère une classe au-dessus et notre bande d'amis communs. J'ai du mal à imaginer à quoi ressemblent tes semaines en tête à tête avec maman.

Par la porte ouverte de ma chambre, je t'entends qui travaille sous le toit. Tu chantes quand tu dessines. Ou tu siffles. Ou tu grommelles des mots insaisissables. Tu es une boîte à bruits, comme s'ils débordaient de toi et que, concentrée sur ta création, tu ne parvenais plus à les retenir. Je ne sais pas si tu t'en rends compte. Tes écouteurs vissés aux oreilles doivent étouffer jusqu'à ta propre voix.

J'avoue, je suis impressionné de te voir monter chaque matin dans ce bureau, en redescendre pour déjeuner, et puis remonter encore. Travailler. Cette régularité-là, cette obstination, presque, m'est étrangère. Je suis un procrastinateur de haut vol. Parfois, je me demande ce que j'accomplirais si j'étais doté d'un quart de ta volonté. Et tandis que je me le demande, toi, tu fais. Sans attendre la permission de personne, sans afficher le moindre doute en tes capacités. Tu dévales soudain l'escalier métallique. Ta bouille apparaît dans l'embrasure de la porte.

— Une petite balade ? lances-tu. J'ai besoin de prendre l'air.

— Euh… OK. Tu veux aller où ?

— Conleau ?

Je souris. La presqu'île de Conleau, en été, porte bien son nom. Des touristes partout, venus tremper leurs fesses dans le golfe. Hors saison, toi et moi, on y a été mille fois quand on avait besoin d'échapper à la ville mais qu'on n'avait pas le temps de descendre vers les grandes plages de Rhuys.

Tu enfiles tes baskets. En deux secondes, tu es prête.

— Je t'attends dehors.

— Tu vas où ? te demande maman d'un air sévère.

Est-ce qu'elle a peur que tu retrouves ton éditeur ? Je désamorce la situation en disant qu'on part se balader ensemble.

— Parle-lui, dit maman.

J'ignore ce qu'elle espère, quel pouvoir elle pense que j'ai sur toi.

— OK. À tout à l'heure.

Dans la rue, tu patientes devant ma voiture. Je m'engouffre derrière le volant, me penche pour t'ouvrir. Maman nous regarde partir à travers la fenêtre du salon. Nous traversons Vannes en silence.

Lorsque nous nous garons sur le parking de la presqu'île, les nuages d'automne s'écartent, laissant filtrer des doigts de lumière dorés qui caressent la plage. La marée est presque haute. Sans même nous concerter, nous nous engageons entre les pins. C'est là, sur ce sentier, que je te demande :

— Comment tu vas ? Comment tu… gères tout ça ?

— Bien. Non, franchement, ça va.

— Maman m'a dit. Pour Luc.

— Hmm.

Je n'insiste pas. Nous longeons la plage. Les bateaux amarrés aux bouées, échoués à marée basse, se tiennent à présent droits comme des premiers de la classe agitant leur doigt par-dessus la surface scintillante. Je jette un œil aux deux piques rouges qui marquent l'emplacement du bout de la cale recouverte d'eau. Je pense à maman. *Parle-lui.*

— Tu sais, je m'inquiète pour toi. Cette histoire avec ton éditeur, ça a l'air compliqué.

— L'histoire n'est pas compliquée. On s'aime. C'est les parents qui compliquent tout.

— Vous avez quand même une sacrée différence d'âge.

— L'amour n'est pas une question d'âge. Il y a plein de couples comme nous. Et je sais bien que je ne serais pas forcément attirée par des mecs plus vieux si papa avait été moins absent, je ne suis pas conne. Je le sais. Gérald le sait. Mais qu'est-ce que j'y peux, si c'est lui que j'aime ? Ça ne se choisit pas.

Nous dépassons les dernières maisons. L'eau a recouvert le sable et les rochers du bout de la presqu'île. L'odeur du varech flotte encore dans la brise. Nous nous asseyons sur la promenade, les pieds dans le vide. Des vagues minuscules viennent lécher les pierres, juste en dessous. Je me gratte le nez. Ta psychologie de comptoir sur l'absence du père ne me convainc pas.

— Ce qui est sûr, c'est que vous n'en êtes pas du tout au même point de vos vies. Ça me paraît… impossible de construire quelque chose sur cette base. Vous n'êtes pas à égalité, vous n'avez pas les mêmes problématiques, pas les mêmes ressources… Tu te vois faire ta vie avec lui ?

— Je me vois faire ma vie avec lui dedans.

Le soleil descend au-dessus du bras d'eau qui mène au port de Vannes. Mon regard se perd sur l'or liquide. Revient à toi.

— Je… j'essaye de comprendre. Comment tu te vois dans dix ans ? Encore dans cette relation avec Gérald, tout en ayant un copain, une vie de famille ?

— Ben oui. Tu sais, Gérald vit ça avec d'autres aussi. Enfin, pas exactement ça, mais il aime Viviane, sa femme, et il aime aussi énormément une scénariste, et puis il m'aime moi. On peut aimer plusieurs personnes à la fois.

Mon cerveau bugue un instant. Déjà, la femme, c'était un peu gros, mais il y a une troisième personne impliquée ? Qu'est-ce que c'est que ce bordel ? Dans quoi ce type a-t-il entraîné ma petite sœur ? Moi, ça me paraît déjà tellement compliqué d'aimer une seule personne. De l'aimer vraiment, entièrement.

— Je ne suis pas d'accord. Ta relation avec lui, je n'adhère pas. Et je sais que tu te fiches de mon désaccord, mais j'ai besoin de l'exprimer.

— Je ne m'en fiche pas. C'est juste que ton accord, je n'en ai pas besoin.

Je ne sais plus quoi te dire. Tu démêles ce silence à ta manière.

— De toute façon, on ne fait pas l'amour. C'est plus simple quand tu enlèves ça. Je l'aime, et je ne trompe personne.

Je hausse les sourcils.

— La fidélité, c'est aussi émotionnel.

— Moi, je m'en fiche que Gérald aime d'autres gens. Au contraire, je préfère. C'est moins… moins de responsabilités. Il n'a pas que moi, tu vois ? Quand il ne va pas bien, il peut se tourner vers quelqu'un d'autre. Même si je suis aussi là pour lui, évidemment.

Ta vision du monde est à des années-lumière de la mienne. Non que je considère que la fidélité soit absolument indispensable, seulement, il me semble qu'une relation amoureuse se construit dans une unicité, que les multiplier, les juxtaposer, revient à les dévaluer. Et s'il y a bien une chose dont je suis incapable, c'est de dévaluer l'amour.

Bientôt, le soleil empourpre les toits de Vannes, s'insinue entre eux, fines coulées de métal en fusion qui éclaboussent le ciel veiné de nuages.

— On rentre ?

Déjà, tu es debout.

— D'accord.

Ce soir-là, tu me dis bonne nuit avec un grand sourire. Je m'étends sur mon lit, songeur. Je t'entends te coucher à ton tour. Ta chambre est contre la mienne. Ta chambre a toujours été contre la mienne, même dans notre maison d'enfance, notre maison avec papa, nous avions un mur mitoyen. Les trois pièces formaient un L et tu étais entre Iouen et moi, dans l'angle. Marrant comme nous avons reproduit d'instinct cette disposition, adolescents, en emménageant ici. Et puis Iouen a fait des travaux dans le grenier pour s'y installer. Mais toi et moi, on est restés collés, de part et d'autre de la même cloison. Appuyés l'un à l'autre. Même maintenant que je ne vis plus dans cette maison.

Je déglutis. Je te défendrai toujours, tu le sais. Mais je ne te comprends pas. Je ne te comprends pas, petite sœur.

J'aurais tellement aimé que ta vie soit simple.

—

9

Ton frère repart dimanche midi. Le soir, alors que nous venons de dîner toutes les deux et que nous regardons la télé dans le salon, mon téléphone sonne. Je me lève, consulte l'écran. Rodolphe. Tout mon corps se tend à nouveau. Il faut que je réponde. Si je ne décroche pas ce soir, je ne décrocherai jamais. J'ai dit que je lui répondais une fois. Une fois. Je lui dois bien ça.

— Un moment.

— Pascale ? demande Rodolphe.

— Un moment, je monte dans ma chambre.

Tu me suis des yeux tandis que je contourne le canapé pour rejoindre l'escalier.

— C'est bon, dis-je une fois la porte refermée.

— J'ai reçu ton courrier. Luc aussi. Nous avons parlé cette semaine. Il me paraît clair que tout ça est lié à l'histoire de Manon avec son éditeur. Ce qu'elle t'a soi-disant révélé était dicté par lui, il a monté en épingle un simple jeu d'enfants.

— Je ne sais pas ce que t'a dit Luc, mais il ne s'agit pas juste de jeux d'enfants.

— De quoi s'agit-il alors ?

— Si tu as parlé avec Luc, tu sais.

— Ce Gérald manipule complètement Manon !

— Écoute, là n'est pas la question.

— On ne peut pas accorder de crédit à ce qu'il lui fait dire.

Mais pour qui se prend-il ? Qu'il évacue la question de cette manière en connaissant les agissements de son fils m'exaspère. Ce que t'a fait Luc n'a rien à voir avec ton éditeur. Et reprendre son rôle de conseiller là où il l'avait laissé il y a quelques semaines me semble complètement déplacé. J'ai envie de hurler. Me contiens. Je repense à la mise en garde du flic. En dire le moins possible.

— Je t'ai demandé de mettre de la distance entre nos familles. À partir de maintenant, c'est chacun pour son enfant, et nous verrons plus tard ce qu'il en est de notre amitié. Ma priorité, là, c'est Manon.

— Justement, il me semble que la priorité, c'est Manon et son éditeur.

— Rodolphe ! Stop ! Occupe-toi de ton fils, je m'occupe de ma fille. Bonne soirée. Je ne répondrai pas si tu me rappelles.

Je lui raccroche au nez.

Un instant, je regarde mon téléphone avec l'étrange sensation de contempler vingt-cinq ans d'amitié roulés en boule au creux de ma main. J'ai du mal à analyser ce que je ressens. Je crois que le soulagement domine.

Je regagne le salon, reprends ma place sur la méridienne du canapé. Tu me tends un pan du plaid écossais qui recouvre tes jambes. Les questions ondulent derrière le masque de ton visage. Je n'ai pas envie de te mentir, même par omission.

— C'était Rodolphe.

Tu restes silencieuse un moment tandis que le son de la télévision remplit les ombres du salon.

— Il a dit quoi ? demandes-tu finalement.

— Il a… (Je soupire.) Ça a été très bref. Il a fait celui qui ne comprenait pas alors que Luc lui a parlé. Je lui ai dit que je ne lui répondrais plus.

Un sourire en coin s'accroche à tes lèvres, contamine les miennes. Tu cales ta tête sur mon épaule. Et nous regardons ensemble la fin de cette série que nous suivons depuis des années.

10

— On est quoi ? On est un couple ? Luc, je te parle !

Je pose les deux demis que je viens de servir sur le plateau d'Annabelle. Avant qu'on couche ensemble, j'aimais bien bosser aux mêmes horaires qu'elle. Maintenant, je préfère lorsqu'elle n'est pas là. Ce n'est pas sa faute, elle est cool. C'est juste que c'est plus simple d'être sur des services décalés. Moins d'embrouilles.

— Je t'écoute.

— On est un couple ?

— Oui, si tu veux.

— Si je veux ?

— Bah, tu veux ?

— Qu'on soit un couple ? Je crois. Mais bon, ça se décide pas comme ça.

Le coin de mes lèvres tressaille d'un sourire avorté.

— Et ça se décide comment, alors ? Je t'ai dit que je sors d'une longue relation et que je ne suis pas prêt à m'engager, mais ça ne me dérange pas que notre relation soit officielle.

— Super. Bonjour l'enthousiasme.

— Ne le prends pas comme ça…

— De toute manière, on s'est déjà fait griller. Ils ont vu qu'on rentrait ensemble.

Un client me fait signe. J'en profite pour esquiver la conversation.

— On en parlera plus tard, d'accord ? En dehors du boulot.

La soirée s'écoule sans heurt. J'arrive même à embrasser Annabelle entre deux portes, ce qui lui redonne le sourire. Les derniers clients s'éternisent. Notre patron passe derrière le bar.

— Les serveurs, vous pouvez y aller. Les chefs de rang, vous restez pour fermer.

Je suis chef de rang. Annabelle est serveuse. Elle a un petit haussement d'épaules amusé et, en allant au vestiaire récupérer son manteau, elle me chuchote :

— À tout à l'heure.

Quelques minutes plus tard, elle franchit la grande porte battante. À travers la vitre, je la vois sortir ses cheveux de son écharpe et les remettre en place d'une main experte. La nuit l'avale.

— Alors, avec Annabelle ? Ça se passe bien ?

Mon patron m'adresse un clin d'œil, essuie de la manche son crâne luisant sous les lumières de la brasserie.

— Ouais.

— Tu ne vas pas lui faire de mal, hein ? C'est une chouette fille.

De quoi il se mêle ? Ce que je vis avec Annabelle ne le regarde pas.

— Très chouette, dis-je avant de lui tourner le dos pour ranger les bouteilles.

Il s'éloigne, encaisse des clients, plaisante avec eux. Revient.

— Tu sais, elle est jeune, Annabelle.

— Elle a trois ans de moins que moi. C'est pas non plus…

— Trois ans, à vos âges, ça compte.

Je me retiens de lever les yeux au ciel. Il a cinq ans de plus que moi et il se prend pour un vieux sage. C'est ridicule.

— Écoute, c'est notre histoire, laisse-nous gérer, s'il te plaît.

— Bien sûr, bien sûr. C'est juste que la petite m'en a parlé lundi, elle n'était pas bien.

Ah oui, bah tu m'étonnes qu'on soit grillés, si elle en parle à tout le monde. Et en même temps, ça me fait plaisir qu'elle ait envie de s'afficher avec moi. Qu'elle discute de notre intimité avec notre boss, moins.

Je finis de ranger avec une efficacité à la mesure de mon agacement, récupère mes affaires, sors dans le froid de novembre. Je tire quelques taffes sur le bédo d'un collègue. J'allume ma clope. Je trace.

Tandis que je marche vers l'appartement d'Annabelle, les mots de mon patron ricochent sur mon crâne. *Tu ne vas pas lui faire de mal, hein ?*

Pour qui il me prend ?

Pour un monstre ?

—

Extrait du premier rapport d'expertise psychologique de Manon par le docteur S. WIDMER, psychiatre des hôpitaux, le 15 mars 2005.

"Il est difficile pour Manon de dater précisément les faits. Elle les situe alors qu'elle était en grande section de maternelle et jusqu'à sa cinquième.

Manon est sûre qu'il y a eu des faits d'agression sexuelle de la part de Luc lorsqu'elle était âgée de 5-6 ans mais elle ne s'en souvient pas précisément. Elle décrit plus facilement une scène qui s'est passée avec Luc alors qu'elle avait 10-11 ans. 'J'étais assise sur ses genoux à l'ordinateur. Mes frères étaient sur un ordinateur à côté. Luc se débrouillait toujours pour qu'on ne nous voie pas, mais il y avait souvent des gens dans la pièce.' 'Il a commencé à mettre sa main sur mon pantalon au niveau du sexe.' 'Puis il a mis sa main dans ma culotte.' 'Ensuite, Iouen et Tristan sont partis.' 'On s'est retrouvés sur le canapé je ne sais pas comment.' 'Il s'est placé derrière moi et a mis son doigt dans mon sexe.' 'Il me caressait les seins.' Les caresses s'effectuaient en dessous des vêtements de Manon. 'Et puis je me souviens de quelque chose. Sa mère est passée dans le couloir, elle nous a regardés, je l'ai regardée.' 'Luc a arrêté, mais quand même elle nous avait vus dans une drôle de position.' 'Elle n'a rien dit.'

Les mêmes agissements se sont répétés d'après Manon à cinq ou six reprises, à plusieurs mois ou années d'intervalle, avec pénétration digitale. Manon précise que chaque fois qu'elle se rendait chez lui, Luc l'agressait.

Manon se souvient d'une seconde scène. Elle lisait le soir dans son sac de couchage. Luc était étendu à côté. Elle dit : 'Luc s'est approché de moi et a

essayé de mettre la main dans mon duvet.' Manon lui a dit : 'Arrête', et Luc a répondu : 'Mais ça ne te plaît pas ?'
Luc touche alors le sexe de Manon à travers le duvet et Manon décrit un souvenir flou à ce moment. Elle dit : 'Je ne pense pas que ce soit possible dans la réalité, j'ai eu l'impression qu'il introduisait un doigt dans mon sexe à travers mon duvet.'
Elle décrit également les mêmes gestes lorsqu'elle était dans la chambre de Luc. Manon dit qu'à chaque fois, elle devait aller aux toilettes ensuite. Elle ne sait pas pourquoi.

Manon a rapporté de manière assez vague les faits à une amie alors qu'elle rentrait en quatrième. À partir de ce moment, elle s'est éloignée de Luc lorsqu'elle le voyait, et elle dit qu'il a arrêté spontanément de l'agresser.

Manon ne décrit pas d'autre acte d'agression sexuelle ni de menace de la part de Luc. Elle dit qu'une fois Luc l'a embrassée sur la bouche, ce qui l'a fortement choquée.

Manon explique qu'elle pensait que ce qui se passait était normal. Elle ajoute : 'Le père de Luc s'occupait d'enfants. Il disait toujours qu'il fallait écouter les adultes. Moi, je pensais que Luc était un adulte.'

Tu sais que ça a commencé avant que tu rentres en primaire. Tu l'as affirmé à plusieurs reprises, tu en étais certaine. Tu n'as jamais expliqué *comment* tu pouvais dater l'époque des premières agressions. Je ne l'ai pas fait non plus depuis. Ce souvenir-là reste une arête en travers de ma gorge, une pierre au fond de mon ventre.

Cour de récréation de maternelle.

Tu es l'une des grandes, cinq ans, cinq ans et demi peut-être. Tu prends par la main une plus petite, tu l'entraînes dans un renfoncement de la façade, à l'abri du regard des maîtresses. Là, tu la fais s'allonger. Tu remontes sa robe, dévoiles sa culotte. Tu caresses son sexe par-dessus le tissu. Est-ce que tu l'écartes pour aller voir dessous, pour toucher ? Possible. C'est ce qu'*il* te faisait, après tout. À ce moment-là, tu inverses les rôles, pour voir…

La petite est restée allongée, immobile, sans réaction. Dans ta tête, quand ce moment te revient, tu visualises une jolie poupée. Ce n'était pas une poupée. C'était une enfant. Tu aimerais lui dire que tu es désolée ; seulement, des années plus tard, tu ignores son identité, et tu as peur de sa réaction, peur de réveiller quelque chose dont elle ne se souviendrait même pas. Peur de devoir affronter des conséquences qui te dépassent alors que tu dois déjà en gérer d'autres, de conséquences. Tu n'en parles pas. Et personne ne te demande comment tu sais que les attouchements de Luc ont commencé si tôt.

Que se serait-il passé si un adulte avait surpris cette scène ? L'avait interrompue ? Rien, probablement. « Elles jouent à touche-pipi. » Cette manière qu'on a de dédramatiser en glissant sous le tapis ce qui nous dérange. Alors que ces gestes, on ne les invente pas. On les a déjà rencontrés. On les reproduit.

Tu n'es pas responsable, Manon.

De ça non plus, tu n'es pas responsable.

Mais la pierre est toujours au fond de mon ventre.

Sixième partie

1

— Alors, la surfeuse ? Ça glisse ?

Un coup de poing joyeux heurte mon flanc. J'attrape ton poignet, surjoue la douleur. Tu ris. Il y a quelque chose de facile avec toi. Tu ris même aux blagues pourries, tu ne cherches pas la confrontation – ou juste physique, ce qui me permet de te toucher à nouveau. T'imaginant sur ta planche de surf, je chante :

Face à la mer…

Une déferlante de protestations me répond :

— Putain, Théo, ta gueule !

— Pas Calogero, bordel ! C'est interdit !

— C'est de la meeeeeeeerde !

— Je vais l'avoir dans la tête pendant trois heures maintenant, merci !

Je lève les mains comme si je me rendais. Tu me regardes, amusée.

— C'était bien ton week-end, la miss ?

— Carrément. Mon frère Tristan était là. Toi ?

— Oh, tu sais, la routine. Je me suis fait un McDo, j'ai sauvé le monde deux fois. Rien d'exceptionnel.

— T'es con !

— Moi ? Moi, je suis con ?

Mon ton outré déclenche un nouveau rire. Je t'envoie une bourrade dans l'épaule. Je me sens plus léger quand tu es dans les parages. Est-ce que j'ai fait une erreur en te quittant l'an dernier ? J'avais envie d'une fille plus mature, et je commençais à me lasser des préliminaires. Mais tu as grandi, en huit mois. Si ça se trouve…

Je me penche à ton oreille.

— Tu termines à quelle heure ?

— Dix-huit.

— Pareil. On va boire un verre après ?

— Non, ma mère veut que je rentre directement. C'est un peu compliqué entre elle et moi en ce moment.

— Ah ouais ?

Tu hausses les épaules. La sonnerie retentit.

— Sinon, proposes-tu, tu peux venir à la maison, on boira un verre dans le jardin.

— Oui, d'accord ! Cool.

— À toute.

Tu rejoins ta copine Alicia. Je n'ai jamais compris pourquoi vous traîniez ensemble, toutes les deux. Mais bon, qu'est-ce que je comprends aux filles ?

Lorsque nous arrivons chez toi ce soir-là, ta mère dissimule mal sa surprise de me voir.

— Ça faisait un moment, commente-t-elle.

— Oui. Vous allez bien ?

Elle a à peine le temps d'ouvrir la bouche que tu annonces :

— On va dans le jardin. Tu veux boire quoi, Théo ?

Tu viens de sortir le jus d'orange du frigo.

— Un jus, c'est bien.

Ta mère nous tend un paquet de chips. On descend au jardin. À peine attablé, je sens des gouttes frapper mon front. On échange un coup d'œil amusé.

— Bon.

— Bon.

On opère un repli stratégique dans ta chambre. Le sommier de ton lit est posé à même le sol. Tu t'y affales dans la largeur, dos contre le mur. Je m'installe à côté de toi. On a l'air un peu cons sur ta couette avec nos verres et nos chips. Je promène mon regard sur tes dessins punaisés au mur. Il n'y en avait pas autant l'an dernier, ils ont fleuri pendant l'été. Cette accumulation ressemble à un manifeste. Un mix de « Je peux faire ça » et « Ici, c'est chez moi ». Je pointe l'esquisse d'une femme de dos qui contemple les rouleaux de l'océan.

— J'aime bien celui-là.

— Merci.

Ton bras est contre le mien, tiède et doux.

— J'ai envie de t'embrasser.

— Chut… fais-tu avec un sourire en coin.

Nos verres vides atterrissent sur la moquette. Tes lèvres, juste devant les miennes. Nos langues se trouvent. Mon cœur s'emballe. Pure euphorie.

— Tu piques.

— Promis, demain, je me rase.

On rit. S'embrasse à nouveau.

L'appartement dans lequel je vis est petit et mes parents, âgés, entrent dans ma chambre sans frapper, surtout quand je suis avec une fille. Ça ne nous a pas empêchés d'y faire des trucs l'an dernier. Mais chez toi, on est plus tranquilles. Je bascule en arrière. Tu t'allonges sur moi. Mes mains glissent sous ton tee-shirt, sur ton jean. Je perds toute notion du temps.

À un moment, tu te redresses, tu souris.

— Je reviens.

Je mate ton cul pendant que tu quittes la chambre.

À ton retour, tu t'assieds sur la couette.

— Il faut que je te dise quelque chose.

— OK.

— J'ai vécu des trucs pas cool, petite. Attouchements, et tout. Je me disais que c'était bien que tu saches.

Que répondre à ça ? D'un coup, j'hésite à te toucher, t'embrasser me gêne. Comme si c'était moi, le mec qui t'avait agressée. Je repousse cette pensée débile. Je trouve ça bien, en effet, que tu me le dises. Courageux. Même si c'était plus simple de ne pas savoir.

— D'accord.

— Nan mais ça va, hein. C'est juste… Voilà.

Je hoche la tête plusieurs fois, comme un chien en plastique à l'arrière des voitures.

— Ouais.

Tu t'approches, poses une main sur ma joue, m'embrasses à nouveau. Et cette fois, ce sont tes doigts à toi qui effleurent la peau de mon dos. Cette sensation m'électrise. Mais on a beau reprendre nos baisers là où on les avait interrompus il y a quelques minutes, ce n'est plus tout à fait pareil. Je ne me sens plus pareil. La perspective qu'on couche ensemble se replie en moi. Sûrement pas aujourd'hui. Peut-être pas avant longtemps. Peut-être jamais.

Pourquoi est-ce que je me remets avec toi ?
Putain, tes baisers… Tes baisers m'ont manqué.

—

2

Je tends l'oreille malgré moi. Tu es dans ta chambre avec Théo. Il est gentil, et j'accueille avec reconnaissance tout ce qui peut éloigner tes pensées de Gérald.

Quand tu as traversé la cuisine il y a quelques minutes, tu avais le menton irrité d'avoir embrassé ton barbu de copain. J'ai trouvé ça mignon. Tu as tiré la chasse d'eau pour la forme. Je suis sûre que tu venais en réalité chercher un préservatif dans la salle de bains. Alors j'écoute. Pour l'instant, je n'entends absolument rien et je me refuse à me faufiler dans l'escalier pour valider mon hypothèse.

Je ne sais pas si tu as déjà fait l'amour. Je ne crois pas. J'estime que ce n'est pas à moi d'initier cette discussion.

Il est presque vingt heures quand vous redescendez. Ton menton est encore plus rouge, tes lèvres, plus gonflées.

— À bientôt, madame, lance Théo.

— Je t'ai déjà dit que tu peux m'appeler Pascale.

— C'est vrai… Bonne soirée !

— Rentre bien.

Tu le raccompagnes jusqu'au garage. J'entends la porte claquer, puis tes pas qui remontent vers la cuisine. On s'assied pour dîner.

— Vous êtes à nouveau ensemble ?

— Hmm.

— C'est récent ?

— Depuis aujourd'hui.

— Tu es contente ?

Tu portes une fourchette de gratin à ta bouche. Tu hoches la tête sans me regarder.

Tu as été discrète concernant tes premières amours. Iouen aussi, il a toujours attendu que je devine. Tristan, lui, a davantage besoin d'extérioriser, et il m'a déjà fait le coup deux fois de ramener une copine en vacances juste pour la quitter. Je me suis tapé de réconforter les jeunes filles en larmes et de les raccompagner à la gare. Je ne sais pas ce qu'il essaye de me dire. Bref. Toi, tu n'en parles pas.

Ce soir-là, tandis que nous regardons la télé, je t'observe à la dérobée. Je cherche un signe de changement, une assurance nouvelle. C'est ton corps alangui sur le canapé qui me convainc. Je connais cet abandon. Vous avez fait l'amour. Avec tout ce que tu traverses, tu as bien besoin de légèreté et d'intimité avec quelqu'un de ton âge.

Avant que tu montes te coucher, je demande :

— Théo, tu lui as parlé de Gérald ? Et de Luc ?

— Luc, oui, Gérald, non.

Tu dis ça sur un ton qui ne laisse aucune place à la discussion et tu t'esquives aussitôt. Tandis que tu t'engouffres dans l'escalier, je te rappelle :

— Tu déposes ton téléphone dans la cuisine.

— Ouais. Quand j'irai me brosser les dents.

Je soupire. Si tu veux envoyer des messages à Gérald, tu y parviendras. Mais que tu n'aies pas ton portable durant la nuit est la seule règle à laquelle nous ne dérogerons pas. Qu'au moins ton éditeur n'envahisse pas ton sommeil.

—

3

Nos échanges ont repris. Nous utilisons à plein ta nouvelle boîte mail et ton téléphone lorsque ta mère ne le confisque pas. Ce n'est pas comme si rien ne s'était passé, seulement, on se retrouve, et ça me fait un bien fou. Mot après mot, nous ravaudons notre relation. Ce qui nous unit est tellement évident. Comment tes parents ont-ils pu croire qu'ils arriveraient à nous séparer ? Comment ai-je pu y croire moi-même ? Nous sommes plus forts qu'eux. Nous sommes indestructibles.

Pourtant, nous devons être d'une discrétion totale. Cette main courante que vous avez déposée avait beau ne pas être contre moi, elle est le signe que tes parents sont procéduriers.

En milieu de matinée, une sonnerie m'annonce un sms. Je souris en me disant que tu dois me raconter comment s'est passé ton devoir de géologie. Sauf que ce n'est pas toi. Zaza, l'éditrice du Singe Vert qui supervise la collection, m'annonce : « Visiblement, la grande cheffe a rendez-vous avec le père de Manon. Je te tiens au courant. »

Ma main se crispe autour du téléphone.

—
4

Je me présente dans les locaux du Singe Vert. La directrice m'a contacté quelques jours plus tôt. Paul Jeansaint lui a fait part de nos craintes concernant ta relation avec Gérald. Elle m'a proposé une rencontre pour en discuter.

Une femme vient me chercher à l'accueil, grande blonde, un peu plus jeune que moi, plutôt élégante, des cheveux courts autour d'un visage harmonieux. C'est elle que j'ai eue au téléphone. Nous traversons quelques couloirs et nous installons dans son bureau.

— Pouvez-vous m'expliquer plus précisément la situation ? demande-t-elle.

Je lui raconte ce que nous savons. Les mails et les sms incessants, les visites secrètes à Vannes, la nuit à l'hôtel.

— Manon m'assure qu'il ne s'est rien passé dans cette chambre, mais, quoi qu'il en soit, l'inviter comme ça à dormir avec lui et sa femme, et ce sans que nous, parents, en ayons été informés, était complètement déplacé, vous en conviendrez…

— Oui, en effet.

— Sa mère et moi souhaitons faire notre possible pour éloigner Manon de cet homme. Serait-il envisageable de sortir sa bande dessinée de la collection qu'il dirige ? Que vous la publiiez ailleurs ?

Elle secoue la tête, ennuyée.

— Non, malheureusement. L'Autre Côté est la seule collection du Singe où nous publions des BD. Nous n'avons pas d'autre, hum, espace éditorial où nous pourrions accueillir de manière cohérente le travail de Manon.

Dommage. Ta mère espérait vraiment que ce soit possible, ça aurait constitué une solution aussi immédiate qu'efficace.

— Ça ne vous pose pas problème d'employer quelqu'un capable de ce genre de comportement ?

— Pour être tout à fait transparente, Gérald Duprat-Moreau est une personnalité avec qui il est… difficile de travailler. Je ne pense pas que nous poursuivrons encore longtemps notre collaboration. Mais il nous faut un motif pour mettre fin à son contrat sans détruire pour autant cette collection qui fonctionne correctement.

— Cette relation avec ma fille vous en offre un.

— Oui et non. Tant qu'il n'y a pas de poursuites judiciaires contre lui, je vois mal comment nous pourrions justifier un licenciement.

— C'est quand même fou…

— Écoutez, je comprends tout à fait ce qui vous inquiète. Nous allons être vigilants, je m'y engage. Je vais demander à une de mes éditrices de superviser le projet de Manon.

— Nous aimerions aussi voir un exemple de contrat d'édition.

— Nous vous enverrons ça.

Elle me raccompagne.

— Nous ferons tout ce que nous pourrons pour protéger Manon, m'assure-t-elle en me serrant la main.

Je sors de là avec l'impression d'avoir assisté à un numéro de claquettes rassurant qui sera suivi de peu d'effets.

—

De Manon à Manon | Janvier 2021

Tu es responsable de son bonheur.

Si tu lui montres et lui répètes que tu l'aimes, il est heureux. Si tu arrêtes, il s'effondre. Il a enfoncé cette idée si profondément dans ton esprit que tu ne peux plus t'en défaire. Il a tant cité *Le Petit Prince*, « on est responsable de ce qu'on apprivoise », que tu en viendras à détester ce roman. Mais à cette époque, ces mots sont indissociables de votre histoire, et votre histoire est belle – cette vérité qu'il assène : votre histoire est belle, sublime, incroyable. Alors tu le rassures, tu le confortes. Tu l'as apprivoisé, tu es responsable de son bonheur. Et chaque fois qu'il est malheureux parce que tu n'es pas conforme à ce qu'il attend de toi, la culpabilité te ronge.

Que tes parents t'aient obligée à mettre de la distance t'arrange. Tu respires mieux sans te l'avouer. Ces obstacles entre vous, ce sont eux qui les érigent. Pas toi. Toi, tu peux rester parfaite à ses yeux, l'appeler des heures durant, répondre aux sms dont il t'inonde, prononcer les mots qu'il aspire à entendre. Parce que tu mourrais de le décevoir ; ce serait comme dire que tout ce qu'il a vu en toi n'existe pas. Le talent, l'intelligence, la maturité... Tu es ce qu'il dit que tu es. Et s'il était déçu, tu ne serais plus que ça, une déception. Alors tu profites de ces quelques semaines de séparation physique, tu te perds dans les vagues, tu fantasmes sur cinq garçons à la fois – Théo, Diego et les autres –, tu te jettes dans les études. Tu sais que ce répit ne durera pas. Tu devines que, bientôt, le vide regagnera du terrain. Il te faudra le revoir pour exister encore.

5

J'ai à peine franchi le portail du club de voile que Laurent sort de la maison.

— Un revenant ! Ça fait plaisir de te voir.

— Diegoooo ! lance Ludo depuis l'abri à planches.

Il déboule en courant, me claque une bise glacée. J'éclate de rire.

— Putain, mec, t'es trempé !

— Et toi, tu es beaucoup trop sec ! Ça se passe bien à Biarritz ?

— Super. Super.

— Cool ! Tu restes un peu ? Je vais me doucher !

Laurent m'entraîne à l'intérieur. Je souris en découvrant plusieurs têtes connues. Les indéboulonnables du club, ceux qui ont suffisamment la foi pour braver le froid breton, même s'ils ressortent des vagues avec les mains comme des glaçons. Ça en vaut la peine. Je le sais, j'ai été l'un d'eux. Je le suis encore, même si mon exil étudiant dans le Sud-Ouest m'offre des conditions de surf plus clémentes.

— Prends un café, propose Laurent.

La cafetière est chaude. Je me sers. Me retourne. Tu émerges de la salle de bains, cheveux humides en pétard, salopette en jean sur un débardeur vert bouteille, ta serviette à la main – la jaune, celle que je t'ai rendue à la fin de l'été. Tu me repères aussitôt, me souris. Un instant plus tard, tu es devant moi, tes baisers sur mes joues, ma main sur ton bras. Ma main sur ton bras ? Je la retire.

— T'es rentré pour le week-end ?

— C'est l'anniversaire de ma mère.

— Tu repars quand ?

— Demain après-midi.

— Ah oui, c'est une visite express.

Tu décroches le haut de ta salopette afin d'enfiler un pull.

— Je ne pouvais pas rester plus.

— T'as réfléchi à l'été prochain ? me demande Laurent. Tu veux reprendre ta place ? Alice revient, Ludo et Titi aussi.

Ce serait chouette de retrouver cette équipe de moniteurs, on rigole bien. Et puis ce sera mon dernier été avant de devoir trouver un vrai contrat, pas juste des stages. Mais justement. J'ai envie d'en profiter, de ce dernier été. Je ne suis pas sûr de vouloir bosser à nouveau durant les deux mois et demi de la saison touristique.

Tu m'envoies un coup de coude dans les côtes.

— Alleeeeeez !

Je souris.

— C'est encore un peu tôt pour te donner une réponse. Dans l'idée, ce serait cool.

— Manon, fait Laurent, ta mère est là.

Une femme que j'ai déjà aperçue te fait signe de te dépêcher dans l'embrasure de la porte. Tu distribues les bises aux uns et aux autres et à moi. Dernière bouffée de shampoing à la camomille, ta joue contre la mienne. Tu disparais.

Je m'assieds avec les copains dans les gros fauteuils du club. Radiohead joue en sourdine. Je me laisse happer par la conversation.

—

De : Manon **28/11/2004 à 08:30**
À : Gérald
Objet : Tout jeter

Gérald,
J'ai relu mon storyboard et… c'est naze.
Je raconte l'histoire d'une fille qui ne s'entend avec personne. Une voix lui parle dans sa tête (celle du garçon), alors elle part pour essayer de trouver l'origine de cette voix.
Déjà, ce truc d'entendre des voix, c'est bien barré. Mais ce que mon héroïne cherche dans cette quête, c'est elle-même. Quelqu'un qui serait comme elle. Or, un autre, c'est avant tout un être avec de nombreuses différences, même s'ils ont une sensibilité commune. Exposer le contraire est problématique ! En gros, je dis aux lecteurs que, s'ils se sentent incompris, ils devraient se réfugier dans leurs rêves. Ça change quoi à leur réalité, franchement ? Rien. Elle laisse ses problèmes derrière

elle au lieu de les régler. Si elle ne revient pas, c'est nul !
J'ai envie de tout jeter à la poubelle.
Ta rose perdue

De : Gérald ◁ **28/11/2004 à 16:42**
À : Manon
Objet : RE : Tout jeter

NE JETTE RIEN, SURTOUT !
Qu'est-ce qui te prend ? Pourquoi tu remets tout en cause comme ça ? Ton scénario est beau, poétique, il tient la route, il est porté par de sublimes dessins… Ton mail me retourne le ventre. C'est comme si tu voulais tout arrêter. Tu veux tout arrêter ? J'ai les larmes, Manon…

De : Manon ◁ **28/11/2004 à 18:50**
À : Gérald
Objet : RE : Tout jeter

J'ai jamais dit que je voulais tout arrêter, mon Amour.
Mais on peut interpréter ma BD de cette manière. Une fuite, et une recherche d'elle-même dans l'autre, au lieu d'une recherche de quelqu'un de différent. Relis avec ça en tête, tu verras. Je raconte un repli, pas une ouverture.

De : Gérald ◁ **28/11/2004 à 19:30**
À : Manon
Objet : RE : Tout jeter

J'ai relu ton storyboard. J'essaye de comprendre ce qui te dérange. Certes, il ne s'agit surtout pas de se replier sur le garçon qu'elle va rencontrer, style « toi et moi contre le monde entier » (c'est absurde, névrotique). Mais pourquoi reviendrait-elle en arrière ensuite ? Pourquoi voudrait-elle rentrer ?

De : Manon ◁ **28/11/2004 à 19:39**
À : Gérald
Objet : RE : Tout jeter

Il n'y a aucun espoir dans mon scénario concernant son problème relationnel. Bien sûr, il y a la rencontre avec le garçon, mais si elle ne s'entend avec personne, pourquoi s'entendrait-elle davantage avec lui ?
Si elle rentre chez elle à la fin, elle ne revient pas « en arrière », au contraire, elle avance ! Tu sais, et je m'en suis rendu compte il n'y a pas si longtemps (car ce personnage c'est en grande partie moi), elle croit qu'elle est incomprise parce qu'elle-même ne comprend pas ceux qui l'entourent. Tu dis qu'il ne s'agit pas de se replier sur leur couple, mais c'est justement ce qu'il se passe dans ma BD, elle est caricaturale : les gens ne sont que des méchants, alors je me casse, car avec toi, mon double, tout

sera merveilleux et je ne reviendrai jamais, parce que je n'aurai jamais besoin de personne d'autre que toi. Elle devrait rechercher quelqu'un de complémentaire, pas un double. Elle quitte des gens qu'elle croyait inintéressants et elle revient en s'étant rendu compte qu'elle n'avait jamais vraiment cherché à aller vers eux. Sauf que je n'ai pas envie de décrire un retour. Juste qu'elle espère un retour ?

De : Gérald **◁ 28/11/2004 à 19:58**
À : Manon
Objet : RE : Tout jeter

Cette héroïne est en partie toi, vraiment ? Ha ha ! Remarque, plus sérieusement, c'est peut-être là le problème. Tu as plaqué tes peurs sur ton personnage. Toute cette période où tu étais très mal à l'aise vis-à-vis des autres gamins reste un peu théorique pour moi.
J'aimerais un jour que tu me racontes. Je ne ressens pas assez ton ancien mal-être.
Mais ton personnage est crédible. Elle ne rejette pas les autres, c'est elle qui est rejetée, relis-toi. Pourquoi lui faire porter une responsabilité qui n'est pas de son fait et excuser ses bourreaux ? L'espoir est dans un nouveau départ. Tu sais bien que, souvent, il faut une rupture pour redémarrer. En quittant sa classe de première (où il n'y avait que des cons) et en redoublant dans une autre filière, Viv a rebondi. Elle aurait dû sympathiser avec la bande de cons et se mettre à leur niveau ??? Non. Il faut savoir quitter

certains milieux qui vous brisent sans se dire « C'est peut-être ma faute, ils ont de bons côtés »…
C'est exactement le cheminement de ton héroïne.
Il est clair qu'elle est différente et moquée pour cette raison. Elle refuse le moule qui la broie. Elle va donc rechercher un lieu où elle sera acceptée. Il faut parfois PARTIR pour ne pas se faire bouffer, si on t'oblige à rentrer dans le rang.
En fait, tu dis à tous ceux qui sont mal dans leur peau et dans leur vie : « Il existe un endroit où vous serez à votre place. » C'est beau, non ?
On est d'accord depuis le début sur l'importance de l'altérité. Pour moi, elle était évidente : si tu pars sur un autre continent, tu ne risques pas de te rencontrer toi-même ! Sinon on est dans le vertige narcissique, le miroir. Ton scénario n'est pas caricatural. C'est la vision que tu en as qui est caricaturale.
Bon, certains passages sont à revoir s'ils prêtent le flanc à cette interprétation qui va l'encontre de ton intention. Changer quelques mots devrait suffire.
Tu sais, je peux aussi faire une lecture caricaturale de ta propre interprétation et prétendre que le message que tu envoies avec cette BD c'est « Arrêtez de vous croire différents, arrêtez de croire en vos rêves, rentrez dans le rang, devenez des moutons ». Mais ce serait malhonnête !

De : Manon ◁ **28/11/2004 à 20:14**
À : Gérald
Objet : RE : Tout jeter

Mon héroïne n'est réceptive qu'à ses rêves ! C'est beau, les rêves, c'est magnifique, mais il n'y a pas que ça ! Elle est hermétique à tout contact humain !!! Et dans ce que j'ai écrit, l'autre n'est pas différent d'elle-même. Intérieurement, ils se ressemblent, ils ont le même vécu d'incompréhension, les mêmes blessures. Donc on EST dans le miroir.

De : Gérald ◁ **28/11/2004 à 20:19**
À : Manon
Objet : RE : Tout jeter

T'es têtue, toi ! Tu ne serais pas bretonne, par hasard ?
Comment peux-tu avoir une telle image de ton héroïne ? Relis-toi ! Elle a essayé de partager, ils se sont foutus de sa gueule ! Elle n'est pas hermétique à tout contact humain, bien au contraire !
Elle cherche un VRAI contact et on la rejette !
Il suffit de pas grand-chose pour gommer cette interprétation narcissique, je t'assure.
Dans quel état te trouves-tu pour avoir eu une vision aussi négative ? Ça ne va pas ? C'est comme si tu t'accusais via ton héroïne (et c'est bien pour ça que ton premier mail m'a aussi violemment démoli ; c'était comme si TOI, tu dénigrais notre Amour).

Je t'Aime, ma belle rose, je suis là, je suis ton phare, ton goéland, et je suis tout à fait autre, je t'assure !

De : Manon **28/11/2004 à 20:24**
À : Gérald
Objet : RE : Tout jeter

Je vais dîner.
Je ne sais pas, j'ai l'impression qu'il y a beaucoup de trucs à reprendre, en fait.
On en parle demain.
Je t'Aime…

—

6

Nous sortons de l'hôpital dévastés. Les résultats de Viviane sont mauvais, son traitement ne fonctionne pas aussi bien que ce que les médecins espéraient. C'est la première fois que j'admets l'éventualité de sa mort. Jusqu'ici, notre attitude battante face à la maladie – guerrière, presque – m'avait préservé de cette pensée. Nous étions « ceux qui allaient s'en sortir », nous étions « plus forts que cette saloperie », comme si notre amour suffisait à infléchir la réalité. Ce matin, je projette un instant une vie sans elle, et la douleur est si intense que j'en vacille.

La main de Viviane serre la mienne tandis que nous marchons vers la voiture. « On va continuer », a-t-elle dit au médecin. « On va se battre. » Et c'est le cas, évidemment. Je dois tenir pour elle. Ne pas craquer. Elle est tellement plus solide que moi. Même malade, elle est mon roc. Ce devrait être l'inverse. Ce constat m'accable.

En m'asseyant derrière le volant, je lui jette un regard humide. Viviane m'attire contre elle par-dessus le levier de vitesses, elle embrasse mon front, caresse mes cheveux. Des sanglots irrépressibles me secouent.

— Ex… excuse-moi…

— Chut… Ne sois pas bête.

Elle pleure avec moi, des larmes se perdent dans ses rides naissantes. J'aimerais tellement les voir se creuser, ces rides.

— Je veux te voir vieille. Je veux te voir vieille et somptueuse.

— Tu me verras, promet-elle. On va y arriver.

Je hoche la tête. On s'embrasse fort, intense. On sèche nos larmes. On finit par rire de nos visages défaits, on se traite de couillons.

— Je t'aime.

— Je t'aime aussi.

Je mets le contact.

Lorsque nous arrivons à la maison, un message de Zaza m'attend. La grande cheffe a rencontré ton père, et Zaza doit à présent superviser ton travail pour te « protéger ». Elle me demande de la mettre en copie de tous les mails que nous échangeons. Je ris. On la mettra en copie des mails officiels sur ton ancienne adresse, oui. Les autres, elle peut toujours courir, la grande cheffe. Elle a trouvé une occasion pour interférer dans mon travail, elle doit être ravie. Qu'elle aille se faire foutre.

Tu sors de cours. Comme chaque jour, tu m'appelles sur le chemin du retour. T'entendre adoucit ma journée.

Je te reparle de nos mails d'hier soir. Tu te braques, me tacles d'un :

— Non mais il faut encore que j'y réfléchisse.

— Tu n'as rien jeté ?

— Non.

Rassuré, je te résume notre rendez-vous à l'hôpital.

— Mince… Comment va Viv ?

— Elle prend la nouvelle mieux que moi, tu t'en doutes… Elle est incroyable. Moi, j'ai le moral dans les chaussettes.

— J'imagine.

— Tu me manques.

— Toi aussi.

— On vient te voir le week-end prochain ?

— Pour l'instant je ne préfère pas. Ma mère me flique. Je laisse les choses se tasser.

Je contiens les remarques acerbes qui me montent aux lèvres.

— Avant Noël, quand même ? Ça fait du bien à Viv, nos moments tous les trois.

— Écoute, je ne sais pas. On en reparle. OK ?

— Hmm.

— Tu boudes ? Boude paaaaaaas !

Tu m'arraches un éclat de rire, ce qui aujourd'hui relève de l'exploit.

— Je ne boude pas.

Un bref silence résonne à l'autre bout du fil. J'entends les voitures qui passent dans la rue. Tu ne dois plus être loin de chez toi.

— Au fait, lances-tu, je sors de nouveau avec Théo.

Mon cœur manque un battement, puis il accélère comme s'il voulait rattraper ce retard.

— Ton copain de l'an dernier ?

— Oui.

— Depuis quand ?

— Ça a repris un peu lundi.

Lundi. Avant-hier. Mon cerveau s'enferme dans une boucle, exige mille explications.

— Pourquoi tu as mis si longtemps à m'en parler ?

— Je ne savais pas trop si on se remettait vraiment ensemble, ou quoi. Mais en fait oui, donc voilà.

— Tu es amoureuse de lui ?

Tu hésites.

— Peut-être. Je l'aime beaucoup. En tout cas, pour moi, ça ne change rien. Te concernant, je veux dire. Tu as Viviane, j'ai Théo. C'est tout.

— Oui, bien sûr.

— Je t'aime.

— Je t'aime aussi.

J'ai parlé dans un soupir. Je me rends compte que je suis incapable de poursuivre la conversation. Cette nouvelle a réveillé mes angoisses. Ton histoire avec Théo va t'éloigner de moi, c'est sûr. Tu auras moins de temps à m'accorder, moins besoin de partager avec moi chaque instant de ton quotidien. Or c'est de ce partage constant qu'est faite notre relation.

Je raccroche. Je reste un moment assis devant l'écran de mon ordinateur. Puis je me lève, je passe au salon où Viviane se repose. J'annonce :

— Elle a un copain.

Viviane a un sourire très doux.

— Tu savais que ça arriverait…

— Oui. Oui.

Durant une heure, on discute. Viviane trouve les mots qui m'apaisent. Je crois du plus profond de moi qu'on est capable d'aimer plusieurs personnes à la fois, tout simplement parce que c'est ce que je vis aujourd'hui. On m'aurait dit ça quand j'ai rencontré Viviane, j'aurais rejeté cette idée. J'aurais été dévoré de jalousie. Je serais devenu fou. Ces préjugés que je déteste sont encore ancrés en moi, et je dois les déboulonner un à un.

Tu m'aimes. Je sais que tu m'aimes. Même la pire des tempêtes ne nous a pas séparés.

Bien sûr que tu vas avoir ta vie, des copains, un compagnon, un jour, probablement des enfants. J'essaye de me convaincre que ça n'empêchera rien, que nous serons là l'un pour l'autre à travers ces étapes de ta vie, que nous nous réfugierons dans notre bulle, collés l'un à l'autre dans un câlin intime et sensuel, que ce sera notre respiration, notre manière de reconstituer nos réserves de tendresse avant de replonger dans nos quotidiens.

Des enfants.

Merde.

Le jour où tu auras des enfants, tu n'auras plus de temps pour moi. Mes Men In Black passent à l'attaque.

— Elle aura moins de temps, peut-être, observe Viviane. Mais ça ne veut pas dire qu'elle disparaîtra de ta vie, ce sera juste une phase. Tu as eu un enfant, tu sais comme ça prend toute la place, non ?

Je grimace. Mon fils n'a jamais pris toute la place en moi. Dès le départ, on n'a pas su se trouver.

— J'aimerais que rien ne m'éloigne de Manon, jamais. Je sais que ce n'est pas possible. Qu'elle est libre, que l'enfermer serait absurde. Je vais la faire fuir avec mes conneries.

— Mais non. Regarde : elle est encore là. Si elle avait dû fuir, elle l'aurait fait plus tôt. Elle est comme moi. On t'aime. Et parce qu'on t'aime, on ne fuit pas. On est là, quoi qu'il arrive.

— Oui. Oui, d'accord.

Mon téléphone annonce un sms. Tu es en chemin vers ton psy. J'ai tellement besoin de te voir, de te serrer contre moi, de m'assurer que ces mails horribles téléguidés par ton père n'auront pas de conséquence sur ce qui est l'essence de notre relation. Je tape « Bon courage ! J'aimerais vraiment te voir avant Noël, ma pitchoune… ».

Ta réponse me parvient une minute plus tard.

« Je t'M et j'ai envie de te voir. Mais c pas gérable pour le moment. J'en peux plus de mentir à tout le monde, de devoir me cacher. Je t'embrasse très très fort… »

— Tu veux aller trop vite, souffle Viviane.

— C'est comme si elle n'avait pas envie de me voir.

— Elle vient de te dire le contraire.

— Je n'arrive plus à savoir quand elle me dit la vérité ou non.

Viviane caresse le dos de ma main.

— Il va falloir que tu fasses un choix, mon amour. Soit tu remets en doute tout ce que Manon te dit et tu te pourris la vie. Soit tu choisis de la croire, quoi qu'elle te dise.

Je tique.

— Ce n'est pas un choix. C'est plus complexe.

— Et si ça ne l'était pas ?

—

7

— Bonjour, Manon, installe-toi. Comment vas-tu depuis notre dernière séance ?

— Je sors avec un garçon. Le même que l'an dernier. Ça a calmé ma mère, ça doit la rassurer de voir que j'ai une vie sentimentale normale, et tout.

— D'accord.

— Je ne crois pas que je l'aime. Théo – c'est le garçon –, il est gentil, marrant. Mais niveau conversation, c'est pas ouf.

— Et ça compte pour toi.

— Ben oui. Dès qu'on parle d'un truc, si on n'est pas d'accord, il se range hyper vite de mon côté, en mode « ah oui, t'as raison en fait ». C'est mignon. Mais c'est chiant.

— Tu préférerais qu'il continue à ne pas être d'accord ?

— Je préférerais qu'il ait des opinions. Et qu'il les défende.

— Mais peut-être que tu as vraiment raison…

— Évidemment que j'ai raison.

—

Je déteste ce rôle de flic que m'a assigné ton père. C'est facile pour lui, il joue au chevalier blanc, vient trois jours, pose un cadre, et derrière, c'est moi qui assume. Le pire, c'est que si je ne m'en tiens pas à son cadre et que la situation dérape, ça sera ma faute. Je préférais quand il ne se mêlait de rien. Non. Ce n'est pas vrai, c'est bien qu'il soit venu. Mais c'est dur au quotidien. J'aimerais qu'il t'ait chez lui pendant un mois d'affilée, qu'il s'en rende compte. Ça n'arrivera pas. Même toi, il ne t'a jamais prise plus de quinze jours pendant l'été. Tes frères, je n'en parle même pas.

—

— Avec ton copain, ça se passe toujours bien ?

— Nickel.

— Et à la maison ?

— Ça va. Ma mère a changé son rendez-vous de psy. Du coup, on y est presque en même temps. Là, elle doit être en voiture pour aller à sa séance. J'imagine qu'elle va encore lui parler de moi.

— Tu penses qu'elle lui parle de toi ?

— Elle dit que non. Que quand elle va chez son psychanalyste, c'est pour parler d'elle, pas de nous. Que c'est un espace et un temps pour elle. Je ne sais pas si c'est vrai, j'ai du mal à la croire, parce qu'elle en parle à pas mal de gens, je suis son sujet de conversation favori depuis qu'elle est persuadée que je suis une victime qui se fait manipuler par le méchant éditeur. Elle pense qu'on a des rapports sexuels et tout. Forcément, si elle imagine ça, je comprends qu'elle s'inquiète. Mais ce n'est juste pas la vérité. Et elle y croit tellement fort que, quoi que je dise, ça ne changera rien.

— Pourquoi est-ce qu'elle y croit si fort, à ton avis ?

— Elle a lu des mails que j'ai échangés avec mon éditeur et elle les a mal interprétés. Je sais qu'elle en a imprimé certains, ils traînaient dans sa chambre l'autre jour. De toute façon elle s'est braquée direct. Cet été, elle s'était enfermée dans la cuisine pour téléphoner, elle pensait que j'étais dans ma chambre, et en fait j'étais derrière la porte. J'écoutais. Elle délirait avec ses potes psy, avec mon père, avec mes frères, elle qualifiait Gérald de « pervers ». C'est débile. Mais bon, elle ne veut plus que je le voie, alors je ne le verrai plus. Enfin, plus avant mes dix-huit ans.

— Comment tu imagines tes dix-huit ans ?

— Ah ben c'est sûr que c'est pas avec ma mère que je vais les fêter, hein ! De toute façon, je serai déjà partie faire mes études.

— Tu sais où tu veux aller ?

— À Rennes. J'ai trouvé une école de scénographie qui m'intéresse bien, ça mélange dessin et théâtre, avec un côté très concret qui me plaît. J'espère que je vais être prise. C'est en deux ans. Je vais commencer par là, comme ça j'aurai un métier, et après, je verrai. Les Beaux-Arts, peut-être. Ou les Arts-Déco.

— Et donc, tes dix-huit ans ?

— Porter plainte et partir loin d'ici. Je serai enfin aux commandes de ma vie.

— Tu as l'impression de ne pas être aux commandes de ta vie ?

— Si. Je fais semblant d'obéir pour être tranquille. Enfin, j'obéis dans les faits, quoi. Pas dans ma tête. Dans ma tête, je suis aux commandes. Pourquoi vous souriez ?

— Je trouve que c'est une jolie formulation.

—

Je ne peux pas faire ce trajet à ta place. Il faut que tu te rendes compte par toi-même que la situation déconne. Et en même temps, il est hors de question que je cautionne. Je fais quoi si tu continues à voir ton éditeur dans mon dos ? Je n'arrête pas de te dire que c'est « sans moi », mais qu'est-ce que ça signifie ? Je te vire de la maison ? Quand ? Je la place où, la limite ? Moi-même je ne sais pas. Et puis je ne veux pas mettre en péril ton projet de bande dessinée. Je ne me le pardonnerais pas – toi non plus, d'ailleurs. Ta colère, je pourrais vivre avec. T'avoir empêchée de réaliser ton rêve, ça, non. Ce projet est ton mode d'expression et tu as plus que jamais besoin de t'exprimer. Il faut préserver cet espace créatif. Si seulement ça ne se passait pas dans ce contexte malsain…

—

— Ça va, au lycée ?

— On a tous hâte d'être en vacances. Encore deux semaines à tenir. On entend les mots « bac » et « orientation » à peu près dix fois par jour. Moi, ça va, je sais ce que je veux faire, mais c'est saoulant à force.

— Pourquoi tu as choisi une filière scientifique ? Tu écris, tu dessines…

— J'aime pas qu'on me mette dans une case, alors j'ai pris la case la plus large. Et puis j'adore la bio. C'est vraiment ma matière. Surtout la génétique et tout ce qui se passe dans le cerveau, je trouve ça génial. Nan, et puis je voulais pas aller dans le lycée de bourges où j'aurais retrouvé tous les crétins du collège. Je voulais aller dans le même établissement que mes frères, et là-bas, c'est scientifique et technique.

— C'était compliqué au collège ?

— Compliqué, oui. J'avais pas les bonnes fringues, pas les bonnes références... Je me suis pas mal fait emmerder. De toute manière, j'ai toujours été en décalage avec les gens de mon âge. Je m'entends mieux avec les plus vieux, ou même les plus jeunes. Mais ceux de mon âge... non. Le pire, c'est que j'avais tellement envie d'être acceptée... C'est pour ça que j'ai souffert, je crois. J'avais envie de m'intégrer et ça ne fonctionnait jamais.

— Et aujourd'hui ?

— Bah... ça va. J'aime toujours pas les groupes, je préfère être avec une ou deux personnes. Mais franchement, je ne crois pas que je vais rester en contact avec grand monde du lycée non plus. Alicia, Marine, quelques copains du surf, et voilà. Enfin, je dis ça mais on va se disperser pour nos études, on va faire nos vies, si ça se trouve, même eux je ne les reverrai pas.

— Ça te dérange, l'idée de ne plus les voir à l'avenir ?

— Non. Non, j'vous jure, je m'en fous, faites pas cette tête-là.

— Je fais quelle tête ?

— Vous savez très bien quelle tête vous faites !

—

J'ai l'impression que ça se calme, que tu as vraiment pris tes distances. Dans vos mails, vous ne parlez plus que de la bande dessinée. Mais je n'ai pas accès à vos sms, et tu es beaucoup sur ton téléphone. Je me méfie. Je ne veux pas prendre mes rêves pour la réalité. Les vacances de Noël arrivent. On va aller à Paris, comme d'habitude. Il ne faudra pas que je relâche ma vigilance, là-bas. On fera le 25 chez ma mère, avec mes frères et sœurs et tous leurs enfants. On ne dormira pas chez Rodolphe.

—

— Comment tu sens les choses, aujourd'hui, par rapport à ce que tu as vécu enfant ?

— Comment ça ?

— Tu y penses, parfois ?

— Bah ouais. Surtout depuis que c'est sorti, que mes parents savent. Avant j'y pensais pas trop. Des fois, je me dis…

— Oui ?

— Je ne suis plus exactement sûre de ce que j'ai vécu, vous voyez ? Est-ce que mes souvenirs sont des vrais souvenirs ? Est-ce que j'ai pas inventé des trucs ? Je… je sais que je l'ai vécu, et en même temps… J'étais petite. J'ai oublié tellement de choses.

— Comment ça ?

— Je regarde vachement les photos et les vidéos de quand j'étais petite. Ça me fascine. Parce que je me souviens de rien, de presque rien. Comme si j'avais tout évacué en même temps, les mauvais souvenirs et les bons.

— L'oubli est un mécanisme classique lorsqu'on vit un traumatisme. Le cerveau essaye de nous protéger.

— C'est nul. Moi, je veux me souvenir, de tout. Même de ce qui fait mal.

— Ça reviendra petit à petit…

— Des fois, je crois que j'ai un souvenir qui remonte, et puis je me rends compte que non, que je l'ai reconstitué à partir d'une photo, d'un film, ou d'anecdotes de ma mère, vous voyez ? Mais c'est pas un vrai souvenir. Pas MON souvenir. Bref. Il n'y a que Luc qui pourrait me dire que j'ai bien vécu tout ça. Et il n'a aucun intérêt à le faire. C'est ça que je me dis en ce moment. Que, peut-être, je ne serai jamais sûre.

8

Je te récupère quelques jours pour Noël. Enfin, avant Noël, parce que le 23, tu rejoindras ta mère et tes frères. Eux ne viennent pas.

Je suis à la bourre, comme souvent. Je slalome entre les voitures. Lorsque mon portable sonne, je suis encore à dix bonnes minutes de la gare de Massy où je viens te chercher. Je décroche.

— Holà chica !

— T'es garé où ?

— J'arrive dans cinq minutes. On se retrouve à l'arrière, au même endroit que d'habitude !

Douze minutes plus tard, je rentre en trombe dans le parking, je t'aperçois sur le trottoir, ton gros sac rouge à roulettes à côté de toi.

— Le taxi de mademoiselle est avancé !

— Cinq minutes, hein ?

— Roooh, à peu près ! Ça va, ma puce ?

Je pose un bisou sur ta joue, range ton sac dans le coffre. Tes cheveux ont poussé. Seules quelques mèches s'échappent encore de ton élastique et encadrent ton visage. Tu t'installes sur le siège passager. Je fais le tour du parking, repars en sens inverse. Tu farfouilles dans les CD, glisses celui de Queen dans l'autoradio, montes le son. C'est notre album, *News of the world*, qu'on hurle à tue-tête chaque fois qu'on se retrouve en voiture tous les deux. Et ça ne manque pas. On s'échauffe sur « We will rock you ». Et quand « We are the champions » démarre, on est prêts. Nos voix résonnent dans l'habitacle, mes mains frappent en rythme tout ce qui se trouve à leur portée – volant, tableau de bord, pare-soleil. Tu rigoles en te tortillant sur ton siège, sorte de danse minimaliste dont tu as le secret.

Une heure plus tard, on arrive. Tu traînes ton sac jusqu'au trois-pièces en duplex que j'occupe avec ma compagne et son fils. Ils regardent une émission dans le salon. Nathalie se lève pour t'accueillir, t'embrasse avec cette chaleur qu'elle t'a toujours prodiguée. J'aime votre relation. Je crois que Nathalie t'apporte autre chose que ta mère et que ça te plaît. C'est elle, au début de l'adolescence, qui t'a donné des conseils pour te maquiller. C'est avec elle que tu as discuté quand tu as voulu te couper les cheveux pour la première fois il y a deux ans. Tu as même insisté auprès de ta mère pour que ce soit la coiffeuse de Nathalie qui s'en charge. Je crois que Pascale l'a mal pris. Tant pis.

J'ouvre le frigo.

— Un Coca ?

— Ta fille n'aime pas les bulles, lance Nathalie comme un reproche.

Je vous imagine lever les yeux au ciel de concert en constatant que je n'ai toujours pas intégré cette information après dix-sept ans à être ton père.

— Ah ! Oui. Jus d'orange ?

— Ice tea.

— Je veux bien un Coca ! lance le fils de Nathalie.

— Adjugé.

Lorsque je reviens avec les trois canettes, vous êtes pelotonnés sous un plaid, le chat sur vos genoux, à regarder la *Star Ac* – le fils de Nathalie est fan.

— Vous me faites une place ?

— Je te laisse la mienne, dit Nathalie, je dois aller vérifier si le dîner ne brûle pas.

Il ne reste plus que deux candidats, une brune aux cheveux longs, et un garçon fluet à peine sorti de l'adolescence. Je demande :

— C'est celui qui est malade ? Grégory ?

— Ouais. La finale est mercredi.

— Ah bah tu seras encore avec nous pour la regarder.

— Youpi.

J'éclate de rire. Mais à voir ton sourire en coin, ça n'a pas complètement l'air d'être une punition…

Ton téléphone vibre dans la poche arrière de ton jean. Tu le consultes. Je te surveille ostensiblement.

— Maman, dis-tu. Elle veut savoir si je suis bien arrivée.

Je me détends. La nuit tombe derrière les voilages. Je t'écoute rire à côté de moi et je me dis qu'on est loin des drames de cet automne. L'hiver est là. Une nouvelle saison commence. Et avec elle, une page se tourne.

Une autre soirée me revient. J'étais en formation à Paris, fin septembre. Ta mère venait de me prévenir de ce qui se tramait entre toi et ton éditeur. J'avais trouvé l'adresse de celui-ci. Alors, vers vingt-deux heures, j'ai quitté l'hôtel et j'ai roulé vers Champigny. Je n'avais pas d'intention précise. Je voulais juste voir à quoi ressemblait la maison de cet homme.

Tout ça me paraît révolu maintenant que nous avons contenu cette histoire, mais à l'époque, sachant que tu étais venue chez lui, je me suis dit que si un jour je devais aller te chercher là-bas en urgence, je préférais repérer les lieux.

Je suis passé dans sa rue, lentement, j'ai éteint mes phares. Le quartier résidentiel était désert. J'ai détaillé sa maison – un pavillon de banlieue entouré d'un jardin comme il y en a des milliers autour de Paris, sans charme particulier. Aucun éclairage intérieur ne filtrait. Soit ils n'étaient pas là, soit tout le monde dormait déjà.

Une voiture a surgi derrière moi, j'ai eu peur que ce soit ton éditeur, alors j'ai rallumé mes feux et j'ai accéléré. Ce n'était pas lui. J'ai fait le tour du pâté de maisons. Je me suis garé un peu plus loin. Et je suis repassé dans sa rue à pied, une fois, deux fois, repérant les issues, les marches menant à la porte d'entrée, la palissade du jardin. Après ça, je suis parti. En retrouvant l'habitacle de ma voiture, je me suis senti un peu con, comme si, pendant une heure, je m'étais pris pour un espion et que je revenais brusquement à la réalité. Je suis rentré à l'hôtel. Je n'ai parlé à personne de cette expédition.

Il me semble que c'était il y a des années. Dingue comme tout change vite.

Je passe un bras autour de tes épaules, te serre contre moi. Tu protestes un peu pour la forme. Ta canette vide atterrit sur la table basse.

— Un autre Coca ?

— Putain, papa…

— Je déconne, je déconne ! Je suis content de te voir, ma grande.

—

De : Gérald **20/12/2004 à 18:32**
À : Manon
Objet : Paris

Bonsoir, ma Noune,
Comme tu peux le constater, mon ordi remarche !
Mon pote est passé ce matin, c'était trois fois rien, sans doute une puce qui faisait grève !
Dis, je n'ai pas compris ton texto à propos de ton passage pour les fêtes à Paris. Tu me le traduis en français ? « Je préfère qu'on ne se voie pas, ce ne serait pas cohérent avec ma volonté de mettre de la distance entre nous pendant un moment. »
???
T'as fumé pour écrire des bêtises pareilles ? On s'est vus à Quai des Bulles, que je sache. Il t'est arrivé quelque chose ? En plus, c'était il y a deux mois !
C'est quoi « pendant un moment » ? Jusqu'à ta majorité ? Et de quelle distance tu parles ? Tu as peur que je te saute dessus ? Ou tu as peur de me sauter dessus ?!

Tu « préfères » ne pas me voir ? Dis-moi plutôt que ta mère te l'interdit et je comprendrais mieux, mais n'écris pas de bêtises pareilles, tu n'es pas crédible. On ne serait pas capables de se voir et de discuter dans un café ???? C'est du délire ! On a des choses à se dire à propos de ta BD, j'ai des bouquins à te donner, sans compter que le père Noël est passé (c'est juste un petit truc, ne rêve pas !), et on ne pourrait pas se voir alors qu'exceptionnellement tu passes à Paris et que je ne vais plus à Vannes ? Nimportnawak.
Dis à ta mère qu'on n'est pas au Moyen Âge, ni dans un pays islamiste, et que toi et moi sommes des personnes responsables. J'espère vraiment pouvoir te voir un petit moment entre Noël et le Jour de l'An, en tout bien tout honneur of course. Cela me ferait très plaisir et à toi aussi, je n'en doute pas. Où serait le mal ? Le mal est dans la tête de ceux qui y pensent. Pas dans les nôtres.
Doux bisous de ton Gérald qui t'Aime

De : Gérald **◁ 22/12/2004 à 08:10**
À : Manon
Objet : RE : Paris

Bonjour, ma Nounette,
Je me sens très bien ce matin et ça mérite un petit mail !
Dis, tu sais que je réalise ce dossier pour la maison d'édition récapitulant les ouvrages en chantier, donc il faudrait que tu m'envoies ta bio, ou plus

exactement les éléments de ta bio que tu as envie que je mette dans ta présentation. Tout ça pour avant la rentrée scolaire. OK ?
C'est vraiment dommage qu'on ne puisse pas blablater dans un troquet à Paris. Ce que tu me racontes dans tes textos me consterne, je ne comprends toujours pas l'attitude de ta mère. C'est tellement absurde, surréaliste, insensé ! Sa conception de la vigilance est du type concentrationnaire ! Tu as demandé à ton père s'il pouvait t'accompagner pour me voir, comme elle t'avait dit de le faire ?
J'arrête, sinon j'aggrave ma situation de monstre manipulateur harceleur pervers et j'en passe.
Tendres bisous du matin.
Ton Gérald qui t'Aime

—

9

— J'ai fait tout ce que vous vouliez, toi et papa ! J'ai tout fait. Je ne vais pas voir Gérald, c'est débile ! Alicia sera là, Théo aussi, tu me déposes et tu reviens me chercher le lendemain, y a zéro risque…

— Écoute, on en parlera plus tard ! Ce n'est pas le moment !

Tu sors de la cuisine en trombe, longes le mur du salon, montes les escaliers en faisant résonner chaque marche. J'échange un coup d'œil avec Iouen. Il a l'air consterné. Valentine, sa copine, fête Noël avec nous.

C'est la première fois qu'elle vient à Vannes. Bonjour l'ambiance.

Je rejoins maman dans la cuisine. Son visage est fermé. De toute façon, à chaque Noël, elle est hyper stressée, comme s'il fallait que tout soit parfait, alors que nous, on s'en fout, on veut juste passer un moment tranquille ensemble. Je tente quand même.

— C'est normal que Manon ait envie de fêter le Nouvel An avec ses potes.

— Je sais.

— Imagine, moi ou Iouen, à dix-sept ans, si tu nous avais interdit ça…

— Manon n'est pas toi ou Iouen.

— Parce qu'elle est une fille ?

— Ne dis pas de bêtises. Ça n'a rien à voir. Elle n'est pas toi ou Iouen, c'est tout, elle dissimule en permanence, c'est impossible de lui faire confiance.

— Maman, il y aura son copain !

— Son copain ? s'étonne Iouen en nous rejoignant.

— Elle est de nouveau avec Théo.

— Ah.

J'extrais de ma mémoire l'image d'un garçon brun aperçu l'an passé, son menton souligné d'un petit collier de barbe que je me souviens avoir hésité à trouver classe ou ridicule. Il avait à peu près mon âge, je crois. Il avait l'air sympa. Souriant.

— Elle est capable de convaincre ses amis de me mentir pour avoir un alibi, reprend maman.

— Tu ne crois pas que tu exagères ?

— Non. Et arrêtez de jouer les avocats pour votre sœur, tous les deux, ça va cinq minutes, hein.

Nouveau regard échangé avec Iouen. Il déclare forfait d'une moue fataliste.

Avec maman, on se prend la tête à peu près quatre fois dans la journée : parce que je n'ai pas encore emballé mes cadeaux, parce que je suis revenu de la boulangerie avec un pain différent de celui qu'elle voulait, parce que tu ne lui proposes pas d'aide de ta propre initiative, parce que Iouen veut aller faire un tour en centre-ville avec Valentine alors que tout n'est pas installé pour ce soir.

Finalement, on y va tous les quatre, en centre-ville – Iouen, Valentine, toi et moi. On laisse maman s'organiser comme elle le souhaite. Enfin, pas vraiment comme elle le souhaite, puisqu'elle préférerait sûrement qu'on fasse tout exactement comme elle le désire sans avoir besoin de nous demander quoi que ce soit. Qu'on lise dans ses pensées, quoi. Mais comme c'est impossible, mieux vaut la laisser se calmer et prendre le large.

— C'est toujours aussi… intense ? demande Valentine tandis que nous marchons dans les rues pavées.

Iouen hausse les épaules. D'un ton outrancier, tu déclares :

— C'est Noël !

On rit. Comme souvent, tu fais le clown pour détendre l'atmosphère. J'adore te voir ainsi, pétillante, ton visage mobile, ton corps comme libéré de tout ce qui pèse sur ta vie ces derniers temps.

Je me tourne vers Valentine.

— Tu viens à Paris avec nous, demain ?

— Non, je prends un train tôt, je rejoins ma famille.

— D'accord.

J'ai l'impression que ça lui va bien de nous quitter rapidement. Je la comprends, vu la tension qui a écrasé cette journée.

Lorsque nous rentrons, maman a commencé à descendre les cadeaux qu'elle cachait sous son lit et à les déposer au pied du sapin. Je regarde l'amoncellement avec une légère inquiétude. Des dizaines et des dizaines de paquets s'entassent jusque sous la cheminée. C'est trop. C'est toujours trop.

Je me penche vers Iouen.

— On a combien de paquets pour elle ?

— Cinq. Non, six. Et des chocolats.

Je hoche la tête. Il va falloir bien doser à quel moment on les lui distribue. Parce que si elle a trop peu de cadeaux à déballer, elle s'enferme dans un mutisme attristé en fin de soirée. Comme si on ne l'aimait pas assez. J'ignore ce que ça réveille en elle, je crois que c'est lié à papa, mais je ne sais pas trop pourquoi. Ou à son enfance ? J'ai du mal à imaginer à quoi ressemblait Noël, avec sa tripotée de frères et sœurs et sa mère hyper catho.

Maman traverse le salon avec un nouveau sac débordant de paquets.

— OK pour le Nouvel An, dit-elle en passant à côté de toi.

Tu te précipites vers elle et déposes sur sa joue un bisou assorti d'un « Merci » que tu chuchotes plusieurs fois. Maman grimace, consciente que cet élan d'affection est intéressé.

— Aide-moi plutôt à arranger les paquets.

—

De : Gérald **◁ 27/12/2004 à 08:54**
À : Manon
Objet : Fêtes familiales

Bonjour, ma Nounette,
J'espère que tes fêtes familiales se passent bien. Avant-hier, nous avons déjeuné chez les parents de Viviane et fait le Noël des petits neveux (et des grands !), c'était chouette ! Hier, Viv et moi, ça a été journée tranquille à deux, musique, films… Tout le monde débarque à la maison cet après-midi (ma mère, ma sœur, mon fils, sa compagne et leurs enfants) pour le Noël des enfants.
Dans tout ça, je n'avance guère sur mon travail.
Je te fais de très tendres bisous sur le bout du nez, ma sale gosse. Tu es dans mon cœur et je suis heureux dans notre Amour.
Ton Gérald, ton goéland, toujours toujours toujours.

De : Gérald **◁ 01/01/2005 à 12:31**
À : Manon
Objet : En direct de chez Jean

Bonjour, ma Nounette,
Je t'envoie un petit mail en direct de chez Jean, juste comme ça, pour te dire que je t'Aime tout simplement, et que c'est si doux, et aussi te souhaiter bonne année par le net en attendant que tu reçoives mon paquet et notre carte où tu auras mes vœux (et ceux de Viv) par écrit.

Donc : Bonne année, ma très chérie ! Une année magique à venir !
Ton Gérald qui t'Aime

De : Gérald **◁ 02/01/2005 à 11:28**
À : Manon
Objet : Sur le départ (presque)

Coucou, ma Noune,
On ne va pas tarder à partir de chez Jean, quoiqu'on ne soit pas encore prêts du tout, on papote dans la cuisine. Dis, as-tu l'intention de me raconter ton Nouvel An ? J'aimerais, mais bon… Je vois bien que le « ressort mail » est cassé chez toi. C'est triste… Ce mode de discussion aura été une telle source de complicité, de partage, de tendresse. C'est grâce à lui que tout a commencé…
Je ne comprends pas à quoi sert cette mise en sommeil du mail, car de toute façon nous reprendrons un jour comme avant, c'était trop bien.
Je t'Aime, ma Noune, plus qu'hier et bien moins que demain.
Tendres baisers sur ton front.
Ton phare, ton port d'attache, ton ange gardien, ton goéland, ton Nours, ton Gérald tout simplement.

10

Tu t'es créé une nouvelle boîte mail.

Je le sais parce que je l'ai trouvée en fouillant dans l'historique de l'ordinateur familial. J'ai cliqué sur le lien. Je n'ai pas eu besoin de mettre de mot de passe, tu ne t'étais pas déconnectée en fermant le navigateur – ton incompétence en sécurité informatique me sidère. Enfin, c'est surtout que tu imagines que je n'y connais rien, sinon j'ose espérer que tu serais plus prudente. Ma petite chérie, je ne suis peut-être pas née avec un clavier entre les doigts, mais j'utilise ces outils depuis plus longtemps que toi.

Ce que j'ai lu m'a plutôt rassurée.

Les premiers mails sur cette boîte datent de la mi-novembre. Y en a-t-il eu avant que tu as supprimé ? Peut-être. Mais ceux de ce dernier mois et demi s'espacent, et ils me confirment que tu n'as pas revu Gérald. Il n'est pas venu en cachette. Il respecte ta décision, que tu exprimes clairement.

Bon, tu m'utilises comme excuse, moi et ma prétendue « vigilance de type concentrationnaire ». J'ai bien ri en lisant ces mots. Il y a déjà plusieurs semaines que tu as un accès libre à ton téléphone et nous n'évoquons presque plus le sujet de ton éditeur. Je ne t'ai jamais interdit d'aller prendre un café avec lui pendant les vacances pour discuter de ta bande dessinée, même si oui, j'aurais grincé des dents et tu n'y aurais pas été seule.

Mais utilise-moi, Manon. Utilise-moi tant que tu veux pour le maintenir à distance. Je veux bien être la méchante à ses yeux, la mère-louve, la nazie. J'accepte avec joie de te servir d'épouvantail.

J'ai imprimé quelques mails, en particulier ceux où vous discutez de ta bande dessinée, car ils sont bien moins policés que ce qui se trouve dans ton autre messagerie. Gérald a une manière abjecte de ramener ta création à votre histoire. Il mélange tout. Toi et l'héroïne de ton livre. Sa situation et la tienne. « Il faut savoir quitter les milieux qui vous brisent », « Il faut parfois PARTIR si tu ne veux pas te faire bouffer, si on t'oblige à rentrer dans le rang ». Le procédé est tellement grossier. Tu n'es pas dupe, d'ailleurs, car tu ne réponds pas à ces provocations, tu fais semblant de ne pas saisir le double sens évident de son discours qui, sous couvert d'écriture et de fiction, m'attaque sans relâche.

Bien sûr, je n'ai pas accès à vos sms. Vous en échangez peut-être encore beaucoup. Mais le Nouvel An s'est bien passé. Je t'ai offert un espace de liberté que tu as colorié sans déborder. Tes frères ont raison. Il va falloir que je réapprenne à te faire confiance.

Fermant le navigateur, je décide que c'est la première et dernière fois que je consulte cette boîte mail.

11

Je me laisse glisser sans conviction dans cette nouvelle année. Tu t'éloignes, ma très chérie. Ça fait des mois que tu t'éloignes. À présent, la distance est si grande que je ne peux ignorer sa béance. Mais si je te reproche ces changements dans notre relation, tu vas t'envoler pour de bon. Alors je me contente de te signifier que je suis là. Je te regarde de loin vivre ton historiette avec ce Théo dont tu me racontes de rares fragments. Je te laisse prendre un peu le large. J'essaye de ne pas t'infliger mes angoisses, même lorsqu'elles m'étouffent.

Est-ce que tu le laisses te toucher comme j'aimerais te toucher ? Est-ce que vous faites l'amour ? Est-ce que tu aurais assez confiance en moi pour me le dire ? Tu peux tout me dire, tu sais, même ce que j'aurais du mal à digérer. Je préfère ça au mensonge. Ne m'abandonne pas, Manon. N'éteins pas la lumière.

Dans les semaines qui suivent, je travaille d'arrache-pied sur le seul fil de notre relation qui ne s'est jamais distendu : ta bande dessinée. Nous validons entièrement le texte et la fin du storyboard. On touche au but. Tu as bien avancé sur les crayonnés de la première moitié. Si tu tiens le rythme malgré ton bac et que tu carbures pendant les grandes vacances, tu devrais les avoir terminés à la fin de l'été. Restera à encrer le tout, puis nous verrons si tu ajoutes de la couleur. Mais ce projet est solide, à présent. J'ai confiance. Je sais que nous le mènerons à son terme – d'ailleurs, je l'ai inscrit au planning de parution de l'an prochain.

Si je mets les bouchées doubles, c'est aussi parce nous nous retrouvons par le travail. Les blagues fusent à nouveau. Progresser te grise. J'adore te sentir portée par cette euphorie créative. Tu as mille idées nouvelles par jour. Je te répète : « Note, note dans un carnet. Tu y reviendras quand tu auras terminé. »

Si les mails sont à présents dédiés au travail, le téléphone renferme notre intimité. Les sms, bien sûr, mais surtout nos longs coups de fil, aussi souvent que possible, parfois plusieurs par jour. Et un après-midi, alors que je prépare mes bagages pour le festival d'Angoulême dans la grisaille parisienne de la fin janvier, tu m'annonces :

— Je ne suis plus avec Théo.

J'en reste d'abord muet. Plus de Théo, plus de distraction amoureuse. Le petit garçon en moi danse de joie. Mais j'ai trop envie de renouer entièrement avec toi pour le laisser s'exprimer. Viens dans mes bras, ma petite fée, viens et raconte-moi, à moi qui suis toujours là, qui serai toujours là, toujours toujours toujours. L'avenir m'apparaît et illumine la distance qui nous séparait ces derniers temps ; tes copains passeront, je resterai. Ton Nours, ton nid, ton port d'attache, prêt à te rattraper pour adoucir tes chutes.

Je t'entoure de questions, d'empathie, de sollicitude. Je t'écoute.

— Donc on s'est vus tout à l'heure. Il faisait beau, il m'a donné rendez-vous dans un parc qu'on aime bien. Ça caillait un peu mais bon. Et là, il me sort qu'il a des sentiments pour moi, qu'il m'adore, sauf qu'il se pose trop de questions à propos de notre relation. Et il est gentil, tu vois, il arrêtait pas de sourire, j'arrivais même pas à le détester. À un moment il m'a dit « C'est pas de ta faute, tout le monde rêverait d'avoir une copine comme toi ».

— Au moins il est lucide !

— Tu parles.

— C'était quoi, le problème ? Il t'a expliqué ?

— Moui. En gros, il trouve qu'il fait toujours passer ses potes avant moi et que c'est pas cool, chaque fois il se dit qu'il devrait être dans mes bras et il reste avec eux. Il ne sait pas ce qu'il veut, mais il a peur de me faire souffrir et du coup, bah, il préfère qu'on arrête. Et puis il a parlé de la différence d'âge. Ça le tracasse.

— Vous avez combien d'écart ?

— Trois ans.

— Ouh là. Énorme différence.

Tu ris.

— Ouais, ça pue l'excuse à la con. Il était en mode « On n'en est pas au même stade de nos vies, bla-bla-bla ».

— Depuis quand ça empêche d'aimer ?

— Je sais ! Bref, le pompon, c'est quand il m'a sorti qu'il me voit comme une petite sœur. Ah nan, attends, il a fait encore mieux ! Il m'a parlé d'un mec croisé en soirée, et ce mec, apparemment, il est à fond sur moi.

— Euh… il a essayé de te caser avec quelqu'un d'autre ?

— Limite, ouais. Qu'est-ce que j'en ai à foutre, moi, de ce type ? Alors que mon copain est en train de me larguer ? Franchement ? Oh, et ce parc où on s'est vus, c'est celui où on s'est embrassés la première fois l'an dernier. Il avait même pas tilté.

— Sacré acte manqué…

— Il n'avait pas apporté de mouchoir, ce crétin. Moi non plus.

— Mince, tu as pleuré ?

— Un peu. Il m'a dit « Je ne veux pas que tu pleures ». Gentiment, hein, genre je ne voulais pas te faire pleurer. C'était trop tard.

— Petit bout… J'aimerais bien les sécher avec des bisous, tes larmes.

— Après, il a essayé de me faire rire, et il a presque réussi. Je lui ai dit de me laisser. Il est parti. Je suis restée un moment dans le parc pour digérer le truc. Là, ça va mieux. C'est… Je m'en remettrai.

Bien sûr que tu t'en remettras. Il ne manquerait plus que ça. C'était juste un petit mec sans grande importance. Les garçons de cet âge sont immatures et souvent bêtes avec les filles. Je le sais, j'en ai été un.

Nous discutons encore un moment. Je sens que tu te rapproches de chez toi parce que ton attention s'émousse.

— Tu dois y aller ?

— Oui, je suis devant le garage. Il faut que je bosse sur *Les Rêveurs*.

J'aime ce titre que tu as trouvé pour ta bande dessinée. *Les Rêveurs*… simple et beau.

— Manon… est-ce qu'on va se revoir bientôt ?

Je t'entends respirer à l'autre bout du fil. J'ai l'impression que tu souris. Mes lèvres tremblent d'espoir. J'ai tellement peur que tu me dises non, peur d'avoir mal, d'être renvoyé dans mes cordes.

— Oui, lâches-tu d'un ton léger. Oui, bientôt.

Quand nous raccrochons, je choisis une carte postale de bateau que je gardais en réserve. Au dos, j'écris « Dès que le vent soufflera, ma goélette… Ton Gérald qui t'Aime ».

Je la posterai demain.

—

Extrait de procès-verbal, déposition de Jean ESTIENNE, frère de Luc ESTIENNE, entendu par Cécile SIMONNET, capitaine de police en fonction à la Brigade de Protection des Mineurs de PARIS, le 6 avril 2006.

QUESTION : Votre frère vous a-t-il parlé des faits qui lui sont reprochés ?
RÉPONSE : Non.
QUESTION : Quand avez-vous vu votre frère pour la dernière fois ?
RÉPONSE : Avant-hier.
QUESTION : Lui avez-vous dit que vous étiez convoqué à la Brigade des Mineurs ?
RÉPONSE : Non. Il sait que je suis au courant. Quand on s'est vus, on a refait une chronologie pour confronter nos souvenirs depuis 1993.
QUESTION : Et qu'en est-il ressorti ?
RÉPONSE : On n'a pas parlé des faits. On s'est juste remémoré les dates des vacances durant lesquelles on a vu la famille BRUYÈRE.

12

Je traverse la rue, tire sur ma clope, l'écrase en vérifiant à travers la vitre de la brasserie qu'Annabelle n'est pas là. C'est terminé entre nous. Elle voulait trop, j'étais incapable de donner autant. Je pousse la porte ; mon boss est derrière le bar.

— Tu t'es trompé d'horaire ?

— Je viens te dire que je pars.

Ses gestes ralentissent. Il pose deux verres dans l'égouttoir.

— Tu déménages ?

— Non. Enfin oui, j'ai trouvé un appart à Paris, mais ça n'a pas de rapport. Juste, c'est la fin de mon contrat demain, donc j'arrête.

— C'est à cause d'Annabelle ?

— C'est à cause de ta sale manie de fourrer ton nez dans ma vie privée et de me faire la morale, surtout.

— Dégage.

— Avec grand plaisir.

— Dégage ! Et ne viens pas demain !

Je suis déjà dehors. Je lui adresse un sourire narquois qui le fait enrager un peu plus. Insolent. Ce que les profs disaient de moi. Pourtant, ils entendaient peu le son de ma voix. Soutenir leur regard en souriant suffisait à leur faire péter un câble. Mais cette fois, j'ai parlé. Et après des semaines à subir ses conseils à la con sur ma relation avec Annabelle, me casser de cette manière me fait un bien fou. J'ai l'impression de reprendre le contrôle de ma vie.

Exit Annabelle.

Exit la fouine de boss.

Exit le loser retourné vivre chez ses parents.

J'aurai les clés de mon nouvel appartement après-demain. Un deux-pièces sous les toits. Je n'ai pas grand-chose à y mettre – trois cartons, un lit flambant neuf offert par mon père qui sera livré en fin de semaine, deux étagères, un placard, une petite table, un sac de fringues. Ces dernières années, je n'ai vécu que chez les autres ou dans des logements transitoires. Pour la première fois, je serai chez moi. Sans comptes à rendre à personne. J'ai hâte.

Vendredi, le mec de l'agence me remet la clé. Il nous faut moins d'une demi-heure pour monter les affaires entassées dans le coffre de la voiture de ma mère.

— Tu veux un coup de main pour ranger ? propose-t-elle.

— Ça va.

Je l'embrasse. Elle s'en va.

Je balance mes vêtements dans le placard, je sors mes affaires de toilette, ma vaisselle et mes ustensiles de cuisine, je dispose sur les étagères ma collection de CD. Seize heures trente. Un dernier carton me regarde. La paperasse. Allez, autant en finir.

L'encre bleue d'un stylo-plume attire mon regard. La lettre de tes parents.

Je l'extrais du bric-à-brac avant d'examiner en détail mon nouvel appartement. Je repère un recoin derrière le tuyau du lavabo de la salle de bains. Je roule la lettre, l'y coince. Elle est parfaitement invisible. C'est la cachette idéale pour oublier ce courrier et tout ce qu'il soulève.

13

Je vais te chercher dans la salle d'attente, comme chaque mercredi depuis novembre. Tu me décoches ton grand sourire, serres ma main avec un naturel étonnant – la plupart des adolescents que je reçois n'ont pas ce geste, surtout les filles. Je t'invite à entrer dans le cabinet. Tu t'installes tandis que je passe derrière le bureau.

— Comment vas-tu ?

— Comme un début février. Il fait froid, le bac blanc approche, Théo m'a larguée. La vie, quoi.

Je souris de ton air enjoué.

— Tu veux en parler ?

— Du fait que j'ai froid ?

— On peut commencer par là.

J'aime bien t'avoir comme patiente. Tu as l'intelligence agile, parfois mordante. Dans nos séances, tu n'hésites jamais à me bousculer. Tu es de ces adolescentes qui pensent avoir déjà tout compris, tout vu, tout vécu. Parce que tu as vécu beaucoup. Mais pas tout, Manon, très loin de là. Tu le sais, au fond. Tu joues ce rôle parce qu'il te donne davantage confiance en toi.

En milieu de séance, notre discussion se tarit. Je prends une longue inspiration, que j'essaye de rendre la moins sonore possible.

— Manon, je suis ennuyé. Je t'ai dit, quand on a commencé à se voir, que je suis tenu au secret professionnel et que rien de ce que tu dis ici n'en sortirait. Mais j'exerce mon métier dans le cadre de la fonction publique hospitalière. Récemment, la loi a évolué et, si j'ai connaissance d'un crime ou d'un délit qui a été commis, je me dois à présent d'en informer le procureur de la République. Ce que tu as vécu enfant est un crime. Je sais que tu veux porter plainte à tes dix-huit ans. Je comprends et soutiens complètement ce souhait. Seulement, si je transmets ces informations au procureur, il lancera aussitôt l'instruction, dépôt de plainte ou non.

Ton visage mobile s'est crispé. Le bleu de ton regard est noyé d'ombres. Tu lâches :

— C'est pas juste.

— Non. Dans ton cas spécifique, ce n'est pas juste. C'est une loi qui est faite pour protéger au mieux les victimes, en particulier les enfants qui ne sont pas en mesure de porter plainte. Et je n'ai pas le choix. Tout ce que je peux faire, c'est différer en attendant que tu portes plainte toi-même, mais ça ne pourra pas attendre septembre prochain. Si tu veux être à l'initiative de la procédure, et il me semble que c'est important pour toi, il faudrait que tu ailles rapidement au commissariat.

— C'est quoi « rapidement » ?

— Ce mois-ci.

— Sérieux ?!

— Je ne peux pas m'y soustraire… C'est la loi, et si je tarde davantage, je serai en faute. Je suis vraiment désolé, Manon.

Ton regard buté ricoche dans le mien, s'échappe vers tes mains. Lorsque tu relèves les yeux, tu es calme.

— Je comprends.

Nous nous séparons. Ta résolution se lit sur ton visage. Tu es prête. Tu es prête depuis un moment, je pense.

— À la semaine prochaine, Manon.

— À la semaine prochaine.

14

Tu sors du bureau.

— À toi, indiques-tu.

— Ça s'est bien passé ?

— Oui.

De fait, tu sembles détendue. Le brigadier-chef Stéphane Delaporte me fait signe depuis l'entrée de son bureau. Je l'y rejoins.

— Asseyez-vous. Je vous laisse prendre connaissance de la déclaration de votre fille.

Devant moi, deux feuillets A4. Dans la marge de gauche, je lis « AFFAIRE : contre/Luc ESTIENNE, VIOL SUR MINEUR ». Je parcours le document. Tu as complètement éludé le rôle de Gérald. « Je n'avais rien dit à mes parents jusqu'à ce que j'en parle à ma mère en octobre dernier. » Et plus loin : « J'ai donc commencé à en parler avec mon psychologue, monsieur RIVAGE, que je vois depuis le mois de novembre. » Et vers la fin : « C'est d'ailleurs pour cela que j'ai décidé de voir un psychologue, pour me reconstruire. » Comme si c'était de ta propre initiative. Tu joues à la victime idéale. Tu dis ce que tu crois qu'on veut entendre.

Je fais part de ces doutes au policier.

— Est-ce que ça rend son témoignage faux ? demande-t-il.

— Non. C'est juste… évasif. Mais c'est sa déclaration, elle m'en voudrait d'intervenir.

— Il y aura d'autres auditions durant l'enquête, ne vous inquiétez pas, ces questions lui seront posées.

— D'accord.

« QUESTION : Est-ce que vous avez essayé de repousser Luc quand il vous faisait ça ?
RÉPONSE : Non, je le laissais faire tout en essayant de m'occuper l'esprit à autre chose. Je regardais l'écran de l'ordinateur sur lequel jouaient mes frères ou bien je bouquinais. Il prenait son temps puisque personne ne l'a jamais surpris. En général, j'avais un pull large et il passait sa main en dessous, on ne pouvait rien voir. Il me faisait ça en plein jour, peut-être que c'était tellement gros que personne ne pouvait se douter ? Je ne suis même pas sûre qu'il ait eu conscience de ce qu'il faisait. »

Ma chérie… À douze ans, on sait que mettre la main dans la culotte d'une petite fille n'est pas normal. Même dans une famille qui aborde aussi peu la sexualité que la sienne. Même dans une famille où le poids du secret est si puissant. Je ne suis pas censée le savoir, mais à force de discuter avec les uns et les autres, j'ai cru comprendre qu'il y avait eu dans la famille de Rodolphe un passé incestueux. À ma connaissance, il n'y a jamais eu de conséquences judiciaires, et personne n'en parle. Luc, même inconsciemment, porte ce non-dit. Et c'est aussi pour briser ce silence que ta plainte est importante. Qu'au moins une fois la justice pose des mots sur la réalité des faits. Viol. Victime. Coupable.

— Nous allons rédiger la partie qui vous concerne, annonce Stéphane Delaporte en se tournant vers son ordinateur. J'ai besoin de votre date et lieu de naissance.

Je récite les informations à mesure qu'il me les demande. J'évoque le moment où tu m'as parlé de ce que t'a fait Luc, le dépôt de main courante, le courrier que nous lui avons ensuite adressé. Je précise qu'il habitait bien chez ses parents à l'époque, puisque nous avons reçu l'accusé de réception. Je confirme que moi et ton père ne nous sommes doutés de rien.

— Il m'a semblé percevoir un changement de comportement de Manon quand elle avait huit ou neuf ans, mais j'avais mis cela sur le compte des tensions avec son père et du divorce.

Il me fait préciser l'année.

— Autre chose ?

— Je ne crois pas.

— Bien. « Je dépose plainte contre Luc ESTIENNE pour le viol qu'il a commis sur ma fille Manon. Je prends acte de mon droit à obtenir réparation et à être assistée par un service ou une association d'aide aux victimes. Lecture faite personnellement, persiste et signe avec nous le présent. »

Il relit, imprime, me tend les pages.

— Prenez votre temps. S'il faut modifier quelque chose, nous pouvons.

Ma déclaration fait suite à la tienne, sur le même document.

— C'est bon, dis-je en arrivant à la fin.

— Reste à signer. Ici.

Je signe. Stéphane Delaporte récupère le document, signe à son tour. Je m'inquiète :

— Et s'il nie tout ?

— Dans ce genre d'affaire, des années après les faits, c'est malheureusement souvent la parole de l'agresseur contre la parole de la victime, et l'issue est incertaine. Mais on ne peut pas savoir comment il réagira.

Je hoche la tête lentement. Que se passera-t-il si la justice échoue à établir la vérité ? Quelles conséquences cela aura-t-il sur toi ? Tu auras parlé, tu auras fait la démarche de porter plainte et… rien. Non, ce ne sera pas rien, Manon, ce ne sera jamais rien, parce que, quoi qu'il arrive, nous, on saura. Il n'y a plus de secret.

— Quand aura-t-on des nouvelles ?

— Le temps de la justice est long. Souvent trop long, du point de vue des victimes.

— Mais à peu près ? Ça se compte en mois ? En années ?

— C'est variable. Je dirais qu'il ne faut rien espérer avant l'été ou la rentrée. Mais ça peut prendre plus de temps. En attendant, je vais ordonner une expertise psychologique de Manon pour la joindre au dossier, c'est la procédure.

— Bien sûr.

Ce n'est pas plus mal. Cette année est assez mouvementée comme ça. Autant laisser passer ton bac avant que tu sois confrontée à cette nouvelle épreuve.

—

Extrait de l'audition de Monsieur Rodolphe ESTIENNE, père de Luc ESTIENNE, entendu par Cécile SIMONNET, capitaine de police en fonction à la Brigade de Protection des Mineurs de PARIS, le 6 mars 2006.

QUESTION : Qu'avez-vous à déclarer sur les accusations portées à l'encontre de votre fils Luc ?
RÉPONSE : Je ne sais pas quoi dire car je n'ai rien à dire. Je ne sais pas quand ces faits se sont produits

ni sur quoi ils reposent, ni quand ils ont été révélés. Je ne sais pas.
QUESTION : Durant sa garde à vue, votre fils Luc a déclaré qu'il vous avait indiqué avoir reçu un courrier en accusé de réception qui lui avait été adressé par les parents de Manon. Qu'avez-vous à dire ?
RÉPONSE : J'ai été informé par mon fils qu'il avait reçu un courrier recommandé qu'il m'a montré. Ce courrier l'avisait d'un dépôt de main courante. Mon fils m'a indiqué qu'il y avait eu un incident pendant les vacances de Noël, mais je ne sais pas de quelle année. Visiblement, ce devait être durant des vacances qui avaient lieu à mon domicile.
QUESTION : Quelle a été votre réaction ?
RÉPONSE : J'ai téléphoné à la mère de Manon, pour savoir de quoi il s'agissait.
QUESTION : Et elle vous a dit quoi ?
RÉPONSE : Qu'elle avait déposé une main courante car Manon lui avait déclaré que Luc avait eu un attouchement à l'égard de sa fille, durant cette période de vacances. Il n'a jamais été question de ce que vous énoncez. Je suis abasourdi. Je n'ai jamais été informé de la suite.

15

Le téléphone vibre dans ma poche arrière. Sonia. Mon estomac fait un bond. Je n'ai pas eu de nouvelles d'elle depuis notre rupture au printemps dernier.

— Allô ?
— Luc ? C'est moi.
— Ça va ?
— Je suis à Paris. Tu travailles aujourd'hui ?
— Non. Tu… Tu veux ?
J'entends un sourire au bout du fil.
— Je vois que tu es toujours aussi bavard, dit-elle.
— Tu me connais.
— On boit un café ?
— Tu veux passer à l'appart ?
— Je suis libre à partir de six heures.
— OK. Je t'envoie l'adresse.
Je raccroche, un peu sonné.
Je passe l'après-midi à ranger. Moi qui vis fenêtres ouvertes, je les ferme, j'allume les convecteurs. Vers seize heures, je sors acheter des gâteaux d'apéro et de quoi dîner. Au cas où. Je bois un whisky. J'ai l'impression d'être mon père et ça me gâche le plaisir. Mais l'alcool fait le job, je me détends, même si je tourne en rond jusqu'à ce que Sonia frappe à ma porte.
Ses cheveux ont poussé. Elle porte toujours le même manteau vert forêt, et le même parfum à la violette. Je lui désigne le canapé sans lui faire la bise. Je ne peux pas. Trop peur de ne pas être naturel, de déraper vers ses lèvres sans le vouloir. On s'installe.
— Tu es à Paris pour quoi ?
— Un entretien d'embauche. Enfin, pas vraiment, je reste dans la même chaîne, mais je prendrais la direction d'une boutique.
— Cool. Tu sauras quand ?
— Je sais. Je suis prise.

— Bravo !

On trinque avec nos tasses à café, amusés.

On discute un moment. Peu à peu, mon cœur cesse de faire des loopings chaque fois qu'elle me regarde. Elle m'explique qu'elle a rendez-vous demain pour visiter plusieurs appartements.

— T'as faim ? J'ai de quoi faire une sauce bolo.

— OK. Mais je m'occupe de la cuisson des pâtes.

Sourires en coin. C'est une vieille blague entre nous, comme quoi je serais incapable de faire des pâtes al dente, alors qu'on n'a juste pas la même vision des pâtes al dente : les siennes sont carrément dures.

On se faufile dans ma cuisine. Je coupe les tomates, elle met l'eau à chauffer. Nos corps se frôlent. Nous discutons de son nouveau boulot mais ni elle ni moi n'y sommes vraiment. Au détour d'une phrase, la main de Sonia se pose sur mon bras, s'envole aussitôt. Je la regarde.

— Quoi ?

Je ne réponds pas. Sonia rougit. J'ai toujours aimé comme elle rougit rapidement. Ses joues sont une fenêtre ouverte sur ses pensées, elle ne peut rien dissimuler.

Je me détourne, remue les tomates qui réduisent dans la poêle. Elle attrape deux assiettes, met la table dans le salon, égoutte les pâtes. Je les goûte. On entend distinctement un craquement sous mes dents. Sonia éclate de rire.

Nos assiettes sont vides et le genou de Sonia est négligemment collé à ma cuisse depuis près d'un quart d'heure quand je demande :

— Tu voudrais qu'on réessaye ?

— Quoi ? Nous ?
— Non, les pâtes al dente.
— T'es con.
— Tu voudrais ?

Sa main trouve la mienne. On joue un peu – doigts qui se perdent sur les paumes, s'entrecroisent, arrachent des frissons à la peau fine des interstices. Elle m'embrasse.

Cette nuit-là, je me réveille à deux heures du matin. Sonia dort. J'ai chaud. Je me lève sans la réveiller, me glisse dans la salle de bains, passe de l'eau froide sur mon visage.

Je reste là un moment, à contempler mon reflet dans la pénombre. Puis je m'accroupis, j'extrais le courrier de tes parents de sa cachette. Il gâcherait tout si Sonia tombait dessus.

Cendrier, briquet.

Les flammes illuminent un instant la salle de bains avant de s'étouffer, ne laissant que des cendres que je m'empresse de faire disparaître par le siphon du lavabo.

Septième partie

—

1

C'est en avril que nous nous revoyons. Tu as enfin accepté que je vienne à Vannes avec Viviane. Comme à l'automne dernier, nous nous garons dans une petite rue près de ton lycée et nous t'attendons dans la voiture. On a beau avoir été en contact quotidiennement depuis le cataclysme de novembre, je tremble de respirer à nouveau le même air que toi. Viviane, assise derrière le volant, attrape ma main. La serre. Nous échangeons un regard intense.

Bruit de portière. Je me retourne. Furtive, tu t'es déjà glissée sur la banquette arrière. Ton sourire est tendu. Tu annonces :

— Je dois être rentrée à dix-neuf heures.

— D'accord. Ça a été, ta journée ?

— Oui. On part d'ici ?

Nous démarrons. Avant d'aller nous promener, il y a quelque chose que je tiens à faire. Nous en avons longuement discuté, Viviane et moi. Il est hors de question de laisser ta mère continuer à entraver nos communications et à t'empêcher de travailler comme tu veux. Viviane s'engage sur la rocade.

— On va où ?

— Surprise…

Tu te redresses sur la banquette, intriguée. Je te guette dans le miroir du pare-soleil, t'envoie un clin d'œil. Mais lorsque nous bifurquons vers le parking d'un grand centre commercial, tes traits se crispent à nouveau.

— C'est chaud. Ma mère vient faire ses courses ici, et plein de voisins aussi.

— Mince, fait Viviane. J'ai pris le rendez-vous dans une boutique…

— Une boutique de quoi ?

Je me retourne.

— On voulait… Je voulais t'acheter un deuxième téléphone dont ta mère ne connaîtrait pas l'existence. Sans forfait, juste avec des recharges que je t'enverrai.

Tu balayes le parking du regard. Il est encore tôt, il n'y a pas trop de monde.

— OK. Mais on ne se colle pas, on reste à distance.

— D'accord.

On quitte la voiture. Tu marches dix pas derrière nous. On ne risque pas d'être collés, en effet.

Viviane et moi pénétrons seuls dans la boutique Orange de la galerie. Je t'aperçois qui examines des vitrines. Nous choisissons l'appareil, demandons une carte SIM sans engagement et quelques recharges pour commencer. Nous payons.

Je m'approche de toi.

— Vas-y, ils doivent mettre l'appareil à ton nom.

Tu disparais à l'intérieur de la boutique. Je rejoins Viviane en face, dans le magasin Darty que nous avions repéré. Elle est déjà en train de discuter avec un vendeur. Elle s'y connaît bien mieux que moi en informatique. En moins de cinq minutes, nous avons choisi un modèle d'ordinateur, un étui, et une petite clé USB dont tu peux changer le capuchon rotatif – orange, bleu ou gris. Nous passons à la caisse. Tu nous aperçois et je te fais signe de nous attendre dans la galerie. Tu joues déjà avec ton nouveau téléphone. Un sms vibre contre ma jambe. Numéro inconnu. « Bonjour, monsieur, c'est une admiratrice secrète… » Un sourire bête se colle à mes lèvres. J'enregistre aussitôt ton nouveau numéro.

Lorsque nous regagnons l'abri de la voiture, je te tends le gros sac Darty.

— C'est pour moi ?

Je hoche la tête, ravi de mon effet. Tes yeux s'écarquillent en découvrant la boîte de l'ordinateur portable.

— Wow. C'est un…

— Oui. Tu n'arrêtes pas de me dire que tu ne peux pas travailler comme tu veux parce que ta mère rationne ton accès à l'ordinateur familial. Maintenant, tu as TON ordinateur. C'est toi qui décides.

— Je… C'est trop.

— Ça nous fait plaisir, intervient Viviane. Vraiment.

— … Merci.

Nous quittons le centre commercial. Tu déballes l'ordinateur, le range dans son étui, vérifie qu'il tient dans ton sac à dos.

— Il va falloir que je le cache.

— Dans le grenier où tu as installé ton bureau ?

— Non, elle y monte et il n'y a pas de porte. Je trouverai.

Viviane lève les yeux vers le rétroviseur intérieur.

— Fais attention à ce que ton nouveau téléphone soit toujours sur silencieux. Même pas de vibreur, rien.

Tu acquiesces. Nous sortons de la ville pour nous promener au bord de l'eau. Tu détaches tes boucles rousses qui viennent chatouiller tes épaules. Cette longueur te va bien. Tout te va bien.

En marchant, nous parlons beaucoup de ta bande dessinée et de ce qui se passera lorsqu'elle paraîtra : les salons du livre où nous nous retrouverons, les rencontres scolaires que tu feras, les prix auxquels nous enverrons ton œuvre en espérant qu'elle soit sélectionnée. Nous évoquons aussi le spectacle que tu prépares avec les élèves de ton atelier théâtre pour participer à un concours interétablissements. Parfois, ma main trouve la tienne avec délice. Nos corps se parlent autant que nos voix.

Avant de te ramener, nous faisons un long câlin à trois, debout dans le vent. C'est beau à en pleurer.

Le lendemain, je sillonne la presqu'île de Rhuys avec Viviane. Nous déjeunons tous les deux dans un petit restaurant aux chaleureux murs de pierre. Puis nous nous dirigeons vers la plage de ton club de surf. J'ai apporté mes jumelles. Je te dévore des yeux. Bien sûr, on s'éclipse avant que ta mère vienne te chercher. Je me contente d'un salut de loin qui me fout le bourdon. Tellement envie de te serrer contre moi comme hier.

Par sms, je t'envoie « J-163 » sur ton nouveau téléphone.

« C'est presque demain », réponds-tu quelques minutes plus tard avec un smiley.

Si seulement.

À dans quinze jours, mon petit elfe.

—

De : Gérald **◁ 13/04/2005 à 12:20**
À : Manon
Objet : Heureux

C'était si bon de te retrouver, ma Noune… Pourquoi on s'est privés de ça aussi longtemps ? Alors que c'est tellement doux, beau, évident ? Depuis ce week-end, je me sens léger, je chantonne, je sifflote. Viviane me lance ses grands sourires que tu connais. Je suis heureux d'avoir pu te serrer dans mes bras, de recommencer bientôt. Ce week-end à Vannes a été une bouffée d'air frais pour nous deux, on a hâte de revenir.
Des bisous sur ton museau !
Ton Nours amoureux

De : Gérald **◁ 15/04/2005 à 22:34**
À : Manon
Objet : Plus qu'une semaine

Ma gamine que j'aime,
On est passés au lycée ce matin. Dans la salle des profs, les collègues ont entouré Viviane, lui ont demandé des nouvelles. Elle est vraiment aimée de

tous. Elle était ravie d'être là, enseigner lui manque. Cette ambiance entre profs aussi. Elle leur a dit qu'elle reviendrait bientôt. J'avais les larmes, et je n'étais pas le seul.
Plus qu'une semaine avant de te tenir contre moi…
Je te souhaite de belles vacances chez ton père. On se voit à ton retour !
Je suis là, toujours pour toi, ma petite fée.
Jamais peur, jamais seuls, jamais froid.
Ton Gérald, tout simplement
P.-S. Tu crois qu'on pourra continuer à s'appeler comme d'habitude quand tu seras là-bas ?

De : Gérald **20/04/2005 à 11:50**
À : Manon
Objet : Merci

Ça m'a fait un bien fou de t'entendre ! Je sais que c'est compliqué quand tu es chez ton père, merci encore d'avoir pris ce temps.
Voici une recharge téléphone : 7910067493419.
Tu dois commencer à être au bout de ton crédit, non ?
Je t'Aime et je suis là, toujours toujours toujours…
Des baisers doux, ma sale gosse !
Ton Gérald à toi, ton phare toujours éclairé, ton port d'attache qui attend que tu viennes frotter ta coque contre ses pierres moussues. (Oui, comme tu l'as si bien dit, notre relation est aussi physique.)

De : Gérald **⩤ 25/04/2005 à 23:12**
À : Manon
Objet : Bonheur

On vient d'arriver. On est sur notre petit nuage spécial Manon ! Même entre nous, on n'arrive pas à verbaliser ce bonheur, tout passe par les regards, comme hier avec toi, comme ce midi au restaurant.
J'espère que tu n'as pas déjà terminé les Mentos au cassis ! Les livres, au moins, je suis sûr qu'ils te dureront un peu de temps, surtout que tu es bien occupée par tes cours et le théâtre… Je suis sûr que tu vas aimer *Des milliards de tapis de cheveux*.
Et *Replay*, de Ken Grimwood, est l'une des plus belles histoires d'amour que je connaisse.
Tu me manques déjà, Manon. Ton odeur, tes bras, ta voix, ton sourire…
Merci de nous avoir emmenés à Conleau, je sais que c'est un endroit important pour toi et c'était émouvant de te tenir la main là-bas.
Je t'Aime, c'est tout. J'ai la gorge nouée de bonheur.
Ton goéland heureux

De : Gérald **⩤ 28/04/2005 à 16:28**
À : Manon
Objet : Bravo

Coucou, toi que j'Aime,
J'ai bien ri en lisant tes sms sur la pièce que vous préparez.

J'aimerais tellement pouvoir t'admirer sur scène. J'imagine que ta mère sera dans la salle… Crois-tu que je pourrais me cacher dans un coin ?
Bravo pour les planches que tu m'as envoyées hier. Elles sont magnifiques. Ce moment où l'héroïne rêve de toucher la main du héros est absolument sublime, tu l'as retranscrit avec pudeur et émotion. Je crois que c'est ma planche préférée. Peut-être parce qu'elle me rappelle vaguement quelque chose……
J'ai hâte d'avoir ta main dans ma grosse patte, ma môme que j'Aime à l'infini.
Ton Nours

De : Gérald **◁ 07/05/2005 à 22:47**
À : Manon
Objet : Magique…

Ma Manon,
À peine rentré à la maison que j'ai besoin de t'écrire. C'est ce qui est beau entre nous, ce besoin constant de l'autre. Tu es là, je suis là, toujours toujours toujours.
Ces deux jours étaient magiques. Retrouver notre nid physique m'a rempli de tant d'émotions…
Et puis tout ce qu'on s'est dit… C'est ce mélange de discussions sur des grands sujets, tout en étant allongés, en se touchant et en se câlinant de temps en temps, qui m'a bouleversé.
Je t'Aime je t'Aime je t'Aime……..
Ton Gérald si heureux

—

De Manon à Manon | Mai 2020

Je ne peux pas te donner la parole, Manon. C'est moi qui la prends, toutes ces années plus tard, à travers ces multiples voix que j'emprunte pour te parler. Je remue les sédiments de tes dix-sept ans. J'en déterre les squelettes qui tombent aussitôt en poussière entre mes doigts.

Que ressentais-tu ? Je me souviens du stress dévorant d'être découverte, mais j'ai tout oublié de tes différents passages au commissariat. Je me souviens d'une lassitude quand tu devais une fois de plus rassurer cet adulte qui ne savait pas en être un, mais la temporalité de cette année est confuse dans ma mémoire et je dois mener une véritable enquête pour la rétablir. Je me souviens de ta révolte qui prenait parfois la forme d'un mutisme total. Je me souviens de ton incapacité à admettre la réalité de ce qui se passait, même si, au fond, tu savais que ce n'était pas normal.

Je me souviens, aussi, de tout ce que tu vivais d'autre, des amitiés bancales, de ces garçons que tu désirais en secret, des journées dans l'océan, des répétitions de théâtre, des carnets de croquis, de tes danses devant le miroir, de ce corps que tu ne savais pas aimer, de quelques profs géniaux qui t'ont ouvert des portes intérieures, des heures à projeter mille possibles sur le plafond de ta chambre.

Gérald et la création de ta BD ; le lycée et les cours de théâtre ; le quotidien familial ; le club de voile ; les rêveries débridées.

Ces vies parallèles se croisaient le moins possible. Et tu les vivais toutes.

—

2

Comme chaque midi, on se dirige vers le CDI tandis que les autres élèves de notre classe font la queue au self. Pendant qu'on bosse, tu me glisses :

— Mon éditeur m'a prêté un ordi pour que je puisse travailler, ça fait un mois qu'il est sous mon lit, je ne le sors que quand ma mère n'est pas là. Si elle le trouve, elle va encore se faire des films. Ça t'embête si je le dépose chez toi ce soir ?

— Comme tu veux.

Trois quarts d'heure plus tard, Marine passe te chercher pour votre répétition de théâtre.

— Tu veux venir ? me proposes-tu. On fait un filage, les profs ont dit qu'on pouvait amener des amis pour servir de public test.

— OK.

Je referme mes cahiers, range l'agenda au dos duquel j'ai recopié les paroles d'une chanson de Diam's. Je vous suis jusqu'à une salle du rez-de-chaussée repeinte en noir pour l'atelier théâtre. Plusieurs élèves sont déjà là.

— Ah, une invitée ! s'exclame l'un des profs. Prends place, Alicia.

Je m'assieds, amusée et un peu mal à l'aise d'être la seule intruse. Mais une poignée de spectateurs me rejoignent peu à peu. Vous êtes survoltés. Vous faites des blagues, mimez un combat à l'épée, enfoncez les doigts entre les côtes des autres qui se plient en deux et s'échappent. On dirait des enfants avant leur gala de danse. Je t'ai rarement vue aussi désinhibée.

Et puis soudain, ça me frappe.

Tu flottes dans ton jean.

Tu n'as jamais été très épaisse, mais je suis certaine que tu le remplissais davantage il y a quelques mois. Marine, qui n'intervient pas au début du spectacle, s'assied à côté de moi. Je me penche à son oreille.

— Elle a grave maigri Manon, non ?

— Ah, c'est pas que moi !

— Bah non. Regarde ses cuisses.

— Et ses joues.

J'assiste à votre filage sans pouvoir décoller les yeux de ton pantalon. Une part de moi t'envie cette silhouette que je n'obtiendrai jamais quels que soient mes efforts.

À la pause de l'après-midi, on te confronte.

— T'as perdu du poids, non ?

— Un peu.

— Tu pesais combien en début d'année ?

— J'sais pas, 50.

— Et maintenant ?

— … 47 ?

Tu parles. Plutôt 44 ou 45.

— Comment ça se fait ? demande Marine.

— J'sais pas.

— Il faut que tu manges, meuf ! Arrête de sauter les déjeuners…

J'évite ton regard. C'est pour m'imiter que tu as commencé à bouder le self chaque midi. Mais Marine a raison, tu n'es plus mince, tu es maigre. Ça devient flippant. Et puis à côté de toi, j'ai presque l'air grasse. Je déteste ça.

Le pire, c'est que je te vois tout le temps grignoter. Tu te gaves de biscuits, de Kinder Bueno, de bonbons. Et tu *maigris*. L'injustice totale.

—

3

— Comment vas-tu, Manon ?

— Super ! On a gagné le premier prix du jury au festival de théâtre !

— Félicitations. Ça te donne envie de jouer encore l'an prochain ?

— Ah non. Je préfère vraiment rester dans l'ombre. Être sur scène sans y être physiquement.

— En réalisant des décors ?

— Oui. Les concevoir, les construire… J'aime bien que la scénographie ait cet aspect pratique, et le côté travail d'équipe. J'ai envoyé mon dossier pour la formation que je veux.

— Et si tu n'es pas prise ?

— Je trouverai un autre moyen d'arriver à ce métier, il y a plusieurs voies possibles.

—

Ça va mieux, avec toi. Le quotidien est plus apaisé. Mon assurance t'a trouvé une avocate qui a l'air bien, tout est pris en charge. Heureusement. Je n'aurais pas pu payer. Cette inquiétude apaisée, on se concentre à présent sur tes questions d'orientation. Tu as constitué un bon dossier pour ton école de Rennes. Mais que tu y entres ou non, tu n'as choisi aucune formation à Vannes.

—

— Avec ma mère ? Bah… Elle me flique toujours. Mais ça va. Je sais que c'est parce qu'elle a peur pour moi.

— De quoi elle a peur, tu crois ?

— Que je voie mon éditeur en secret, j'imagine ? Alors qu'il ne se passe rien, on bosse sur la BD, c'est tout.

—

Je t'ai accompagnée à Rennes hier pour ton entretien. Ça se passait dans un grand lycée du centre-ville. De toute manière, si tu n'es pas prise là-bas, tu es acceptée dans plusieurs cursus de graphisme. On verra… Un jour, tu étais en seconde, je crois… Oui, en seconde. Tu étais en plein questionnement sur ton orientation, tu avais plusieurs pistes mais tu ne savais pas laquelle choisir. Tu m'as dit « De toute manière, je veux d'abord un métier qui me permette de gagner ma vie, et pour le reste on verra. J'ai l'intention d'avoir des enfants un jour et je ne veux pas compter sur un mec, parce que les mecs, ça part ». Je suis restée sur le cul, en prenant la mesure du retournement qui s'était opéré en l'espace de deux générations. Pour mes parents, l'homme devait entretenir sa famille. Pour moi, on devait travailler tous les deux, et nos revenus allaient dans un pot commun, ce qui a entraîné une sacrée chute de mon niveau de vie lorsque ton père est parti – la pension alimentaire était vraiment ridicule. Bref. Toi, tu veux pouvoir supporter seule la charge financière d'une famille, parce que ton expérience t'a prouvé qu'il ne fallait pas compter sur le succès d'un mariage. Je ne sais pas ce que j'en pense. Je constate. Tu te projettes autosuffisante d'ici quelques années, ce que je trouve fort et… admirable, dans un sens. Mais est-ce que tu auras cette même force dans ta vie privée ?

—

— Installe-toi.

— On va continuer à se voir cet été ?

— On peut se voir jusque fin juillet.

— OK.

— Tu te sens prête pour le bac, la semaine prochaine ?

— Bah je révise encore, je suis très forte en révisions de dernière minute. Après, j'oublierai tout. Comme d'hab.

—

Tu prétends que tu as raté les maths mais tu étais contente en sortant de bio. La philo, ça va. L'histoire-géo, tu ne sais pas. Enfin, on verra bien. C'est fait. Résultats dans quinze jours. D'ailleurs, tu es acceptée dans ta formation de scénographie. Il va falloir qu'on te trouve une chambre, maintenant. Je préférerais que tu sois en cité U, avec d'autres étudiants, ça me rassurerait. Et puis ce serait moins cher. Tu vas être boursière, comme tes frères, et il y a la pension alimentaire que je te transférerai directement. Tu devras faire avec. Tes frères ont fait avec, en bossant un peu l'été. Tu auras aussi les sous de ta bande dessinée. On a reçu le contrat d'édition il y a quinze jours, j'ai demandé à mon oncle de le relire – il a publié des livres d'histoire, il connaît un peu. Il n'a rien vu d'anormal. Trois mille euros pour une première publication, ça lui paraissait correct. Mais ce n'est pas son domaine, la BD, il y a plein de choses qu'il ne saisissait pas. De toute manière, ce contrat, tu le signeras seule après tes dix-huit ans et je doute que tu cherches à vérifier les conditions. Visiblement, Gérald négocie pour « ses » auteurs. Tu dis que, pour ça, tu as confiance en lui. Tu vas signer les yeux fermés. Une confiance aveugle, voilà ce que c'est. Et je ne peux pas t'aider là-dessus. Moi, l'édition… Je ne peux pas te protéger de tout. Je ne peux pas te protéger de grand-chose, d'ailleurs.

—

4

Je vous regarde marcher le long du bassin du port de Vannes. Toi, légère malgré ton sac à dos, roseau qui ploie mais ne brise pas. Gérald, oscillant, saccadé, plus droit que d'ordinaire. Il est tellement fier et heureux d'être à tes côtés qu'il rayonne dans le soleil de juin. Je reste quelques pas derrière vous. J'observe votre danse, sa manière de s'incliner vers toi pour te parler, ce regard dont il te couve comme il m'en couvait il y a vingt ans. C'est beau et terrible à la fois. Savoir qu'à présent, si le lymphome m'emporte, Gérald ne sera pas seul pour affronter mon absence. Bien sûr, il te faudra adoucir sans mon aide ses colères et ses angoisses. Je t'en ai épargné certaines et j'aimerais t'en épargner encore. Je ne pourrai plus.

Si tu savais comment il était avec moi, au début… Mais tu sais. Nous t'avons raconté. Maladivement protecteur. À toujours vouloir que je lui dise où je me trouve et avec qui. À faire barrière de son corps dans le métro pour qu'aucun homme ne risque de me toucher, même par inadvertance. Il en a fallu, de l'amour et des discussions avant qu'il se sente assez sûr pour me faire confiance, avant qu'il renoue avec son corps et sa sensualité corsetés par son éducation.

Et après la crise que nous avons traversée, cette fois où je l'ai trompé, cette erreur idiote, il a fallu tout recommencer. Réaffirmer mon amour, encore et encore, réaffirmer mon désir, même dans les périodes où nous ne nous touchions presque plus. Mais nous sommes là. Plus soudés que jamais.

D'une certaine manière, la maladie nous a encore rapprochés, cet ennemi commun face auquel nous faisons bloc. Puis toi. Prouver une nouvelle fois à Gérald que je l'aime entièrement en acceptant votre amour et en apprenant à t'aimer.

Gérald se retourne, me sourit, tend une main dans ma direction. Vous vous arrêtez pour m'attendre.

— Une crêpe ? propose-t-il.

J'acquiesce. Nous nous attablons en terrasse, commandons. Gérald me glisse un coup d'œil complice tandis qu'il ouvre sa besace.

— J'ai quelques petits trucs pour toi.

Il te tend un sac plastique lourd de cadeaux. Tu le prends, amusée.

— C'est en quel honneur ?

— En l'honneur que je t'aime.

Vous vous souriez. Tu ouvres le sac. Un à un, tu sors les romans et les bandes dessinées qu'il a choisis pour toi, puis des tubes de peinture à l'huile.

— Depuis le temps que tu voulais essayer, dit-il.

Tu ris en découvrant un gros paquet de Mentos au cassis.

— J'ai du stock, là !

— Tu les descends à une vitesse, en même temps…

Une enveloppe est coincée entre les pages d'une BD. Tu sors la carte postale qu'elle renferme. J'aperçois une illustration d'ours adorable. Tu lis au dos. Gérald, ému, m'a pris la main. Je déchiffre à mon tour les mots qu'il a tracés au Bic noir. « Toujours toujours toujours. J-92. Ton phare »

— Plus que trois mois à tenir, murmure-t-il.

Et tu seras majeure. Enfin.

Tu engloutis la crêpe au caramel qu'un serveur pose devant toi. Je ne mange pas. Je n'ai pas faim. Je n'ai jamais faim ces derniers temps.

Tu dois partir dans une demi-heure. Tu veux repasser par chez toi avant de rejoindre au théâtre les élèves de ton atelier. Je t'interroge :

— C'est quoi, ce que vous allez voir ce soir ?

— *Le Mariage de Figaro.* C'est le spectacle de fin d'année de l'atelier théâtre d'un autre lycée. Nos profs sont amis, du coup on y va.

Nous décollons rapidement. À nouveau, je vous laisse prendre un peu d'avance. Je suis épuisée par cette simple marche. Ma gorge se noue. Je vais mourir. Au fond, je le sais, même si je continue à me battre chaque jour pour repousser l'échéance, même si je ne prononcerai pas cette phrase à haute voix, je le sais. Je vais me battre encore, et je vais mourir.

5

J'apporte la salade de fruits dehors lorsque mon téléphone sonne.

— Ton ex-femme, annonce Nathalie.

J'ignore la pointe d'ironie dans sa voix, m'éloigne, décroche.

— Pascale ?

Ta mère se met aussitôt à déblatérer sur ton éditeur. Je capte les informations à la volée. Tu as revu Gérald et sa femme aujourd'hui, il t'a acheté un téléphone,

Pascale a trouvé des poèmes et des dessins assez explicites dans ta chambre, elle pense que vous avez fait l'amour, elle t'attend à la sortie du théâtre. Bon. Je ne vois pas bien ce qu'elle attend de moi. Non seulement je suis à cinq cents kilomètres mais, surtout, on a tenté de vous séparer et ça n'a pas fonctionné. Je doute que recommencer soit plus efficace.

Je soupire.

— On ne peut plus rien faire. Manon sera majeure dans trois mois. C'est trop tard, on ne peut plus les empêcher d'être…

— Tu ne peux pas dire ça !

— Qu'est-ce que tu veux ? On a essayé.

Elle s'énerve, me raccroche au nez. Je grommelle :

— Très adulte, ça.

Le lendemain, en arrivant au boulot, je découvre plusieurs mails de ta mère, envoyés entre vingt-trois heures et une heure du matin. Dans le premier, elle écrit « Je pensais que leur relation avait été en sommeil durant l'hiver et qu'ils se retrouvaient tout juste, mais ça fait des mois qu'ils se revoient ». Elle me transfère plusieurs messages dans lesquels il est effectivement question de visites de Gérald à Vannes aux mois d'avril et de mai. En tête d'un autre, elle précise « Visiblement, en plus du téléphone, il lui a acheté un ordinateur qu'elle planque chez sa copine Alicia ! ».

Je lis tout. Je ne réponds pas. Que lui dire ?

Je t'appelle plus tard dans la journée.

— Ça va avec ta mère ?

— C'est compliqué.

— J'imagine.

— Tu vas encore jouer au papa-copain pour mieux me punir derrière ?

— Manon… Tu es presque majeure. Je préférerais qu'on se parle d'adulte à adulte.

— Ce serait une première.

— Tu es injuste.

— Vraiment ? Chaque fois qu'on parle, si à la fin je ne fais pas ce que tu veux, tu m'y obliges. C'est pas très équitable. Et si tu me considérais comme une adulte, tu arrêterais d'insinuer que je suis manipulée et que ce que je pense m'a été dicté par quelqu'un d'autre. Je suis capable de penser par moi-même.

— D'accord. D'accord.

Sauf que tu *es* manipulée.

— Donc, tu continues à voir ton éditeur.

— Oui. Je l'aime. Je le vois.

— Hmm. Tu en es où dans ta bande dessinée ?

— Ça avance bien. Je devrais boucler les crayonnés à la fin de l'été.

— Tu me montreras ?

— Quand ce sera terminé.

Mes doigts courent sur la table de la cuisine comme sur un piano.

— Manon, qu'est-ce qu'il va se passer maintenant ? Comment tu imagines cet été ?

— Bah… Je fais mon stage BAFA à partir du 11 juillet, quinze jours de pratique, donc je ne vais pas être trop à Vannes. Je vais faire ma demande de cité universitaire dès que je sais que j'ai mon bac. Je déménage là-bas fin août. Voilà.

— Je vais aller voir mes parents début juillet. Grand-père ne va pas bien, il est à l'hôpital, je me dis que c'est peut-être la dernière fois que je le verrai. Tu veux venir ?

— Dit comme ça, ça envoie du rêve !

Je souris.

— Tu me diras.

— Je veux bien y aller avec toi.

— Super. Manon, j'aimerais vraiment qu'on puisse se faire confiance. Tu ne peux pas tordre la vérité comme ça en permanence.

— Tu ne la connais pas, la vérité.

— Et toi, tu la connais ?

— Je connais la mienne. Parfois, ce qui se rapproche le plus de la vérité, bah… c'est un mensonge.

— Comment ça ?

Silence.

— Laisse tomber. Bisou, papa.

—

Extrait du premier rapport d'expertise psychologique de Manon par le docteur S. WIDMER, psychiatre des hôpitaux, le 15 mars 2005.

"Manon a été suivie par le docteur FAUVEL alors qu'elle était en sixième jusqu'en seconde. Elle pense que ce suivi lui avait été proposé à cause du divorce de ses parents. Elle ne se souvient plus précisément du motif de ce suivi. Sa mère lui aurait relaté qu'à cette période, elle présentait des troubles alimentaires. Elle volait aussi de l'argent à ses parents et dissimulait beaucoup de choses. 'Je ne disais jamais la vérité sur ce que je faisais', dit-elle. Elle met ceci en rapport avec les faits d'agression sexuelle. 'Ça aussi, je le dissimulais', explique Manon."

Courrier du docteur P. FAUVEL à Cécile SIMONNET, capitaine de police en fonction à la Brigade de Protection des Mineurs de PARIS, reçu le 10 mai 2006.

"Manon a suivi une psychothérapie prescrite et assurée par mes soins du 4 mai 1999 au 13 décembre 2003, date de la dernière consultation. Le motif exprimé par sa mère, et en partie par Manon, était : un mal-être global, une petite note d'affabulation, quelques larcins.

Manon était une jeune adolescente demandeuse d'une écoute lorsqu'elle est venue consulter pour ce mal-être relevant, selon elle et selon sa mère, de la séparation de ses parents, durant laquelle de très fortes tensions affectives se sont produites. Le frère aîné de Manon avait décidé de ne pas séjourner chez son père et de ne pas lui pardonner. Le frère cadet suivait le même chemin. Manon, en revanche, ressentait et exprimait le besoin de son père, mais se trouvait prise dans un conflit de loyauté par rapport à sa mère que nous avons passé une bonne partie de la psychothérapie à gérer.

Manon présentait des symptômes de souffrance psychique, s'exprimant par de petits vols, des relations difficiles et souvent douloureuses avec ses camarades de classe, des relations houleuses avec sa mère et parfois une rancœur envers elle. Je n'avais pas constaté d'affabulation.

À aucun moment il n'a été question, de la part de Manon, dans sa thérapie, de quelque abus sexuel ou maltraitance dont elle aurait pu être la victime.

La forme qu'a pris cette thérapie n'exclut pas, toutefois, que les faits dont Manon fait état aujourd'hui se soient effectivement déroulés, voilés par la souffrance liée au divorce et au conflit de loyauté dans laquelle l'enfant évoluait. Il est même possible que, si Manon avait conscience des conséquences d'une dénonciation, elle se soit refusée à conflictualiser plus encore la situation familiale. Mais il est plus probable que Manon, comme bien d'autres, ait vécu une situation d'abus sexuel comme complètement clivée du reste de sa vie, tel qu'il est fréquent de le constater en victimologie."

—

6

J'enrage depuis deux jours. On se retrouvait et ils nous séparent. Encore. Ta mère a mis un mot de passe sur l'ordinateur familial, tu dois lui demander de le taper chaque fois que tu veux l'utiliser et elle surveille l'écran. Elle t'a pris tes deux téléphones, ne te rend le premier qu'au compte-gouttes. L'ordinateur que je t'ai offert est chez ta copine Alicia et tu ne peux pas être tout le temps fourrée là-bas. Tu ne veux plus que je vienne à Vannes de peur que ta mère nous surprenne. J'écrase les larmes brûlantes qui s'échappent sur mes joues. Tout me revient par vagues, nos balades, nos câlins à l'hôtel… Et dire que je caressais le mince espoir que tu nous rejoignes quelques jours dans les Abers comme l'été dernier. Broyé, l'espoir. Anéanti par la bien-pensance.

Je me mouche bruyamment, me lève, marche jusqu'à la cuisine. Sur le calendrier pendu au mur, je recompte les jours jusqu'à ta majorité. J-90. Quatre-vingt-dix jours, et nous serons libres, Manon.

—

7

Début des vacances d'été. Je traverse toute la France en voiture, ramenant des copains bretons au passage. J'arrive à Vannes au milieu de la nuit.

Le lendemain, maman et toi êtes déjà debout quand j'émerge. Je me sers une tasse de café, m'assieds avec toi dans le salon. L'ambiance est tendue. Alors, après déjeuner, je profite d'un moment où maman s'isole dans sa chambre pour aller la voir.

— Il y a quelque chose que je ne sais pas ?

Elle lâche un soupir qui vient du fond du ventre.

— C'est reparti comme à l'automne.

Elle déverse son inquiétude. Me raconte les visites secrètes, les mails, le téléphone et l'ordinateur offerts.

— Votre père a été clair, il pense que c'est trop tard parce que Manon va avoir dix-huit ans. Pour lui, la question est réglée. Sauf que ce n'est pas réglé du tout… Je me demande vraiment comment la protéger. Une fois qu'elle ne sera plus à la maison, qu'elle sera majeure… J'ai pensé à faire une lettre au procureur ou à demander une mesure éducative. Qu'un éduc la suive l'an prochain, avec des rendez-vous réguliers. J'ai vraiment l'impression… l'impression de ne pas avoir su faire. Et si je n'arrive pas à la protéger, il faut que je demande à la justice de le faire, tu vois. Je ne vais pas démissionner, mais je ne sais plus sur qui m'appuyer. Tout à l'heure, j'ai eu au téléphone une éducatrice de la PJJ, c'est une amie de Laurence, tu sais.

Je n'ai aucune idée de qui est Laurence ou de ce que signifie PJJ. Je ne relève pas.

— Elle m'a conseillé de commencer par la lettre au procureur, poursuit maman. Il n'y aura probablement aucune conséquence, mais ça laissera une trace au cas où Manon veuille porter plainte plus tard. J'en ai parlé à ton père et il ne voit pas l'intérêt. Il dit qu'on trouvera d'autres moyens de raisonner ta sœur. Je crois que je vais faire la lettre quand même, quitte à la signer seule, tant pis.

Je ne sais pas trop quoi lui dire. Elle a besoin de parler, alors je me contente d'écouter jusqu'à ce que le flot s'épuise.

Ça m'inquiète, cette histoire. Depuis le début. J'espérais qu'elle ne dure pas, et c'est tout l'inverse qui se produit.

J'appelle Iouen, j'évoque l'ordinateur caché chez Alicia. Notre aîné relativise.

— Qu'elle ait besoin de planquer ses écrits chez une copine pour éviter que maman les lise, je ne trouve pas ça si choquant. C'est une ado.

— C'est vrai. Mais il lui a *acheté* un ordi.

— Ouais. C'est… Ouais.

Iouen, loquace, comme à son habitude.

—

8

Plusieurs centaines de terminales patientent devant le lycée dans un brouhaha fébrile. J'ai préféré venir plutôt que d'attendre que les résultats du bac soient en ligne. Tu me rejoins. Il est midi moins dix. On guette les employés du lycée qui arrivent bientôt, de grandes feuilles blanches à la main. Ils les scotchent sur des panneaux. Un mec de notre classe nous crie qu'il a trouvé nos résultats. On s'agglutine, mon doigt parcourt la liste.

— Manon, dis-je en découvrant ton nom.

Je continue à descendre jusqu'à trouver le mien. Je suis ma ligne vers la droite, une fois, deux fois, je vérifie. Acceptée. Pas de mention. Bah merde alors, je pensais avoir assez bien, au minimum.

Je me retourne. Tu souris.

Tu dis :

— Mention bien.

— Ah ouais ? Bravo.

Tu t'éloignes pour discuter avec une fille d'un autre lycée. J'essaye de détendre mes mâchoires, en vain. On a révisé ensemble pendant trois ans, toi et moi, on avait à peu près les mêmes résultats aux devoirs, tu n'as pas arrêté de tricher, à chaque contrôle, et tu décroches une mention bien ? Et moi rien ? Putain.

Tu rentres chez toi. Je passe le reste de la journée avec des potes. Ma frustration s'envole peu à peu.

En début de soirée, la plupart des bacheliers de Vannes se sont donné rendez-vous sur l'esplanade du port avant de se disperser dans les bars de la ville. Tu n'es nulle part.

— Faut bouger maintenant, lance un ami, après ça va être bondé !

— On va où ?

— Aux Valseuses !

Je t'écris un message pour te prévenir. On s'installe au soleil sur la terrasse bordée d'un petit jardin. Bières, cacahuètes. Le soir tombe doucement. Les blagues fusent d'un groupe de lycéens à l'autre. Ce soir, c'est notre soir.

Tu débarques vers neuf heures.

On vole une chaise à la table d'à côté, tu commandes un jus d'orange. Un concert commence à l'intérieur du bar tandis que la nuit tombe. Je passe un bras autour de tes épaules.

— Meuf. On a notre bac.

— Il paraît.

On trinque.

—
9

Je roule sur la nationale qui traverse la presqu'île de Rhuys. Trop vite. Tu n'as pas eu tes règles depuis un moment, je viens de m'en rendre compte en lançant une lessive avant de venir te chercher. Tu es du genre à ne pas faire gaffe, à toujours te retrouver avec des traces de sang sur ta culotte, et je peste en me disant que tu pourrais quand même mettre ton linge à tremper pour le détacher. Cette fois… pas de sang sur tes vêtements depuis plus d'un mois, j'en suis certaine.

Je repense aux poèmes et au dessin de Gérald et toi enlacés. Que cet homme soit ton amant me débecte. Mais surtout, il est du genre à refuser de mettre une capote et à te le faire accepter.

J'accélère. Ton club de surf n'est plus très loin.

Parking de la plage. Je me gare, fonce vers le portail blanc. Le haut de ton shorty roulé sur les hanches, tu discutes avec un garçon que j'ai déjà aperçu ici, ses longs cheveux bruns rassemblés en chignon au sommet de son crâne. L'image d'une statue de l'île de Pâques traverse mon esprit. Tu me vois, je te fais signe de te dépêcher.

Le garçon à chignon me salue d'un sourire auquel je ne réponds pas et s'éloigne. Tu le rattrapes, t'accordes le temps d'échanger encore quelques mots avec lui et de lui faire la bise avant de rentrer dans le club récupérer tes affaires. Tu me rejoins au portail. L'écran solaire efface les taches de rousseur de ton nez et de tes joues. Nous marchons vers la voiture.

— T'es enceinte ?

— Hein ?

— Est-ce que tu es enceinte ?

— Mais ça va pas la tête ? De qui je serais enceinte ?

— De Gérald ?

Tu t'arrêtes, me fixes.

— T'es grave, maman ! J'ai jamais fait l'amour.

Interloquée, je m'immobilise à mon tour.

— T'as jamais… Avec Théo ? La fois à la maison où tu es allée chercher un préservatif dans la salle de bains, quand vous vous êtes remis ensemble ?

— J'allais faire pipi. Juste faire pipi. On n'a jamais couché.

— Ah. J'étais sûre que…

— Non mais n'importe quoi.

Je me sens un peu honteuse d'avoir projeté comme ça, mais le soulagement domine.

Tu t'installes sur le siège passager, brutalisant la portière d'un claquement ostentatoire. L'effervescence de mes pensées retombe. Ta surprise n'était pas feinte. Tu n'as jamais fait l'amour, et les poèmes étaient de l'ordre du fantasme, une ado qui se rêve la sexualité qu'elle ne vit pas encore. Je prends place derrière le volant.

— T'as pas eu tes règles depuis un moment. Je me suis inquiétée.

— Je les ai eues il y a quinze jours. Je ne savais pas qu'il fallait que je te tienne informée de mon cycle heure par heure.

Je démarre. On fait la route jusqu'à Vannes en silence. Je t'ai complètement braquée, ton visage tourné, ton épaule gauche verrouillée vers l'avant comme un bouclier. Je suis contente que tu partes demain avec ton père. Ne plus avoir la responsabilité du quotidien pendant quelques jours. Je ne sais plus gérer, avec toi. Quelque chose s'est brisé cette année. Je n'avais pas le choix : être ta mère, c'était t'affronter. Mais c'est dur. Lourd de conséquences. Et là, je n'y arrive plus.

10

Un pétard circule entre les moniteurs affalés dans les fauteuils. Titi glisse le CD de La Rue Kétanou dans le poste radio rafistolé au scotch.

— Diego, tu m'attraperais un bière, mec ?

Je plonge dans le frigo, tends la canette à Titi. Les derniers élèves du club sont partis depuis longtemps, notre boss est rentré chez lui après dîner. La fatigue m'assomme d'un coup. Je ramasse mon téléphone, rince mon verre.

— À demain, les copains.

— Bonne nuit, mec.

Je viens de monter sous les combles où, comme chaque été, Laurent a installé le dortoir des moniteurs, quand l'écran de mon téléphone s'illumine.

« J'ai rêvé de toi la nuit dernière. »

Ah. Merde. Je connais ce message, Manon, je sais ce qu'il suggère et je sais où il mène. J'esquive. Un simple smiley qui sourit, puis « Ça se passe bien chez tes grands-parents ? ».

« Mon grand-père est décédé ce matin. Je vais rester plus longtemps que prévu. »

« Merde… Désolé pour ton grand-père… »

« Merci. On n'était pas proches. »

Je retire mon bermuda, mon tee-shirt, me glisse sous le duvet. Un nouveau sms m'attend. « L'enterrement est jeudi. Ça veut dire que je ne vais pas repasser par Vannes, je vais aller direct à mon stage BAFA. J'aurais aimé te voir, j'avoue. »

Une chaleur fait fondre mon ventre. Je suis cuit. Ferré. Dans la merde. Je n'ai aucune envie de résister. Mes doigts s'élancent sur les touches.

« On se verra fin juillet. »

« Carrément. Tu bosses le 31 ? »

Je calcule rapidement. Le 31 tombe un dimanche.

« Juste le matin. Ce sera un après-midi Manon. »

« Nickel. Fais de beaux rêves… »

J'éclate de rire en fixant les points de suspension. Tu as la subtilité d'un éléphant. J'ai toujours aimé les filles qui savent ce qu'elles veulent. Surtout quand c'est moi qu'elles veulent.

J'éteins la lumière. Derrière mes paupières, je te revois la semaine dernière au club, mèches salées qui s'égouttent au soleil, coup d'œil moqueur.

Un sourire bête aux lèvres, je reste éveillé un long moment avant de sombrer dans le sommeil.

11

Viviane est partie se coucher lorsque tu m'appelles enfin.

— Les petites voulaient que je reste dans leur chambre jusqu'à ce qu'elles s'endorment, expliques-tu. C'était mignon.

Tu as commencé ton stage pratique dans une colo en Bretagne centre il y a six jours et on s'est à peine parlé depuis. Pourtant, ta mère t'a rendu tes téléphones.

— C'est une chouette que j'entends ?

— Oui, je suis sur la route, c'est le seul endroit où ça capte. Il y a plein d'étoiles.

Je t'imagine dans l'obscurité, visage incliné vers le ciel.

— Comment ça se passe ? Tu es contente ?

— Ça va… C'est crevant. J'ai vingt gamins, de huit à seize ans. Les plus âgés, j'ai un an de plus qu'eux, quoi… La plupart vivent en foyer. Une fille est séropositive depuis sa naissance. Chaque jour, elle va dans la cuisine prendre ses médicaments en secret.

— C'est légal, d'être seule avec un groupe si nombreux ?

— Non. Enfin bon, aucun parent ne viendra gueuler, et les éducateurs sont persuadés que la propriétaire anime avec moi.

— Et s'il y a un contrôle ?

— Bah on a assez d'adultes sur site pour que ça passe, je pense. Mais dans les faits, je suis seule à m'occuper d'eux. Heureusement que j'ai eu maman au téléphone et qu'elle m'a donné des conseils. Et puis il y a le mec du club équestre.

— Le club est à côté du centre de vacances, c'est ça ?

— Ouais, collé. Enfin, ils marchent ensemble, quoi. C'est un moniteur vieille école, assez drôle. Le courant passe bien avec les gamins. Et puis c'est dingue comme les chevaux les apaisent. Il y a une ado qui est tout le temps énervée, ou alors elle fait la tronche. Au départ, elle engueulait le cheval quand il essayait de mordre.

Le moniteur lui a expliqué que ça venait d'elle, que tout ce qu'elle ressentait, il le lui renvoyait en miroir. Si elle s'énerve, le cheval est nerveux. Si elle a peur, il a peur. Ça l'a calmée direct. Depuis, elle veut tout le temps s'occuper des chevaux ; près d'eux, elle est adorable. C'est assez beau à voir.

D'ordinaire, je suis l'indécrottable bavard. Ça me fait plaisir que tu aies envie de partager, comme ça, et il y a une vraie tendresse dans ta voix. Ces mômes ont du bol d'être tombés sur toi.

— Tu sais ce qu'elle a vécu, cette gamine ?

— Non. Ça ne me regarde pas. Avec moi, elle sait qu'elle n'est pas définie par son passé, tu vois, elle n'a pas d'étiquette sur le front, c'est très bien comme ça.

— Je comprends. Ça doit être épuisant au niveau émotionnel. Tu arrives à bosser un peu ?

— Du tout. J'ai essayé les premiers jours de dessiner le soir quand ils sont couchés, et j'ai laissé tomber, je m'endormais. Mais j'ai trouvé mon illustration de couverture, je crois ! Je ferai des essais en rentrant à Vannes !

— Hâte de voir ça !

Tu me demandes des nouvelles de Viviane. Les derniers examens ont montré une régression du lymphome, donc on réattaque fin août avec une série de traitements en espérant en venir à bout. Moi, je bosse comme un taré sur les bandes dessinées qui sortent cet hiver. Ça nous fait du bien d'être en Bretagne.

— Je pourrais passer te faire un coucou, tu sais. Je ne suis qu'à une heure trente de route et ta geôlière est loin.

Tu ris.

— Je suis tout le temps sur le pont, je ne pourrais pas vraiment te voir. Ce serait juste frustrant. Tu comprends ?

— Oui, oui, bien sûr.

Je ravale mes reproches. Je m'accroche au compte à rebours. J-64. Le temps joue pour nous.

— Je suis claquée, je vais aller me coucher.

— OK… Bonne nuit alors…

— Oui. Ne t'inquiète pas si tu ne reçois pas de texto, hein, c'est parce que je n'ai pas de réseau.

— Je sais, je sais. On se rappelle demain ?

— Je verrai si je peux le soir, oui ! À demain !

— Je t'aime…

— Moi aussi.

Tu raccroches. Je repense à nos litanies de Je t'aime lorsqu'on se parlait au téléphone il y a encore un ou deux mois, et un coup de blues terrible m'étreint. J'ai beau me dire que tu es occupée et fatiguée, rien n'y fait. Mes angoisses se réveillent. Elles m'assiègent une bonne partie de la nuit.

12

Je me gare devant chez toi, t'envoie un message pour te prévenir que je suis là.

Trois semaines qu'on échange presque tous les jours. Juste quelques sms, un lien qui se renforce peu à peu, parce qu'on sait toi et moi ce qu'il va se passer. Au fond, on sait.

Ta mère apparaît à la fenêtre du premier étage. Je lui fais signe pendant que tu descends. Tu déboules, combinaison et serviette jetées sur l'épaule, planche sous le bras. Je sors t'aider à la glisser dans le van. On se fait la bise en se cherchant des yeux.

— Tu t'es rasé, observes-tu.

— Ouais.

J'ai gardé mon bouc, quand même, faut pas déconner.

À peine installée sur le siège passager, tu me lances :

— On va où ?

Envie d'être loin du club de voile, pour une fois, loin des amis communs, loin de ce qui nous est familier.

— Ça te dit de tracer jusqu'à Quiberon ?

— Carrément, ça fait longtemps que je n'ai pas été là-bas.

— Pareil.

Durant l'heure de route qui nous sépare de la presqu'île, tu me racontes l'enterrement de ton grand-père, la brochette de cousins que tu y as retrouvés, puis les deux semaines de colo mouvementées.

— Il y a eu un drame vers la fin, la gamine séropositive est sortie avec un garçon. Le petit-fils de la propriétaire du centre, en plus. Quand ça s'est su, j'ai été convoquée. J'ai dû aller parler avec les uns et les autres, m'assurer qu'il n'y avait pas eu de sexualité… Alors que Kezia, la gamine en question, elle est hyper responsable. Elle sait ce qu'elle peut faire ou non et comment. Mieux que moi, d'ailleurs. Je les ai laissés s'échapper par moment pour qu'ils s'embrassent à l'abri des regards. C'est l'été. Ils ont quinze ans. Ils ne sont pas bêtes. Qu'on arrête de les faire chier, quoi ! C'est fou qu'on en soit encore là.

— C'est sûr.

Me choper cette merde est une de mes grandes peurs. Peut-être parce qu'un ami a failli être contaminé il y a quatre ou cinq ans. Il avait couché avec un type qui lui avait assuré qu'il venait de faire un test revenu négatif. On a appris après que ce mec était séropo depuis des années et qu'il ne se protégeait jamais. Je ne suis pas violent, mais quand j'ai su, j'ai failli aller lui casser la gueule. Mon pote n'a rien eu, heureusement.

Tout ce qui s'approche de la mort me fascine. Pas que je veuille mourir, loin de là. Mais j'ai été opéré d'urgence du cœur à la naissance, ça a dû laisser des traces plus profondes que la cicatrice qui court sur mon torse. Chaque fois que je vois du sang, par exemple, je trouve ça sublime. Et puis les vieux. Les visages des vieux. Il arrive un âge, en approchant le bord de la falaise, où même les physiques les plus ingrats deviennent beaux.

Je te raconte les ragots du club. Nous traversons l'isthme, passons devant le fort, longeons les plages jusqu'à la côte sauvage.

Et soudain l'océan. Soudain le vent qui hurle contre la voiture, soudain, le fracas des rouleaux. Nous descendons. Nous nous préparons sans un mot. J'écarte de ta nuque tes boucles emmêlées, je remonte le zip de ton shorty, le scratche. Tu me rends la pareille. Ce geste, on l'a fait seuls tant de fois. Tant de jours. Pas aujourd'hui.

D'autres surfeurs rament dans les vagues. On s'élance.

Nous franchissons la barre, je m'assieds sur ma planche. Tu déchiffres la houle. Tes cheveux roux collent à tes joues comme des coups de pinceaux.

On passe une demi-heure dans l'eau à se guetter l'un l'autre. Tu remontes la première, retires ta combinaison, étends ta serviette, t'y allonges sur le ventre. Je t'imite. Nous séchons en silence ; la chaleur du soleil se glisse sous ma peau en frissons délicieux.

Tu dis :

— Je suis contente d'être là.

Je dis :

— Oui, moi aussi. J'avais vraiment envie de te revoir.

Tu dis :

— Cool.

Densité des fantasmes, des gestes immobiles.

— Ça ne te dérange pas que je sois plus âgé ?

Tu ris. Tu me regardes. Je ne résiste plus et me penche vers toi. Nos deux bouches salées se rencontrent au-dessus de la ligne de sable séparant nos serviettes.

Après ça, on ne parle plus trop.

Après ça, encore, tandis que tu es là, ta tête sur mon torse, une envie monte en moi comme vient la marée. J'aimerais te faire à manger. Te regarder manger. Cuisiner pour toi. Je souris. Parce que je sais ce que ça signifie. Je suis en train de tomber amoureux.

Je te dépose à Vannes en début de soirée.

— On se revoit demain ?

— OK.

— Et cette fois, je te fais à manger.

Je crois que tu ne comprends pas ce que ça signifie pour moi, et je m'en fiche parce que tes lèvres tombent sur les miennes.

Éclipse intime.

13

J'ai accepté de te laisser le volant pour traverser Marseille. Tu es encore en conduite accompagnée et le trafic ici est chaotique. Je tente de te guider. Tes frères aussi, à l'arrière. Chacun y va de son commentaire, de son avertissement, de son conseil. Au lieu de réduire tout le monde au silence, tu tries les informations, demandant une précision si tu as un doute, et tu traces ton chemin dans la jungle urbaine.

Quand la ville s'effiloche en direction des calanques, je me tourne vers toi.

— Alors là, chapeau ! Tu t'es débrouillée comme une cheffe.

Nous avons traversé la France pour passer une semaine chez une amie qui vit dans la campagne aixoise. C'est probablement la dernière fois que nous partons à quatre. Iouen a sa vie ; il a consenti à venir quelques jours parce qu'il avait envie de randonner dans les calanques. Tristan aussi a accepté sans enthousiasme, puisque Iouen venait. À toi, je n'ai pas laissé le choix, mais tu l'auras bientôt. Ce n'est plus avec votre mère que vous voulez partir en vacances. C'est normal. Et ça me serre un peu le cœur. Regagner enfin cette part de solitude, que j'ai en bonne partie perdue lorsque vous êtes nés et qui s'est encore réduite au départ de votre père, est un soulagement. Mais je vais voyager avec qui, moi, maintenant ?

Tandis que nous marchons ce midi-là sous le soleil écrasant, les preuves de votre complicité me sautent à la figure. Vos pas si dissemblables qui s'accordent sans effort, ces discussions qui s'interrompent dès que je me rapproche, vos bourrades affectueuses et les blagues qui fusent. Année après année, en dépit de vos engueulades explosives, vous avez créé un monde à vous. Je prends des photos pour tenter de saisir cette main invisible qui vous rassemble dans sa paume.

Je me souviens, juste après la séparation, d'avoir senti à quel point j'étais dépassée et m'être dit « Même quand leurs parents sont défaillants, au moins, ils sont trois, ils peuvent se serrer les coudes ». Je l'ai entretenue, cette idée, au cours des années. Je n'avais pas su vous garder votre père. Et après ça, vous m'en avez balancé dans la tronche – c'était normal, vous étiez des enfants, des ados, vous aviez besoin de vous confronter et il n'y avait que moi face à vous, alors j'ai tout pris. Mais il y a au moins un truc que j'ai réussi et dont je suis fière, bien au-delà de votre réussite scolaire : quoi qu'il arrive, vous pourrez compter les uns sur les autres.

Tristan a ralenti le pas, il se retrouve à marcher à côté de moi.

— Ça va ?

Je souris.

— Ça va.

Le chemin s'élargit en une esplanade tapissée d'aiguilles de pins. En face, une falaise ocre plonge vers l'eau turquoise de la calanque.

— Manon, Iouen ! Venez, je vais prendre une photo ici.

Pour une fois, vous ne vous faites pas prier. Tristan se juche sur un caillou, canette de jus d'orange à la main. Iouen passe un bras sur tes épaules, tu attrapes son poignet. Les branches de l'arbre forment un cadre au-dessus de vos têtes. J'immortalise la scène.

14

Le mois d'août est bien entamé lorsque tu acceptes enfin que je t'appelle. Je te perds. Je sens que je te perds et c'est insupportable. Viviane prétend que c'est une phase, que tu vas revenir vers moi, qu'il faut te laisser de l'air. J'en suis incapable. Te laisser de l'air, c'est ne plus respirer.

— Comment vas-tu ?

— Super.

— Ça se passe bien avec Diego ?

— Oui, très bien.

Le sourire qui caresse tes mots me tord le cœur. Tu m'as annoncé par sms le début de votre relation et, depuis, tu éludes mes questions.

— Tu es très silencieuse en ce moment. On ne serait pas en train de travailler à ta BD, on se parlerait à peine.

— Je suis rarement seule. Il y a des cousins à la maison, les copains du club, Diego…

— Ça ne t'empêchait pas de me parler, avant. Je ne comprends pas.

Tu restes silencieuse quelques secondes. Puis tu dis :

— Je t'aime.

— Je ne remets pas ton amour en question. C'est parce que tu es avec Diego qu'on parle si peu ?

— Non, ça n'a rien à voir. Ça ne change rien pour moi.

— Pour moi non plus, tu sais bien.

— Oui.

— Alors pourquoi on n'échange plus ? C'était compliqué quand tu étais en colo, et puis en vacances avec ta famille, mais tu es rentrée depuis quatre jours et nos communications n'ont presque pas repris ! Je ne comprends pas, Manon.

Nouveau silence.

— … Je t'aime. Je t'aime, je t'aime, je t'aime.

Je gémis :

— Manon… Tu m'aimes, mais tu n'es plus là.

— Je t'aime, c'est tout.

— Moi aussi je t'aime. Pourquoi tu répètes ça ? Manon ?

— Je suis là.

— Ce n'est pas vrai.

— Là, je suis là.

Un soupir s'étrangle dans ma gorge nouée.

— Je ne comprends pas.

— Je t'aime.

— Mais arrête de répéter ça…

J'en pleure presque. Tu parles comme un robot, les mots n'ont plus de sens. Ou plus le même.

Que se passera-t-il quand tu seras au bout de ta BD ? Ça y est, l'illustration de couverture est finalisée, la composition des dernières planches est enfin validée, tu es en train de les dessiner et, lorsqu'elles m'arrivent, j'ai peu de changements à proposer. Je me force parfois, je chipote, te demande de corriger une posture, de redresser un bras, de retravailler un arrière-plan. Je fais durer.

— Je dois y aller, j'arrive à la maison et ils m'attendent pour manger.

Un sanglot m'échappe.

— Gérald…

— Vas-y.

— Non, je ne peux pas te laisser dans cet état.

Durant quelques minutes, tu essayes de me rassurer, tu répètes les mots que nous avons prononcés et écrits mille fois depuis un an. Tu me rappelles notre compte à rebours, ces trente-huit jours qui nous séparent de ta majorité. Je me love dans ta litanie de Je t'aime. J'essaye d'y croire, et j'y crois assez pour que tu t'autorises à raccrocher.

Téléphone à la main, je ne bouge pas. Je me rejoue le film de notre conversation, encore et encore. À aucun moment tu ne m'as expliqué ton silence.

—

De Manon à Manon | Janvier 2021

Le perdre, c'est retrouver le vide et la sensation de n'avoir de place nulle part, de ne pas être acceptée comme tu es. C'est devoir te passer de son regard sur toi. Et c'est par ce regard que tu existes, que tu es davantage qu'une banale lycéenne, que tu es ce que tu as toujours rêvé d'être : aimée à la folie dans un tourbillon créatif.

Tu comprendras bientôt que rien ni personne ne comble le vide, que tout le monde le ressent et qu'on peut vivre avec lui. Il te faudra encore te heurter à quelques murs amoureux. Tu feras ce chemin. Tu en viendras même à l'aimer, ce vide. À le chérir. À le protéger. Ça ira, je te le jure.

Bon, là, à dix-sept ans, il t'effraye encore. Mais tu commences à comprendre qui tu es.

Ce que tu veux et ce que tu ne veux plus. Cet été, tu as peu à peu arraché Gérald à ta vie, comme une peau morte qui pèle après un coup de soleil et dont tu tentes de te débarrasser tout à fait en sachant que demain de nouvelles pelures apparaîtront. Tu luttes contre la culpabilité – tu es responsable de son bonheur.

Alors tu t'appuies sur le refus de ta mère. Tu la vois comme un mur, une solidité folle qui jamais n'a vacillé, jamais n'a varié. Qui ne s'est pas emportée non plus. Elle est restée debout, elle n'a pas renoncé. Tu te loves dans son courage pour trouver le tien.

Il te faut désapprendre ce besoin de lui, de son jugement. Tu sais, tu as toujours su, même quand tu étais persuadée de l'aimer, tu savais que c'était trop lourd, que tu n'aurais pas dû avoir à porter ses angoisses et cette pression constante qu'il faisait peser sur toi. Tu n'en veux plus. Tu aimes, et ce n'est pas lui que tu aimes. Tu aimes celui que tu appelleras plus tard ton premier amour. Et le temps a beau réécrire un peu l'histoire, tu sens déjà que c'est vrai. Il est ton premier amour. Celui à qui tu donnes tout, trop, bien sûr, mais sans réserve. Parce que avec lui il n'y a pas besoin de réserve. Il ne te vole rien.

15

Je parcours les photos que Tristan vient de développer. La moitié de la pellicule date de notre semaine dans le Sud. L'autre moitié, du lendemain de notre retour, lorsqu'il est allé faire de la planche à voile avec toi et Diego. Une photo de vous deux me happe. Tu as enfilé une polaire large sur ton maillot pour te couper du froid, tes cheveux roux et ta peau dorée tranchent sur le bleu marine. Tu es belle dessus. Vraiment belle. C'est frappant.

Je fais défiler toute la série. Parfois, tu sembles ignorer que ton frère te photographie et, sur l'image suivante, ton regard perfore la pellicule. Tu sais, donc, mais tu t'en fous royalement. Pour une fois, ni minauderie ni mise en scène. Et Diego, ses longs cheveux bruns luisant au soleil, est pareillement magnétique. Vos visages dialoguent, vos corps s'écoutent. Les paroles de Reggiani remontent en moi. *On la trouvait jolie et voici qu'elle est belle, pour un individu presque aussi jeune qu'elle, un garçon qui ressemble à celui pour lequel, Madame, vous aviez embelli.* Ce qu'on disait de ton père et moi. Qu'on était beaux et jeunes et parfaits ensemble. Mais ton Diego n'est pas Antoine. Du peu que j'ai vu de lui, il semble étranger à cette séduction perpétuelle dont usait ton père.

Début août, quand j'ai eu connaissance de son existence, tu m'as demandé l'autorisation d'aller dormir chez lui. Enfin, chez ses parents qui n'étaient pas là. J'ai été estomaquée. Depuis des mois, tu me racontais des salades pour voir Gérald en secret, et là, soudain, tu avais besoin de mon autorisation ? Le lendemain, à ton retour, je t'ai interrogée.

— Tu lui as parlé de Luc ?

— Oui.

— Qu'est-ce qu'il a dit ?

— Il m'a demandé si j'avais porté plainte.

J'ai pensé *Voilà quelqu'un qui te respecte*. Il ne se pose pas en sauveur et en protecteur comme Gérald, « Ma petite chérie, maintenant que je suis là ça va aller ». Non. Il veut faire éclater la justice.

Faire éclater la justice. Ces mots tournent dans ma tête.

Tu as porté plainte contre Luc. Il sera confronté à ses actes et à leurs conséquences, il sera jugé. Mais Gérald ? Gérald, lui, s'en tirerait sans être inquiété ? Continuerait à parader, à jouer au séducteur, à travailler avec des jeunes filles ?

— Maman ? Tu peux me déverrouiller l'ordi ?

— Tu veux faire quoi ?

— Télécharger des chansons. Si tu es occupée, je demande à Tristan de taper le code, hein…

— Non. C'est moi qui t'autorise à aller sur l'ordinateur. Pas tes frères.

Tu t'installes derrière l'écran. Je monte dans ma chambre, sors le brouillon de ma lettre au procureur, dix fois remaniée depuis juin. Ton père juge ce courrier inutile. Il ne partage pas mon inquiétude. Mais, te concernant, c'est chaque fois que je n'écoute pas mon intuition que je me trompe. Je me suis persuadée que tout allait bien l'été dernier alors qu'au fond je savais que quelque chose clochait. Je me suis persuadée cet hiver que c'était terminé alors que j'ai remarqué ta nervosité et ta perte de poids, je me voilais la face.

Pareil quand tu étais gamine. Et il y avait Luc. Si j'avais creusé, si je m'étais fait confiance et que j'avais creusé, peut-être… Je me suis persuadée que. Je me suis laissé persuader que.

Vous n'échangez plus que des mails professionnels avec Gérald, mais vos messages ont peut-être migré ailleurs, ce ne serait pas la première fois. Et même si c'était terminé, ce qui est arrivé est grave. Il était l'adulte. Il aurait dû refuser.

Que me dit mon intuition ?

Protège-la. Quoi qu'il en coûte.

Une heure plus tard, le courrier est rédigé. Je le tape à l'ordinateur et l'envoie à ton père – je ne veux pas agir dans son dos. Mais je le signe seule.

—

À Vannes, le 20 août 2005

Monsieur le Substitut du Procureur
de la République,

Par ce courrier, je souhaite vous faire part de mes inquiétudes concernant ma fille Manon, née le 25/09/1987 à Vannes.

En juin de l'année dernière, elle a contacté par mail Monsieur Gérald Duprat-Moreau (demeurant à Champigny-sur-Marne, 94, âgé de 57 ans) en tant qu'éditeur responsable de la collection L'Autre Côté (éditions Le Singe Vert). Elle souhaitait lui demander conseil pour la réalisation d'une bande dessinée. Rapidement, ces échanges se sont intensifiés (messages, cadeaux, rencontres…). En octobre, je me suis aperçue que Monsieur Duprat-Moreau avait pris l'habitude de venir voir Manon à mon insu, tous les quinze jours à Vannes. Il l'a emmenée à l'hôtel pour « des câlins et des caresses », en présence de sa femme, malade. Les messages, mails et sms étaient incessants, de jour comme de nuit, fortement érotisés (Manon se masturbait à leur réception et en faisait le compte-rendu…). Il lui disait également qu'elle le délivrait de ses propres angoisses.

D'autre part, sous couvert de conseil en écriture, Monsieur Duprat-Moreau la flatte et joue sur ses peurs d'adolescente. Nous avons en effet découvert que Manon avait été victime, enfant, d'un adolescent ami de la famille. Cela a fait l'objet d'une plainte au commissariat de Vannes (n° 05/003168). Monsieur Duprat-Moreau, qui était au courant, ne nous en a pas informés et s'est au contraire servi de cette fragilité.

Après avoir pris conseil auprès d'une éducatrice de la PJJ, son père et moi avons mis des limites à cette relation, et Manon a entamé une psychothérapie. Au cours de l'hiver, elle nous a fait croire qu'elle s'était dégagée de cette emprise. Or, en avril dernier, les visites de Monsieur Duprat-Moreau à Vannes ont repris.

Il doit publier l'an prochain la bande dessinée réalisée sous son contrôle. Ce qu'il l'incite à écrire est une réinterprétation de leur histoire, dans laquelle notre étroitesse d'esprit et celle de la société se met en travers de leur bonheur : cela me fait craindre pour la santé morale et psychique de ma fille.

Je suis bien consciente (et Monsieur Duprat-Moreau également !) que Manon est majeure sexuellement et que ses dix-huit ans sont proches. Je n'ai guère de moyens de la protéger puisqu'elle est consentante. Toutefois, je tiens à vous mettre au courant afin de ménager la possibilité pour Manon, dans l'avenir, de se faire respecter. Je pense également à l'éventualité où une autre jeune fille serait victime de ces mêmes agissements. Je suis bien entendu disposée à vous transmettre les documents et copies en ma possession.

En vous remerciant de l'attention que vous voudrez bien accorder à mon courrier, recevez, Monsieur le Substitut, l'assurance de ma considération.

Pascale Cousin

16

Je somnole sur le canapé. Gérald a fermé la porte-fenêtre qui sépare son bureau du salon pour ne pas me déranger, mais sa voix me réveille. Je l'entends gronder et gémir. Il tourne dans son bureau comme un animal, frappe les murs. Je me lève, toque à la porte, l'ouvre. Gérald s'immobilise. Ses yeux sont rouges, ses joues maculées de larmes.

— Qu'est-ce qui se passe ? Mon amour…

Incapable de parler, il me désigne l'écran. Je parcours ton mail, le ventre serré par l'angoisse. Tu écris que tu n'es plus amoureuse de Gérald, que tu as besoin de mettre de la distance entre vous. Aucune chaleur dans tes mots, aucune place pour l'erreur d'interprétation.

J'enlace Gérald, appuie mon front contre le sien. Il sanglote :

— Il y a quinze jours elle… alignait les Je t'aime et…

Je pense *Peut-être qu'elle alignait les Je t'aime pour se persuader elle-même.* Je ne dis rien, passe mes bras autour de Gérald, frotte son dos comme celui d'un bébé. Mon grand bébé. Je l'entraîne vers le canapé. Il s'effondre contre moi, pleure si fort que je pleure avec lui.

On reste un long moment ainsi. Et puis je sens ses muscles se contracter, tout son corps qui se tend comme un ressort furieux.

— Comment elle a pu me faire ça ? Comment ?

Il se lève d'un coup.

— Je dois lui répondre !

— Je ne pense pas que ce soit une bonne idée.

— Qu'est-ce que tu en sais ? Tu ne sais rien ! Laisse-moi !

— Je ne sais rien ? C'est ce que tu penses de moi ?

— Ne m'empêche pas de lui répondre, c'est tout.

Gérald s'enferme à nouveau dans son bureau. Je descends dans la salle télé, me pelotonne sous un plaid, lance un DVD au hasard. Parfois, je l'entends parler tout seul, taper sur des objets. Ou peut-être les lance-t-il ?

Il me rejoint deux heures plus tard pendant le générique.

— Elle ne répond pas. Je… Excuse-moi pour tout à l'heure.

— Je sais que tu as mal. Mais ne retourne pas ta peine contre moi.

— Je suis désolé. Je ne sais plus où j'en suis. C'est impossible qu'elle m'abandonne comme ça, ce n'est pas nous. Et il y a la BD…

Je pose une main sur sa joue.

— Vous allez la terminer.

— Je ne peux pas. Je ne peux pas.

— Mais si. Vous y êtes presque. Vous allez terminer.

Durant deux jours, il se précipite à chaque sonnerie indiquant la réception d'un mail. Il dort à peine. Il hante la maison, hagard. Quand tu lui réponds enfin, lapidaire, il s'effondre encore.

— Je suis là… Je suis là…

Une pensée se fraye un chemin dans ma tête. Je la repousse de toute mon âme, mais elle s'impose malgré mes efforts.

Gérald est à nouveau tout à moi.

—

De Manon à Manon | Février 2021

De cette histoire-là, tu auras honte. Tu auras l'impression durant des années d'être celle qui avait manipulé Gérald. Tu mentiras pour le protéger. Tu te diras que tu étais « presque adulte », donc responsable, tu croiras avoir été en contrôle de la situation.

Il te faudra longtemps pour admettre que tu ne l'étais pas. Il avait flairé une faiblesse, comme il avait détecté des traumatismes d'enfance chez d'autres femmes avant toi. Il s'était engouffré dans la brèche creusée par ton besoin de te sentir enfin comprise, lui, à l'expérience de vie tellement plus vaste que la tienne, lui qui imaginait t'aimer peut-être, mais qui ne pouvait ignorer les limites et qui les dépassait sciemment.

Ces « règles du jeu » que tu fixais pour votre relation et qu'il disait respecter, il ne les respectait pas. Toujours, il tentait de renverser les barrières que tu érigeais, et il y parvenait, et il t'expliquait comme c'était beau, ce que vous viviez, comme c'était pur et vrai, et tu acceptais la barrière renversée, convaincue, vaincue.

Après tout, il avait reconnu ton talent, il valorisait ta vision du monde, ton travail. Il répondait à ta soif adolescente d'amour absolu. Il t'offrait ce dont tu avais envie au lieu d'avoir le courage de t'accorder ce dont tu avais besoin : l'accompagnement d'un professionnel.

Rien d'autre.

Rien d'autre.

17

Tu te redresses sur un coude.

— J'ai faim !

Ce que j'aime comme ton visage s'illumine chaque fois que tu prononces ces mots. Je lance :

— Alors il faut que tu manges !

Je repousse la couette, t'embrasse, m'arrache à ce lit qui aura été le nôtre tout au long du mois d'août, dans ce petit studio au fond du jardin de mes parents. Ils ont été absents la plupart du temps. Ils t'aiment beaucoup, ton côté artiste leur plaît.

Depuis l'étroite cuisine où je m'active, je t'entends demander :

— Tu me trouves maigre ?

Je passe la tête par la porte.

— Tu te trouves maigre ?

— Un peu. Et en même temps j'aime bien. J'ai perdu pas mal de poids cette année.

— Pourquoi ?

— Le stress.

— … de ? Du bac ?

— Nan. Tu sais, quand je te disais à l'automne dernier que ma mère psychotait par rapport à mon éditeur… Bah, peut-être que.

— Oui ?

— Elle n'avait pas complètement… tort.

— Tu veux en parler ?

— Non.

Quelques instants plus tard, je recouvre la couette d'un plaid en guise de nappe, y dépose notre déjeuner.

— L'assiette de mademoiselle est avancée…

Tu dévores comme si tu n'avais pas mangé depuis trois jours. Je ris de cet appétit. Je vais te le faire regagner, moi, ce poids que tu as perdu. Je lâche :

— Je t'aime.

Tu me dévisages. D'abord, tu ne réponds rien. Tu finis par articuler les mêmes mots sans les prononcer vraiment. Et aussitôt, tu éclates de rire, comme si tu venais de te raconter une blague à toi-même.

— Quoi ?

— Rien, rien.

Tu t'allonges. J'écarte les assiettes, tes bras s'ouvrent, m'accueillent. Ce soir-là, je retiens mon souffle dans le noir de la nuit tandis que tu traces du bout des doigts des milliers de dessins sur mon visage.

— Je t'aime aussi, tu sais. Vraiment.

Je t'attire contre moi, te serre fort. Tu appuies ton front au mien.

— Tu repars quand ? murmures-tu.

— La semaine prochaine.

— Je viendrai te voir aux vacances, m'annonces-tu. Je trouverai un stage à Biarritz pour la Toussaint. Et après, on verra…

— D'accord.

— Tu vas me manquer.

— Toi aussi.

18

Ta rentrée a lieu le 5 septembre. J'accueille ma nouvelle classe le vendredi qui précède puis, dès le samedi matin, nous entassons tes affaires dans le coffre et roulons vers Rennes.

À l'accueil de ta cité étudiante, le gardien nous remet les clés d'une chambre, nous indique le bâtiment, l'étage. Tu vivras au premier. Escaliers et couloirs grouillent de jeunes, parfois accompagnés d'un parent. Tu trouves la bonne porte, la déverrouilles.

— Tu as un réfrigérateur ! Ce n'est pas dans toutes les cités U !

Tu avances droit vers la fenêtre qui troue le mur du fond. Elle donne sur le parking et les arbres qui le surplombent. Je vérifie que le rail du rideau coulisse.

— Tu n'es pas sur rue. C'est bien, ce sera plus calme.

Le lit est étroit. En dessous, nous découvrons deux tiroirs où tu pourras ranger tes vêtements. Je reviens vers l'entrée. La salle de bains ressemble à celle d'une caravane, entièrement moulée de plastique, la cuvette des toilettes débordant sur le bac de douche. C'est petit mais fonctionnel. Tu as de la chance de ne pas devoir sortir te laver dans des douches communes.

— Ce qui est bien, c'est que tu vas pouvoir te brosser les dents en faisant pipi.

— Et prendre ma douche en finissant mes devoirs !

On rit.

— Ça te plaît ?

— Oui, beaucoup. J'aime bien les petits espaces. Ça me rappelle la camionnette.

La camionnette. Tes étés d'enfant à sillonner l'Europe en famille. Tu avais sept ou huit ans quand on l'a vendue, c'était une épave. Tu étais tellement triste.

Nous faisons plusieurs allers-retours à la voiture pour récupérer tes affaires. Tandis que nous remontons une dernière fois, les bras chargés de sacs et de caisses en plastique, un jeune homme rentre dans la chambre d'en face.

— Ton voisin !

Il se tourne vers nous, sourit.

— Bonjour.

— Bonjour ! Ma fille commence ses études à Rennes.

— Super.

— Elle ne connaît personne.

— Maman ?

Bon, OK, je suis limite, mais j'aimerais que tu te fasses rapidement des amis.

Je t'aide à déballer tes affaires. Je suis contente de constater que rien ne manque – après tes frères, je suis rodée en installation étudiante. Nous faisons ton lit. Ton voisin d'en face frappe à la porte ouverte.

— En cas de souci informatique, fait-il, c'est moi qui gère le réseau à l'étage. Je suis Sacha. N'hésite pas à venir me voir si tu veux que je configure ton ordinateur.

— OK. Merci ! Sûrement demain.

— Et tu t'appelles… ?

— Manon ! Pardon.

— Bonne installation, Manon Pardon !

On vide les dernières caisses. Tu as hâte que je rentre à Vannes. Pas moi.

Je viens de trouver l'emplacement parfait pour ta pelle et ta balayette, lorsque tu lâches :

— Maman… c'est terminé. L'histoire avec Gérald. On finit la BD, point.

Je me redresse, te regarde.

— Tu m'as déjà dit ça l'hiver dernier.

— Sauf que là, c'est mon choix, ce n'est pas vous qui me l'imposez.

— Le problème quand on n'arrête pas de mentir, ma grande, c'est qu'ensuite, quoi qu'on en dise, c'est sujet à caution.

Tu hausses les épaules, visiblement agacée. Et puis l'atmosphère se détend. Bientôt, ne reste plus que ton gros sac de vêtements, dont tu veux t'occuper quand je serai partie. On s'assied, moi sur ta chaise de bureau, toi au bord de ton lit, et on admire notre œuvre. Je souris en découvrant quelques objets de déco que tu as choisi d'apporter.

— Tu vas accrocher des choses au mur ?

— Je ne peux pas mettre de punaises. Je verrai.

Je te propose qu'on aille au supermarché remplir le frigo – autant profiter de la voiture. Tu hésites avant d'accepter. Finalement, il est presque seize heures lorsque je te dis au revoir. Je charge dans le coffre les caisses vides dont tu n'as pas l'utilité, te serre contre moi.

— Ça va aller ?

— Oui. On se voit le week-end prochain.

Ce soir-là, j'écoute la maison silencieuse. L'absence de tes pas dans l'escalier, la chasse d'eau que personne ne tire, la musique éteinte.

Je mets longtemps à m'endormir.

19

Quelques jours avant tes dix-huit ans, je poste ton contrat d'édition accompagné d'une carte d'anniversaire. J'ai choisi une photo de tournesol – ta fleur favorite. À l'arrière, empruntant les mots de La Rochefoucauld, j'écris « Heureux anniversaire, Manon. Celui qui vit sans folie n'est pas si sage qu'il le croit. Tendres bisous de ton Gérald ». J'envoie le tout à Vannes, puisque je n'ai pas ton adresse rennaise.

Je me traîne. Le retour au lycée n'a suscité en moi aucun élan. Le professionnalisme de chacun de tes mails m'écorche. C'est comme si ce n'était plus toi, que tu avais été remplacée par une intelligence artificielle. La beauté de notre relation a été réduite en miettes. Par toi. C'est d'une tristesse…

Viviane est aux petits soins. C'est pour elle que je remonte peu à peu la pente. Elle ne va pas bien. De moins en moins bien. Je n'ai pas le droit de me laisser sombrer.

Le 25 septembre arrive. Je passe et repasse devant le calendrier de la cuisine où s'étale notre compte à rebours. C'est aujourd'hui. Ça devait être aujourd'hui. Notre grande libération, plus de parents sur le dos, juste nous, goélands amoureux qui jouent dans le vent.

Vers dix-huit heures, je n'y tiens plus, j'envoie le même sms à tes deux numéros de téléphone : « J-0 ! Bon anniversaire… »

La réponse arrive depuis ton premier numéro – as-tu jeté le téléphone que je t'ai offert ? « Merci ». Juste ça, pas même de ponctuation pour marquer un soupçon d'enthousiasme, une pointe de complicité. Je passe la soirée à pleurer.

Dix jours plus tard, tandis que nous discuterons de la publication des *Rêveurs*, je te demanderai si tu as reçu le contrat. Tu me confirmeras que tu as renvoyé à Zaza les deux exemplaires signés. Tu ne feras aucune mention de la carte qui l'accompagnait.

Huitième partie

—

De : Gérald **⊲ 23/10/2005 à 23:43**
À : Manon
Objet : Quai des Bulles

Bonsoir, Manon,
Tu as réussi à m'éviter pendant Quai des Bulles.
De mon côté, j'ai obéi à ta règle du jeu et je ne t'ai pas importunée.
Tu peux être satisfaite, le vide dont tu as besoin entre nous est absolu.
Je trouve ça très triste d'en être arrivés là, mais c'est ton choix.
Bisous et bonne nuit.
Gérald

De : Manon ◁ **24/10/2005 à 08:04**
À : Gérald
Objet : RE : Quai des Bulles

Ce n'est pas un jeu.

De : Gérald ◁ **24/10/2005 à 08:10**
À : Manon
Objet : RE : Quai des Bulles

Je sais très bien que ce n'est pas un jeu, Manon.
Je faisais référence à notre expression commune que j'ai utilisée à plusieurs reprises : quand je te disais que je respectais tes règles du jeu, j'exprimais le fait que j'obéissais totalement et toujours à tes désirs.
C'est une expression pour qualifier le contrat tacite entre nous. Pour te faire comprendre que c'est toi qui menais la barque, toi qui décidais, que je ne voulais jamais t'imposer quoi que ce soit, ni t'influencer, ni te faire du chantage. C'est une manière de dire que ce qui m'importait et m'importe le plus, c'est que je t'ai toujours respectée et que je te respecterai toujours. En gros, c'est ta liberté et ton bonheur.
Tu comprends ?
Viviane a été peinée et choquée de ton attitude, car tu l'as fuie aussi. Merde, il ne reste même plus une once d'amitié ou de tendresse entre nous ? On a vécu quelque chose, non ? Comment peux-tu être si cruelle, si indifférente ? Tu n'as aucune empathie, aucune gentillesse. C'est comme si on n'existait pas.

Bon sang, qu'est-ce que tu as dans le cœur pour être aussi égoïste et insensible ?
J'en suis à me dire que je voudrais ne t'avoir jamais rencontrée.

De : Manon **⊲ 24/10/2005 à 08:24**
À : Gérald
Objet : RE : Quai des Bulles

Gérald,
Je suis désolée pour Viviane, mais m'éloigner de toi implique de m'éloigner aussi d'elle. La tendresse, pour ma part, a disparu en même temps que l'amour. Quant à « l'amitié est-elle possible après l'amour ? », c'est un vaste débat. Dans notre situation, je n'y crois pas. Oui, on a vécu quelque chose, mais c'est fini.
Manon

De : Gérald **⊲ 24/10/2005 à 20:50**
À : Manon
Objet : RE : Quai des Bulles

C'est ton point de vue, ce n'est pas du tout le mien. Mais adieu, donc, Manon, puisqu'il faut en passer par là.
Gérald
P.-S. Néanmoins, si tu pensais t'être trompée, je suis là.

De : Manon **⊲ 24/10/2005 à 21:40**
À : Gérald
Objet : RE : Quai des Bulles

Je ne me suis pas trompée.

De : Gérald **⊲ 24/10/2005 à 22:29**
À : Manon
Objet : RE : Quai des Bulles

Tu as les moyens de refuser une amitié sincère ? Tant mieux pour toi.
Moi, je n'ai pas les moyens de refuser de te la donner, même si tu n'en veux pas.
Gérald

—

Extrait de l'audition de Madame Elsa ESTIENNE, mère de Luc ESTIENNE, entendue par Cécile SIMONNET, capitaine de police en fonction à la Brigade de Protection des Mineurs de PARIS, le 6 mars 2006.

QUESTION : Que savez-vous du motif de votre convocation ce jour dans nos services ?
RÉPONSE : Je ne sais pas grand-chose. J'ai cru comprendre qu'il s'agissait d'une vieille histoire entre mon fils Luc et, je suppose, Manon.
QUESTION : Quand avez-vous cru comprendre cela ?
RÉPONSE : Je n'ai aucune idée des dates. Il y a quelque temps, mon mari m'a dit que la mère de

Manon avait déposé une main courante. J'imagine que cela fait un an et demi, mais je ne sais plus.
QUESTION : N'avez-vous jamais été contactée par les fonctionnaires de police de votre commune qui cherchaient l'adresse de votre fils ?
RÉPONSE : Effectivement. Mon fils les avait rappelés ensuite, mais il n'a jamais été convoqué. Quand il les a joints, le fonctionnaire qui m'avait appelée n'était plus là.
QUESTION : Ont-ils mentionné pour quel motif ils voulaient l'adresse de votre fils ?
RÉPONSE : Ils m'ont dit que je devais être au courant.
QUESTION : Votre mari vous a-t-il expliqué pourquoi nous voulions vous voir et pour quel motif Luc était en garde à vue depuis ce matin ?
RÉPONSE : Il m'a effectivement dit que Luc était à votre disposition aujourd'hui, mais nous n'avions pas compris qu'il s'agissait d'une garde à vue.

1

Ce Noël-là, je suis heureux de quitter le petit appartement que je partage avec Sonia pour retrouver ma famille. On s'engueule tout le temps, elle et moi. Pas un jour sans une prise de tête.

Le réveillon passé, je ne peux m'empêcher de me dire que, durant des années, à cette période, tu étais ici, à dormir juste en face de ma chambre. J'aimerais que mon père n'ait jamais été ami avec ta mère. J'aimerais tout effacer et recommencer différemment.

Le premier janvier, alors que je m'apprête à rentrer à l'appartement, Sonia me laisse un message vocal. Elle est aux urgences à cause d'une grossesse extra-utérine. Je ne sais pas exactement ce que c'est ; j'entends juste « grossesse ». Je l'ai mise enceinte. Merde. Elle m'avait prévenu qu'il fallait faire gaffe, qu'elle cherchait une nouvelle contraception qui lui provoque moins d'effets secondaires... Je n'ai pas fait gaffe. Pas assez. Je lui demande à quel hôpital elle se trouve et je fonce la rejoindre.

Lorsque j'arrive, elle est déjà au bloc.

J'attends.

J'appelle mon boss, lui explique. Je ne sais pas dans quel état sera Sonia mais je vais devoir m'occuper d'elle, alors je ne serai pas au travail demain. Il me répond que dans ce cas, puisque mon contrat se terminait au 31 décembre et qu'on devait signer le nouveau demain, ce n'est pas la peine de revenir. Je raccroche, sonné. J'ai mis ma copine enceinte et je n'ai plus de boulot.

Une infirmière vient me chercher. Sonia a pleuré, son visage se tord de douleur dès qu'elle tente de bouger. Je prends sa main. Je ne sais pas quoi dire. Finalement, c'est elle qui parle :

— Le fœtus était dans ma trompe droite.

Je convoque mes lointaines leçons de sciences naturelles, sans grande efficacité.

— C'est-à-dire ?

— Au lieu de s'installer dans l'utérus, le bébé est resté bloqué dans la trompe et a... commencé à se développer là. Il était déjà gros, six semaines, les tissus se sont rompus, j'ai fait une hémorragie. Visiblement, j'avais le ventre rempli de sang. Ils ont sauvé la trompe de justesse.

— Heureusement…

Sonia étouffe un sanglot dans une grimace de douleur. Je caresse sa main.

Un médecin passe nous voir. Il explique à Sonia qu'ils vont la garder en observation à l'hôpital.

Je la ramène à l'appartement en taxi deux jours plus tard. Marcher est difficile. Monter les escaliers est pire. Je finis par la porter jusqu'au sixième étage. Je me rends vite compte que Sonia va être dépendante de moi le temps de sa convalescence. Je ne peux pas chercher de boulot tout de suite. Je pointe à l'ANPE pour toucher le chômage.

Durant une semaine, je m'occupe de Sonia. Je la nourris, je l'aide à se rendre aux toilettes, à prendre sa douche, à remplir ses papiers d'arrêt maladie. Je m'échappe parfois une heure ou deux et je sillonne Paris sans autre but que de me vider la tête. Juste le balancier des jambes, le battement régulier des pieds sur le trottoir.

Et puis elle va mieux. Physiquement, elle va mieux. Nos disputes reprennent. Sonia me rend responsable de tout, notre couple bancal, cette grossesse accidentelle. Mes silences, mes fuites, mon déni. Je me défends mollement. À quoi bon. On sait tous les deux qu'il n'y a plus rien à sauver.

—

Extrait du premier rapport d'expertise psychologique de Luc ESTIENNE par le docteur M. MCLANE-GERMAIN, le 9 mars 2006.

"Position du mis en cause :
Au total, la position subjective de M. ESTIENNE Luc peut se résumer ainsi :
'C'est une erreur de jeunesse…
Il n'y a pas eu volonté de faire du mal… Les faits sont grossis…
Sur les attouchements, il n'y a jamais eu de mise à l'écart, d'enfermement, ça a toujours été fait à côté de ses frères.
Si vous voulez dire qu'il y a agression sexuelle, alors c'est devant d'autres personnes, s'il n'y avait pas eu de consentement il y aurait eu un rejet, une demande d'arrêt.
Je trouve ça étonnant comme réaction aujourd'hui.
Je ne lui ai jamais couru après pour la forcer…
Je trouve que c'est énorme de considérer que c'est une agression sexuelle.
Une personne qui a toujours cherché le contact avec moi…
Il n'y a jamais eu de refus…
Les doigts dans le vagin, je n'ai pas de souvenir de pénétration, je ne peux pas nier mais je n'ai aucun souvenir.
Je ne sais pas pourquoi Manon parle maintenant qu'elle a 18 ans.'

Sur ses motivations :

M. ESTIENNE Luc n'est pas capable de verbaliser ses motivations.
Il dit qu'il était peut-être amoureux de Manon à l'âge de 15 ans.
M. ESTIENNE Luc ne donne pas non plus d'explication sur ce qui a motivé l'arrêt des faits.
M. ESTIENNE Luc se montre toujours évasif, calme. Il est réticent sans que cette réticence ne soit fondée sur une pathologie mentale aliénante. Mais la réticence domine et ne cède pas durant tout l'entretien.

Responsabilité :
Aucune maladie mentale ou désordre de la personnalité ne vient entraver l'exercice de sa responsabilité.
Par ailleurs, M. ESTIENNE Luc doute beaucoup avoir pu traumatiser Manon. Il pense que les parents de cette dernière pourraient être à la base de sa plainte.
M. ESTIENNE Luc n'a pas formulé d'excuses."

Extrait du deuxième rapport d'expertise psychologique de Luc ESTIENNE par le docteur O. DAUVERGNE, expert auprès de la cour d'appel de Paris, le 16 mai 2006.

"'Quand elle était petite, j'étais amoureux d'elle. Quand elle a été plus grande, je ne peux plus dire si j'étais amoureux ou pas, c'était pas calculé et pas réfléchi, qu'elle vienne ou pas c'était pareil, je sais pas ce que je ressentais pour elle, ça se passait sans que je le prévoie et sans comprendre vraiment. Je me demandais pas si c'était bien ou mal, si c'était permis ou pas, ça se passait comme ça.'

Sur question, il explique qu'il n'a pas reçu d'éducation sexuelle ni aucune explication sur la sexualité, qui était un sujet tabou chez lui. 'J'ai eu des cours de sciences naturelles, c'est tout.' La première fois qu'il a entendu parler de pédophilie correspond à l'affaire DUTROUX.

Il décrit une 'enfance normale' : jusqu'à l'âge d'environ douze ans, il avait de bonnes relations avec son frère aîné. À l'adolescence ces relations sont devenues plus conflictuelles 'mais sans violence'. Il décrit son père comme quelqu'un d''inflexible, souvent absent, il travaillait beaucoup, rentrait tard, il ne revient jamais sur ce qu'il dit, il parle peu, il fallait l'écouter'. À propos de sa mère, il nous dit : 'Elle était très présente, on jouait beaucoup ensemble quand on était petits, c'est quelqu'un de calme, elle a jamais réussi à me faire faire mes devoirs, je voulais pas les faire, elle était patiente.'

Depuis le 23 mars 2006, il consulte un psychiatre avec qui il a engagé une psychothérapie une fois par semaine : 'Je dois continuer à travailler avec le psychiatre pour comprendre ce qui s'est vraiment passé, je savais pas ce que je faisais sur le moment, je me rends compte maintenant que j'ai pu lui faire du mal mais elle m'a jamais repoussé. J'ai essayé de comprendre pourquoi elle a porté plainte, elle doit avoir besoin de réparation psychologique.' On peut observer qu'il s'interroge avec beaucoup de sincérité, et le sentiment de honte et de culpabilité qu'il ressent est évident.

Il déclare qu'il n'a jamais été sexuellement attiré par des enfants. Il a eu un premier amour vers l'âge de quinze ans. 'Ça a duré six mois, c'était un amour d'adolescence sans relations sexuelles.' Il cite Solène, Margot avec qui il a eu ses premières relations sexuelles. Il a rencontré ensuite Sonia, et ils sont restés ensemble d'août 2003 à janvier 2006, avec quelques interruptions. Son amie Sonia a appris les faits en question et n'a pas bien réagi : 'Elle a vécu la même chose que Manon', dit-il."

—

2

Je me retiens pour ne pas sortir de mes gonds.

Viviane avait raison, cette convocation au commissariat te concerne, c'est bien notre relation que ce policier me demande de décortiquer. Il m'interroge à propos de notre nuit à l'hôtel. Je m'en tiens à notre version officielle : tu as dormi sur un lit séparé. Il évoque des messages de nature sexuelle. J'explose.

— Je suis accusé de quoi, exactement ?

— Aucune plainte n'a été déposée pour l'instant. Il s'agit d'une enquête préalable du procureur de la République pour établir les faits à la suite d'un signalement.

Signalement effectué par ta mère, à l'évidence. À partir de là, j'en dis le moins possible. Le ton du policier me débecte. Il m'a déjà jugé.

Je ressors du commissariat furieux, avec l'impression d'avoir été traîné dans la boue non seulement par ta mère, mais par toi. Même si j'ai nié, le policier possédait certains détails qui ne peuvent provenir que de ta bouche. Quand je vois tout ce que ta mère sait, tout ce que tu lui as raconté, j'ai envie de vomir. Tu lui as jeté notre intimité en pâture.

J'ai peur pour ma carrière et pour celle de Viviane. Ta mère a de quoi nous interdire d'enseigner si tu te ligues avec elle.

De retour à la voiture, je t'envoie un message. « Je sors de chez les flics. Rarement je me suis senti aussi sali. Toi et ta mère, vous faites une sacrée paire ! »

Quelques minutes plus tard, je suis en train de conduire pour rentrer à la maison lorsque ta réponse arrive : « Pardon ? » Je me gare. Mes doigts enfoncent les touches du téléphone. « Les flics m'ont interrogé sur notre relation à la suite du signalement de ta mère. Ne me fais pas croire que tu n'es pas au courant. » « Je ne sais pas de quoi tu parles… », me réponds-tu aussitôt. « Mais bien sûr, prends-moi pour un con, aussi. »

Silence. Je rentre à la maison. Viviane tend vers moi un regard inquiet. Je n'ai aucune envie de lui raconter, mais il le faut, ça la concerne aussi.

— C'était bien à propos de Manon.

— Merde.

— Il n'y a pas de plainte pour l'instant.

—

3

Je réussis enfin à avoir au téléphone le policier qui nous a entendus lorsque nous avons déposé la main courante et porté plainte contre Luc.

— Madame Cousin ?

— Bonjour. J'ai reçu une convocation. Savez-vous si ça concerne la plainte de ma fille ?

— Un instant… Non, ce n'est pas la même affaire.

— Ah. Alors ça doit être à la suite de mon signalement.

— Je ne suis pas autorisé à en dire plus au téléphone.

— Je comprends. Il y a une deuxième lettre adressée à Manon, je ne l'ai pas ouverte, mais j'imagine que c'est la même chose. Si sa convocation est à la même date que moi, elle ne pourra pas venir, elle fait ses études à Rennes et ne rentre que les week-ends.

— Le plus simple serait que vous trouviez une date avec votre fille et que vous me rappeliez. C'est moi qui vous recevrai.

— Merci. Merci beaucoup.

Tu arrives vers dix-neuf heures. Je te regarde par la fenêtre tandis que tu sors ton sac de la Fiat Uno blanche que tu as récupérée parce que Tristan n'en a pas besoin cette année.

La porte du garage claque. Tu montes l'escalier, déboules dans la cuisine où je mets la table.

— Bonjour, ma grande.

— Gérald a passé la matinée chez les flics ! Il dit que tu as fait un signalement ! C'est quoi ce délire ?

J'absorbe l'information. Je me doutais qu'il avait été convoqué lui aussi. En revanche, j'ignorais que son audition avait déjà eu lieu. Je t'entraîne au salon, m'assieds.

— Oui. C'était à la suite de ce qui s'est passé fin juin, quand je me suis rendu compte que vous vous voyiez encore. Je ne pouvais pas te laisser retomber dans ses bras sans réagir. Tu allais avoir dix-huit ans, partir faire tes études… J'ai écrit au procureur pour faire part de mes craintes.

— Il risque quoi ?

— Je ne sais pas. Ce n'est pas mon rôle de mener une enquête ou de qualifier les faits. Moi, j'ai juste exprimé mon inquiétude. Je ne savais pas s'il allait y avoir une suite.

— Bah il y en a une. Génial.

Tu m'en veux. J'encaisse. J'évoque la convocation que j'ai reçue et le coup de fil à Stéphane Delaporte. Je te tends le courrier à ton nom. La date de convocation est en effet identique à la mienne. Tu fais la gueule. Tu n'as aucune envie de répondre à cette audition.

— De toute manière on n'a pas le choix, il faut qu'on trouve une date. En semaine, ça ne peut être que pendant les vacances de février.

— J'ai un stage à Paris la première semaine, à la Comédie-Française.

— Et la deuxième semaine ?

— Je dois voir Diego. Je pensais aller chez lui.

— Vous ne voulez pas venir tous les deux à Vannes, plutôt ?

— Je ne crois pas qu'il ait de vacances.

— Manon, il va falloir faire un effort. Tu as vu le courrier. Se dérober à cette convocation est un délit.

— Tu fais chier, putain !

Tu te lèves et tu montes dans ta chambre. Ce week-end ne sera pas simple. Je commence par m'en vouloir d'avoir émis ce signalement. Et puis je balaye ces remords. À ce moment-là, avec ce que je savais et ce que j'ignorais, c'était ce qu'il fallait faire. Point.

—

De Manon à Manon | Février 2021

De là où je te parle, de ce moment où les paroles portent, où les histoires se racontent et sont enfin entendues, ce qui me frappe le plus en écoutant ou en lisant les témoignages de victimes de violences sexuelles, d'emprise, d'inceste, c'est le positionnement des mères. Ou, le plus souvent, leur refus de se positionner. Leur déni. Et je mesure notre chance, Manon, d'être née de cette femme qui ne se dérobe pas.

Comment alerter une mère ?

En refusant de se nourrir.

Tu as eu l'intuition, dès l'enfance, que ça l'inquièterait. Et ça l'a inquiétée. Tu avais trouvé une technique aussi personnelle qu'étrange. Tu *recrachais*. Tu ne pouvais pas exprimer ce que tu traversais, tu ne savais même pas que tu avais quelque chose à dire, alors tu stockais dans tes joues la nourriture qu'elle te servait et tu crachais le morceau à ta manière.

Tu ne t'es jamais fait vomir, tu n'as jamais eu la moindre crise de boulimie, tu as toujours continué à t'alimenter, tu ne t'es pas mise en danger. Ta perte de poids, en classe de terminale, avait peu à voir avec le fait que tu sautais des déjeuners, et tout à voir avec le stress que ta mère surprenne Gérald à Vannes. Aujourd'hui encore, dans des périodes de stress, je fonds.

Mais tu as eu un rapport compliqué à la nourriture, qui était un rapport compliqué à la parole, une manière de manifester à notre mère que quelque chose n'allait pas tout en gardant le silence. C'était dirigé vers elle, toujours.

En toute logique, dès que le secret a été dévoilé, cette problématique s'est estompée jusqu'à disparaître. Seule et avec Diego, tu apprendras à aimer presque tous les aliments que tu prétendais détester. Tu n'auras plus besoin de provoquer ta mère. Tu n'auras plus rien à cracher.

4

C'est en janvier que je commence à redescendre de cette sublime stratosphère où ton amour m'a projeté. Je vais bientôt avoir vingt-trois ans. Je sens l'ombre des vingt-cinq qui se rapproche peu à peu, l'âge auquel mes parents sont devenus mes parents, et je sais que cette barre-là, je vais me la prendre en pleine tronche. Parfois, j'aimerais arrêter le temps, ne plus devoir me poser de questions sur mon avenir. Sur toi.

De mon amour et du tien, je n'ai aucun doute. Seulement l'amour ne suffit pas, je commence à le comprendre. Je n'avais jamais vécu de relation à distance. On a beau se voir à chaque vacances, j'en ai moins que toi, et ça ne compense pas tout ce qu'on ne vit pas ensemble.

Je feuillette le contenu de ma pochette « Manon ». Le premier poème, les Post-it, les courriers. J'ai conservé les enveloppes sur lesquelles tu as peint. C'est joli, ces lettres que tu m'envoies. C'est joli et c'est beaucoup. Tu as tellement d'attentes. Tu suggères toute une vie ensemble. Je comprends. Moi aussi, la première fois, j'ai cru que ça durerait toujours. Et peut-être que tu as raison, peut-être que ça durera toujours, mais… Être ton premier et être ton seul ? Te rends-tu compte que tu as sûrement des dizaines d'autres corps à rencontrer, des dizaines d'autres personnes à aimer ? Pas que j'en aie envie, hein… Je ne sais pas. Cette différence d'expérience entre nous me gêne. J'ai besoin de davantage d'égalité.

Et puis tu vis mal notre éloignement. Tes silences au téléphone, ta manière de me répéter que je te manque. Tu me manques aussi. Juste… pas de la même manière. Mon manque n'est pas douloureux, ou pas souvent. C'est un manque qui me fait sourire, une voix intérieure qui me souffle « Merde, tu l'aimes vraiment, mec ».

Je tourne et retourne ces pensées, jusqu'à te rejoindre à Paris fin février. Ta grand-mère est chez un de tes oncles, alors tu squattes son appartement pendant ton stage. Ma décision est prise. Mais alors que tu viens me chercher à la gare, alors qu'on se serre fort au bout du quai, ma résolution vacille. On rentre chez ta grand-mère. Moquette épaisse jusque dans la salle de bains, coussins brodés, bibelots dans des vitrines… L'appartement sent le vieux. On en rigole. J'ai moyennement envie de dormir dans la chambre de ta grand-mère, alors on sort le matelas qu'on pose au milieu du salon. C'est marrant, on a toujours dormi sur des futons ou des matelas posés par terre. Dans le studio au fond du jardin de mes parents, chez moi, chez ta mère dans ta chambre d'adolescente. Et ici encore.

On se couche.

— Manon… Il faut que je te dise quelque chose.

Tu me regardes, tes grands yeux bleus, soudain sérieux, parce que tu as déjà compris. Alors je parle. J'essaye de t'expliquer ce que je m'explique encore mal mais que je sais juste. Tu m'écoutes. Tu es émue, je vois les larmes que tu retiens, les larmes que tu ne retiens plus. Je te tends un mouchoir. Tandis que j'interromps notre histoire, peut-être pour toujours, les souvenirs affluent.

Le surf cet été.

Cette nuit de novembre à Biarritz où la couette a pris feu à cause d'une bougie que j'avais oublié d'éteindre – ça ne t'a pas réveillée, et tu as halluciné le lendemain en découvrant les dégâts. On a failli mourir cette nuit-là.

Toi, derrière moi quand je cuisine, ta joue posée sur mon dos, tes bras enroulés autour de mon ventre.

Noël avec ta famille, avec la mienne, cette aisance que tu as à naviguer d'un groupe à l'autre.

Nos doigts entremêlés tandis que nous marchons dans Paris, dans Biarritz, dans Vannes.

Notre désir, constant, mutuel, toujours nos corps qui se cherchent, et la tendresse incandescente de nos étreintes.

— On ne se quitte pas parce qu'on ne s'aime plus. On se quitte parce qu'on est loin et qu'on a autre chose à vivre. C'est comme si c'était… trop tôt, tu vois ? On s'est rencontrés trop tôt.

Tu acquiesces. Tu inspires un grand coup.

— Est-ce qu'on peut… on avait prévu cette semaine tous les deux. Tu veux bien qu'on la vive quand même ? Ensemble ?

Quelques secondes s'écoulent avant que tu ajoutes :

— Pour se dire au revoir.

C'est beau, bordel. Tout. Notre émotion, notre désir évident, cette proposition douce-amère.

— Oui. Oui, d'accord.

Je pensais rester à Paris quelques jours, passer du temps avec mon frère. Mais non. Ce sera toi, une dernière semaine à me gorger de toi, à pyrograver chaque moment dans ma mémoire.

Tu souris entre les larmes. Je t'embrasse. On fait l'amour comme si c'était la dernière fois sur ce matelas posé au milieu d'un appartement de vieille dame, à s'enchevêtrer les jambes, les bras, les doigts, à se mordre du regard. Ce n'est pas la dernière fois. C'est une des dernières fois. Et on en a tellement conscience que ça donne à chaque geste une importance folle.

Le lendemain, tu termines ton stage à la Comédie-Française. J'en profite pour voir mon frère.

On se retrouve en fin d'après-midi sur le parking en bas de chez ta grand-mère. Tu prends le volant et nous roulons direction Vannes. Le soir tombe doucement. Il y a pas mal de trafic, mais nous sommes seuls au monde. Je te relaye à mi-chemin. Le ruban de phares coule dans la nuit. Tu poses ta tête sur mon épaule. On ne prononce pas un mot et, à un moment, je comprends que tu t'es endormie. Je savoure ton abandon contre moi, ton souffle apaisé dans mon cou.

Tu ne te réveilles que lorsqu'on entre dans Vannes. Tu t'étires.

— On arrive…

— Oui.

Ta mère nous accueille, nous dînons tous les trois.

Ce soir-là, lorsque nous nous retrouvons seuls, je sors de ma poche la petite fée en argent que tu avais laissée chez moi à l'automne, comme une promesse. Je veux te la rendre. Tu refuses.

— Garde-la.

— D'accord.

Je glisse la chaîne autour de mon cou. Tes doigts longent ma clavicule, effleurent le pendentif. Tu murmures :

— Tu crois que c'est aussi fort parce qu'on sait que c'est terminé ?

— Peut-être. Mais tu sais, les gens qu'on a vraiment aimés, on les aime pour toujours.

5

Je te fais entrer dans mon bureau.

— Sais-tu pourquoi tu as été convoquée, Manon ?

— Apparemment, c'est en lien avec un signalement que ma mère a envoyé cet été concernant mon éditeur.

— Tout à fait. Le procureur a demandé une enquête pour établir les faits. Je vais te poser une série de questions et je rédigerai le procès-verbal au fur et à mesure.

— Oui, j'ai l'habitude.

Je ne peux réfréner mon sourire. Nous établissons ensemble ton identité, évoquons tes études, ta fratrie, le divorce de tes parents. Je te demande de me raconter ta rencontre avec Gérald Duprat-Moreau et la période qui a suivi.

— Il a donc commencé dès août à venir te voir à Vannes en secret ?

— Oui. Lui et Viviane.

— Pourquoi venaient-ils en secret ?

— On se doutait que ma mère n'approuverait pas notre relation. À cause de la différence d'âge.

— Quelle était ton rapport avec sa femme ?

— On était proches. On s'aimait comme des sœurs.

— Pourquoi penses-tu qu'elle acceptait cette relation entre toi et son mari ?

Pour la première fois, je sens que tu hésites, comme si tu n'avais pas préparé ta réponse à cette question-là.

— Je ne sais pas vraiment. Elle voyait que ça faisait du bien à Gérald, je pense.

— Tu échangeais avec lui des messages à caractère sexuel ?

— Parfois.

— Quel était le contenu de ces messages ?

— Bah… On décrivait des caresses.

— Toi aussi ?

— Lui, surtout. Mais seulement parce que j'étais d'accord.

— Lors d'une de ses visites à Vannes, avez-vous passé une nuit ensemble à l'hôtel ?

— Oui.

— Peux-tu me raconter cette nuit-là ?

— On a discuté. On a fait des câlins non sexuels. Lui et Viviane ont dormi dans le grand lit, et on a tiré pour moi un petit lit qui était en dessous. J'ai dormi là, habillée.

— Pourquoi est-ce qu'ils ne t'ont pas plutôt ramenée chez toi ?

— C'était plus pratique. Il était tard.

— Ce n'était pas prévu ?

À nouveau, tu hésites.

— Si.

— Donc ce n'était pas juste parce qu'il était tard. Vous saviez que tu allais dormir à l'hôtel cette nuit-là.

— Oui.

— Vous êtes retournés d'autres fois dans des chambres d'hôtel ?

— Oui. En journée. Juste pour être au calme sans craindre d'être surpris par des connaissances de ma mère.

Je décortique ta relation avec ton éditeur, question après question. Les moments où je parviens à ébranler le discours que tu as préparé sont rares et, lorsque je mets fin à l'audition, j'ai le sentiment diffus d'en savoir encore moins qu'avant.

— Souhaites-tu porter plainte contre Gérald Duprat-Moreau ?

Tu lèves les yeux au ciel.

— Vous ne voulez pas avancer sur la plainte que j'ai déposée il y a *un an*, plutôt ?

— Cette plainte n'est plus de mon ressort.

Tu sors. J'accueille ta mère.

L'histoire qu'elle raconte diverge de celle que tu viens de dérouler. À la fin de l'audition, elle sort d'une pochette certains de vos mails qu'elle a imprimés, ceux où vous vous mettez d'accord sur la « version officielle » de cette nuit à l'hôtel – exactement celle que tu m'as servi il y a quelques minutes –, d'autres clairement érotiques, des messages de reproches violents, quelques-uns où, sous couvert de parler de la bande dessinée à laquelle vous travailliez, il t'encourage à te rebeller contre tes parents, voire à partir carrément de chez toi.

— Manon ne sait pas que j'ai lu tout ça. Pour moi, il a abusé de sa position et de la jeunesse de Manon. Elle était sous son emprise. Il lui a fait croire qu'ils s'aimaient, ils ont échangé des messages à caractère sexuel et des dizaines de mails par jour. Il a complètement envahi sa vie et son espace mental, pendant des mois. Il s'est servi de ses confidences à propos de ce qu'elle a vécu enfant pour se poser en sauveur, seule personne au monde capable de la comprendre, au lieu de l'amener à nous en parler, à nous, ses parents, qui étions responsables d'elle. Il l'a manipulée jusque dans l'histoire qu'elle a écrite, et qui est censée être le reflet de leur relation…

C'est en parcourant ces échanges que je comprends à quel point tu as minimisé les faits. Lui aussi, d'ailleurs. Ce Gérald. J'ai lu le procès-verbal de son audition en janvier, il a clairement menti et cherché à manipuler le policier. Mais ce qui transparaît, c'est un mélange de froideur, de malaise et de colère feinte. Il était parfaitement conscient que son comportement avec Manon était répréhensible.

— Vous avez raison, madame Cousin, Manon ne s'est pas rendu compte de ce qui se passait, elle s'est laissé prendre à ses propres mensonges. Mais lui, je peux vous assurer qu'il savait ce qu'il faisait.

Le regard de ta mère se pose sur le procès-verbal de l'audition de Gérald, que je tapote sur le bureau.

— Merci. Merci de me le dire.

— Est-ce que vous voulez porter plainte ?

— Manon ne le souhaite pas. Elle dit qu'elle était consentante et qu'elle était majeure sexuellement.

— Il est en capacité de la publier ou non, il y a un lien de subordination. Ou de pouvoir, du moins. D'ascendant. Juridiquement, ça change tout.

— C'est à elle qu'il a fait du mal, pas à moi. Je ne me vois pas porter plainte à sa place…

— Le fait que cet homme ait profité des confidences de Manon sur les viols qu'elle a subis aggrave encore les faits.

Ta mère masse les articulations de ses doigts. Elle a les mains abîmées de quelqu'un qui a exercé une profession manuelle. Étrange, pour une instit.

— Je ne sais pas… Leur histoire est terminée, j'en suis persuadée. Et… ça a été une période compliquée. Ça commence à aller mieux entre nous. Je n'ai pas envie de faire quelque chose qui risque de braquer à nouveau Manon.

Je me renfonce dans mon fauteuil.

— Je comprends. Vous savez, si elle change d'avis et qu'elle porte plainte contre lui, je serai amené à la revoir, et je lui expliquerai qu'il y a des consentements qui n'en sont pas.

—

De Manon à Manon | Juin 2020

Enfant, tu étais Ma.
On t'avait volé le non.
Un jour un Autre est arrivé
– Pour lui aussi tu étais Ma –
Et labourant la vérité,
Tu as fait repousser ton non.

—

De : Gérald **◁ 03/03/2006 à 12:20**
À : Manon
Objet : Couverture

Bonjour, Manon,
Voici la couverture maquettée des *Rêveurs*.
J'espère qu'elle te plaira.
Bonne journée,
Gérald

De : Manon ◁ **03/03/2006 à 13:30**
À : Gérald
Objet : RE : Couverture

Bonjour,
C'est joli. Mais le lettrage du titre est épais par rapport au tracé de l'illustration, non ? On peut l'affiner un peu ?
Bonne journée,
Manon

De : Gérald ◁ **03/03/2006 à 13:35**
À : Manon
Objet : RE : Couverture

Comme il est indiqué dans le contrat que tu as signé, la maquette de couverture est ma prérogative d'éditeur. D'habitude, j'implique les auteurs dans la discussion, mais vu la situation, j'ai exercé pleinement ma prérogative.
Cette couverture est définitive.
Gérald

—

Extrait de l'audition de Madame Elsa ESTIENNE, mère de Luc ESTIENNE, entendue par Cécile SIMONNET, capitaine de police en fonction à la Brigade de Protection des Mineurs de PARIS, le 6 mars 2006.

QUESTION : Manon et Luc ont-ils déjà eu l'occasion de se trouver seuls à votre domicile ?
RÉPONSE : Non. Il y avait toujours quelqu'un dans la maison. Les parents discutaient dans le salon et les enfants jouaient dans les chambres.
QUESTION : Quand vous logiez la famille de Manon à votre domicile de Saint-Germain, c'était quand et comment ?
RÉPONSE : C'était en général pendant les quelques jours suivant Noël. Manon affectionnait un petit coin qu'elle appelait le grenier. Elle y dormait seule. Tristan (deuxième frère de Manon) dormait dans la chambre de Luc, Jean, dans sa chambre, et Iouen (frère aîné de Manon), ailleurs, probablement sur la mezzanine. Les parents de Manon dormaient dans une autre chambre.
QUESTION : Où était située la chambre de Luc par rapport à celle de Manon ?
RÉPONSE : En face.
QUESTION : Et vous alliez également chez eux à Vannes ?
RÉPONSE : Oui. On y est allés assez régulièrement de 1991 à 2001. C'était en général 10 ou 15 jours, soit en juillet soit en août.
QUESTION : Durant ces vacances, Manon a-t-elle manifesté un certain recul vis-à-vis de Luc ?

RÉPONSE : Non.

QUESTION : Il n'y a jamais rien qui vous ait alertée au niveau des enfants ?

RÉPONSE : Non.

—
6

Sonia débarque en fin d'après-midi, alors que je m'apprête à partir travailler. Elle me tend deux enveloppes avant de filer dans la cuisine. La première vient de la banque, je la jette sans l'ouvrir sur la table basse. Lorsque je découvre le contenu de la deuxième, un mot me saute aux yeux, écrit en gras et souligné. « Convocation ». L'en-tête est celui de la police.

— Ça va ?

Sonia me regarde, sa tasse de thé à la main, appuyée dans l'encadrement de la porte de notre minuscule cuisine. On cohabite depuis fin janvier, le temps qu'elle trouve un appartement.

— Ouais.

Je fuis dans la salle de bains avec le courrier. Je le relis une dizaine de fois. Je suis convoqué lundi matin à la brigade de protection des mineurs, 12, quai de Gesvres, pour être entendu dans le cadre d'une affaire me concernant. C'est forcément toi. Pourquoi maintenant ? La main courante déposée par tes parents date d'il y a un an et demi. Les premiers temps, je me disais que ce genre de courrier pouvait arriver à tout moment. Et puis je me suis détendu. Rien n'arrivait.

J'avais oublié, presque. Jusqu'au coup de fil d'un flic qui voulait mon adresse, il y a quelques mois. Ce souvenir aussi, je l'ai enterré.

Je fourre la convocation dans ma poche, passe de l'eau froide sur mon visage. Le miroir me renvoie un reflet blafard.

— Luc ? Il faut que je fasse pipi.

L'idée que, un jour prochain, Sonia saura ce que j'ai fait, me terrifie. On a beau ne plus être ensemble, je préfère encore qu'elle me voie comme un loser mutique que comme un type qui a touché une môme. Je sors en trombe de la salle de bains.

— T'es sûr que ça va ? répète Sonia tandis que j'enfile mon manteau.

— Tu ne voulais pas aller aux toilettes ? La place est libre.

Je quitte l'appartement, dévale les escaliers. L'air froid larde mon visage. Je colle de la musique dans mes oreilles, du fort, du qui crie, du qui crie plus fort que ma peur.

—

7

Tu es au club de surf avec Diego. Il y a une petite semaine que vous logez à la maison, il doit repartir ce soir et, malgré notre matinée au commissariat de Vannes, votre séjour s'est déroulé sans conflit.

Le téléphone fixe sonne en milieu d'après-midi. Je décroche. Mon interlocutrice se présente, Cécile

Simonnet, capitaine de police à la brigade de protection des mineurs de Paris.

— Je cherchais à joindre votre fille Manon, mais je suis tombée sur sa messagerie. Elle est là ?

— Non.

— D'accord. C'est à propos de la plainte que vous avez déposée contre Luc Estienne. Elle a été transmise à notre brigade et je suis en charge du dossier.

— Elle a mis *un an* à être transmise ? Manon est majeure depuis septembre.

— Depuis septembre ? Bien. Les policiers de Vannes ont envoyé la plainte au commissariat du domicile des parents de Luc Estienne, au lieu de la transmettre à Paris où celui-ci réside, d'où ce délai.

Qu'elle rejette la faute sur le commissariat de Vannes, où nous avons trouvé un accueil et une écoute attentive, m'agace.

— Les policiers de Vannes ont été très bien avec nous.

— Tant mieux. Bref. Votre fille a-t-elle fait l'objet d'un examen gynécologique au moment de la plainte ? Il n'en est pas fait mention dans le dossier.

— Euh… non.

Elle peste.

— Ils auraient dû proposer un examen gynéco !

— Ça n'aurait servi à rien, les faits remontaient à six ans.

— Votre fille a-t-elle eu des relations sexuelles depuis les faits dénoncés ?

Ses questions me semblent tellement absurdes, déconnectées de la réalité, que j'éclate de rire.

— Elle a dix-huit ans, madame ! Elle a un copain. Bien sûr qu'elle a eu des relations sexuelles depuis.

Je crois percevoir un soupir.

— Manon pourrait-elle venir à Paris pour une éventuelle confrontation avec le mis en cause ?

— Écoutez, elle fait ses études à Rennes, ça me paraît compliqué.

Elle s'enquiert des coordonnées de ton père, que je lui donne.

— Très bien. Je vais l'appeler. Parce que là, ce dossier est complètement vide. J'ai Luc Estienne lundi en garde à vue et je n'ai rien pour le faire avouer. Rien !

— Une garde à vue ? Je ne vois pas vraiment l'intérêt de le mettre en prison…

— Une garde à vue, ce n'est pas la prison, madame. Ça signifie que la personne reste à notre disposition au commissariat durant vingt-quatre heures pour que nous l'interrogions. C'est la procédure.

Ne sachant pas si ça a une importance, j'évoque notre audition d'il y a deux jours et ton histoire avec Gérald. Ça n'a pas l'air de passionner mon interlocutrice, mais elle prend note et met fin à l'appel.

Je raccroche, médusée, heureuse que tu n'aies pas répondu lorsqu'elle a cherché à te joindre. Qu'est-ce que c'est que ces questions sur ta vie sexuelle ? Elle n'a pas lu les dates des faits ? Elle a même eu l'air de découvrir que tu avais dix-huit ans. Sans parler de sa réflexion complètement déplacée sur le vide du dossier. Autant dire tout de suite qu'il n'y a aucune chance qu'il soit condamné – vraiment le meilleur discours à tenir auprès d'une victime. Et sa manière de casser du sucre sur le dos des flics de Vannes pour justifier sa propre incompétence ! Quant à te confronter à Luc, si on peut éviter, franchement… Oui, je suis soulagée d'avoir fait tampon entre toi et cette femme.

Dans l'heure qui suit, mes doutes déferlent. La peur d'un « parole contre parole » qui ne mènerait nulle part.

Vous rentrez. J'ai fait un gâteau au chocolat pour Diego – il a vingt-trois ans dimanche. Il est touché par ce goûter d'anniversaire improvisé, me remercie. Tu le déposes à la gare en début de soirée. Je veux te parler du coup de fil de la flic parisienne, mais tu te laisses tomber dans le canapé et tu tires le plaid sur toi. Tu as pleuré. Je m'assieds, t'entoure de mon bras, te serre contre moi.

— Bah alors ?

— C'est fini entre nous.

— Ah bon ? Vous aviez l'air tellement…

— Ouais. On le savait depuis le début de la semaine mais on a décidé de la vivre jusqu'au bout. C'est trop compliqué d'être aussi loin. Je me dis… peut-être qu'on se retrouvera plus tard, tu vois. Dans quatre ans, dans cinq. On verra. Pour moi, ce n'est pas vraiment terminé.

— Ma grande…

On échange un long regard. Je te revois, le jour de tes dix-huit ans, radieuse, avec entre tes bras les dix-huit roses rouges que Diego t'avait fait livrer. Je me souviens de m'être dit que jamais ton père n'aurait eu cette classe-là avec moi. Que ce soit fini entre vous ou que votre histoire reprenne un jour, je serai éternellement reconnaissante à Diego de t'avoir montré ce que c'est que d'être dans une relation avec quelqu'un qui te respecte, qui ne t'utilise pas ni ne te manipule. Il lui a suffi de quelques semaines pour te prouver ce que j'essayais de te démontrer depuis un an.

Tu finis par hausser les épaules, t'essuyer les joues, te lever.

— Attends. J'ai reçu un coup de fil tout à l'heure. Ça concernait Luc.

—

Extrait de l'audition de Madame Elsa ESTIENNE, mère de Luc ESTIENNE, entendue par Cécile SIMONNET, capitaine de police en fonction à la Brigade de Protection des Mineurs de PARIS, le 6 mars 2006.

Donnons connaissance à madame ESTIENNE des déclarations de Manon. Elle dit : « Si Manon avait 5/6 ans quand les faits ont commencé, ils étaient tous les deux mineurs. »

QUESTION : Avant que je vous expose les faits qui sont reprochés à Luc, en aviez-vous eu connaissance ?

RÉPONSE : Non.

QUESTION : Manon décrit une scène qui a eu lieu à votre domicile et dans laquelle elle est assise sur un bras de canapé avec Luc derrière elle. Vous les auriez regardés tous les deux, puis elle aurait replongé son nez dans une bande dessinée qu'elle lisait. Qu'avez-vous à dire ?

RÉPONSE : Cela n'évoque rien pour moi.

QUESTION : Quel était le comportement de Luc et Manon lorsqu'ils se retrouvaient en vacances ?
RÉPONSE : Je voyais des copains qui jouaient. Ce sont des enfants qui se connaissent depuis qu'ils sont tout petits. Les premières vacances qu'ils ont passées ensemble, Manon avait 4 ou 5 ans.
QUESTION : Aviez-vous remarqué un changement d'attitude de Manon envers Luc ?
RÉPONSE : Non. Si ce n'est l'évolution d'une fillette en une adolescente.
QUESTION : Pensez-vous qu'il y a eu un sentiment amoureux entre Luc et Manon ?
RÉPONSE : Non.
QUESTION : Manon s'est-elle plainte auprès de vous des agissements de Luc à son égard ?
RÉPONSE : Non.

—

8

La veille de ma convocation, je termine tard à la brasserie. Je rentre chez moi vers deux heures du matin, je tourne en rond. Je suis incapable de dormir. L'injonction de mon père me revient. *Si cette affaire a des suites pénales, il faudra assumer. Tu auras mon soutien.*

Lorsque je me présente au commissariat à neuf heures et demie, les flics de l'accueil me demandent de patienter. Une femme arrive, petite brune aux traits tirés. Elle doit avoir une dizaine d'années de plus que moi.

— Capitaine Cécile Simonnet. Suivez-moi.

Elle m'entraîne dans une pièce où se trouvent plusieurs bureaux, me fait asseoir devant l'un d'eux. Un homme la rejoint.

— Vous êtes soupçonné d'avoir commis ou tenté de commettre des viols et des agressions sexuelles sur mineure de quinze ans, dit-elle. Pour les besoins de l'enquête, nous allons vous placer en garde à vue pour une durée de vingt-quatre heures qui pourra être prolongée à nouveau de vingt-quatre heures. Vous comprenez ?

J'acquiesce. Est-ce que je comprends ? Pas tout à fait. Mineure de quinze ans ? Qui avait quinze ans ? Les mots bourdonnent autour de moi, leur sens se dérobe. Viols ? Agressions sexuelles ? Agressions ?

— Désirez-vous prévenir quelqu'un ?

Je leur donne les coordonnées de mon père. On me propose un examen médical, un entretien avec un avocat. Je refuse. Qu'on en finisse. La femme me fait signer le procès-verbal et sort un moment. L'homme me demande de vider mes poches ; il en liste le contenu. Une carte d'identité, un téléphone, une chaîne en argent avec des pendentifs, des sous, un portefeuille, une attestation employeur, une montre, trois briquets, un paquet d'allumettes, un décapsuleur, une paire de lunettes, mes clés. Il me demande d'enlever ma ceinture, mes lacets, mon blouson. Je lui remets le tout. Il me fait lever, me fouille. Je signe un deuxième procès-verbal. Et toujours les mots bourdonnent. Viols. Agressions sexuelles. Viols.

Le policier sort à son tour. Je ne suis pas seul dans la pièce, deux femmes travaillent à un autre bureau, j'entends leurs mains pianoter sur les touches et leurs chuchotements. Je ne me retourne pas.

Ils reviennent ensemble, reprennent place sur leurs chaises. À nouveau, je dois décliner mon identité. Ils me posent des dizaines de questions sur ma famille, mes études, mes revenus.

— Consentez-vous à ce qu'un prélèvement ADN soit effectué sur votre personne ? demande la brune.

— Oui.

— Acceptez-vous de répondre aux questions qui vous seront posées ?

— Si je suis venu, c'est que j'accepte.

— Que savez-vous du motif pour lequel vous avez été convoqué ?

— Ça concerne Manon.

— Avez-vous quelque chose à vous reprocher concernant cette jeune fille ?

— Oui.

Ils échangent un bref regard.

— On va faire une pause, annonce la femme avant d'imprimer ce qu'elle vient de taper.

Je signe, encore. Ils m'isolent dans une cellule. Je lutte contre le sommeil qui me rattrape.

En fin de matinée, le policier revient me chercher, me ramène dans la pièce aux bureaux. M'interroge. Cette fois, il va droit au but : c'est de toi qu'il me fait parler. Nos âges respectifs lorsque nous nous sommes rencontrés – je n'en suis pas certain –, les relations entre nos familles, les vacances communes…

— Qu'avez-vous à vous reprocher vis-à-vis de Manon ?

— Des attouchements sexuels.

— Pouvez-vous préciser ?

— Des caresses. Pas de violence.

— Où, les caresses ?

— Sur la poitrine de Manon, sur ses cuisses, entre ses jambes. Des attouchements sexuels, quoi.

— Comment faisiez-vous et à quelle occasion ?

— On était ensemble sur le canapé, au calme, et discrètement je la caressais, sans la forcer.

Je ne l'ai pas agressée, bordel ! Il n'y a jamais eu de violence. Des attouchements, oui, mais pas d'agression.

— Uniquement sur le canapé ?

— Peut-être au moment du coucher. Je ne sais plus.

Je cherche d'autres images dans ma mémoire. Aucune ne remonte. Je précise :

— Ça s'est certainement passé ailleurs que sur le canapé. J'ai essayé de bannir cette période-là alors je ne m'en souviens plus trop.

— Quand vous caressiez son entrejambe, dites-moi ce que vous lui faisiez exactement.

— J'ai caressé son sexe avec ma main.

— Avec pénétration ?

— Non.

— Sans introduire un doigt dans son sexe ?

— Non. Et surtout sans qu'elle me touche car je ne le lui ai jamais demandé.

Il me regarde, l'air d'attendre quelque chose. Je déglutis. Je lâche :

— Peut-être que j'ai pénétré le sexe de Manon avec un doigt.

— Peut-être ?

— Je…

— Avez-vous pénétré digitalement le sexe de Manon ?

— Oui.

— Y a-t-il eu d'autres actes de pénétration ?

— Non.

— Cela s'est-il produit plusieurs fois ?

— J'ai dû la pénétrer avec mon doigt quatre ou cinq fois mais je ne sais plus.

Il me demande de préciser les lieux de ces actes, les conditions, les dates. Je distingue deux périodes : celle où j'étais adolescent et toi enfant, puis celle où j'étais adulte et où je t'ai revue lors de vacances de Noël.

— Il y a deux hivers, entre 2000 et 2001, Manon était devenue adolescente et j'ai recommencé à la caresser car j'étais amoureux d'elle. Là, j'ai pratiqué sur elle des… pénétrations vaginales.

— Quelles ont été ses réactions ?

— Il n'y en a pas trop eu.

— Elle ne vous a pas repoussé ?

— Non.

Il note ma réponse, indiquant à voix haute :

— « Pas de rejet. » Pensiez-vous que Manon avait conscience de ce qui lui arrivait lorsqu'elle n'avait que sept ou huit ans ?

— Sûrement que non car moi non plus.

— Et maintenant ?

— Maintenant je me rends compte de ce que j'ai fait et de ce qui m'est reproché.

— Avez-vous commis des faits similaires sur d'autres jeunes filles ou garçons ?

— Non.

Le policier met à nouveau fin à l'entretien. Boucan de l'imprimante, signature du procès-verbal. Il me ramène en cellule pour que je mange. Au moment où il me laisse, il lance :

— On a eu votre père au téléphone, lui et votre mère viendront en fin d'après-midi, on en profitera pour les entendre eux aussi.

Je mange lentement. La purée est presque liquide, elle m'épargne tout effort de mastication. J'imagine mes parents devant les flics, confrontés aux détails de mes déclarations. J'en ai donné si peu à mon père qu'il risque de tomber de haut. Quant à ma mère, je sais qu'elle en a parlé avec lui, mais jamais avec moi. J'ai du mal à imaginer sa réaction. Est-ce qu'ils vont vraiment me soutenir ?

Mes pensées dérivent vers toi. J'essaye de reconstituer une chronologie, je convoque mes souvenirs, je cherche à faire émerger une logique. Une explication. Pourquoi j'ai fait ça ? Pourquoi, après, j'ai recommencé, encore et encore, chaque fois qu'on se voyait ou presque ? Je ne sais pas.

Qu'est-ce que je risque ? De la prison ? Ce serait démesuré. Je ne t'ai forcée à rien.

Le manque de sommeil m'écrase. Je n'ai plus envie de penser et, à cet instant, m'endormir me paraît la seule réponse agréable à la situation.

Je suis en train de sombrer lorsque les deux policiers reviennent me chercher. C'est elle qui m'interroge cette fois. Les mêmes questions reviennent, escortées de précisions, de nuances que je ne suis pas toujours capable d'apporter ou que j'esquive mollement.

— Vous avez évoqué un courrier en accusé de réception que vous avez reçu du père de Manon, vous informant de leur dépôt de main courante. Qu'avez-vous fait de ce courrier ?

— C'était des deux parents de Manon. Je l'ai gardé un temps, puis je l'ai détruit il y a un an.

— Pourquoi ?

Je réfléchis un moment. Soupire.

— Pour ne pas raviver les mauvais souvenirs et garder un peu d'esprit libre.

— Les parents de Manon vous ont menacé ou ont été virulents envers vous ?

— Je n'ai pas… d'excellents souvenirs de ce courrier.

— C'est donc que vous vous en souvenez. Que disait-il ?

Je secoue la tête.

— Je ne sais plus comment il était libellé.

— Avez-vous fumé avant de répondre à votre convocation ? Et je ne vous parle pas de cigarettes normales !

— Non, je ne fume pas.

— Je veux bien prendre acte que vous n'avez pas beaucoup dormi en raison de votre emploi du temps, mais il faudrait être un peu plus énergique dans vos réponses ! Est-ce que vous me comprenez ?

Je hoche la tête. Je veux juste que tout ça se termine.

— Oui ? Vous me comprenez ?

— Oui.

— Nous allons vous lire les déclarations faites par Manon.

Ils lisent. Ce que tu racontes fait remonter de nouvelles images. Nous, à l'ordinateur avec tes frères, quatre paires d'yeux rivés à l'écran, toi sur mes genoux, ma main dans ta culotte dissimulée par ton pull. L'excitation du geste. Et de ne pas être vus.

— Qu'avez-vous à ajouter ? demande la flic.

— Tout ce que dit Manon est vrai.

Elle me dévisage avant de taper ma réponse. Elle a l'air étonnée que je ne résiste pas. Que j'avoue sans réserve. Quelle conne. Elle ne comprend pas. C'est tellement au-delà de l'aveu. Tu as énoncé ta vérité. Il n'y a plus à cacher, à ressasser, à taire. Mon secret le plus poisseux est en pleine lumière et, malgré les conséquences à venir, c'est un soulagement. Alors oui. Tout ce que dit Manon est vrai.

Épilogue

—

1

Trois ans et demi après notre main courante, trois ans après ta plainte, nous y sommes. Je vous retrouve, toi, ta mère et ton avocate, devant le tribunal de Paris. Nous passons la sécurité ensemble. Ton avocate nous entraîne à travers les grands bâtiments de pierre, tout en arcades, boiseries et colonnades. Elle nous prévient que ça risque d'aller vite, trois quarts d'heure, une heure maximum. J'admire les lieux. Toi aussi, même si je te sens tendue.

En arrivant devant la salle d'audience, j'aperçois Luc et ses parents un peu plus loin dans le couloir. Ils nous regardent. Avec ta mère, instinctivement, on se place entre eux et toi.

Bientôt, on nous fait entrer. On s'assied à l'avant, sur la gauche. Luc et sa famille, à droite.

La juge s'installe, ainsi que d'autres personnes que j'identifierai peu à peu comme deux magistrats assesseurs, un substitut du procureur et une greffière. Dès qu'elle prend la parole, la juge précise que, bien que tu aies accepté la déqualification des faits en agressions sexuelles afin d'éviter une procédure plus longue et plus lourde, c'est bien de viols dont nous parlons aujourd'hui. Elle indique aussi que nous jugerons les faits ayant eu lieu lorsque Luc était encore mineur, puisque nous sommes au tribunal pour enfants, et qu'une autre audience aura lieu au tribunal correctionnel afin de juger les faits ayant eu lieu alors qu'il était majeur.

À la place des trois quarts d'heure annoncés, le procès dure trois heures. Trois heures durant lesquelles la juge décortique le dossier, donnant à chacun l'espace pour s'exprimer.

D'abord, elle tente de reconstituer le contexte. Deux familles amies qui passent des vacances l'une chez l'autre. Des enfants qui se connaissent depuis toujours et qui jouent ensemble tandis que les adultes discutent, ces adultes qui travaillent pour la plupart auprès d'enfants, et qui pourtant sont à mille lieues d'imaginer que. Ils ont beau savoir que c'est terriblement courant et que ça arrive dans tous les milieux, c'est de la théorie, et l'idée que des viols se produisent dans leurs maisons est impensable. Et puis ils s'entendent si bien, ces enfants, en dépit de leur légère différence d'âge – Manon est plus jeune, bien sûr, mais elle a l'habitude de suivre ses frères ou ses cousins, elle a l'habitude d'être avec des grands, elle aime ça, même, davantage que de côtoyer des enfants de son âge.

Répondant à une question de la juge, Rodolphe parle de toi.

— Manon était une enfant qui était en permanence dans la séduction, en particulier avec les adultes.

— Nous sommes d'accord que nous parlons d'une fillette qui, au début des faits, était âgée d'environ six ans ? le recadre la juge. Vous êtes en train de parler de l'attitude séductrice d'une enfant de six ans ?

— Oui. Une enfant de six ans peut tout à fait être dans une forme de séduction. Elle était très en demande d'échanges, de contacts physiques. Une enfant n'a pas à s'asseoir sur les genoux d'un jeune garçon. Mais elle le faisait très souvent. Et avec les adultes aussi. Personnellement, ça me dérangeait, je ne la laissais pas faire.

J'échange un bref regard avec ta mère, passe une main sur mon visage, me penche vers ton avocate.

— J'aimerais répondre à ça.

Elle acquiesce. C'est à Elsa, la mère de Luc, de parler. Contrairement à son mari, elle assume sa part de responsabilité.

— Vous savez, on fait ce qu'on peut, on est juste des parents et parfois on est impuissants.

Les phrases s'alignent dans ma tête tandis que je prépare mon intervention. Lorsqu'on me donne la parole, je n'en retrouve plus le fil. Alors j'improvise. Je convoque les souvenirs, je me connecte à toi, assise à mes côtés.

— Manon, enfant, aimait les câlins. Bien sûr qu'elle recherchait l'attention, quel enfant ne recherche pas d'attention ? Considérer ce comportement comme de la séduction me paraît… aberrant. La séduction, ou du moins l'aspect sexuel de cette séduction, n'était que dans la tête de l'adulte. Manon, elle, elle avait six, sept, huit ans. Elle voulait juste aimer et être aimée. (Je te regarde.) Tu étais… Tu éclatais de rire tout le temps, tu chantais, tu dansais, tu sautais dans nos bras. Tu étais un petit soleil. (Je respire avec toi. Me tourne vers la juge.) Manon, elle ne se méfiait pas. Elle faisait confiance. Elle allait vers les autres naturellement parce que c'était son caractère.

Je me tais. Ta main se pose sur la mienne et la presse. Pendant un moment, je n'écoute plus, la colère est trop forte. Que quelqu'un ait pu t'abîmer. Que Rodolphe ait eu le culot d'en rejeter sur toi la responsabilité. Je respire profondément pour me calmer. Et puis c'est à ton tour de parler.

— Comment expliquez-vous que vous ne vous soyez jamais opposée à Luc ? demande la juge. Que vous n'ayez jamais dit non ?

— Ben, au début, j'étais petite, je crois que je ne me rendais pas compte. Après, c'est devenu un automatisme. Ça arrivait chaque fois qu'on se voyait. J'étais persuadée que tout le monde savait, étant donné qu'il faisait ça devant mes frères, à un endroit où les adultes pouvaient nous voir… Et personne ne réagissait. Donc, même si au fond je me doutais que ça n'aurait pas dû arriver parce que je n'en parlais pas – je savais qu'il ne fallait pas en parler –, je me disais que ça devait être… normal. Et puis cette maison, c'était celle de Rodolphe. Et Rodolphe répétait tout le temps qu'il fallait obéir aux adultes. Eux, ils voyaient une bande d'enfants, mais Luc, il avait six ans de plus que moi, il était plus grand que mon plus grand frère. À mes yeux, Luc, c'était un adulte. Je le voyais comme ça.

— Et donc, il fallait lui obéir ?

— Oui. Je l'ai repoussé une fois. Mais je ne sais pas s'il était mineur ou majeur à ce moment-là.

— Vous faites référence à la fois où vous lisiez dans votre sac de couchage et vous lui avez demandé d'arrêter ?

— Oui. Il n'a pas arrêté.

— Qu'est-ce que vous attendez de ces deux procès ?

— Pouvoir tourner la page. Quand tout est remonté, j'avais tellement refoulé ça que je n'étais même plus sûre que c'était vraiment arrivé. Je me disais que, peut-être, c'était juste dans ma tête. Ce dont j'avais vraiment besoin, c'était que la seule personne qui pouvait me dire « Oui, c'est arrivé », me le dise. Et il l'a fait.

— Vous demandez des dommages et intérêts. Pourquoi ?

— J'ai besoin qu'il y ait… quelque chose de concret. S'il n'avait aucune… condamnation ? Peine ? Je ne sais pas comment on dit. Enfin, s'il n'était condamné à rien, ce serait comme si ce que j'avais vécu était… rien. Et ce n'est pas rien.

— En effet. Que comptez-vous faire avec cet argent ?

— Un voyage, je pense. J'ai envie de l'utiliser au moins en partie pour quelque chose de symbolique. Partir seule, et pouvoir me dire ensuite que ce voyage est comme une page qui se tourne, qu'il y a un avant et un après et que je serai dans l'après.

La parole retourne du côté du prévenu, puis au procureur. On nous demande de sortir pendant la délibération. Ça ne dure pas longtemps. Luc est déclaré coupable d'agressions sexuelles imposées à un mineur de quinze ans, ce qui, en langage juridique, signifie de moins de quinze ans. Son nom sera inscrit au fichier des délinquants sexuels et ses parents sont considérés comme civilement responsables. Les dommages et intérêts te sont accordés.

En sortant, l'avocat de Luc vient nous voir concernant les modalités de versement. Je ne retiens rien de ce qui est dit. J'ai juste envie de me retrouver seul avec toi et ta mère. Je vous propose d'aller boire un verre au restaurant du tribunal.

Nous allons descendre lorsque la policière qui nous avait fait entrer dans la salle d'audience ce matin passe à côté de nous. Elle te sourit et dit :

— Bon voyage, mademoiselle.

2

Deux mois ont passé depuis le premier procès, et deux ans presque jour pour jour depuis ma garde à vue. Cette fois, nous sommes côté adultes, au tribunal correctionnel, assis au fond de la salle d'audience en attendant que l'affaire précédente se termine. Je ne peux pas m'empêcher de jeter des coups d'œil vers toi et ta famille. Contrairement au premier procès, nous ne sommes pas entendus à huis clos. Une trentaine d'inconnus occupent les bancs de bois. Peut-être patientent-ils eux aussi jusqu'à ce que ce soit au tour d'une affaire qui les concerne ?

Bientôt, nous sommes appelés, invités à prendre place

Mon avocat m'a assuré que cette période, malgré les viols, était plus défendable. Manon n'était plus une petite fille, elle savait forcément, à douze ans, ce qu'était la sexualité.

À nouveau, une juge reconstitue le contexte, puis s'attarde sur les faits. Je raconte cette fois où j'étais rentré chez mes parents quelques jours pour Noël. Je me suis retrouvé seul avec toi sur la mezzanine. J'étais assis sur une chaise, toi sur un fauteuil que tu faisais pivoter encore et encore. À chaque tour, tu envoyais volontairement tes longs cheveux dans l'air pour qu'ils me frôlent. On se regardait. Ce jeu avait l'air de t'amuser.

Des personnes entrent et sortent sans arrêt de la salle d'audience. J'essaye de faire abstraction de ces allées et venues.

— Que s'est-il passé ensuite ? demande la juge.

— On a été sur le canapé. J'ai touché Manon.

— C'est une des fois où vous avez introduit un doigt dans son vagin ?

— Oui.

Mon avocat prend la parole.

— On voit bien que la plaignante était dans une forme de provocation, de séduction.

Il continue sur cette lancée. Je sais qu'il tente de me défendre, mais je n'en ai pas grande envie. Chercher à justifier mes actes me semble vain. Je veux mettre cette histoire derrière moi.

La juge te propose de réagir à ce que j'ai raconté. Tu te lèves.

— Dès que j'ai compris que ce n'était pas normal, vers quatorze ans, j'ai pris mes distances avec Luc. J'ai fait en sorte de ne plus jamais être seule avec lui. Mais à onze ou douze ans, l'âge que j'avais quand il y a eu ce truc avec les cheveux, je ne me rendais pas encore compte. Ça s'était toujours passé entre nous. Les attouchements, les viols. Je n'avais aucun souvenir avec Luc où ça n'arrivait pas. Donc bien sûr que je provoquais parfois ces moments. C'était devenu ma norme. Lorsque ça n'arrivait pas, je ne comprenais pas. Et puis je crois que je me sentais… choisie. Flattée d'avoir été choisie par un grand. Même si une partie de moi savait que tout ça n'aurait jamais dû arriver. Que ça me faisait du mal. C'était tellement confus dans ma tête… Et encore aujourd'hui, parfois. C'est difficile de démêler ce que je ressentais. J'étais là, et je n'étais pas là. J'étais dans l'écran que je regardais, dans la bande dessinée que je lisais. J'essayais de ne pas ressentir, je crois.

Mes parents observent le bout de leurs chaussures. Je leur suis reconnaissant d'être à mes côtés. Mon père a tenu sa parole, il est avec moi, entièrement, presque trop, parfois. J'y pense depuis plusieurs semaines, mais c'est à ce moment que ça me percute : je vais devoir partir. Loin. Mettre des océans et des continents entre lui et moi, me fabriquer une vie ailleurs où personne ne me connaît. Tenter de recommencer à zéro. Même si c'est impossible.

Le procureur plaide autour de la sidération. Dans le processus de sidération, explique-t-il, il y a la place pour de l'ambivalence. Le plaisir physique, la flatterie et la sidération du viol peuvent cohabiter.

Lorsqu'on me redonne une dernière fois la parole, je fais part de mes regrets. J'écoute ensuite mon avocat récapituler notre défense.

— Nous arrivons à la fin de ce procès, annonce la juge. Manon, cette audience était relativement courte, car nous savons qu'un précédent procès s'est déjà tenu, mais je voudrais être sûre que vous avez pu exprimer tout ce que vous souhaitiez. Y a-t-il autre chose que vous ayez envie de dire ?

Tu hésites. Et puis tu te lèves à nouveau.

— Luc a dit qu'il était désolé de ce qu'il avait fait, durant l'enquête et encore aujourd'hui. Mais il ne s'est jamais excusé auprès de moi.

— Monsieur Estienne ?

Un instant, je crois que la juge s'adresse à mon père. Je comprends aussitôt mon erreur, me mets debout, lève les yeux vers toi. Pour la première fois, on se regarde. Déferlent dans ma tête les dizaines de conversations au cours desquelles j'ai tenté avec mon psychiatre de comprendre l'impact que mes actes avaient pu avoir sur toi et les raisons de ton dépôt de plainte. Ma voix a du mal à sortir. Elle se contorsionne dans ma gorge. Mais tu m'entends, c'est l'essentiel.

— Je suis désolé de t'avoir fait du mal, Manon. Je regrette. Vraiment. Et je… te présente mes excuses.

Je te sens au bord des larmes. Je n'en mène pas large non plus. Tu hoches la tête, à peine, et tu te détournes. Ta mère passe un bras autour de tes épaules, ton père embrasse ton front. Mes yeux fuient à nouveau vers le sol.

À quoi aurait ressemblé ma vie si tes parents avaient été les miens ?

—
3

Rodolphe s'éloigne avec sa famille. Il ne nous salue pas. À peine nos regards se croisent-ils brièvement. Je me dis qu'au moins, ces dernières années, il a été aux côtés de son fils. Je l'ai perdu comme ami, mais Luc l'a trouvé comme père.

Je les regarde disparaître par l'escalier. Lorsque j'ai écrit à Rodolphe à la suite du dépôt de main courante, j'ai imaginé que notre éloignement serait provisoire. Je me suis vite rendu compte qu'il ne manquait pas à ma vie. Pour autant, il avait été un ami fidèle durant vingt-cinq ans. J'ai pensé que, lorsque ce serait terminé, nous pourrions nous retrouver. Mais durant le procès de janvier, j'ai compris que ce ne serait pas le cas, que renouer avec lui serait impossible. Ce qu'il a dit sur ton attitude séductrice m'est resté en travers de la gorge.

Il y a quelques semaines, tu m'as raconté que, après le divorce, tu avais eu l'impression que Rodolphe cherchait à remplacer votre père. C'est vrai, d'une certaine manière. J'étais très mal, j'ai mis du temps à m'en rendre compte et à remettre Rodolphe à sa place. À me remettre à la mienne, surtout. J'étais votre mère, et on avait beau être chez Rodolphe, c'était moi qui décidais de ce qui vous concernait, pas lui. Ça ne lui a pas plu, sur le coup.

Nous quittons le tribunal. Je rentre avec toi dans le petit deux-pièces que tu partages avec ton frère aîné depuis que tu as entamé tes études de théâtre à Paris en septembre. Je le connais bien, cet appartement.

Il appartient à ma mère. Ton père et moi avons vécu ici au début de notre relation, et une bonne partie de tes cousins avant toi. Iouen terminera bientôt son stage et s'installera avec Valentine. En attendant, il est là.

— Ça s'est bien passé ? demande-t-il.

— Oui, réponds-tu avant d'aller dans ta chambre.

Je suis un peu plus loquace, même si je ne rentre pas dans les détails.

— Bref, Manon a été entendue. Nous avons tous été entendus.

C'est ce que je répète à ton avocate quand nous la retrouvons à son bureau le lendemain.

— Surtout lors du premier procès, observe-t-elle. Le deuxième était plus rapide.

— C'était bien comme ça. (Je te regarde.) Non ?

— Si. C'était bien. Est-ce que vous pouvez me redonner le verdict ? J'aimerais le noter.

— Celui du procès d'hier ?

— Oui. J'ai reçu l'autre par courrier.

— Alors, c'est simple, il y a eu de nouveau des dommages et intérêts…

— … 1 000 euros ?

— Oui, vous ne vouliez pas en redemander à la suite du procès de janvier, mais je crois qu'on a bien fait. Il doit aussi rembourser vos frais de justice. Et il a pris un an de prison avec sursis.

Je sursaute.

— Pardon ?

— Il a eu une peine d'un an d'emprisonnement avec sursis. Vous n'aviez pas entendu ?

— Je… Non.

Comment ai-je pu ne pas entendre ça ? Probablement parce que je n'en avais aucune envie. Je vois mal comment la prison pourrait avoir un quelconque effet bénéfique dans le cas de Luc. Il était nécessaire que ce qu'il a fait soit dit, qu'il soit reconnu coupable, c'était important y compris pour lui. Mais de la prison ? Une pointe de culpabilité fourrage mon ventre.

— Ce n'était plus le tribunal pour enfants, vous savez, c'était logique. Ils ont justifié l'emprisonnement par le fait que, étant majeur, Luc ne pouvait ignorer le préjudice occasionné à Manon. Il a bénéficié du sursis simple car il n'a jamais été condamné auparavant, qu'il a avoué d'emblée et qu'il a exprimé des regrets. Donc il ne purgera pas un seul jour de cette peine à moins d'une récidive ou d'écoper d'une autre peine de prison qui s'ajouterait alors à celle-ci.

Tu te redresses, plies le papier où tu as noté la sentence. Tu dis :

— Moi, je suis contente qu'il ait eu ça.

On revient sur quelques paroles prononcées durant le procès.

— Quand même, soupire ton avocate, on n'aura jamais la réponse. On ne saura jamais pourquoi.

— Pourquoi quoi ? demandes-tu.

— Pourquoi il t'a fait ça.

Je suis un peu perplexe. Ça n'a jamais fait partie de nos attentes.

— Enfin, il a dit qu'il était amoureux de Manon, poursuit-elle. Mais bon, c'est fou comme les auteurs de violences sexuelles envers des enfants tiennent à justifier leurs actes par de l'amour alors que ça n'a absolument rien à voir avec de l'amour.

— Oui, c'est sûr.

On ne commente pas davantage. Bientôt, ton avocate nous raccompagne à la porte, nous serre la main. En marchant vers la station du métro aérien, tu lâches :

— C'était un peu con, comme remarque.

— Son « On ne saura jamais pourquoi » ?

— Bah oui, Luc lui-même ne sait pas pourquoi il a fait ça, comment il aurait pu nous l'expliquer ?

— Je me suis dit la même chose !

On rit. Je revois ta réaction lorsque ton avocate, après s'être procuré les auditions de Luc par les policiers, t'a lu la phrase « Tout ce que dit Manon est vrai ». Tu n'y as pas cru sur le coup. Tu as demandé « Il a dit ça ? Il a vraiment dit ça ? ». Ton soulagement était total. Le mien aussi. Il n'y aurait pas de parole contre parole.

Paris défile derrière les vitres du métro. Assise en face de toi, je ne peux pas m'empêcher de me demander – parce que je ne peux jamais m'empêcher de me demander, c'est en moi, ce flot ininterrompu de questions et d'inquiétudes, alors je ne peux pas m'empêcher de me demander ce que tu vas en faire, de ces années, de ces mensonges, de ces entailles. Comment tu vas avancer avec tout ça. Et vers où.

Je passe le week-end à Paris. Puis je rentre à Vannes. La première chose que je fais après avoir posé mes affaires, c'est de sortir mon trente-trois tours de Serge Reggiani et d'allumer la chaîne hifi. Je cherche la chanson. Notre chanson. Les premières notes de « Votre fille a vingt ans » s'envolent, piano léger sur tapis de cordes. La voix du chanteur s'y pose.

Votre fille a vingt ans, que le temps passe vite, madame, hier encore elle était si petite, et ses premiers tourments sont vos premières rides, madame, et vos premiers soucis. Chacun de ses vingt ans pour vous a compté double...

J'éclate de rire.

— Triple, plutôt ! Surtout les quatre dernières années !

J'écoute la chanson jusqu'à la fin, debout devant la platine. Cette fois, tu as vingt ans pour de vrai, Manon. Ma petite dernière. Je serai toujours là, pour vous trois, mais j'ai fini mon job. Je vous ai élevés. Il va falloir que je réapprenne à vivre pour moi. Et ce soir, tandis que je me prépare à manger, je me dis que ça ne va me poser aucun problème.

—

4

On frappe à la porte de mon bureau.

— Sylvain, il y a quelqu'un pour toi.

Je jette un œil à travers la vitre. Je ne t'ai pas vue depuis notre rencontre à Quai des Bulles il y a trois ans, mais je te reconnais aussitôt. Je marche à ta rencontre.

— Manon ! Comment vas-tu ?

— Ça va ! Tu avais dit que je pouvais passer n'importe quand, alors…

— Tu m'as pris au mot. Tu as bien fait.

Les tâches que je dois boucler aujourd'hui s'empilent dans ma tête. Je les renverse. Ça me fait plaisir que tu sois là.

— Qu'est-ce que tu deviens ?
— Je vis à Paris. J'ai terminé une formation de scénographe et j'ai enchaîné avec la fac de théâtre. J'ai eu une équivalence pour rentrer directement en deuxième année. Mais je continue à faire des stages en scéno et je bosse avec de petites compagnies.
— Super.
— C'est marrant, ici…
— C'est une ancienne usine.
Tu souris en admirant la structure métallique qui soutient la verrière. La juriste de la boîte s'approche, combiné à la main. Elle me chuchote un nom à l'oreille – un agent d'auteurs anglais. Il faut que je le prenne. Je te dis :
— Ça va être rapide.
Ce n'est pas rapide. L'agent est bavard et visiblement ravi d'échanger des blagues. Je m'excuse dix fois du regard. Tu me fais signe qu'il n'y a pas de soucis. Je ne sais pas si tu comprends ce que je raconte en anglais au téléphone, mais j'espère au moins que mes pitreries t'amusent. Enfin, je raccroche.
— Désolé.
— Je ne suis pas pressée. Je pensais te recroiser à Quai des Bulles mais tu n'y étais jamais.
— Non, ce sont d'autres membres de l'équipe qui couvrent les salons, maintenant.
— Ils m'ont dit.
— Tu veux boire un truc ? Café, thé, Coca…
— Jus d'orange ?
— Ah, c'est vrai !
Je passe derrière le bar, déniche une canette de jus d'orange, vérifie la date de péremption avant de te

la tendre avec un gobelet. Je me fais un café. Des employés sortent fumer une clope et te jettent des regards intrigués.

— Viens, on sera plus tranquilles pour discuter dans mon bureau.

On s'installe.

— J'ai vu que ta BD était sortie.

— Oui, il y a presque deux ans.

— Ça s'est bien passé ? Tu as une idée de tes ventes ?

— Aucune.

J'avais regardé comment ta BD fonctionnait quelques semaines après la sortie, mais pas depuis. Je vérifierai ce qu'il en est.

— Elle est sélectionnée dans des prix, ajoutes-tu.

— Félicitations !

— Merci. Enfin, Gérald a pas mal de contacts dans les comités de sélection, visiblement. Ça joue.

Je ne commente pas. Je te laisse venir si tu veux venir. Tu n'y manques pas.

— Ça a été compliqué. Gérald a été… On a… eu une relation qui allait au-delà du travail.

— Je me doute.

— C'est terminé depuis longtemps. Mais ça a été…

— … compliqué.

— Voilà. Ça a pas mal abîmé ma relation avec ma mère. Il a essayé de m'éloigner d'elle, parce qu'elle s'interposait.

— Et ça va, maintenant, entre vous ?

— Oui.

— Tant mieux.

— À Quai des Bulles, cette fois-là… Tu avais compris, non ?

Je repense au moment où j'ai questionné Gérald. C'est la dernière fois qu'il m'a adressé la parole, preuve que j'avais touché une corde sensible.

— J'avais compris, oui. Te dire que tu pouvais venir ici quand tu voulais, c'était une manière de te dire que si tu avais besoin de parler, je serais là. Je ne sais pas si tu l'as entendu comme ça à l'époque.

— Non. Enfin, pas vraiment. J'ai capté plus tard.

Tu tords une mèche de cheveux entre tes doigts. Je change de sujet.

— Comment va ta vie ?

— Bien ! Je suis en stage avec une scénographe qui est en résidence de création au théâtre de la Colline.

— Super. Qu'est-ce qu'elle te fait faire ?

— Bah, la générale est ce soir, alors il y avait plein d'éléments à ajuster, de finitions à réaliser. Le spectacle est cool, c'est du contemporain bizarre avec de la musique techno et des stroboscopes.

— Ah. Théâtre de la Colline, quoi.

— Ouais ! Il y a de l'eau sur scène. Des genres de flaques. Et une partie du plateau tourne. J'apprends de nouvelles choses, c'est plus concret qu'à l'école. Et puis c'est cool de mettre mon imagination au service du projet de quelqu'un d'autre. D'un metteur en scène. Ça change, tu vois, de ne pas porter l'intégralité de l'œuvre.

— Ça a vraiment l'air de te plaire. C'est chouette.

— Oui. Après, j'avais envie de remonter sur scène. Ça me manquait. Je suis contente qu'il y ait de la pratique, à la fac. Je ne sais pas ce que j'en ferai.

— Tu verras bien.

On échange un sourire. L'avenir n'a pas l'air de t'effrayer. Je repense à ta BD.

— Avec un ami, on a monté un site sur la pop culture, mais on y fait un peu ce qu'on veut… Je devrais te mettre en contact avec lui pour une interview ! Ça te dit ?

— Ah ouais, carrément. Merci.

Je note ton mail.

— T'as créé combien de trucs, en fait ? Cette maison d'édition, le magazine pour lequel tu bossais avant, ce site…

— Un… certain nombre.

Tu ris de ma fausse modestie assumée.

— Tu as entamé un nouveau projet d'écriture ?

— J'ai un début de machin. Je ne sais pas si ça mènera quelque part. J'ai besoin de travailler dans mon coin, pour le moment.

— C'est bien que tu continues.

Je m'apprête à prendre congé mais, voyant tes doigts tapoter les accoudoirs, je me retiens. Tu te redresses.

— À Saint-Malo, il y a trois ans… ils ont tous vu, non ? Les autres auteurs, les éditeurs, les personnes à qui Gérald m'a présentée… Il y a même des gens à qui ma mère a parlé de son inquiétude.

— Elle regardait tous les hommes qui t'approchaient comme si elle allait les mordre, sa méfiance ne risquait d'échapper à personne !

— À ce point ?

— Ooooooh oui.

Tu ris à nouveau, mais le sérieux recouvre vite cet éclat amusé.

— Il a fallu moins de trente secondes à Patricia pour sortir une blague sur la pédophilie quand je suis entrée dans le salon avec Gérald, c'est bien qu'elle sentait qu'il y avait un problème. Ils ont forcément repéré qu'un truc clochait…

— Certains d'entre eux, probablement.

— Et ils ont juste détourné les yeux.

— Oui.

— Putain.

—

De : Pauline **◁ 23/08/2009 à 10:20**
À : Manon
Objet : Salut !

Bonjour, Manon,
Je m'appelle Pauline, j'ai 18 ans, et je suis amie avec Gérald. On ne se connaît pas, toi et moi, mais il y a deux ans, quand j'ai lu ta BD, j'ai fait un exercice un peu particulier : je me suis arrêtée à la fin de chaque planche pour écrire un journal de lecture. C'est mon ressenti de lectrice, case par case.
Je suppose que tu te demandes pourquoi j'ai fait ça ? Je me sens proche de toi. Par mon amitié avec Gérald, parce que tu as commencé à dessiner très jeune, et parce que tu travailles dans le milieu théâtral (j'adore le théâtre). Alors j'ai décidé de faire cet exercice en me disant que tu aurais le privilège de découvrir ce qui se passe dans la tête d'un de tes lecteurs !

Le plus important pour moi, c'est que j'ai mené ce projet jusqu'au bout, contrairement à ce qui se passe quand j'écris mes propres histoires. Tout part en mille morceaux que je n'arrive pas à rassembler. Alors j'attends, comme me l'a dit Gérald, que tout ça mûrisse, en espérant que je n'oublie rien d'ici là…
Je crois que Gérald t'avait envoyé ce fichier à l'époque mais je n'ai jamais eu de retour, alors… je tente à nouveau.
Euh… voilà !
Bonne lecture !
Pauline

De : Manon **23/08/2009 à 12:27**
À : Pauline
Objet : RE : Salut !

Bonjour, Pauline,
Il me semble que j'ai déjà eu ce document entre les mains, en effet ! Probablement transmis par Gérald à un moment où c'était déjà très tendu entre nous. Je n'ai pas répondu, ce qui était complètement con de ma part (le problème est avec Gérald, pas avec toi) et je te dois donc des excuses, avec les intérêts en prime… Je me souviens que ça m'a beaucoup fait rire (sans moquerie aucune, c'était juste très drôle de me retrouver dans ta tête) ! Merci pour ce travail que je vais relire !
Bises,
Manon

De : Pauline **◁ 23/08/2009 à 13:15**
À : Manon
Objet : RE : Salut !

Ah, ben finalement ça me fait plaisir de savoir que tu avais reçu mon « œuvre » et que tu as ri ! Excuses acceptées !
Bon, rassure-moi, ça n'a pas toujours été aussi terrible avec Gérald, quand même ? Il a publié ta BD, après tout !
Si ça ne te dérange pas, j'aimerais bien que tu me racontes votre rencontre et votre boulot jusqu'à la parution des *Rêveurs*.
Comment ça s'est passé, si c'était difficile parfois, tout ça…
Bonne aprèm !
Bisous
Pauline

De : Manon **◁ 23/08/2009 à 17:57**
À : Pauline
Objet : RE : Salut !

Re !
Alors, non, je ne vais pas te raconter parce que je n'ai aucune envie de revenir sur cette période de ma vie.
Je ne sais pas ce que Gérald t'en a dit, mais notre relation était compliquée et elle a laissé des traces.
J'espère vraiment que ton « amitié » avec lui est saine, cependant, le connaissant, je suis sceptique…
À bientôt !

De : Pauline **✈ 23/08/2009 à 18:15**
À : Manon
Objet : RE : Salut !

Que tu sois sceptique se comprend, alors je vais te démontrer par A+B qu'il n'est pas nécessaire de s'inquiéter pour moi :
S'il y avait eu le moindre risque que Gérald se comporte mal, il l'aurait déjà fait : j'ai passé quelques jours chez lui en juillet !
D'autant que, depuis la mort de sa femme, il ne doit plus avoir grand-chose en commun avec le Gérald que tu as connu !
Par ailleurs, j'ai un copain.
Et il y a deux ans, ma maman a bien dû se rendre à l'évidence que ce quinquagénaire aidait beaucoup sa petite adolescente en mal de vivre (ils sont amis sur Facebook, et j'ai cru comprendre qu'ils se sont appelés plusieurs fois).
Conclusion : quelle que soit ton histoire avec lui (non, je ne sais rien de précis, et je ne veux rien savoir), c'est terminé. Tu as choisi que Gérald reste dans ton passé, c'est ton droit, mais il est toujours dans mon quotidien. Respecte ça, et le fait qu'il soit génial avec moi !

De : Manon **⊲ 23/08/2009 à 19:30**
À : Pauline
Objet : RE : Salut !

Ce qui est terrible, c'est qu'en te lisant, j'ai l'impression de m'entendre il y a quelques années. J'aurais été capable de tenir ce genre de discours. J'essayais de rassurer tout le monde alors qu'ils avaient raison de s'inquiéter.
Fais bien attention à toi, Pauline.
À bientôt,
Manon

Remerciements

À Héloïse, merci d'avoir cru dès le départ en ce projet et de m'avoir accompagnée sur le trajet.

À Vincent pour les présentations, à Michèle pour l'enthousiasme.

À Julie, Estelle, Thierry, Fabienne, Caro, JC, Sandrine, Agnès, Erwan, Séverine et Alex. Chacun de vos regards m'a été précieux.

À Jean-Benoît pour avoir écarté quelques craintes et en avoir précisées d'autres.

À Charlotte et Roxane pour les yeux de lynx !

À Anne-Marie pour l'écrin, l'efficacité et la douceur.

À Valentine, Inès, et toute l'équipe de diffusion, merci de porter ce roman vers ses lecteurs.

Au Dr B. pour le brainstorming de fin de consultation !

À Fanny, Caro et Flore. C'est bon de vous avoir dans ma vie.

À ma famille. Merci d'avoir accepté mes questions, ainsi que mes réponses, qui ne sont pas forcément les vôtres. Merci de vos relectures et des mots que vous avez posés dessus. Merci d'être toujours là, quoi qu'il arrive.

À ma mère, pour avoir conservé autant de traces. Pour tout le reste aussi.

Et à Alain, évidemment. *Last but not least*. Merci.

C'est quand qu'on va où,
écrit et interprété par Renaud,
composé par Julien Clerc, Mino Music, Crécelles Éditions SA.
Les loups sont entrés dans Paris,
interprété par Serge Reggiani, écrit par Albert Vidalie,
composé par Louis Bessières, Polydor.
Votre fille a vingt ans,
interprété par Serge Reggiani,
écrit et composé par Georges Moustaki, Polydor.

Composition et mise en pages
FACOMPO, Lisieux

#lisez! engagé
www.lisez.com
Pour plus d'information :
Imprimé sur du papier issu de forêts gérées durablement.

Imprimé en Espagne par Liberdúplex
en juin 2023
N° d'impression : 109707

POCKET – 92, avenue de France, 75013 Paris

S32604/01